Y yo les daré descanso me hizo llorar del mismo modo que lo hace la obra del hijo de Jerry, *The Chosen*, lo cual debería causar que los pañuelos de papel sigan subiendo su valor en la bolsa. No digas que no te lo advertí.

Mark Lowry, cantante, humorista

Y yo les daré descanso hace que la historia de Jesús y sus seguidores cobre vida de un modo nunca antes visto. Al imaginar historias de fondo plausibles de personajes muy conocidos, Jerry nos permite vernos a nosotros mismos en ellos y llevar nuestros propios defectos a Cristo y acercarnos más a Él. La serie de video y estas novelas bien pueden dar entrada a un avivamiento global de amor por Cristo y movernos a amar a los demás como Él nos ama.

Terry Fator, cantante, ventrílocuo/imitador
y ganador de *America's Got Talent*

Si alguna vez te has preguntado cómo podría haber sido ser un amigo o un familiar de los doce discípulos de Jesús, *Y yo les daré descanso*, de Jerry Jenkins, te transportará a las mentes de los primeros seguidores de Cristo. Recordarás su humanidad e incluso podrías verte reflejado a ti mismo a medida que buscas seguir a Aquel que sigue cambiando vidas de modo radical hoy día.

Gary D. Chapman, autor de
Los cinco lenguajes del amor

Una obra de ficción que amplía las historias bíblicas es exitosa cuando nos lleva de nuevo a la Palabra de Dios. Y la nueva novela de Jerry Jenkins dibuja un hermoso retrato tras bambalinas de las primeras personas cuyas vidas fueron transformadas por Jesús. Me conmovió especialmente la conversación imaginada entre Jesús y uno de sus seguidores con discapacidad que no recibió sanidad. Las palabras escogidas para este emotivo diálogo me tocaron de un modo profundo y poderoso. Porque, como este discípulo, también yo le he pedido a mi Salvador que me sane del dolor crónico. Y esta escena comunica el hecho asombroso de que Jesús, en todo su amor y bondad, a menudo escoge no sanar a personas. ¿Por qué? Bien, tendrás que leer esta novela para encontrar la respuesta. Pero ten a mano pañuelos de papel; tu corazón será conmovido.

Joni Eareckson Tada, Joni and Friends
International Disability Center

Las historias de la vida y ministerio de Jesús en el Nuevo Testamento son algunos de los pasajes de la Biblia más alentadores y reveladores. Con *Y yo les daré descanso*, Jerry Jenkins nos ha dado una vez más una historia que llevará a los lectores de nuevo a la belleza de Cristo como se revela en la Escritura.

Jim Daly, presidente y presidente ejecutivo
de Enfoque en la Familia

Y yo les daré descanso me conecta de nuevo a Jesús. Y, ¡ah, qué Salvador es Él!

Ernie Haase, tenor nominado a los Grammy y
fundador de Ernie Haase and Signature Sound

Bien, Jerry Jenkins lo ha vuelto a hacer en su tercera proposición en esta serie. La profundidad de emoción que él capta en quienes rodean a Jesús solamente profundiza aún más nuestra comprensión de lo que Jesús atraviesa en este periodo más intenso y lleno de tensión de su ministerio. Estuvimos enganchados desde la primera página, y al final nos quedamos deseando que llegue más. Si te gusta ver la serie *The Chosen*, esta novela es lectura obligada.

Al & Phil Robertson, autores y copresentadores
del podcast The Unashamed

The
CHOSEN®

The
CHOSEN.

LIBRO TRES Y YO LES DARÉ DESCANSO

JERRY B. JENKINS

ENFOQUE A LA FAMILIA.

BroadStreet
●●●ESPAÑOL

A Greg Thornton

Basada en *The Chosen* (Los elegidos), una serie televisiva
de varias temporadas creada y dirigida por Dallas Jenkins
y escrita por Ryan M. Swanson, Dallas Jenkins
y Tyler Thompson.

NOTA

La serie *The Chosen* fue creada por personas que aman la Biblia y
creen en ella y en Jesucristo. Nuestro deseo más profundo es que
indagues por ti mismo en los Evangelios del Nuevo Testamento
y descubras a Jesús.

Índice

«No juzguéis
para que no seáis juzgados.
Porque con el juicio
con que juzguéis, seréis juzgados;
y con la medida
con que midáis, se os medirá».

MATEO 7:1-2

PARTE 1

Regreso a casa

Capítulo 1

«NO ME LLAMES ABBA»

Capernaúm, 24 d. C.

Mateo teme el día que hay por delante.

Una joven promesa dentro de la autoridad romana bajo el pretor Quintus, ha visto cómo se ha ampliado su esfera de autoridad. A pesar de ser el recaudador de impuestos más joven en su pueblo natal, ahora está a cargo de imponer sanciones a cualquier ciudadano judío que no pague sus tributos a Roma. Es conocido por su agudeza empresarial y la capacidad de exprimir hasta el último siclo a quienes están en su distrito. Mateo ha aprendido rápidamente todos los trucos de su profesión.

Para apuntalar incluso su lucrativo salario, se embolsa todo lo que pueda recaudar en exceso de lo que en realidad se le debe a Roma. Cuando quiere insinuar una obligación más elevada a otros judíos que tienen más juicio, sugiere que el cumplimiento les permitirá tener un respiro en el futuro, no en la cantidad que él espera sino tal vez en el periodo de tiempo que se les dé para pagar. Maneja con cuidado los recursos para mantener satisfecha a Roma a la vez que duplica sus ingresos en el largo plazo.

Tales prácticas han permitido a Mateo tener su mansión en el barrio más exclusivo del pueblo, sin mencionar la más elegante vestimenta, calzado, fragancias, y joyas. La ironía de todo eso es que acepta con entusiasmo la envidia de sus conciudadanos, mientras que su propia rareza le procura cierta invisibilidad. Él sabe que no entiende la sutileza del sarcasmo y del humor cruel, pero entiende plenamente el desprecio que le muestran dondequiera que es reconocido, pues llega en forma de maldiciones y saliva. Mateo no puede recordar la última vez que fue recibido con una sonrisa. Vive para la insinuación de admiración que proviene de los romanos, que menean sus cabezas con cierto asombro ante lo que él es capaz de exprimir a su propio pueblo.

Mi propio pueblo, piensa. Aparte de algunos otros recaudadores de impuestos, no tiene ningún amigo entre los judíos. Ellos lo consideran claramente el convenenciero y traidor supremo, un garrote financiero. No es suficiente con sufrir el puño de hierro de Roma. No. Ese puño lo lanza ese joven extravagante y con cara de niño, hijo de Alfeo y Eliseba, judíos tan devotos que por años lo llamaron Mateo Leví, convencidos de que algún día él honraría al único Dios verdadero como sacerdote entre su pueblo.

Mateo rápidamente desengañó a sus padres de esa idea cuando era más pequeño y estaba en la escuela hebrea. Incluso entonces era denigrado por muchachos de su edad que podrían haber sido, deberían haber sido, sus compañeros. Sin embargo, él era más delgado que la mayoría, demostraba cualquier cosa menos destreza atlética, y corría (cuando lo hacía) con paso titubeante y torpe. Solamente observaba a los otros armar pelea, sin tener ningún interés en embarrar su túnica o soportar burlas acerca de sus idiosincrasias.

Incluso él mismo no entendía su obsesión por la precisión y el orden. Sus rollos, su papel, sus instrumentos de escritura, y otros objetos similares tenían que estar ordenados delante de él en la mesa. Su aparente afinidad sobrenatural por los números y los cálculos hacían de Mateo lo que los otros llamaban la mascota del rabino.

Y, mientras ellos memorizaban concienzudamente la Torá, a él lo adelantaron a clases de matemáticas con estudiantes de más edad.

De algún modo entendía que, aunque los de su propia edad no querían admitirlo, tenían que envidiarlo incluso si no lo aceptaban. Pues bien, él se lo demostraría, los dejaría en el polvo. Y, aunque su capacidad para inducir el desprecio de sus compatriotas se extendía hasta su carrera estelar como recaudador de impuestos, se decía a sí mismo que cambiaría la riqueza y la posición por aceptación cualquier día dado. Incluso sus devastados padres tenían que reconocer su logro tan singular, ¿verdad?

Sin embargo, hoy, mientras soporta su rutina matutina irritante, hay más preocupaciones en su mente que la de simplemente esperar evitar cuantas malas caras y maldiciones de sus compatriotas judíos sea posible. Elegir su vestimenta, sus joyas y su fragancia requiere el usual toque de cada pieza antes de decidir cuáles escogerá cada día, y todo el tiempo va ensayando cómo manejará su tarea arriesgada.

Hoy es el día que deja cerrada su caseta de impuestos y hace las rondas de los hogares que están demorados en sus pagos. Llevará con él al centurión Lucio, uno de los asistentes más amenazantes de su propia guardia. La mera presencia de Lucio intimida a la mayoría para pagar de inmediato. Malhechores que normalmente podrían intentar avergonzar a Mateo por servir como perrito faldero de los romanos, tienden a sujetar la lengua cuando se encuentran con el soldado.

Aunque el día de recaudar impuestos demorados es siempre extraño y agotador, también puede demostrar ser lucrativo. Sin embargo, nada acerca de este día es atractivo para Mateo, pues ha programado su caso más difícil en primer lugar. Y, para este caso, ha asignado a Lucio la tarea de acercarse y demandar lo que se debe. Mateo estará mirando desde cerca, pero sin ser visto.

—Yo me encargo —le dice Lucio a Mateo—. Me encanta este tipo de trabajo.

—Solo encárgate de que pague; hoy.

—Ah, pagará, de un modo o de otro.

Mateo le muestra al soldado el nombre en su cuaderno y señala a la casa. Vestido de rojo resplandeciente, Lucio da largas zancadas hacia la casa, con su metal resonante y su cuero atrayendo miradas de otros que pasan por la calle. Separa sus pies y llama con fuerza cuatro veces.

—¡Ya voy!

Cuando se abre la puerta, la mirada de curiosidad del residente se convierte en un escalofrío. Antes de que el hombre pueda decir palabra, Lucio grita.

—¿Alfeo bar Joram?

—Sí —logra decir el hombre, con un tono incierto.

—Han pasado veinte días de demora desde tu fecha de pago del tributo de este trimestre. Tu recaudador ha pasado tu caso a la oficina romana. ¿Puedes pagar tu sanción ahora?

Alfeo se ha puesto pálido.

—Yo… yo solicité una prórroga en el mes de…

—Tomaré eso como un no. Por decreto de Quintus, honorable pretor de Capernaúm, debo llevarte bajo custodia.

Mateo se pone pálido. No había esperado que Lucio pasara a tal agresión con tanta rapidez. Seguro que Alfeo encontrará rápidamente el modo de pagar.

—Lo siento mucho —dice Alfeo—. No me di cuenta…

Lucio se quita una tira de cuero de su cinturón.

—¡Voltéate!

Eso bastará, decide Mateo.

—Señor —se queja Alfeo—, no me di cuenta. ¿Puedo solicitar una prórroga de solo cinco días?

Desesperado a esas alturas, Mateo mantiene la esperanza de que Lucio le otorgará la petición. Cinco días no son nada. No es como si el hombre fuera un criminal.

Pero Lucio agarra a Alfeo por el brazo. Y desde dentro se escucha la voz lastimera de una mujer.

—Alfeo, ¿quién es?

¡Oh, no!, piensa Mateo. Esto se está descontrolando.

—¡Todo va bien, Eliseba! —grita Alfeo, consiguiendo en cierto modo parecer más seguro de lo que se ve.

—Por favor, te ruego... —susurra a Lucio.

Lucio tira de Alfeo desde la puerta y lo empuja contra el marco.

—¡Adonai en los cielos! —clama Alfeo.

—Adonai no está aquí —responde Lucio, comenzando a atar las manos de Alfeo a su espalda.

Eso es más de lo que Mateo puede soportar, y se acerca rápidamente.

—Yo puedo zanjar esto, Lucio. Realmente hubo un error.

Lucio parece sorprendido y perplejo.

—¿Qué quieres decir? Me dijiste que...

—Lo sé, pero me he dado cuenta de que se calculó mal el tiempo. Yo lo arreglaré. Gracias.

—¿*Tú* lo calculaste mal? ¡Eso nunca ha sucedido!

—Me dieron información imprecisa, pero ahora está corregida. Yo me ocuparé. Sería mejor que tú vayas a la casa siguiente, y nos veremos en la caseta en una hora.

Lucio mira con furia a Alfeo, menea la cabeza ante Mateo, y se aleja fatigosamente.

Alfeo entrecierra sus ojos ante Mateo.

—¿Ahora eres *tú* mi...?

—No es prudente hablar de eso ahora, Abba. No hay mucho tiempo.

—Primero, la vergüenza de tu decisión, ¿y ahora tú eres mi recaudador?

—¿Mateo? —dice Eliseba desde la puerta— ¿Qué estás haciendo aquí?

—¡Tu hijo es nuestro publicano! —dice Alfeo.

—Mateo, no —dice ella cubriéndose la boca.

—¡Envió a un soldado a tu casa! —añade Alfeo.

—Lo siento —dice Mateo rápidamente—. No quería que lo supieran. Yo no escogí este distrito.

—¡Tú *escogiste* este trabajo! —grita Alfeo—. Los romanos nunca te obligaron a hacerlo. Tú *escogiste* aplicar. Tú *escogiste* traicionar...

—Contrariamente a ti, Abba, escogí un futuro seguro —Mateo lamenta esas palabras en cuanto salen de su boca.

—Eres llamado a confiar en Adonai con todo tu corazón —dice su madre—, y no apoyarte en tu propia prudencia y entendimiento.

—¡*He* confiado! —dice Mateo—. Pero ¿puedes decir una cosa que Adonai haya hecho por nuestro pueblo en cien años? ¿Y en quinientos?

—Un traidor *y* un blasfemo —añade Alfeo.

¿No entienden que tengo su destino en mis manos?, piensa Mateo.

—Bueno —dice entonces—, le debes a tu gobierno dos meses de tributo.

Alfeo aprieta sus labios.

—Haré un pago al final de la semana.

—Tienes dos pagos de demora. Esperaba que Lucio te convenciera, pero yo no seguiré protegiéndote.

—¡No *quiero* tu protección!

¿Cómo puede decir eso? Pues bien, si es así como lo quiere...

—Entonces tienes veinticuatro horas, Abba.

—No me llames Abba.

—Alfeo, por favor... —dice Eliseba.

Mateo sabe que debería haber visto venir la situación, pero aun así duele.

—¿Qué?

—Eli —dice Alfeo—, cubre las ventanas y ponte el velo. Haremos la *Shiva* por siete días.

—¿La *Shiva*?

—No tengo ningún hijo —añade Alfeo a la vez que guía a su esposa sollozante al interior y cierra la puerta de un portazo.

Capítulo 2

LÁGRIMAS

La planicie de Corazín
Siete años después

Hasta donde sabe, los padres de Mateo todavía no lo han perdonado, y mucho menos lo han aceptado. Por lo que él sabe, sigue siendo un huérfano ante los ojos de su padre. Por eso, las palabras de Jesús, el hombre a quien ha entregado toda su vida y su futuro, parecen inundarlo, limpiando cada fibra de su alma.

Su rabino y maestro habla a una multitud inmensa que cubre el monte, predicando un sermón que el exrecaudador de impuestos se siente privilegiado de haberlo ayudado a practicar. Va diciendo las palabras junto con su rabino. «Habéis oído que se dijo a los antepasados: "No matarás" y: "Cualquiera que cometa homicidio será culpable ante la corte". Pero yo os digo que todo aquel que esté enojado con su hermano será culpable ante la corte».

¿Qué hay en este hombre que le permite hablar con tal autoridad y compasión? Es todo lo que Mateo puede hacer para asimilarlo.

Jesús continúa: «Por tanto, si estás presentando tu ofrenda en el altar, y allí te acuerdas que tu hermano tiene algo contra ti, deja tu ofrenda allí delante del altar».

Mateo tiene un nudo en la garganta. Jesús está hablando para sanar su pasado y ofrecer esperanza para el futuro.

«Y ve, reconcíliate primero con tu hermano, y entonces ven y presenta tu ofrenda».

Mateo se pregunta cómo los otros seguidores del Mesías estarán respondiendo a esas palabras. No puede apartar su mirada de Jesús.

Judas nunca ha oído nada parecido. Se encuentra tan inmerso en el mensaje de Jesús, en su enfoque, incluso en su forma de darlo, que hace que la profesión de Judas palidezca en comparación. Nunca antes había soñado ni siquiera con dejar la lucrativa empresa que tiene junto con su socio, ¡pero de repente se siente tentado a echar su suerte con este nombre! *¿Me he vuelto loco?* El grupo de seguidores de Jesús parece no tener nada. ¿Cómo comen? Parece que necesitan ropa nueva.

«Por eso os digo, no os preocupéis por vuestra vida, qué comeréis o qué beberéis; ni por vuestro cuerpo, qué vestiréis…».

¿Está hablando este hombre directamente a Judas, de algún modo siendo capaz de leer su mente?

«¿No es la vida más que el alimento y el cuerpo más que la ropa? Mirad las aves del cielo, que no siembran, ni siegan, ni recogen en graneros, y sin embargo, vuestro Padre celestial las alimenta. ¿No sois vosotros de mucho más valor que ellas?».

¿No lo valgo yo? ¡Cómo anhela Judas que lo consideren de ese modo!

Tamar, la egipcia, no alberga duda alguna acerca de la identidad de este maestro. Sabe sin ninguna duda que es el Mesías, porque lo ha visto hacer milagros. Lo vio no solo acercarse y tocar a un leproso, sino realmente abrazarlo. ¡Y lo sanó al instante! Por eso, insistió a sus amigos en que llevaran a un amigo paralítico y lo bajaran por el tejado de una casa para llevarlo ante Jesús. El rabino también lo sanó, incluso delante de fariseos que lo llamaron blasfemo y pecador.

«¿Y quién de vosotros, por ansioso que esté, puede añadir una hora al curso de su vida?».

Esa obviedad también asombra a Andrés, que no puede negar que está ansioso por casi todo, especialmente desde que abandonó a su primer rabino, Juan el Bautista, que está encarcelado. Andrés teme por la vida de Juan, por la vida de su propio hermano Simón, por Jesús, por sí mismo.

«¿Y por la ropa, ¿por qué os preocupáis? Observad cómo crecen los lirios del campo; no trabajan, ni hilan; pero os digo que ni Salomón en toda su gloria se vistió como uno de estos. Y si Dios viste así la hierba del campo, que hoy es y mañana es echada al horno, ¿no hará mucho más por vosotros, hombres de poca fe?».

¿Me está mirando Jesús a mí? ¿Soy yo un hombre de poca fe?

María de Magdala, aunque fue liberada, redimida y perdonada, no puede evitar desesperarse por su propia falta de fe; no en Jesús, pues no tiene dudas sobre él; sin embargo, sigue sin confiar en sí misma. ¿Por qué no pudo evitar alejarse, incluso después de todo lo que Jesús hizo por ella?

«Por tanto, no os preocupéis, diciendo: "¿Qué comeremos?" o "¿qué beberemos?" o "¿con qué nos vestiremos?". Porque los gentiles buscan ansiosamente todas estas cosas; que vuestro Padre celestial sabe que necesitáis de todas estas cosas. Pero buscad primero su reino y su justicia, y todas estas cosas os serán añadidas».

Eso es todo lo que quiero: el reino del que habla Jesús.

El joven fariseo Yusef no siente otra cosa sino conflicto interior, sudando bajo el sol y escuchando a este hombre que no ha causado otra cosa sino problemas a su mentor y rabino Samuel. Sin embargo, Yusef mismo ha sido testigo de cosas que le hacen cuestionar todo lo que le enseñaron. Ha visto a este predicador hacer milagros, o al menos realizar trucos que parecen milagrosos. Y ahora habla con tal certeza como si realmente pudiera ser el elegido, el… *no, no puede ser, ¿verdad?*

Yusef desafió a Jesús de Nazaret debido a cosas que había dicho y hecho y, sin embargo, en cierto modo siente cierta empatía por el hombre y sus seguidores. ¿Qué le está sucediendo? ¿Y ahora Jesús lo está señalando? Una cosa es confrontar a un hombre por afirmar ser alguien que no es, por trabajar el día de reposo, por atreverse a perdonar pecados; sin embargo, otra muy distinta es negar lo que te han mostrado tus ojos: una mujer transformada, y un hombre sanado.

«No juzguéis para que no seáis juzgados. Porque con el juicio con que juzguéis, seréis juzgados; y con la medida con que midáis, se os medirá. ¿Y por qué miras la mota que está en el ojo de tu hermano, y no te das cuenta de la viga que está en tu propio ojo? ¿O cómo puedes decir a tu hermano: "Déjame sacarte la mota del ojo", cuando la viga está en tu ojo? ¡Hipócrita! Saca primero la viga de tu ojo, y entonces verás con claridad para sacar la mota del ojo de tu hermano».

Se asignó a Santiago el Joven, Natanael y Tadeo la tarea del control de la multitud, aunque están totalmente sobrepasados en números. Sin embargo, esta multitud no necesita ninguna supervisión, porque todos parecen absortos en las profundidades que salen de este hombre sabio.

«Por eso, todo cuanto queráis que os hagan los hombres, así también haced vosotros con ellos, porque esta es la ley y los profetas».

Mateo observa que María de Magdala está hecha un paño de lágrimas, al igual que varios de los discípulos de Jesús. La madre de Jesús se acerca calladamente y habla en un susurro.

—¿Cómo le va?

Mateo apenas si puede pronunciar palabra

—¿Qué... el bosquejo?

María asiente con la cabeza. Él echa un vistazo a su tablilla.

—Las palabras son las mismas, pero...

—Pero ahora *él* las está pronunciando.

Corren lágrimas por las mejillas de Mateo mientras escucha todas las bendiciones que Jesús otorga a sus oyentes, sin dejarse fuera ni una sola.

«Bienaventurados los pobres en espíritu, pues de ellos es el reino de los cielos.

»Bienaventurados los que lloran, pues ellos serán consolados.

»Bienaventurados los humildes, pues ellos heredarán la tierra.

»Bienaventurados los que tienen hambre y sed de justicia, pues ellos serán saciados.

»Bienaventurados los misericordiosos, pues ellos recibirán misericordia.

»Bienaventurados los de limpio corazón, pues ellos verán a Dios.

»Bienaventurados los que procuran la paz, pues ellos serán llamados hijos de Dios.

»Bienaventurados aquellos que han sido perseguidos por causa de la justicia, pues de ellos es el reino de los cielos.

»Bienaventurados seréis cuando os insulten y persigan, y digan todo género de mal contra vosotros falsamente, por causa de mí. Regocijaos y alegraos, porque vuestra recompensa en los cielos es grande, porque así persiguieron a los profetas que fueron antes que vosotros».

Mateo anota en su tablilla que esta planicie debería ser conocida desde ahora como el monte de las Bendiciones. Pero, en cierto modo, eso parece muy poco refinado. Al final, estas declaraciones son demasiado profundas, demasiado conmovedoras, demasiado solemnes para referirse a ellas como meras bendiciones. *Bienaventuranzas*, decide Mateo. Algún día, cuando escriba su reporte global de todo lo que ha visto de Jesús, conmemorará este lugar como el monte de las Bienaventuranzas.

Capítulo 3

LA PARTIDA

El monte de las Bienaventuranzas

Los dos Simón, uno el expescador y el otro el exzelote al que ahora todos llaman Zeta, están de pie mirando y escuchando. Aquel a quien Jesús le dijo que ahora sería pescador de hombres se encuentra preguntándose lo que debe de pensar Zeta de esta enseñanza. El zelote aportó al grupo una mezcla única de habilidades, la mayoría de ellas diseñadas para el combate cuerpo a cuerpo cuando los judíos finalmente encontraran los medios para hacer frente a los romanos y derrocarlos. Ahora hay poca necesidad de las habilidades de Zeta, pero a Simón le sigue pareciendo una suma interesante a la mezcla.

Jesús continúa.

«Habéis oído que se dijo: "Ojo por ojo y diente por diente". Pero yo os digo: no resistáis al que es malo; antes bien, a cualquiera que te abofetee en la mejilla derecha, vuélvele también la otra. Y al que quiera ponerte pleito y quitarte la túnica, déjale también la capa. Y cualquiera que te obligue a ir una milla, ve con él dos. Al que te pida, dale; y al que desee pedirte prestado no le vuelvas la espalda».

No muy lejos se encuentra Aticus, un miembro veterano de la *Cohortes Urbana*, un cuerpo policial de élite establecido por César Augusto para actuar como jefes de policía o soldados investigadores.

Ha estado siguiendo al Nazareno desde cierta distancia, vigilando a sus protegidos y escuchando meticulosamente, hoy más que nunca. Finalmente, este hombre, esta amenaza potencial para Roma, está haciendo público su manifiesto. Ah, ya lo ha hecho antes, entre sus discípulos y delante de multitudes pequeñas, y otras veces no tan pequeñas; sin embargo, solamente esta reunión muestra la magnitud, y el potencial, de la visibilidad y popularidad del vagabundo. Aticus se pregunta si él es el único entre los miles que están allí que pensó en llevar provisiones. Eso no es nada nuevo para él, pues siempre lleva por lo menos una pieza de fruta. Sin embargo, si esto se alarga mucho más tiempo, va a necesitar algo más sustancial. Y, por las miradas de la multitud, todos van a necesitar algo.

Por el momento, sin embargo, todos parecen cautivados por las paradojas a las que recurre el predicador cuando establece puntos que parece que nadie ha planteado antes. Como este: «Habéis oído que se dijo: "Amarás a tu prójimo y odiarás a tu enemigo". Pero yo os digo: amad a vuestros enemigos y orad por los que os persiguen, para que seáis hijos de vuestro Padre que está en los cielos; porque Él hace salir su sol sobre malos y buenos, y llover sobre justos e injustos».

En el nombre de Júpiter, Juno y Minerva, ¿a qué podría referirse este Jesús de Nazaret con esas palabras? *¿Amar a mis enemigos? ¿Orar por ellos? Ni en toda una vida.*

De hecho, Aticus reprime una sonrisa solo con pensar en la agitación que podrían causar tales palabras. Y también en cuán equivocado está el pretor Quintus acerca de Jesús. La multitud parece estar en trance. Un hombre como éste podría ser peligroso. ¡Y qué artista! Si Aticus no fuera más listo, diría que los movimientos casuales del hombre entre la multitud mientras habla parecen ser una expresión genuina de afecto por ellos. Seguramente los está preparando para algo, pero ¿qué? ¿Una insurrección? El Nazareno realmente acaricia las mejillas de algunos y parece mirar profundamente a los ojos de otros.

«Vuestro Padre sabe lo que necesitáis antes que vosotros le pidáis. Vosotros, pues, orad de esta manera: "Padre nuestro que estás en los cielos, santificado sea tu nombre. Venga tu reino. Hágase tu voluntad, así en la tierra como en el cielo. Danos hoy el pan nuestro de cada día. Y perdónanos nuestras deudas, como también nosotros hemos perdonado a nuestros deudores. Y no nos metas en tentación, mas líbranos del mal...".».

Bernabé el cojo apoya su muleta al lado de Shula, su amiga ciega. Están acompañados por Zebedeo y Salomé, los padres de Juan y Santiago el Grande, a quienes Jesús ha puesto el sobrenombre de Hijos del Trueno. Bernabé solamente puede imaginar su orgullo porque sus hijos estén relacionados con este orador que hace milagros.

Jesús continúa

«No os acumuléis tesoros en la tierra, donde la polilla y la herrumbre destruyen, y donde ladrones penetran y roban; sino acumulaos tesoros en el cielo, donde ni la polilla ni la herrumbre destruyen, y donde ladrones no penetran ni roban; porque donde esté tu tesoro, allí estará también tu corazón».

Judas está más que intrigado. Está fascinado por este hombre magnético que deja de caminar y se queda quieto, con sus ojos aparentemente danzando por encima de la multitud tan colosal. Judas ha pasado la totalidad de su vida como joven adulto intentando acumular tesoros, tal como el maestro ha expresado de modo tan conmovedor. Es cierto, su corazón está en esos tesoros. ¿A qué otra cosa podría dedicarse? Sin embargo, Jesús claramente tiene a todas esas personas, todas ellas, en la palma de su mano.

«Y todo el que oye estas palabras mías y no las pone en práctica, será semejante a un hombre insensato que edificó su casa sobre la arena; y cayó la lluvia, vinieron los torrentes, soplaron los vientos y azotaron aquella casa; y cayó, y grande fue su destrucción. Por tanto, cualquiera que oye estas palabras mías y las pone en práctica, será semejante a un hombre sabio que edificó su casa sobre la roca; y cayó la lluvia, vinieron los torrentes, soplaron los vientos y azotaron aquella casa; pero no se cayó, porque había sido fundada sobre la roca».

Todo el que oye estas palabras mías y no las pone en práctica, repite Judas en su mente. Se pregunta: ¿qué quiere este hombre que haga yo? ¿Es su búsqueda de riquezas como una casa construida sobre la arena? ¿Podría estar dispuesto a abandonar la idea y seguir a este rabino? En cuanto se permite tener ese pensamiento, parece ampliarse en su interior, ¡y sabe exactamente lo que desea hacer! Hay algo tan dinámico, tan atrayente, tan extraño acerca de Jesús de Nazaret, que Judas no puede pensar en otra cosa que no sea seguirlo, llegar a ser parte de su círculo íntimo.

En el crepúsculo del día, aunque está entre miles de personas, Yusef se siente solo. Y está agradecido por eso. ¿Qué podría ser tentado a decirle a Samuel? ¿Podría camuflar sus verdaderos pensamientos, sus dudas, su intriga (tiene que admitirlo, aunque solo sea ante sí mismo) ante los pensamientos tan estremecedores que Jesús ha plantado? Qué asombroso que él entienda exactamente lo que Jesús intenta decir.

Las charlas que se producen alrededor de Yusef demuestran que otros están influidos de modo similar.

—¿Escuchaste alguna vez algo parecido? —pregunta uno a otro.

—No con esa clase de autoridad. Habló con autoridad *verdadera*; la suya propia, no de otra persona.—Sí, casi por encima de la Ley. ¿Es un revolucionario?

El otro, al observar las vestiduras farisaicas de Yusef, indica su amigo que baje la voz, y ambos inclinan la cabeza cuando pasan por su lado.

También pasan un cojo y una mujer ciega, recitando frases de Jesús.

—Dijo: Observad cómo crecen los lirios del campo —dice Bernabé—; no trabajan, ni hilan…

—Pero os digo —añade Shula— que ni Salomón en toda su gloria…

Yusef debe encontrar soledad, algún lugar donde meditar en todo eso. Ya no quiere oír nada más, decir nada más, solamente pensar. Debe regresar a su cámara en el *bet midrash* en la sinagoga, donde nadie lo interrumpirá y estará cerca de los rollos sagrados.

Judas ha tomado una decisión. Tiene una misión y debe decírselo a su socio, el hombre con quien consiguió sacar al dueño de su propiedad con engaños, y más adelante ayudó a los discípulos de Jesús a negociar por este lugar para que Jesús predicara su sermón. Finalmente, Judas lo ve, y muestra una sonrisa de oreja a oreja.

—¡Hadad! —le llama.

—¡Te perdí! —dice Hadad—. ¿Encontraste a esos hombres?

—Estuve con sus seguidores —dice Judas, asintiendo con la cabeza.

—¿Pudiste ver las caras de la gente? Nunca he visto una multitud tan conmovida. Eso de volver la otra mejilla y acumular tesoros en el cielo fue un poco ingenuo, ¡pero este hombre tiene talento!

La frase de los tesoros fue la que menos impresionó a Judas.

—No, nunca he visto nada parecido.

—¿Te imaginas que él venda para nosotros?

¿Vender para nosotros? ¿Piensa que este hombre es un charlatán?

—¿Hadad?

—¿Por qué no hicieron una colecta? ¡Podrían vivir como reyes!

Claro que podrían. Incluso un solo siclo por cada familia habría dado como resultado una fortuna; pero ese no era el punto, piensa Judas.

—Voy a unirme a ellos —dice.

—Vas a hacer ¿qué?

—Lo dejo. Abandono. Me voy con sus seguidores.

—¿Dónde?

—No lo sé. A los confines de la tierra.

Hadad se queda mirando fijamente, desconcertado, como si no pudiera creer que su amigo lo dice en serio.

—A todos los lugares donde este mensaje necesite ser oído —añade Judas.

La sonrisa de Hadad se congela.

—Te demandaré. No puedes…

—¡Renuncio a mis participaciones!

—¡Entonces lo demandaré *a él*!

Judas menea la cabeza, con ganas de terminar esa conversación y terminar también con Hadad.

—Nada que pudieras quitarle a él será de ningún valor para ti.

Judas se aleja, y entonces se detiene y se voltea ante la pregunta de Hadad.

—¿Y qué tiene él para darte a ti entonces?

El hombre más joven se queda mirando fijamente.

—Buena suerte, Hadad.

Capítulo 4

LAS COSAS DIFÍCILES

El monte de las Bienaventuranzas

Uno de los centuriones romanos más veteranos, el *primi* Ordine Gayo, está montado en su caballo, inmóvil mientras la multitud emocionada se dispersa conversando. Gayo asignó muchos hombres a este evento, decidido a evitar cualquier problema como lo que sucedió cuando una muchedumbre mucho más pequeña se juntó fuera de la casa de un viejo pescador en el gueto oriental. Allí habló este mismo hombre, pareció sanar a un hombre cojo de nacimiento, y creó lo que el jefe de Gayo, el pretor Quintus, describió como una estampida que demoró al enviado de Herodes e hizo quedar en mal lugar al pretor.

Pues bien, no había habido nada parecido a una estampida, pero sí, la multitud había aumentado y bloqueó la calle. Y lo último que Gayo necesita es cualquier semejanza de repetición de aquello. ¿Quién sabe lo que podría suceder con una multitud cien veces mayor?

Gayo se dijo para sí que ese día había acudido para supervisar a sus hombres, pero la verdad es que estaba allí para ver a Jesús de Nazaret en acción a mayor escala y, tenía que admitirlo, para echar un vistazo a cómo le iba a Mateo. Gayo había sido por varios años el guardaespaldas personal de ese hombre tan extraño, asignado por la Autoridad romana, cuando Mateo era recaudador de impuestos. El *primi* no podía negar que, a pesar de las peculiaridades excéntricas de Mateo, había desarrollado cierto cariño por el tipo.

Quintus había asignado a Gayo en una ocasión que arrestara a Jesús y lo llevara ante el pretor para interrogarlo. Lo había acompañado el *Cohortes Urbana* Aticus, a quien consideraba pomposo y condescendiente, justamente el tipo de hombre que el César parecía seleccionar para su propia brigada personal. Gayo no entendía por qué Roma necesitaba una unidad así cuando los centuriones eran perfectamente capaces.

Hablando del diablo. Aquí llega el mismo Aticus con toda su arrogancia. Gayo finge no verlo, y sigue mirando a la multitud. En verdad, no quiere lidiar con el hombre; quiere meditar en todo lo que ha visto y oído. Sería poco profesional admitir ante cualquiera que ha quedado extrañamente impresionado por el Nazareno. Pese a lo únicas e inquietantes que fueron muchas de las cosas que dijo Jesús, Gayo se identifica profundamente con ellas, y necesita tiempo para darles sentido.

Aticus se sitúa al lado del caballo de Gayo.

—¿Y bien? —pregunta.

Gayo continúa mirando fijamente adelante.

—Mmm —refunfuña. No tiene que mirar al *urbana* para sentir su sonrisa que lo sabe todo.

—Eso mismo pensé yo —dice Aticus—. Nos vemos en la mañana para nuestro reporte a Quintus.

—Mmm.

—Buena charla —dice Aticus, y añade una irritante risita por lo bajo mientras se aleja.

Judas apenas si puede contenerse. Camina hacia las cortinas, por las que ha salido Jesús hacia una plataforma de piedra improvisada. Y parece que él no es el único que espera poder hablar un momento con Jesús. Personas por todas partes preguntan a los seguidores de Jesús si el predicador regresará, si sigue estando cerca, si pueden conversar con él. Judas recurre a su memoria prodigiosa para intentar recordar los nombres de las personas a las que conoció muy brevemente. Ahí están los dos Simón explicando a la gente: «Por favor, el rabino está muy cansado», y «ya terminó por hoy», y «gracias por venir».

Los tres hombres más bajitos (Santiago el Joven, Natanael y Tadeo, aunque no recuerda quién es quién de los dos últimos) están comenzando a desmontar las telas y quitar las piedras. El Santiago más alto y su hermano (su nombre se le escapa a Judas por el momento) están dejando saber a los demás que Jesús ha convocado una breve reunión en unos minutos. Judas mira más allá de los hermanos hacia donde Jesús está de pie con su madre y una mujer más joven: la esposa de uno de los discípulos. Sabiendo que no debería incluirse en la reunión después, Judas decide que es ahora o nunca. Se arma de valor y se acerca con indecisión a Jesús y a las mujeres, esperando que el rabino al menos lo vea y lo reconozca, y así poder tener la oportunidad de expresar el impacto que el sermón ha causado en él.

Jesús se ve agotado, y su madre hace que se siente y le acerca un plato de comida. La esposa del discípulo está cerca, sosteniendo la tela color azul que Jesús llevaba puesta mientras hablaba. Judas titubea en interrumpir, especialmente ahora, pero tampoco quiere perder su oportunidad. Sin embargo, cuando comienza a acercarse le interrumpe el exrecaudador. Judas conoce a ese hombre, Mateo, del pasado. Conoce a muchos recaudadores de impuestos, e incluso él mismo solicitó ese puesto; pero le importaba demasiado lo que otros pensarían de él. Había otras maneras de ganarse la vida de modo lucrativo.

—Pude anotar muchas de las cosas nuevas que dijiste —dice Mateo mientras la madre de Jesús y la otra mujer se apartan un poco—, pero no todas.

Entre bocado y bocado, Jesús habla.

—Está bien. Las diré de nuevo. Podremos hablar de ellas.

—Sí reconocí algunas de ellas por mi estudio de las enseñanzas del rabino Hillel.

—Muy bien, Mateo —dice Jesús, con tono de cansancio.

—Cuando hablaste de reconciliarte con tu hermano, ¿podrías explicar lo que...?

—Mateo, hablemos de esto en otra ocasión, por favor. Tengo mucha hambre y tengo algunas cosas de las que conversar con nuestro nuevo amigo —dice Jesús mirando a Judas.

Entonces, me ha visto.

—¡Oh! —exclama Judas—. Lo siento. Puedo regresar en otro...

—No, en breve juntaré a todos, y me gustaría hablar contigo. Mateo, por favor, ¿puedes ayudar a Santiago el Grande y Juan a juntar a los demás?

Juan, sí, ¡ese era el nombre del hermano!

—¿Ahora mismo? —pregunta Mateo, claramente decepcionado.

—Mmm.

Mateo titubea y después se aleja. Jesús lo llama.

—Gracias por ayudarme.

Mateo sonríe.

—Sí, Rabino.

Jesús se mete un bocado en la boca y levanta la mirada hacia Judas mientras los discípulos comienzan a moverse hacia ellos.

—Entonces...

—Soy Judas de Keriot —dice él mientras se dan un apretón de manos.

—Shalom, Judas. Te vi antes de salir a hablar a la gente, y después observé que escuchabas con mucha atención durante mi sermón.

—Fue maravilloso —dice Judas, deseando poder ser más elocuente.

—Gracias. Natanael me contó brevemente la ayuda que nos brindaste, y que quizá estarías interesado en unirte a nosotros. Él no es fácil de impresionar.

Judas ubica cuál de ellos es Natanael.

—Estudié en el *bet midrash* —dice efusivamente—, pero mi padre falleció antes de que pudiera seguir a un rabino, así que me quedé en casa a trabajar. Me gustaría seguirte.

—¿Te gustaría?

—¡Mucho! Asistí a la sala de estudio.

Jesús sonríe.

—Te oí la primera vez. No requiero eso de mis seguidores. En realidad, tú serías uno de los pocos que lo han hecho. Solo pido lo que piden muchos rabinos: que busques ser como yo.

—Desde luego que sí.

—Pero eso será mucho más difícil conmigo que con otros rabinos, te lo aseguro. ¿Estás preparado para hacer las cosas difíciles?

¿Cosas difíciles? ¡Haría cualquier cosa!

—Creo que tú vas a cambiar el mundo, y quiero ser parte de eso. Quizá no podría ser un soldado en batalla, pero tengo habilidades comerciales y financieras, y quiero usarlas para que este ministerio crezca mucho, tan rápido como sea posible. Entonces, sí, estoy preparado para hacer las cosas difíciles.

—Ya veremos. Entonces, supongo que sabes lo que significa *Judas*, ¿verdad?

—*Dios sea alabado.*

—Sí. Con tus manos. ¿Alabarás a Dios?

—Cada día.

Cuando llegan los otros discípulos, Jesús deja a un lado su plato y se pone de pie.

—Bueno, en ese caso, Judas, sígueme.

—Gracias,

—Todos están aquí, Rabino —le dice Santiago el Grande a Jesús.

Jesús asiente e indica a Judas que se quede cerca de él. Sin embargo, antes de poder hablar, el resto comienza a aplaudir y sonreír.

—Muy bien, está bien —dice Jesús relajadamente—. Ya basta. En primer lugar, gracias por un día tan maravilloso. ¡Bernabé! ¡Shula! ¡Acérquense! ¿Aprobaron el sermón?

—Fue un poco largo —bromea Bernabé—, pero efectivo.

Shula le da un codazo a Bernabé.

—Fue extraordinario.

Jesús habla dirigiéndose a todos.

—Ustedes hicieron su parte para difundir la noticia, lo cual es una parte vital de nuestro ministerio. Y demos las gracias especialmente a Natanael, Tadeo, y Santiago el Joven por lo que hicieron para conseguir el lugar y preparar todo esto con tanta rapidez. Sé que todos ustedes los ayudarán a limpiar todo esto antes de irse.

Los otros aplauden a esos tres.

—Yo también tengo un anuncio rápido —añade Jesús—. Sé que algunos de ustedes ya lo han conocido, pero para quienes no, él es Judas de Keriot. Me acaba de pedir que sea su rabino y poder aportar algunos de sus talentos a nuestro ministerio, una petición que me alegra mucho aceptar. Por lo tanto, demos la bienvenida al grupo a Judas.

Hay más aplausos y buenos deseos.

—Bien —dice Jesús al fin—, ha sido un viaje largo en estas últimas semanas. Se ha hecho mucho trabajo y muy bueno, y hay mucho más que hacer en el futuro. Pero, por ahora, tomemos un tiempo para descansar. Simón, especialmente tú necesitas regresar a tu casa —y continúa con un guiño—. Después de que se haya desgastado la alegría de tenerte fuera, Edén realmente comenzó a extrañarte. Por lo tanto, tomen un descanso ustedes dos.

Jesús indica a todos que se acerquen más, y se juntan poniendo los brazos sobre los hombros los unos de los otros.

—Pueden hablar entre ustedes de cómo mantenerse en contacto para que podamos juntarnos de nuevo pronto, pero por ahora, permitan que ore por ustedes.

Todos inclinan sus cabezas y, mientras lo hacen, Jesús habla.

—«El Señor te bendiga y te guarde; el Señor haga resplandecer su rostro sobre ti, y tenga de ti misericordia; el Señor alce sobre ti su rostro, y te dé paz» —entonces levanta la mirada—. Nos veremos pronto. Gracias.

Judas acaba de unirse al grupo, ¿y ahora toman un tiempo para descansar? ¿Dónde van estos nómadas para hacer eso, y qué se supone que debe hacer él mientras tanto?

Capítulo 5

TIEMPO DE DESCANSO

El monte de las Bienaventuranzas

Aunque todos los demás parecen estar reuniendo sus pertenencias y preparándose para dejar ese lugar, María de Magdala desearía quedarse aquí para siempre. Su corazón está lleno, y sin embargo quiere más. Más de Jesús. Más de su amor, su compasión, su sabiduría, su empatía. Podría estar escuchándolo hasta el amanecer.

Está a punto de preguntar a sus amigas si sienten lo mismo; sin embargo, Tamar, la resplandeciente egipcia de piel de ébano y Rema, el amor de Tomás, parecen distraídas. Se acerca otra mujer, que parece tener quizá diez años más que Jesús. Va vestida con elegancia, incluido un chal muy sobrecargado que tuvo que ser incómodo todo el día bajo el calor.

—Perdón —dice ella—. Ustedes son seguidoras del maestro, ¿sí?

—Sí —responde María—. Shalom.

—¿Podría hablar con él?

—Está a punto de irse —dice Tamar—. Todos nos vamos. Ha sido un día muy largo.

La mujer se quita el chal y lo voltea para revelar el otro lado de color anaranjado.

—Quiero regalarles esto.

María se queda perpleja.

—No, no, es que… gracias. ¿Por qué?

Seguramente, ninguna de las tres parece que pudiera usar una prenda tan deslumbrante. Incluso las lujosas vestiduras de Tamar ya están desgastadas y descoloridas.

—Es una ofrenda —dice la mujer —¿No se hizo una colecta?

—Él no pidió eso —dice Rema—. Este no es el modo de conseguir hablar con él.

Tamar se acerca un poco más con los ojos muy abiertos.

—¿Es de *shatush*? —agarra el chal y lo sostiene en sus manos.

María ha oído de la lana de gran calidad hecha de pelaje del antílope del Himalaya, pero nunca la ha visto.

—De Nepal —dice la mujer.

—¿Quiere donar esto al ministerio? —pregunta Tamar, pareciendo asombrada.

—Sí, y habrá más.

—¿Quién eres tú? —pregunta Rema.

—Me llamo Juana, y traigo saludos para Jesús de alguien, si pudiera tener solo un momento…

—¿De quién? —dice Rema.

Juana parece titubeante, pero susurra.

—Vengo de Maqueronte. He hablado con Juan, el Bautista.

¡Juan! María lanza a la mujer una mirada de sorpresa.

—¡Andrés!

Andrés termina de despedirse de Zeta y Natanael y se acerca, aparentemente mirando con curiosidad a la recién llegada.

—Dice que ha hablado con Juan, en Maqueronte.

Él levanta las cejas.

—¿Cuándo? ¿Cómo? ¿Lo has visto?

—Mi esposo trabaja en la corte de Herodes —dice Juana—, por eso tuve la oportunidad de hablar con Juan desde que... desde que lo encerraron. Quedé intrigada por sus palabras, y...

María se aparta para buscar a Jesús. Seguro que querrá oír eso. Después de un día largo y agotador, justo cuando Andrés pensaba que nada podría mejorarlo, ahora esto.

—¿Hablaste con él? ¿Está bien? ¿Qué dijo?

—¿Tú eres Andrés?

—¡Sí!

—Te mencionó. Tú eras uno de sus seguidores.

—Sí. ¿Está herido?

—No. Bueno, sí, no es un gran lugar donde estar, y ha molestado a algunas personas importantes. Pero quería que tú especialmente, Andrés, supieras que tiene buen ánimo.

—¿Puedo verlo?

María regresa y presenta a Jesús.

—Claro —dice Juana—. Vi tu enseñanza.

—Hola, Juana. Entonces, ¿has hablado con mi primo?

—Sí, y me ha estado diciendo que necesito oír tus enseñanzas. Cuando llegó a Maqueronte la noticia acerca de esta reunión, no lo consideraron de gran importancia, pero Juan pensó que sería una buena oportunidad para mí.

—Rabino —dice Andrés—, me gustaría visitar a Juan.

—Un momento, Andrés —se voltea hacia Juana—. Entonces, ¿qué le reportarás?

—Que quiero apoyar tu ministerio —titubea y se emociona—. Este fue un día de sanidad para mí, como Juan dijo que sería. Gracias.

—Me alegra oírlo.

—Juan quería que te dijera que tiene muchas ganas de que en algún momento acudas a Herodes. Cree que hay incertidumbre en la corte acerca de él, y también dice que todavía no te están tomando en serio. Piensa que una visita fuerte por tu parte pronto podría resolver ambos asuntos, pero también quería dejar claro que confía en que tu tiempo llegará «pronto».

Jesús sonríe.

—Claro. Gracias por decir eso. Ahora bien, para que mi estudiante aquí no apriete tanto los dientes que se conviertan en polvo, ¿se permite a Juan recibir visitas en este momento?

—¿Vienes a Maqueronte?

—No, voy a pasar un tiempo a solas, pero si pudieras de algún modo arreglarlo para que Andrés visite con seguridad a Juan...

Andrés no puede ocultar su entusiasmo y sus ganas.

—Supongo que podría hacer algunos arreglos —dice Juana—. Mis hombres me llevan de regreso a Maqueronte en mi carruaje en breve. Puedes venir conmigo.

—¡Gracias! —dice Andrés—. Y gracias a ti, Rabino.

—Necesitas descansar y confiar, Andrés. Sin embargo, quizá después de ver a Juan podrás hacer ambas cosas.

Andrés da un abrazo a Jesús, y ambos intercambian shalom. Cuando el pequeño grupo se va dispersando, Simón, el hermano de Andrés, se acerca.

—¿Qué sucede? ¿Todo va bien?

—Partiremos en unos momentos, Andrés —dice Juana, y se aleja.

—¿Quién es? —pregunta Simón.

—Voy a ver a Juan. Ella lo conoce de Maqueronte.

—¿A qué te refieres? Esto no es...

—El Rabino me dijo que vaya. Ella trabaja en la corte de Herodes. No te preocupes por mí. Tú tienes que irte a tu casa con Edén.

—No puedo dejar que vayas solo...

—Estaré bien.

—Andrés...

—Escucha, ¡estaré bien! Pero gracias.

—¿Por qué?

41

Andrés de repente se ve sobrepasado. A pesar de todas sus peleas, ama a su hermano y no hay nadie con quien preferiría compartir esta aventura única en la vida.

—Por tener cuidado de mí. De todos. Siempre lo has hecho. Eres un gran líder, y no lo digo lo suficiente. Gracias.

Ahora Simón parece consciente de sí mismo. Sonríe, da un suspiro, y pone una mano en la nuca de Andrés.

—Dile shalom a Juan de mi parte.

—¿En serio?

—Lo digo en serio—responde Simón—. Juan comenzó todo esto, presentándote a Jesús —acerca su frente a la de Andrés—, y tú me lo presentaste a mí. Le doy gracias a Juan, y te doy gracias a ti —le da un beso a Andrés en la mejilla—. Te amo. Shalom.

Andrés encuentra a Felipe y se acerca al recién llegado, Judas, para que se una a su conversación. Les dice dónde va y los invita a quedarse en su casa hasta que él regrese.

—Es pequeña, pero nos las arreglaremos. Judas, Felipe ·puede ponerte el corriente mientras tanto.—Dame la dirección —dice Judas—, y te encontraré. Necesito ocuparme de algunas cosas primero en casa.

Tomás está solo al borde de la zona de la plataforma. Aunque no hubo ninguna sanidad milagrosa esta vez, nunca olvidará cuando Jesús convirtió agua en vino en la boda en Caná. De algún modo, Tomás sintió que él nunca sería el mismo, y eso sin duda ha demostrado ser cierto. Ahora necesita llegar a ser más proactivo acerca de sus intenciones con Rema. Cuando ella, María y Tamar se dirigen hacia donde está, él da un paso al frente.

—¡Rema!

Rema se aparta de las otras, que esperan, y se acerca a él.

—Entonces, ¿hablaste con Juan?

—Sí, estaré con él. ¿Y tú te irás con María?

—Sí.

—Bien —dice Tomás—. Pasaré mañana por tu casa para ver cómo estás.

Rema le sonríe.

—Imaginé que lo harías.

Avanzando a tientas ahora, Tomás sigue hablando.

—¿Es un buen momento que vaya después de la segunda comida?

—Tendré que ver cuáles son mis planes.

¡Tengo que ir más despacio!, piensa Tomás.

—¡Ah! —exclama—. Puedo ir más tarde.

Ella muestra una gran sonrisa.

—Estoy bromeando, Tomás.

¡Uf!

—Ah, sí; claro —titubea, sin estar seguro de qué hacer o decir a continuación—. Bueno, shalom.

—Shalom.

Él se voltea para irse.

—¿Tomás?

—¿Sí —dice dando media vuelta.

—¿Tal vez puedes venir después de la *primera* comida?

—¡Claro! Es que no quería molestarte. Hemos pasado mucho tiempo juntos últimamente.

Ella sonríe.

—Lo sé.

Ah...

—Espero que este tiempo de separación no sea demasiado —añade ella—; ya sabes, tiempo separados.

Justamente lo que él quiere oír.

—No lo será.

—Bien —dice ella—. Bueno, shalom.

Tomás se queda mirando fijamente mientras Rema regresa con María y Tamar, y entonces ve a Bernabé y Shula a un lado, sonriéndole. Bernabé asiente con la cabeza y hace una señal con el puño. Tomás sonríe y se aleja como si caminara por el aire.

Capítulo 6

JAIRO

Sinagoga de Capernaúm, el bet midrash

Yusef no está seguro de qué hacer consigo mismo. Siempre ha sido capaz de separar sus emociones de su estudio y su formación, y Samuel ha grabado en él la disciplina absoluta de una reflexión serena en las Escrituras. Por encima de todo, debe evaluar con cautela y seriedad el comentario de cualquiera sobre la Torá.

Pero tiene que admitir que algo está sucediendo en su interior. Ha visto cosas, ha oído cosas, ha experimentado cosas, ha *sentido* cosas; todo ello por causa de ese solitario predicador de Nazaret.

Samuel le advirtió en privado que descartara algunas de las cosas que había dicho Nicodemo mismo (el maestro de maestros de Jerusalén) acerca de Jesús. Es obvio que Jesús no ha disuadido a sus propios discípulos de que hagan saber que él es el Mesías. Indudablemente eso es blasfemia, punible hasta el alcance total del Sanedrín.

Sin embargo, si se atreve a admitirlo (incluso ante sí mismo), Yusef puede que se incline hacia la perspectiva de Nicodemo de todo este asunto. Aunque todavía no lo ha revelado ni lo ha dicho, Nicodemo claramente al menos permite especulación sobre el asunto, manteniéndose abierto a la posibilidad de que el vagabundo pueda realmente ser «de Dios».

Todavía con sus vestiduras del templo, habiéndose apresurado a llegar desde la colina donde Jesús predicó, Yusef se acomoda en su escritorio, impulsado a escribir sus sentimientos e impresiones. Ataca rápidamente un rollo nuevo con su pluma, llenándola rápidamente y repetidamente de un tintero. Pronto se asombra al descubrir que ha agotado el líquido después de escribir solamente unas páginas, y en medio de sus pensamientos. No hay problema, pues Niv, el administrador ejecutivo de la sinagoga, siempre rellena el tintero alegremente para él.

Su silla hace ruido al arrastrarse por el piso de piedra cuando Yusef la aparta y se apresura a ir a la oficina de Niv. Allí encuentra a un hombre de unos treinta y pocos años que parece que ordena meticulosamente los rollos que hay sobre unos estantes en la pared más alejada.

—¿Hola? —dice Yusef.

El hombre se voltea.

—Hola.

—Tú eres… ¿quién eres?

—Soy Jairo.

—Me alegro de conocerte. Yo soy Yusef. Ah, ¿está Niv aquí?

—Niv fue trasladado. Yo soy el nuevo administrador de la sinagoga.

—No lo sabía…

—¿Que él se iba?

—No, que parece que soy tan poco importante que nadie pensó en mencionármelo.

Jairo sonríe.

—Yo no me molestaría, rabino Yusef. Tómelo de alguien que ha sido trasladado muchas veces: las despedidas son lo más difícil. Niv parece que se guardó la noticia para evitar todo eso.

—Entonces has estado en muchos lugares, ¿no?

—Cades, Jope, Hebrón, y ahora…

—La Galilea. Bienvenido, Jairo. ¿Tienes familia?

Jairo asiente con la cabeza.

—Esposa y una hija. Y, Adonai mediante, otro hijo en camino.

—¡Felicidades!

—Gracias, rabino. ¿Y tu familia? Espero conocerlos pronto.

—Mi familia está en Jerusalén —dice Yusef.

—Lo siento. Eso debe ser duro.

Yusef se encoje de hombros.

—No estaba seguro de cuánto tiempo me quedaría en Capernaúm. Las mudanzas tan frecuentes también deben ser duras. Tu hija, ¿cuántos años tiene?

—Doce. Y sí, es difícil para ella. Hacer amigos, ya sabes. Para mi esposa también, pero ser nuevos y estar solos también nos une más. Y te aseguro que no evitará que cumpla con mi obligación.

Yusef mira la oficina, que ya está mucho más ordenada que como la mantenía Niv.

—Parece que no. Ah, Jairo, necesito tinta.

—¡Vaya! Tú y todos los demás.

—¿No tenemos?

—Me temo que se secó. Ya hice una petición a Jerusalén. Hasta que llegue, tal vez quieras preguntar a algunos de tus hermanos menos, mm, prolíficos.

Yusef resopla de risa.

—Entonces tendría que explicar lo que estoy escribiendo —sabe que ha despertado el interés de Jairo, pero acaba de conocer a ese hombre, de modo que avanza con determinación—. Usaré mi provisión personal.

Se voltea para irse, y Jairo lo llama.

—Me gustan los desafíos, rabino Yusef.

—Eso te servirá bien aquí —se voltea de nuevo, pero Jairo no ha terminado.

—Es uno de los motivos por los que me muevo de un lugar a otro. Soy conocido por ayudar a llevar orden al caos. Bueno, tal vez estoy exagerando. ¿Orden a la agitación? ¿Eventos inusuales?

Yusef mira fijamente, sin estar seguro de cuánto decir. Afortunadamente, Jairo continúa.

—Se ha difundido la noticia de que están ocurriendo eventos inusuales en Capernaúm.

Entonces, ¿lo sabe?

—Esa es una descripción muy adecuada —concede Yusef.

—¿Quizá estás escribiendo sobre cosas inusuales?

¿Me atrevo a decirlo?

—De lo más inusual —Yusef es tentado a salir huyendo antes de decir demasiado, pero en cambio lanza la cautela por la ventana—. Ayer fui testigo de un sermón de un predicador de dudoso carácter. No he dormido desde entonces. ¡Fue brillante!

—Qué intrigante. ¿Va a ser un registro histórico? ¿Una carta? ¿Vas a presentar cargos?

—¡No! Todavía no sé lo que estoy redactando, o a quién lo enviaré. Solamente estoy seguro de que debo documentar lo que estoy viendo.

—Rabino Yusef, tengo una caja de seguridad que utilizo. La llamo *la bodega*. Es donde van los documentos para enfriarse. No puedes imaginar cuántas veces nuestros hermanos escriben algo que la mañana siguiente desearían no haber enviado. Otros documentos permanecen en la bodega por meses. Está cerrada con llave, y es totalmente confidencial. ¿Te parece un lugar donde quieres guardar tu documento?

A Yusef ya le cae bien este hombre.

—Apuesto a que esas despedidas fueron muy duras para aquellos con quienes trabajabas, Jairo.

Capítulo 7

HUÉSPEDES

En Capernaúm y los alrededores

Simón se encuentra caminando con nuevo brío en sus pasos, cargando con sus bolsas y las de Edén desde el monte de las Bienaventuranzas hacia su casa. Una vez dentro, dice:

—Qué bueno estar en casa —acerca a Edén y la abraza—. Y es aún mejor estar aquí.

—¿No estás agotado, Amor? —pregunta ella, para detenerlo—. Yo lo estoy, y estuve allí solamente hoy. Tú has estado sin parar, ¿cuánto tiempo? Meses.

—¿Qué puedo decir? —dice él—. Tú sacas lo mejor de mí, y tengo muchas ganas de estar en casa, a solas, contigo.

—Me sorprenderé si no te derrumbas en la cama y duermes durante días.

—Todo a su tiempo —dice él haciendo un guiño.

—No es para cambiar de tema —dice Edén—, pero ¿Jesús siempre está enseñando?

—¿A qué te refieres?

—Bueno, después de ese sermón extraordinario, les dice a todos que se dispersen y cuiden los unos de los otros hasta que vuelva a llamarlos.

Simón se encoge de hombros y asiente con la cabeza.

—¿Y ves una lección en eso?

—Sí. Él les ha dejado que todos lo averigüen por ustedes mismos. ¿Acaso normalmente no da tareas a todos, o te pide a ti, o a Santiago el Grande, o a Juan, que se lo digan a los otros?

—Normalmente sí.

—Solo digo que hoy no le oí hacer eso. Muchos de sus nuevos amigos lo dejaron todo, incluidos sus hogares, para seguirlo. ¿Dónde irán durante este tiempo de descanso? Me refiero a que tú, Santiago el Grande y Juan tienen casas a donde ir, y desde luego que tu hermano tiene este pequeño lugar. Solo me pregunto por los demás.

—Ya son grandes —dice Simón—, así que quizá tienes razón en que es el modo que tiene el rabino de enseñarles a que se las arreglen por sí mismos.

—Eso espero.

Él da un suspiro y le susurra al oído.

—Desde que tu ima se mudó de nuevo a la casa de tu hermano, odio la idea de que estés sola aquí todo el día y la noche —toma su mano y camina hacia atrás, guiándole a ella—, pero en este momento...

Ella se ríe, pero los dos se detienen al oír el sonido de golpes en la puerta. Simón se acerca a la puerta, y encuentra a Natanael con una alforja sobre su hombro.

—Hola —dice el joven.

Edén parece mostrar una emoción forzada.

—¡Ah, hola! —exclama.

Simón entrecierra los ojos.

—¿Qué haces aquí? —pregunta claramente, y Natanael sonríe.

—Me miras como si quisieras aplastarme la cara con una piedra.

Eso es exactamente lo que quiero hacer, piensa Simón, pero Edén se pone delante de él.

—No bromees —le dice—. Vamos, entra.

—Lo siento —dice Natanael—. Sé que probablemente quieran estar solos. Es que no soy de aquí, y escuché que tal vez ustedes tenían espacio.

—¿Quién te dijo eso? —pregunta Simón.

—Claro que lo tenemos —dice Edén.

—Andrés tiene un lugar en el barrio oriental —dice Simón—. Puedo darte la dirección.

Pero Natanael deja su alforja y se sienta.

—Pensé en eso —dice—, pero es que…

—¿Qué?

—Él tiene solamente un cuarto, y Felipe y Judas se quedan con él. Prácticamente están uno encima del otro, y cuando Andrés regrese de Jordania, estará todavía más lleno.

—Nuestra casa no es mucho más grande —dice Simón.

—Nos las arreglaremos —dice Edén.

—¿Te opondrías a dormir en la azotea?

—¡Simón! —le dice Edén.

—Yo… bueno —dice Natanael—, es que escuché que tenían un cuarto extra donde solía quedarse tu mamá, Edén.

Simón levanta sus brazos.

—¿Quién te dice esas cosas?

—¿Has comido algo, Natanael? —pregunta Edén.

Simón le lanza una mirada furiosa.

—¡Me muero de hambre! —dice Natanael—. Gracias. Ah, oigan, lo digo en serio, no me echen cuentas. Actúen como si yo no estuviera aquí. Tal vez me iré a la azotea—. Entonces agarra una manzana.

—Hay una escalera —dice Simón—, justo ahí afuera.

—No soy un inconsciente —añade Natanael—. Me taparé los oídos con una almohada.

Edén da un grito ahogado.

—Natanael —dice Simón—, puedes decir lo que quieras en el camino con los muchachos, pero en mi casa, intenta pensar algo que no digas o dormirás en la bodega del pescado.

Natanael baja la mirada.

—Lo siento —hace una pausa, pareciendo avergonzado—. ¿Todavía quieres que me vaya a la azotea?

Simón gesticula un «sí» con la boca a Edén y agarra la alforja de Natanael, lo levanta de la silla donde está sentado, y lo empuja hacia la puerta. La abre, y entonces se encuentra con Zeta con su puño levantado, a punto de tocar a la puerta.

—Ah, esperaba que esta fuera la casa correcta.

• • •

Juan lleva la alforja más grande y más pesada mientras Santiago el Grande y él van camino a su casa desde la colina del sermón.

—¡Más despacio!

Santiago el Grande mira por encima del hombro.

—¿No tienes ganas de llegar a la casa?

—Sí, pero no eres tú el que carga el hacha, las estacas de la tienda y el martillo...

—Cállate, y cambiemos de carga.

Juan se detiene y baja la alforja de su hombro poniéndola en el suelo de un golpe seco. Santiago baja también su propia bolsa y agarra la otra más grande, sintiendo el peso.

—Ya veo que podría volverse más pesada después de un rato.

—¿Por qué tienes tanta prisa, de todos modos? —pregunta Juan.

—Vamos, ¿no lo sabes?

—¿Qué?

—Juan, solamente sueño con una cosa cada noche.

—Y apuesto a que vas a decirme qué es.

—Los pasteles de canela de Ima.

—Eso suena muy bien —dice Juan.

—Como si a ti no te gustaran.

—Mmm, sí, no. No porque hay cosas más importantes en las que pensar. ¿Las enseñanzas? ¿El sermón que acabamos de oír? ¿Los milagros? ¿Cojos que pueden andar?

—¡Lo sé! Me da hambre.

—Estás enfermo.

—Vamos —dice Santiago—, estamos muy cerca.

Mientras aceleran el paso, aparece Tomás en la esquina siguiente.

—¿Van a comer, muchachos? —les dice.

—¡Tomás! —exclama Santiago el Grande.

—Todo el mundo tiene hambre —dice Juan—. Me alegra que encontraras el barrio.

—No fue fácil —dice Tomás—. Tus indicaciones fueron... ¿cuál es la palabra? Malas.

—¿Esto estaba planeado? —dice Santiago el Grande.

—¿No te lo dije? —responde Juan—. Supongo que mi mente estaba en lo de hacer historia mientras tú soñabas con pasteles.

—¿Pasteles? —dice Tomás—. ¿Qué clase de pasteles?

Santiago el Grande encoge los hombros.

—Olvídalo.

—Bueno, sí, yo lo invité —dice Juan—. Pensé que a un tipo de las llanuras de Sarón, un forastero en un lugar extranjero, podría irle peor que a Abba. Puede dormir en el cuarto donde Ima seca las hierbas.

—Suena extravagante —bromea Tomás.

—Me alegra tenerte con nosotros —musita Santiago.

Oyen un grito desde medio bloque de distancia.

—¡Tres discípulos de Jesús de Nazaret se quedarán bajo mi tejado! ¡Una triple bendición!

—¿Incluso Abba lo sabía? —dice Santiago el Grande.

—Tomás y yo hablamos con él en...

Pero Zebedeo llega hasta ellos y abraza a sus hijos.

—De todos los padres en Capernaúm, ¡yo debo ser el más envidiado!

—Te presentaría a Tomás —dice Santiago el Grande—, pero parece que ya se conocen.

—¡Tomás! —grita Zebedeo—. ¿Qué tal ese sermón?

—En realidad, señor —dice—, tengo algunas preguntas.

Zebedeo se ríe.

—De algún modo sabía que las tendrías.

—Es que tiendo a pensar demasiado las cosas.

Juan interrumpe.

—¿Dónde está Ima?

—Salió corriendo al mercado —responde Zebedeo—. Se dio cuenta de que no le quedaba canela.

Santiago hace un gesto con la cara.

—¿No le quedaba...?

—Tengo algo muy importante de lo que quisiera conversar con ustedes —dice Tomás.

—¡Creo que sé lo que es! —dice Zebedeo sonriendo.

—Yo creo que indudablemente lo sé —dice Juan.

Santiago el Grande parece desconcertado.

—¿De qué están hablando todos?

Tomás sonríe mientras Juan y su padre lo acorralan y caminan hacia su casa, y Santiago camina fatigosamente detrás de ellos.

Capítulo 8

LAS MUJERES

Apartamento de María Magdalena, Capernaúm

Todavía rebosante y feliz por el sermón de Jesús en la planicie de Corazín, a la que el precioso Mateo dice que ahora habría que referirse como el monte de las Bienaventuranzas, María también está emocionada por tener con ella a sus nuevas amigas, Rema y Tamar. Pero ¿por cuánto tiempo? Está contenta por compartir su diminuto hogar y espera con ganas sus charlas. Lo que le hace pensar, mientras desempacan y guardan pan, uvas, queso, pepinos, y otros alimentos que trajeron del mercado, es que ninguna de las tres parece tener idea alguna de cuánto tiempo durará este descanso antes de volver de nuevo con Jesús. Decide que está bien no saber dónde podría guiarles él, pero sería muy útil saber *cuándo*.

María no puede sacudirse la sensación de que la atención cada vez mayor que Jesús está atrayendo de los romanos y de los fariseos no es un buen augurio para su seguridad. Está aprendiendo a dejarle a él esas preocupaciones. Su preocupación personal más inmediata es cuánto tiempo podrá durar su acopio de alimentos, y qué van a hacer las otras dos mujeres y ella cuando se acaben.

—Literalmente no dejé nada en mi despensa, porque no sabía cuándo regresaría —dice María—. Se lo di todo a Rivka.

—Y juntamos todo nuestro dinero en el mercado, ¿no? —dice Rema—. Gastamos hasta nuestro último siclo.

Bueno, piensa María, *lidiaremos con la pobreza y el hambre cuando sea necesario, si es que lo es.* Por su ventana divisa una figura familiar en la calle, y sale afuera.

—¿Qué ocurre? —pregunta Tamar.

—¿Mateo? —le llama María.

Él se ve tímido con sus vestidos ahora desgastados y deslucidos que antes se veían tan elegantes. Parece inseguro. Perdido.

—Ah —dice—, ah, hola.

Rema y Tamar se juntan con María.

—¿Qué estás haciendo aquí, Mateo? —le pregunta con amabilidad.

—No sabía a quién, o dónde, mm, ir.

¿No sabe dónde ir? Su mansión podría acomodar a todos los discípulos.

—Pero tienes una casa en uno de los barrios más hermo...

—La regalé —dice él rápidamente.

—¿A quién?

—A mis padres.

—¿Y pasaste por su casa? Seguro que ellos...

—Mi padre no lo permitirá.

—Pero eres su hijo.

—Él dice que no lo soy.

Rema y Tamar muestran un quejido.

Qué triste. María no sabe qué decir.

—Lo siento.

Cómo desearía ella que se quedara en su casa, pero su pequeña morada no ofrecería ninguna privacidad, y no sería apropiado que ·se quedara un hombre allí.

—Gracias por escuchar —dice Mateo—. Creo que tal vez acamparé. Ahora sé cómo hacerlo.

—¿Estás bien, Mateo? —dice Rema sonriendo—. He estado donde él está ahora —dice en un susurro.

—Me siento confuso —responde él—. Gracias por preguntar.

El corazón de María se duele por él.

—Lo estás haciendo muy bien, Mateo. Todo es nuevo, y está bien cometer un error.

—Gracias —dice él mientras se voltea para irse—. Buenas noches.

María conduce a las tres al interior de la casa.

—Es maravilloso. Dios bendiga su corazón —cambia el tema para evitar comenzar a llorar—. Bueno, en realidad esto no es mucha comida, pero nos las arreglaremos.

Tamar recorre con sus dedos el chal que les regaló Juana.

—¿Es demasiado pronto para usar esto?

—Sí —dice Rema—. No deberíamos haberlo aceptado.

Tamar sonríe.

—Ella te cayó bien.

—Era presuntuosa —dice Rema.

María ladea la cabeza.

—Las personas ricas pueden ser así.

—Créeme, yo lo sé —dice Rema—. Solía trabajar en el negocio de las bodas.

—¿Quién creen que era en realidad? —pregunta Tamar—. ¿Recuerdan cómo batallaba con sus palabras?

—Creo que se sentía avergonzada —dice María—, y no quería que nadie de sus conocidos supiera que estaba allí. Eso es lo que me dio a entender.

Rema asiente con la cabeza.

—Era engañosa.

—Pero también curiosa —dice Tamar.

María le da vueltas a eso.

—Tal vez estaba siendo cauta, pero genuina. Llevaba aretes de plata.

Rema frunce el ceño.

—¿O fueron solamente palabras y nunca más volveremos a verla? Por mí está bien. Regalar *shatush*, la tela más cara del mundo…

Tamar se encoge de hombros.
—Intentaba ayudarnos.
A María no le gusta a dónde se dirige esa conversación.
—¿Comemos? —dice—. Vamos a comer.

57

Capítulo 9

«ALGO SOLO PARA TI»

Mazmorras del palacio de Herodes, Maqueronte, Jordania

Emocionado, pero con el corazón roto por su primer rabino y mentor, Andrés sigue a Juana y a un guardia del rey por los pasillos subterráneos iluminados con antorchas. Lo asalta el hedor frío y húmedo, repugnante, y se pregunta cómo alguien, especialmente Juan el Bautista, que siempre ha sido un hombre de aire libre, puede soportar eso día y noche. La mayoría de los hombres que están allí duermen en sus celdas sucias y ruinosas. Andrés se refrena de taparse la nariz, pero se obliga a respirar poco profundo.

—No puedo decir que la culpo por regresar, señora —susurra el guardia de cabello canoso—. Pocos visitantes lo hacen, pero tampoco tenemos aquí muchas veces a personas interesantes como Juan. Cada día es algo nuevo con este salvaje. O demanda que enviemos un mensaje al rey, o predica acerca de un nuevo reino. Sus maldiciones son creativas.

Cuando se acercan a la celda de Juan, Juana le entrega al hombre un puñado de monedas, y habla casi en un susurro.

—Me avergonzaría si le hablaras a alguien sobre mi visita o de este nuevo amigo que me acompaña. Pero escúchame: para tu familia y tú sería devastador. ¿Lo entiendes?

El guardia le lanza una mirada que expresa: no tiene que amenazarme.

—Nunca estuvieron aquí —dice, y se aleja.

Juan se levanta desde un rincón y se acerca rápidamente a los barrotes, con ojos muy abiertos que reflejan el parpadeo de las llamas en las paredes del pasillo.

—¡Juan! —dice Andrés, con voz pesada—. ¿Estás bien?

—¿Qué haces aquí? —dice Juan, claramente alarmado por el riesgo que corre Andrés. Mira a Juana—. ¿Quién permitió esto?

—Nadie —responde ella—. Debemos ser rápidos.

Juan sonríe a Andrés.

—Para responder a tu pregunta, estaré bien. Nunca antes he dormido en un palacio. Pero ¿qué estás haciendo aquí?

—He estado muy preocupado, orando por ti cada día.

—Ahora tienes un nuevo rabino. *El* rabino. Céntrate en él. Y espero poder hacerlo yo también, pronto —asiente hacia Juana—. Ella acudió a mí disgustada cuando Herodes hizo que me arrestaran, pero no vino por causa de mí. Estaba enojada porque no acusé a su esposo de adulterio al mismo tiempo que acusé a Herodes. Pero está demostrando ser una alumna muy apta —se voltea hacia ella—. ¿Hablaste con él?

—Sí, le dije a Jesús lo que me dijiste.

—Gracias, pero eso no es tan importante como lo que pensaste de él.

—No sé cómo describirlo —dice ella.

Juan asiente con la cabeza.

—Como si estuvieras agradecida por la comida, pero sin haberte dado cuenta de que morías de hambre.

—Así es.

—¿Alguna novedad, Andrés?

—Muchas.

—Cuéntame. ¿Qué dijo él?

—Nada que tuviera sentido para mí —dice Juana

Juan sonríe. Ella continúa.

—Todo del revés: los pobres, los que lloran, los mansos, todos elevados de algún modo.

—Bienaventurados —dice Juan.

—Sí —dice ella—, y otras cosas del revés. ¡Ama a tus enemigos! ¿Quién puede *amar* a su enemigo?

—Él puede —responde Juan—. ¿Qué más?

—Imágenes extrañas, si me preguntas. Algo sobre perlas delante de cerdos, vigas en los ojos…

—¡Sí! —exclama Juan.

—La sal —dice Andrés—, matar, lluvia, que Dios alimenta las aves, casas sobre la arena…

—Él es casi tan extraño como tú, Juan —dice Juana.

Juan da un suspiro.

—Me gustaría ser así de extraño —da un paso atrás y comienza a caminar—. ¿Cuántos había?

—Miles —responde ella.

—¡Maravilloso! ¿Qué más?

Ya basta de esto, piensa Andrés luchando para no llorar. Cómo le duele ver aquí a un mentor tan querido.

—Juan, ¿qué hacemos contigo? ¿Cómo puedo ayudar?

—Esto me está ayudando, Andrés. Lo que me están diciendo.

—Ya sabes a qué me refiero.

Juan se acerca de nuevo a los barrotes y susurra.

—Ven aquí.

Andrés se acerca más.

—No tengas miedo —dice Juan.

Eso es lo que Jesús dice siempre, piensa Andrés. *Pero tengo miedo.* Y brotan las lágrimas. Juan continúa.

—Las profecías de Isaías: «Él ha sido enviado a proclamar libertad a los cautivos», y ¿qué?

—«Libertad a los oprimidos» —recita Andrés.

Juan asiente con la cabeza y sonríe.

—Esta cárcel no es nada ahora que él está aquí. ¿Lo crees?

—Lo intento.

—Andrés, piensa. En todo lo que él dijo a esos miles de personas, seguramente hay algo solamente para ti, para lo que estás atravesando. Siempre lo hay. ¿Qué fue?

Andrés hace una pausa, está superado. ¿Cómo puede ser Juan tan perspicaz? Tiene razón, claro. A veces *era* como si Jesús le estuviera hablando a él directamente.

—Algo que se te quedó grabado —añade Juan.

—No estén ansiosos.

Juan sonríe.

—Cuéntame más.

—¿Acaso pueden añadir una sola hora a su vida al estar ansiosos?

—Eso suena típico de él —dice Juan—. ¿Qué más?

—Busquen primeramente el reino de Dios y su justicia.

—Más típico aún de él —dice Juan—. Entonces, si quieres ayudarme, Andrés, ¿estás escuchando?

Andrés asiente con la cabeza.

—Si quieres ayudarme, escúchalo a él. Vete a casa y haz lo que él dice. Eso es todo lo que quiero. ¿Entendiste?

—Entendí.

—Ahora, deja que Juana te saque de aquí, antes de que me acompañes.

Capítulo 10

APARTADO

Hogar de Judas

Al haber sido invitado al piso de Andrés para quedarse con él y con Felipe, el miembro más nuevo de los discípulos de Jesús está ansioso por empacar y llegar allí. Los dos hombres parecen ser devotos seguidores de Jesús de Nazaret, y se conocieron cuando seguían al hombre loco conocido como Juan el Bautista. Hasta ahora, Judas meramente se ha entretenido con sus relatos del predicador que se atrevió a denunciar al rey y a sus familiares por todo tipo de desenfrenos. Sin embargo, también se sabe que el hombre viste con pieles de cabra y subsiste a base de langostas y miel.

Judas solo puede menear la cabeza al pensar por qué alguien creería los mensajes de tal personaje; hasta que encaja las piezas de que Juan se llama a sí mismo un precursor de Jesús. De hecho, es el primo de Jesús, muy poco mayor que él, e insiste en que solamente está proclamando la venida del Mesías. No sorprende que todo eso, especialmente sus diatribas sobre las infidelidades del rey mismo, haya servido para llevar al Bautista a la cárcel, probablemente temiendo por su vida.

Andrés le resulta intrigante a Judas, por lo poco que lo conoce. Hermano de uno de los líderes, al que llaman Simón, Andrés parece tener una pasión casi fanática por Jesús, pero también mantiene una lealtad profunda y amorosa a su rabino original. Además, ha ido a Jordania a visitar al hombre que está en la mazmorra en el palacio de Herodes.

Andrés había dejado las llaves de su casa a Felipe, y les dijo a él y a Judas que regresaría lo antes posible. Judas espera con ganas el relato de su visita a Juan, pero también desea llegar a conocer a Felipe, quien parece ser más sabio de lo que sus años muestran. Los otros discípulos claramente lo respetan y lo escuchan.

Pero, por ahora, Judas tiene que poner en orden sus propios asuntos. Va muy en serio con dejarlo todo para seguir a Jesús, ya sea que Hadad lo crea o no. Judas sabe que parece una tontería, pero ya no necesita la casa que compró con una herencia de su padre, y quiere despedirse de su hermana casada que vive no muy lejos.

No necesita mucho. Solamente ropa, en realidad. Judas llena una alforja y observa la planta de menta en un tiesto que está en el alféizar de la ventana, principalmente a la sombra. La desliza suavemente hacia el sol. Así se siente él, como si hubiera vivido principalmente en la oscuridad hasta ahora, encontrando finalmente su camino hacia la luz.

Judas abre un cofre y hojea varios documentos. Mete uno de ellos en una carpeta de cuero, ata la fina cuerda, y mientras va de camino a la puerta regresa y agarra la planta de menta.

Judas encuentra a su hermana Débora en su casa, lavando ropa en un barreño inmenso en el exterior, y a sus sobrinas jugando cerca. Saluda a todos, y se sienta con ella. Le cuenta todos sus planes y ella asiente con la cabeza, pero su expresión no da a entender nada excepto que conoce sobre el predicador vagabundo del que su hermano habla. ¿Cómo no iba a saber de él?

Judas espera deseoso su respuesta, pero, cuando él termina, ella se pasa la mano por su cabello evitando su mirada.

—¿Por qué tengo una mala sensación sobre esto? —le dice.

—Eso es lo que dijiste cuando ingresé en la empresa de minería.

—Y me alegro de haberme equivocado, Judas, pero ahora te vas.

—Mi vida no puede tratarse solamente de dinero.

Ella se burla.

—Contigo nunca se trata de dinero.

—Sé que piensas que habrías gastado la herencia de Abba mejor que yo —dice él.

—¡Lo *habría* hecho! Esa casa en la que invertiste no ha aumentado en valor.

—Por eso estoy aquí —pone el tiesto con la planta en la mesa y saca el cuaderno de cuero de su alforja, desatando la cuerda y mostrando un documento—. Necesito que guardes algo por mí. La escritura de mi casa. No sé cuándo regresaré, o si lo haré alguna vez.

Puede ver que ella está desconcertada, pero se recompone. Tras mirar el documento, habla.

—Todos han estado hablando sobre tu rabino, lo sabes.

—¿Qué dicen?

—Demasiadas cosas para ser ciertas. Oí que se reunieron cientos de personas...

—Miles. No me di cuenta en ese momento, pero el día antes yo ayudé realmente a sus discípulos a conseguir el lugar. Dios estaba obrando por medio de mí, Débora. Eso nunca antes sucedió.

Judas espera alguna muestra de una respuesta positiva a eso, pero las palabras de ella son pocas.

—¿Cómo ganarás dinero?

Él se encoge de hombros.

—Ayudaré con lo poco que tienen. Ayudaré a encontrar benefactores y seguidores. La mayoría de los rabinos son ineficaces, y este es el ministerio más importante en la historia de nuestro pueblo. Para difundir su mensaje y edificar algo que haga frente a los romanos, necesitará mis habilidades.

Ella se asombra.

—Judas. Esto es peligroso.

—Sí.

—A Roma no le gustan los predicadores populares con muchos seguidores —añade ella—. Los eliminan.

—Creo que él es el Mesías. Estoy casi seguro de eso.

Ella menea la cabeza.

—Muchos han afirmado ser el Mesías. Ya sabes lo que les ocurrió.

—Siempre te pones en lo peor. No siempre matan a sus seguidores. Si él es verdaderamente el ungido, hermana, entonces no lo matarán. Él derrotará a Roma y nos liberará a todos.

Débora se suaviza.

—No quiero perderte, Judas. Tú eres todo lo que me queda en este mundo.

—Tienes a tu esposo, ¡a tus hijas!

—No, me refiero a... —dice con voz temblorosa—. Ya sabes a qué me refiero. Tú eres el último de nuestro apellido. Si algo te sucede, la línea de Iscariote quedará rota y el nombre de nuestra familia olvidado.

Él acerca su mano para tocarla.

—Pase lo que pase, creo que Adonai me ha apartado para algún propósito que todavía no conozco.

Con sus ojos llenos de lágrimas, ella se acerca para abrazarlo, y ambos juntan sus frentes.

—Haznos sentir orgullosos —le dice ella.

—Lo haré.

—Abba e Ima te amaban mucho. Te amo.

—Yo también te amo —dice él.

Ella besa su mejilla, y se reclinan de espalda en la silla.

—¿Mantendrás viva la planta de Ima? —dice.

Ella asiente, claramente superada.

—Ahora vete de aquí, y sigue a tu rabino. De veras espero que estés haciendo lo correcto.

—Lo estoy. ¡Lo verás!

Débora lo sigue hasta la puerta, y cuando se aleja le grita.

—¡Oye, tener un hijo sería mucho más fácil que cambiar drásticamente toda tu vida para emprender un viaje peligroso!

—Shalom, shalom, Débora.

Capítulo 11

LA BODEGA

Sinagoga de Capernaúm

¿Qué hacer? ¿Qué hacer? Yusef termina la misiva, con la intención de que tal vez algún día sea para el rabino Nicodemo mismo. Pero ¿se atreverá a enviarla?

No. Todavía no. Hoy no, indudablemente. La enrolla y se pone de pie, consciente repentinamente de su fatiga. Cansado, su cuerpo decae, y sus vestimentas están arrugadas por haber estado sentado por tanto tiempo. Se estira. Ah, bien podría quemar la carta y terminar con ello, sin volver a tener que preocuparse por tales cosas; sin embargo, la suerte está echada y su rumbo establecido. Aunque no tiene ni idea de cuándo o si encontrará la valentía para enviarlo, Yusef no tiene intención de hacer trizas el pergamino.

Emprende el camino hacia la puerta de Jairo y espera. El hombre es tan eficiente y fastidioso, que lo que menos quiere Yusef es interrumpirlo. Finalmente, Jairo levanta la mirada.

—Rabino Yusef —observa claramente los rollos y sonríe—. ¿Tienes algo que quisieras poner en la bodega?

El eufemismo de Jairo para referirse a *custodia* divierte a Yusef.

—Tal vez para enfriarlo un tiempo —se encoge de hombros—. Vale la pena probarlo.

Le entrega el rollo a Jairo de modo que se ve el saludo. Dice: PARA: RABINO NICODEMO DEL SANEDRÍN DE JERUSALÉN. IMPORTANTE.

—Muy bien —dice Jairo—. Hasta que me digas algo más, tú y yo seremos las únicas almas que sabremos sobre esto —da vueltas al cilindro en sus manos—. Pero, rabino, no está sellado.

Yusef le devuelve la mirada y habla.

—Sí, Jairo. Lo está.

Puede saber por la expresión de Jairo que entiende que es libre para leerlo si así lo desea.

Apartamento de María de Magdala

De camino de regreso de Jordania en ruta hacia su propia casa en el barrio oriental, Andrés se acerca a la diminuta morada que sabe que ahora alberga a Rema y Tamar además de la mujer con la que debe hablar. Mientras está delante de la puerta pisando la tierra con su sandalia, en su mente se repite una y otra vez una fea escena. No ha pasado tanto tiempo, pero le ha perseguido desde entonces.

Jesús había sido arrestado y llevado delante del pretor Quintus para interrogarlo, y Andrés había estado furioso con el resto de los seguidores de Jesús por permitirlo. Estaba decidido a ir detrás de Jesús y pedir su liberación.

—Andrés —había dicho Juan—, él no pidió tu ayuda.

—¡No tendría que haberlo hecho! —le había dicho Andrés casi llorando—. No reconozco a ninguno de ustedes.

Andrés lo había empujado y apartado, y entonces sucedió.

—Tal vez debería ir contigo —le dijo la joven María—. Me siento responsable.

Andrés apenas si puede creer que se volteó para mirarla, gritando: «¡*Tú* podrías ser la responsable! ¿Cómo *pudiste* irte?».

Había estado mal, muy mal, echarle en cara su fallo. Claro que él tenía sus ideas y sus sentimientos, y puede que incluso tuviera razón; sin embargo, María no había sido diferente del resto de ellos y, a decir verdad, no era diferente de Andrés mismo. Él no era más inmune a regresar a sus viejos caminos de lo que había sido ella. Él podría haber sido fácilmente el que necesitara ser llevado de regreso al rebaño y buscar el perdón de Jesús. Pero lo primero es lo primero. Necesitaba el perdón de María.

Normalmente valiente y directo, ahora Andrés se encuentra inseguro, y llama a la puerta titubeante. María abre, y parece confusa.

—Shalom —dice ella.

—Shalom. No tomaré mucho tiempo —mira detrás de ella para asegurarse de que ni Rema ni Tamar están lo bastante cerca para escuchar.

—Está bien —dice María—. ¿Necesitas algo?

—Yo, es que, solo quería decirte algo, María. En el sermón del rabino dijo que primero nos reconciliáramos con alguien antes de adorar. Y necesito disculparme contigo.

Ella le sonríe con tanta ternura, que lo hiere.

—No me debes...

—Sí, te lo debo. Te dije cosas horribles porque estaba asustado; y el rabino también habló de eso. Habló de muchas cosas en las que tengo que trabajar, realmente.

—Yo también —dice María suavemente.

—Pero tú no merecías las cosas que te dije, y lo siento de veras.

Ella aprieta sus labios y ladea la cabeza, como para darle gracias.

—Bueno, eso es todo.

—Lo siento —dice ella con emoción en su voz—. No estoy segura de qué decir. Creo que esta es la primera vez que alguien me ha dicho *lo siento* por algo.

—Tampoco te mereces eso —dice Andrés. Aguanta otra pausa incómoda—. Las cosas son mejor ahora, ¿no?

—Sí. Mucho mejor. Gracias por esto.

—Shalom, María.

—Shalom.

Las afueras de Capernaúm

Por un lado, Mateo está orgulloso del campamento improvisado que ha creado lo bastante alejado de la vía pública hacia Capernaúm para estar oculto del tráfico. Por otro lado, debió haber olvidado algún paso que Felipe le enseñó con respecto a preparar un lugar cómodo para dormir. Vivir en los caminos con Jesús ha sido bastante distinto a la existencia lujosa que disfrutaba como recaudador de impuestos, pero al menos se ha beneficiado de las habilidades de sus compatriotas más orientados a estar en el exterior. Sin embargo, pasó por alto algo que ellos saben sobre construir un lecho cómodo para sus alfombras para dormir, y despierta menos que descansado, y además con dolor de espalda.

Pero tiene más cosas en su mente esa mañana que la incomodidad. Después de aliviarse, hacer una pequeña fogata, y prepararse una bebida caliente, ora y organiza el campamento antes de dirigirse hacia el hogar de su niñez. Está seguro de que sus padres nunca se mudarán a la casa palaciega que él les regaló. Su padre, Alfeo, dejó claro que considera la generosidad de Mateo el resultado de dinero de sangre que le exprimió a su propio pueblo. Y claro que eso es verdad, aunque no hace que su alejamiento sea menos doloroso.

Sin embargo, Mateo está creciendo en su fe y su devoción al Mesías. Anhela adorar a Jesús y a su Padre celestial, pero el rabino dejó claro en su sermón que hay que reconciliarse con cualquiera que sea necesario antes de adorar. Por lo tanto, ¿cómo puede él calificar si sigue estando en enemistad con sus propios padres? El siguiente movimiento le corresponde a él. Sabe dónde encontrarlos.

Con la seguridad de estar haciendo lo correcto, Mateo sigue sintiendo una carga sobre sus hombros que es más pesada con cada paso hacia la ciudad y por la calle familiar donde creció. ¿Podrá solucionarlo? ¿Lo hará? Para todos los propósitos prácticos, ha sido desheredado por su padre. Y, aunque seguramente su madre tiene tanto dolor por eso como Mateo, también ella expresó disgusto, incluso odio, por sus decisiones en la vida.

Pero ¿qué piensan ellos ahora; ahora que él ha dado la espalda a su pasado y está siguiendo al hombre que cree que es el Mesías? Cómo le gustaría que por lo menos ellos vendieran la casa que les regaló y disfrutaran una existencia más fácil, o dieran el dinero a los pobres si eso les hace sentirse mejor.

Se acerca con cautela a la puerta y de repente se siente paralizado. ¿Puede hacer eso? ¿Qué dirán ellos? Levanta una mano para llamar, pero no puede obligarse a sí mismo a hacerlo. Igual que la ocasión en que intentó visitarlos el día de reposo, teme que sucumbirá al temor y se irá. Solo puede esperar que ni su padre ni su madre lo hayan visto allí de pie. Debería irse calladamente, regresar a su campamento, y buscar sabiduría del Señor.

Sin embargo, antes de poder moverse se oyen ladridos en el aire: ladridos fuertes y emocionados del perro que Mateo dejó también a sus padres. Mueve su cola, brinca, e intenta saltar sobre él. *Perfecto*, piensa. *El hombre al que su propia familia considera un perro es recibido en casa solamente por uno de su clase.*

—¡Calla, perro! —susurra con urgencia— ¡Calla!

Se abre un poco la puerta. El momento de la verdad. Por fin, aparece el padre de Mateo. Seguramente que le cerrará la puerta en la cara.

Pero no. Abre la puerta del todo.

—Padr... ¡Alfeo!

Se quedan mirando el uno al otro.

—¡Hijo!

PARTE 2

De dos en dos

Capítulo 12

EMPERADOR DE LO OBVIO

Capernaúm

El primi Gayo está de pie al lado del *Cohortes Urbana* Aticus, decidido a no mirarlo directamente a los ojos. Eso solamente alentaría al hombre, haciéndolo pensar que Gayo presta un poco de atención a lo que piense o tenga que decir. ¿Acaso no es consciente Aticus de que es el emperador de lo obvio, impulsado aparentemente a explicar lo que otros pueden ver con toda claridad? Y ¿por qué siempre está comiendo? Gayo nunca lo ha visto sin llevar con él por lo menos una pieza de fruta. Y ahora, mientras el hombre está de pie a horcajadas sobre un muro con vistas a la puerta occidental de la ciudad, lleva con él una fragante barra de pan de centeno.

Decenas de tiendas y cobertizos están más abajo justo afuera de la puerta, componiendo su propia ciudad expansiva artificial de tiendas temporales. Muchos de los ocupantes van caminando con muletas o bastones. Otros sufren una tos seca, y algunos otros simplemente están tumbados sobre mantas, quejándose mientras se pone el sol. Hay mujeres que agarran ropa lavada de tendederos improvisados, mientras que otras reúnen a niños que están jugando.

Pronto llegará la hora de irse a la cama. Hay hombres que se inclinan y se mueven recitando oraciones.

Con el rabillo del ojo, Gayo es consciente de que Aticus ha arrancado un trozo de pan de la barra y se lo metió en la boca.

—¿Qué significado le das a esto? —dice, señalando a la villa de chabolas.

Todavía con la mirada fija hacia adelante, Gayo piensa en la pregunta. Le da el significado que cualquiera le daría. No es ningún misterio. Él sabe por qué las personas han viajado hasta aquí y lo que quieren. Todo el mundo lo sabe.

—¿Primi? —dice Aticus, forzando a Gayo a voltearse justo cuando le lanza un pedazo de pan. Gayo lo agarra en el aire, pero ni le da las gracias a Aticus ni lo prueba. Uno de los motivos por los que se mantiene tan en forma es que se niega a comer durante el día. Dos comidas al día son suficientes. Ninguna más, ninguna menos.

—Están aquí por Jesús de Nazaret —añade Aticus.

Seguro que ahora me informará de que el sol sale por el este. No es ninguna sorpresa para Gayo el motivo por el que multitudes son atraídas a Jesús. El hecho es que él mismo está contento de que su tarea lo haya situado cerca del predicador.

—Es entendible —dice.

Ah, magnífico, ahora tiene la atención de Aticus.

—¿No crees que esto plantea un problema para la ley y el orden?

Lo único que Gayo necesita es que llegue la noticia al pretor Quintus, o peor aún, a César, de que un primi parezca impresionado con un agitador de multitudes.

—Sí, señor —dice—. Solo me refería a que puedo ver por qué…

—Quintus se va a volver loco cuando vea esto.

Decidido a mantenerse estoico, Gayo teme que la expresión de su cara haya delatado un rastro de tristeza ante esa idea. En efecto, Aticus le pone toda su atención.

—¿Te sucede algo, Primi?

—No, señor. Listo para la tarea, señor.

THE CHOSEN: Y YO LES DARÉ DESCANSO

—Bien. Los secretos, como los asesinatos, al final salen a la luz. *Con el tiempo.* Mañana, deberías ser tú quien deje saber a Quintus sobre este nuevo barrio pobre. Vamos.

Aticus baja del muro y se aleja caminando, todavía masticando el pan. Gayo lanza su pan a los pájaros.

La noche siguiente
Natanael camina con Zeta por el perímetro de la villa de tiendas. El exarquitecto siente que el exelote está nervioso. Zeta ha estado muy nervioso desde que se unió a los discípulos, y Natanael sabe que Jesús ha estado trabajando para suavizar sus aristas, tranquilizarlo, y hacer que sea menos rígido y esté menos enfocado en las reglas. Natanael encuentra a Zeta irónicamente farisaico a su propio modo.

Zeta se detiene de repente, mirando fijamente a una pareja de peregrinos que están haciendo una fogata. ¿Ahora qué? Cuando Zeta se acerca a ellos, Natanael intenta detenerlo.

—¿Qué estás haciendo?

—¡No pueden hacer un fuego tan cerca de una estructura de tela! —susurra Zeta—. Es la ley de Capernaúm. Además, una fogata atraerá la atención romana y pondrá en riesgo a Jesús.

Zeta se acerca otra vez a los hombres, pero Natanael lo bloquea.

—¿Qué vas a hacer?

—Decirles que no hagan fogatas.

Natanael da un suspiro. Algunas personas solamente pueden aprender por la experiencia.

—Hazlo a tu manera.

—¡Perdón! —dice Zeta a los hombres.

—Aquí no hay espacio —dice uno de ellos, claramente interpretando mal las intenciones de Zeta.

—No se pueden hacer fogatas a menos de nueve codos de una estructura de tela. Es un peligro. Van a tener que pensar en otra cosa. No podemos tener problemas.

—¿Quién es *vamos*? —pregunta el hombre.

—¿Eres uno de sus discípulos? —pregunta el otro.

Se acercan otros peregrinos que están ahí.

—¿Dónde está él? —grita uno de ellos—. ¿En Capernaúm?

—¿Quién dijo que está en Capernaúm? —dice Zeta.

—¡Por eso estamos todos aquí! —exclama una mujer.

—¿Cuándo será su próximo sermón? —dice un hombre—. Tenemos que oírlo. Él es el Escogido, ¿no es cierto?

A Natanael le divierte que Zeta tenga que echarse hacia atrás.

—Él no dijo eso en el monte —responde Zeta.

—Pero tiene que ser cierto —dice la mujer.

—¿Por qué no habló de derrocar a Roma? —añade un hombre.

Zeta se voltea a Natanael, quien sonríe y le dice:

—¿Cómo está resultando la patrulla del fuego?

Zeta se aleja de la gente y sigue caminando, y Natanael lo sigue. Zeta habla con voz baja.

—Será difícil manejar a estas multitudes.

—Difícil para nosotros, sí —dice Natanael—. Jesús se las puede arreglar solo. Él quiere a las multitudes.

—Mmm, no sé. Hay demasiadas personas.

—Demasiadas para ir por ahí diciéndoles cómo hacer una fogata para cenar. Tienes que saber escoger tus batallas, amigo.

Capítulo 13

RESTITUCIÓN

Hogar de Alfeo y Eliseba

Mateo apenas si puede creerlo, pero se siente tan nervioso al estar sentado frente a su padre (con su madre de pie detrás de él) como lo estaba cuando Jesús lo llamó a unirse a sus discípulos. La diferencia entonces fue que nunca se había sentido más seguro de nada en toda su vida. En un instante tomó una decisión; bueno, en realidad tuvo la sensación de que su mente la tomó en su lugar, y dio la espalda por completo a su vida anterior.

Nada de recaudar impuestos, nada de guardaespaldas personal armado, nada de riqueza, nada de un hogar palaciego en el mejor barrio. Incluso su guardia Gayo le dijo que se había vuelto loco. Ah, todavía habría fuertes críticas, maldiciones, epítetos, desprecio; principalmente de los fariseos, pero también, como aprendió rápidamente, incluso de sus compañeros discípulos. Y ¿por qué no? Él los había traicionado, los había ofendido; en esencia, los había extorsionado y había hecho que sus vidas fueran tan miserables como la de cualquiera de sus otros compatriotas judíos.

Gracias a Dios por Felipe y Tadeo y un par de los otros (incluidas las mujeres) que reconocieron que todos los seguidores de Jesús tenían un pasado. Tal vez el de ellos no era tan repulsivo como había sido el de Mateo, pero, como Felipe le dijo una vez: «Yo también *era* otra cosa antes. Cuando has conocido al Mesías, el *soy* es lo único que importa». Felipe era muy sabio al recordarle a menudo que no permitiera que nadie lo definiera por su pasado: por sus pecados. Jesús lo había aceptado, y solamente podía esperar y orar para que los demás finalmente también lo hicieran. Haría lo que fuera necesario para reconciliarse con ellos.

Pero ahora está allí sentado, frente a sus padres, agarrando con fuerza su pañuelo siempre presente, el recurso de seguridad del que no puede prescindir, especialmente cuando está nervioso. Y ¿cuándo no lo está? Su corazón está lleno a rebosar porque su padre lo llamó «hijo», pero Mateo no intentará engañarse a sí mismo: el trabajo de reunirse aquí solamente acaba de comenzar. Puede sentir que su padre también está incómodo, sentado frente a él en silencio. Su madre sirve a cada uno una taza de vino.

—Es muy bueno —dice Mateo, con ganas de hablar del asunto, pero sin saber cómo sacar el tema—. Gracias.

—No tanto —dice su padre—. Nuestro lote actual no es muy bueno.

Cómo aborrece Mateo la charla trivial, especialmente ahora, especialmente con las dos personas a las que ama más que a nadie en la tierra. Por años se ha aislado de todo el mundo, y estar alejado de su familia solamente empeoró las cosas. Literalmente, no tenía a nadie hasta que Jesús llegó a su vida. Antes de eso, la única criatura que no lo juzgaba ni lo denigraba era el perro.

Pero ahora es momento de charla trivial.

—He estado viajando y no he probado buen vino, de modo que éste está bien.

Su madre sonríe.

—¿Cómo *fueron* tus viajes? Nos encantaría que nos hablaras de eso.

Casi parece sincera, pero Mateo está seguro de que está intentando evitar los silencios incómodos. ¿Qué puede decir? Le gustaría decirles todo lo que ha estado haciendo y aprendiendo, pero no ahora. Está deseoso de aclarar las cosas.

—Fueron muy bien —dice—. Gracias.

Pero eso no será suficiente para ella. Él sabe que seguirá preguntando.

—¿Estás seguro? —dice ella—. Estás más delgado. ¿Comiste lo suficiente?

¿Realmente vamos a hablar de esto? Él da un suspiro.

—Solía comer demasiado.

—¡No, no es así! —dice ella—. Te veías especialmente saludable cuando te vi. Espero que sigas...

—Eli —dice Alfeo—, ha dicho que está bien.

Una pausa. Más incomodidad. ¿Va a tener Mateo que cambiar de tema y hablar claramente?

—Me gusta tu barba —dice Eliseba.

—Gracias. No la afeitaré por mucho tiempo.

Mateo agarra a su madre rogando a su padre con su mirada que diga algo, cualquier cosa. Alfeo lo hace.

—¿Cómo manejaste el dormir al aire libre?

¿Sabe que eso hice anoche?

—Ahora estoy mejorando. Se me da bien fabricar una tienda, y también he aprendido a quitar corcho de las ramas para tener madera seca. Mi amigo Felipe me enseñó...

—¿Tienes un amigo? —pregunta Eliseba.

Ella no puede saber cuán doloroso es que le recuerden que, a excepción de un breve periodo en la niñez, cuando su hermana y él se llevaban bien, nunca antes había tenido un amigo, ni siquiera uno. No sabe cómo responder, pero no quiere atacar verbalmente y decir: «Dije *mi amigo Felipe*, ¡así que obviamente tengo un amigo!».

Ella lo intenta. Sin embargo, llegó el momento de hablar del tema.

—Ayer, mi rabino dijo que cada vez que oremos a Dios, debemos pedirle que nos perdone nuestras deudas.

Su padre y su madre se ponen tensos, justamente lo que él temía; sin embargo, sigue adelante, aunque titubeando.

—Y reconozco que tengo una deuda… muy grande con ustedes —le agrada que su última frase suene con tanta seguridad como la que él siente. Por difícil que fuera decirlo, de ningún modo cuestiona la verdad de eso.

—Mateo —dice su padre—, no nos debes ningún dinero.

Mateo se levanta y camina por la habitación. Tiene algo que decir, y debe hacerlo correctamente.

—La deuda no es material. Les hice daño, y también hice daño a nuestra comunidad. Y mi rabino dijo también que antes de llevar un sacrificio al altar, si sabemos que un hermano tiene una ofensa contra nosotros, debemos dejar allí el sacrificio y reconciliarnos. Está claro que solo los sacerdotes ponen ofrendas en el altar, y que ustedes no son mi hermano, pero el ejemplo es de alguna manera una metáfora, y estoy aprendiendo que…

—Sí, Mateo —dice Alfeo—, lo entendemos. Continúa.

Su madre da un codazo a su padre. Mateo continúa.

—Nunca entendí por qué yo era tan diferente de todos los demás. Solamente quería una vida cómoda.

—Tú querías ser mejor que los demás —dice su padre.

—Alfeo…

—No, Madre, tiene razón. Sentía que me lo merecía, y por eso amaba la opulencia. Estaba cómodo detrás de los barrotes de mi caseta con un escolta armado cerca. Y me sentía cómodo en mi casa detrás de una puerta dorada. Mientras tanto, a ustedes los menospreciaban en la sinagoga. Perdieron su reputación y sus amistades. Avergoncé a nuestra familia.

Silencio.

—Di la espalda a nuestro pueblo. Creía que mis decisiones eran mejores para mí y más importantes que mi familia y la fe. Eso fue egoísta, y está mal. Lo siento. Me gustaría poder eliminar el daño que les causé. Me gustaría…

79

—Está bien, está bien —dice Alfeo.

Eliseba comienza a llorar, y Alfeo se acerca a ella.

—Shhh...

—Buscaré algo que pueda hacer para expiar eso —dice Mateo.

—Mateo —dice su padre—, siéntate.

—Prefiero estar de pie.

—Por favor...

—No merezco la cortesía.

Alfeo menea la cabeza.

—Tú no eres el único que debe expiar algo.

Mateo se sienta en la silla. Es obvio que su madre ahora está llena de alegría. Agacha su cabeza, lleno de emoción. ¿Qué intenta decir su padre?

—¿Tienes hambre? —pregunta Alfeo.

Sorprendentemente, así es. Mateo asiente con la cabeza, y su madre da un beso a su padre antes de ir a la cocina. Ambos cruzan sus miradas, como si fuera de hombre a hombre y no de padre a hijo.

—Tienes razón, Mateo. Perdí mi negocio por causa de ti, y perdimos nuestra reputación y nuestras amistades.

—Lo sé.

—Pero no tenía ningún derecho a rechazarte como mi hijo.

Las palabras golpean a Mateo como si fueran un fuerte viento.

—Dios debería derribarme por las cosas que te dije. Fui vergonzoso —su padre deja que las palabras se mantengan en el aire, y después continúa—. ¿Puedes perdonarme?

Al otro lado de la habitación, su madre solloza.

—Yo solo hice que las cosas empeoraran —dice Alfeo—. Lo siento.

—Lo *sentimos* —añade su madre

¿Se están disculpando conmigo?

—Pero ¿qué ha cambiado? Yo pequé...

—Nosotros también lo vimos, Mateo —dice su padre—. Escuchamos su sermón.

—¿Es el maestro al que sigues? —pregunta su madre.

—Sí. Él me llamó, y yo...

—Entonces ya has expiado —dice Alfeo—. Fueron las palabras más ciertas que he oído nunca. Algunas de ellas asombrosas...

—Lo sé. Lo anoté todo.

Su madre se acerca.

—¿Eres su escriba?

—Sí.

—Tú redimirás el nombre de nuestra familia —dice Alfeo.

—Él te escogió *a ti*, Mateo —dice Eliseba.

Mateo menea la cabeza.

—Hasta este día, no sé por qué.

Su madre se acerca a él y le da un abrazo como no lo ha hecho en años. Cuando ella lo acerca, él deja su pañuelo sobre la mesa y también le abraza.

—Dices que siempre te sentiste diferente de otras personas —dice ella—, y lo eres. Porque fuiste apartado para algo especial.

—Gracias.

—Gracias, *Ima* —dice ella—. Dilo.

—Gracias, Ima.

Ella lo abraza con más fuerza y después se aleja.

—Alfeo.

—¿Qué?

—Perdónalo.

—¡Ya lo hice!

—No, no lo hiciste. Debes decirlo.

Alfeo da un suspiro y sonríe mientras se levanta. Alfeo extiende su mano, y Mateo la agarra.

—Te perdono, hijo.

—Gracias.

—Gracias, *Abba* —dice ella.

—Abba —dice Mateo.

Hacen una pausa para secarse las lágrimas.

—¿Cuánto tiempo estarás en Capernaúm? —pregunta su madre.

—No lo sé, pero mientras esté aquí, prometo que haré restitución.

—Ya lo has hecho —dice ella.

Alfeo levanta las cejas.

—Hemos rentado tu antiguo cuarto por años.

—Está bien, Abba, Ima. Ya me he acostumbrado a dormir en el suelo.

—¡Oye! —dice Alfeo—. ¡Eso! Espera un momento.

Regresa un momento después, con expresión triunfante.

—Me alegro de no haber tirado esto —abre la palma de su mano para revelar la llave de la casa de Mateo, que Gayo le había entregado en nombre de Mateo.

Mateo retrocede.

—Nunca volveré a vivir en esa casa.

—Entonces, puedes regalarla —dice Alfeo, haciendo un guiño a su esposa—. Derríbala, o quémala si quieres.

—¿Por qué iba a hacer eso?

Alfeo se encoge de hombros mientras pone la llave en la mano de Mateo.

—Encontrarás algo que hacer. Hasta entonces, puedes ocupar cualquier piso en ella.

Capítulo 14

NUEVO TRAZADO

La Autoridad romana, Capernaúm

Gayo no puede evitar sospechar que Aticus tiene algún motivo oculto para permitirle informar al pretor Quintus del campamento de chabolas que se ha formado fuera de la puerta occidental. Aticus siempre ha parecido el tipo a quien le encanta llevarle al pretor malas noticias; sin embargo, *es* tarea del primi mantener informado a su jefe. Y ha aprendido que Quintus agradece la charla directa, sin indecisión.

Pero, cuando Gayo y Aticus pasan al lado del escritorio en el recibidor y del guardia que ya ha aprendido claramente la futilidad de intentar hacer esperar al *Cohortes Urbana* para ser anunciado, se pueden oír los gritos de Quintus incluso desde allí.

—¡Y *tú*! —grita—. ¿De qué color te parece que es?

Tras una respuesta tímida y entre dientes, Quintus pasa de nuevo al ataque.

—¿Se supone que debe verse así? ¡Bébela! ¡Bébela!

Aticus parece ahogar la risa, y asiente con la cabeza indicando que Gayo lo siga hasta el despacho de Quintus. Justamente cuando entran, Quintus lanza una taza de barro contra la pared mientras un subordinado acobardado (obviamente, un ingeniero romano) se arrodilla a sus pies. Aticus finge una gran sonrisa inocente.

—¡Quintus! ¡Mi viejo amigo! Ah, ¿estás ocupado?

Quintus se inclina hacia el ingeniero.

—Soluciona. Lo. Del. Agua. ¡Soluciónalo! Si veo otra gota de agua residual en mi agua, yo personalmente te ahogaré en ella, lo juro por Apolos. Octavio, tú harás gárgaras con esa agua.

—Muy gráfico —dice Aticus—. Creo que lo entiende. Entendiste eso, ¿no? Te ahogará en... bueno, ya sabes.

Octavio, con la cabeza aún inclinada, se dirige al pretor.

—Encontraré la grieta, Dominus.

Mientras Quintus lanza una mirada mortal al ingeniero, Gayo interviene.

—Yo supervisaré el proyecto.

—Hazlo —dice Quintus, y después se voltea al ingeniero—. ¿El agua color café te dejó sordo? ¡Vete! ¡Ahora mismo!

El hombre se va apresuradamente, y Aticus se sienta, sonriendo con satisfacción. Gayo se mantiene en posición de firmes.

—Puedes observar cómo el talento abandona sus cuerpos cuando llegan desde Roma —dice Quintus—. Y puedes marcar el ritmo.

Aticus asiente con la cabeza.

—La buena ayuda es difícil de encon...

—¡Es esta gente! —exclama Quintus—. Esta tierra. Va a obligarme a hacer algo drástico.

—¿Como trabajar? —dice Aticus.

—Soy capaz de cualquier cosa. Ave, César —Quintus se deja caer en la silla de su escritorio—. ¿Qué quieren?

Aticus mira a Gayo.

—Mmm, sí, pretor. Ha surgido un campamento justo al otro lado del perímetro occidental de la ciudad.

—Entonces, envíalos a sus casas.

Gayo mira a Aticus, quien lo ignora mientras se limpia las uñas.

—Son peregrinos, Dominus —dice Gayo.

—De *quién*... Jesús de Nazaret.

—¡Ay!

—Él dio un sermón en la llanura de Corazín...

—No sigas. ¿Lo dio? ¿Y me lo estás diciendo ahora?

Aticus vuelve a intervenir.

—Y está construyendo una cabaña. Y ahora se está calmando. Quintus, ni Gayo ni yo tenemos horas suficientes en el día para reportarte todo lo que este hombre...

—No hables por los hombres a mi mando —dice Quintus—. Por favor. Esto parece más importante que solo calmarse. Gayo, ¿de qué habló?

¿De qué habló? Aunque a Gayo le pareció cautivador el sermón, casi hipnótico, y probablemente podría haber recitado gran parte de él (en especial las conmovedoras paradojas), cuanto menos sepa Quintus, mejor.

—Sonó como cualquier otro sermón, Dominus.

Aticus le lanza a Gayo una mirada de sorpresa.

—¿Es eso lo que *tú* oíste, *Cohortes*? —pregunta Quintus.

—Bueno —dice Aticus—, yo no he oído muchos sermones —dice encogiendo los hombros—. Largas instrucciones sobre, qué era, algo sobre ir a pie, leer siempre de derecha a izquierda... ya sabes, cosas de judíos.

Gayo está perplejo y asombrado por la mentira de Aticus.

Quintus parece desconcertado.

—Si fue tan aburrido, ¿por qué no se quedaron los peregrinos en la llanura? ¿Los trajo Jesús hasta aquí?

—No, Dominus —responde Gayo—. Nadie sabe dónde está Jesús ahora, pero muchos de sus seguidores residen en la ciudad.

Quintus ladea su cabeza.

—¿Estaba allí nuestro exrecaudador de impuestos?

Gayo se siente repentinamente protector de Mateo, pero cuando Aticus asiente con la cabeza, no puede negarlo.

—Mateo. Sí.

—Bien —dice Quintus—, de todos modos, ¿a quién le importa? Pues líbrate de ellos.

¿Librarme de ellos?

—¿Dominus?

—¡Júntalos a todos! —dice Quintus—. Oblígalos a irse. ¡Seguimos siendo Roma!

—O también —dice Aticus— podrías convertirlos en ingresos.

Eso capta toda la atención de Quintus.

—¿Cómo?

—Vuelve a trazar los límites de la ciudad para englobar a los ocupantes ilegales.

—Pero no están en nuestro censo.

—Mucho mejor para ti. No están pagando impuestos en los lugares de donde vienen, lo cual significa que los libros de otros pretores...

—Los libros de contabilidad no van bien —dice Quintus, como si recibiera bien la idea—. Lo entiendo.

Gayo siente la necesidad de tomar las riendas antes de que eso se les vaya de las manos.

—Los peregrinos han sido pacíficos hasta ahora. No puedo decir cómo responderán a que se les cobren impuestos.

—Será mejor que descanses un poco, Gayo. Mi plan es volver a trazar los límites de la ciudad, y rápido. Vamos un poco atrasados este mes.

—Es un buen plan —dice Aticus—, pero tienes que tener en cuenta a Pilato.

—Deja las evasivas —dice Quintus—. ¿A qué te refieres?

—Como sabes, a Pilato siempre le preocupa el orden.

—Desde luego.

—Pero ha recibido presiones para no usar la fuerza en exceso para lograrlo.

—¿De César? Ave.

Aticus asiente con la cabeza.

—Bien —continúa Quintus—. Gayo, necesito que hagas tu trabajo sin dejar marcas —mira a Aticus—. ¿Contento ahora?

—Partiré pronto hacia Jerusalén.

—Ahh —dice Quintus—. Un lugar encantador.

—Le debo una visita a Pilato —dice Aticus.

La expresión de Quintus cambia.

—Mucho que reportarle —añade Aticus mientras se levanta y se dirige a la puerta.

La sonrisa de Quintus se hiela, y su cara se queda pálida.

—Estupendo.

Capítulo 15

EL ANUNCIO

Hogar de Zebedeo y Salomé

Así que este es el lugar, piensa Tomás, mirando el techo donde dicen que la hermosa Tamar y sus amigos bajaron a su amigo paralítico desde la azotea para que fuera sanado por Jesús. Sabe que tiene que ser verdad; después de todo, hubo muchos testigos. Sin embargo, el escéptico que hay en él desearía haber estado allí para verlo. ¿Cómo habría sido para un hombre paralítico de nacimiento? Pero incluso los fariseos causaron alboroto por eso, intentaron acusar al rabino de afirmar ser Dios no solo por haber sanado al hombre (con algún tipo de truco, dicen), ¡sino también por atreverse a perdonar los pecados del hombre!

Tomás no puede negar el parche que el padre de Santiago el Grande y Juan han aplicado al techo. Está claro que allí sucedió algo. Mientras tanto, Tomás se siente extrañamente bienvenido en esa cocina diminuta y acogedora donde la madre de los hermanos ha preparado una abundancia de delicias: diversos productos masticables y especias. Tomás no puede darle sentido a la burla de los otros dos hermanos de discípulos (Simón y Andrés) con la que han atormentado a Santiago el Grande y Juan acerca de la cocina de su mamá. En realidad, no han sido malintencionados, pero tampoco han ocultado su desdén por las habilidades culinarias de ella. Tal vez sea simplemente el modo en que los varones hacen bromas entre ellos, pero Simón afirma que realmente deja pasar los platos que ella prepara cuando va de visita.

Si su modo de cocinar se parece en algo a lo que ha escogido para que Tomás, sus hijos y su esposo coman, no puede imaginar dejarlo pasar nunca. Y, al haber estado en el negocio del servicio de comidas, conoce bien la comida preparada.

Tomás disfruta de la charla de Juan con la boca llena, sugiriendo a su madre que podría coser pequeños bolsillos en el interior de los cinturones de Santiago el Grande e incluso de Tomás, donde pudieran guardar uvas pasas para sus viajes.

—¡Una reserva de emergencia! —dice Juan.

Salomé parece ruborizarse un poco por los elogios que Santiago el Grande le dedica.

—¡Pasé muchas noches soñando con tus pequeños cuadritos, Ima! Los de canela e higos.

—¡Muy ricos! —añade Juan.

Parece que ese es todo el aliento que ella necesita.

—Los cargaré a ustedes tres como si fueran mulas de carga. Nunca volverán a tener hambre en el camino.

Zebedeo agarra un pequeño frasco y con emoción se lo entrega a Tomás.

—¡Prueba esto!

Tomás entrecierra los ojos.

—¿Qué es?

Zebedeo sonríe.

—¿Crees que te voy a envenenar, a nuestro huésped?

Tomás lo huele.

—Aceite de oliva.

—¡Vamos! —le dice Zebedeo.

Tomás deja caer un poco de aceite sobre su lengua y lo saborea.

—Realmente bueno —dice asintiendo con la cabeza.

—¡Y conoce el sabor! —exclama alegremente a Salomé—. ¡Por el negocio del vino!

—¿Para qué, Padre? —dice Juan.

—¡Yo lo hice!

Tomás le pasa el frasco a Juan, quien da un traguito.

—Hice un trueque de una pequeña prensa con uno de los hombres en el puerto. Solamente puedo hacer unos pocos frascos cada vez.

—¿Para qué? —pregunta Santiago el Grande.

—Es una prensa ceremonial —responde su padre, y después susurra—, pero también es delicioso.

Salomé sonríe.

—A tu abba se le da muy bien hacer aceite.

—Me encanta hacerlo.

Juan le pasa el frasco a Santiago el Grande, quien lo levanta hasta el fondo.

—¡No queda nada!

—Creo que voy a pedirle a Rema que se case conmigo —suelta Tomás.

Todos en la cocina se quedan callados, mirando fijamente.

—¡Lo sabía! —grita Zebedeo.

Juan da palmaditas en la espalda a Tomás.

—¡Muy bien!

Santiago el Grande envuelve a Tomás en un abrazo de oso.

—¡Vas a ser un buen esposo!

—Yo me casaría contigo —dice Juan con humor.

Salomé sonríe mientras los hombres intercambian más felicitaciones.

—¿Se conocen tu padre y el de Rema? —pregunta Zebedeo.

Tomás titubea. Le gusta mucho esta casa porque él no disfrutó de lo mismo, pero aborrece interrumpir la conversación feliz ahora.

—Mi padre está muerto.

La sonrisa de Zebedeo se desvanece.

—Siento oír eso.

—Descanse en paz —dice Salomé.

—¿Tienes un hermano mayor? —dice Zebedeo.

—No.

—Entonces, ¿quién puede organizarlo? —pregunta Santiago el Grande.

—Su padre es consciente de mis intenciones.

—No es algo que no se haya oído antes —dice Zebedeo—. Sansón escogió a su propia esposa.

Juan muestra una sonrisa.

—No es exactamente el israelita modelo, Padre.

Tomás ladea su cabeza.

—David escogió a Abigaíl.

—Tampoco es el mejor ejemplo —dice Santiago el Grande.

—Muchachos —interviene Salomé—, den un respiro a este hombre.

—¿Has hablado con tu rabino de esto? —pregunta Zebedeo.

—La próxima ve que lo vea, le hablaré de mis intenciones. He examinado mi corazón y sé que es lo correcto. Jesús hará que salga bien.

Capítulo 16

«ESTUDIANDO»

Hogar de Simón, al anochecer

Edén se ha impuesto sobre Simón para no permitir que Natanael o Zeta duerman en la azotea. Se quedarán donde se había quedado su ima. Están conversando allí ahora mientras ella está de pie en la cocina, amasando alegremente para la segunda comida del día: para los cuatro. Desde luego que desea pasar tiempo a solas con Simón, pero nadie prometió que esta nueva vida sería fácil.

Simón se acerca a ella por la espalda, rodeando su cintura con los brazos y apoyando su barbilla sobre su hombro. Cuánto ha extrañado ella su toque.

—¿Vas a quedarte aquí todo el tiempo mientras hago esto? —le pregunta.

—Sí —susurra él.

—Bien —dice ella sonriendo.

Las voces de Natanael y Zeta aumentan de volumen mientras discuten acerca de algo.

—¡Muchachos! —grita Simón, y ambos inmediatamente se disculpan.

Edén se voltea para mirar a Simón, entretenida e impresionada.

—Los has entrenado.

—Tu cocina es un potente incentivo —se voltea y habla en voz alta para que Natanael y Zeta puedan oírlo—. Si quieren comer, ¡se quedarán en su cuarto tranquilamente!

—Ahora estamos tranquilos —dice Natanael.

—Lo siento —añade Zeta.

—¿No se aburrirán? —pregunta Edén.

—Los dos tienen mucho que estudiar —responde Simón.

Ella se sitúa frente a él.

—¿Y tú no?

—Claro que sí —dice—, pero creo que tú podrías ayudarme.

—Ah, ¿de veras?

—Sí. Sí, estudiemos… —le toma de la mano y le conduce fuera de la cocina hacia su cuarto—. Tengo mucho que aprender.

Edén lo sigue, riendo.

Capítulo 17

SEGUIDO

Campamento, Capernaúm, de noche

Gayo realiza su tarea. Siempre lo hace. Sin embargo, patrullar el límite de este campamento de chabolas con un joven centurión llamado Julio le hace preguntarse en qué se ha convertido su carrera profesional. Siempre el idealista, se hizo guardia romano debido a una sensación de patriotismo y un compromiso con la justicia. En su mayor parte le ha gustado su papel hasta ahora. ¿Qué caso tiene atormentar a estos peregrinos? Ya tienen suficientes problemas, o no se juntarían en masa para seguir a Jesús dondequiera que va.

Al principio, Gayo sospechaba del predicador, al igual que sospechaba el pretor Quintus; sin embargo, después de arrestarlo, de ser consciente de lo que muchos consideraban sus milagros, y después de haberlo escuchado predicar, Gayo no entiende el temor y la oposición. El hombre *es* cautivador, y puede ser profundo. Pero ¿un revolucionario? Pronunciar bendiciones sobre los privados de derechos, y sus perlas de consejos paradójicos (que los pobres son ricos, amar a los enemigos, el mayor que sirve a los más pequeños); bueno, lo único revolucionario acerca del hombre es cuán autoritativo suena. Aticus lo ve como una amenaza. Quintus espera no tener que matarlo. Gayo meramente está intrigado.

Sí, el hombre tiene el potencial y el carisma para atraer e impresionar a las masas, incluso para motivarlas. Pero ¿hacia qué fin? Indudablemente, no hacia una revuelta. Parece como si lo único que él reclamara fuera un cambio del corazón. De Dios o no de Dios, ¿cuál es el daño? ¿Por qué toda la agitación? Su propio pueblo, especialmente los fariseos, lo consideran un blasfemo, de modo que no todos los judíos están locos por él. ¿Cuán influyente puede ser?

Bueno, esta multitud está prendada de Jesús, eso es indudable. Dondequiera que Gayo mira, se levantan más tiendas. Un pequeño grupo asegura el último poste de su morada improvisada y se junta en torno a una fogata, pasándose unos a otros una jarra de la que llenan sus tazas.

Julio los confronta.

—¿Es eso un líquido fermentado?

—¿Qué? —masculla un peregrino— ¿Esto?

—¡No se puede beber vino en una propiedad pública! Solo en tu casa privada o en una taberna.

—Esta *es* mi casa.

—¿Primi? —dice Julio.

—Déjalos que beban —dice Gayo.

Julio lo mira fijamente, vacilante y con expresión de perplejidad.

Gayo menea la cabeza, aburrido con todo eso.

—Entonces, ¿debería meterse dentro, beber, y volver a salir? ¿Qué diferencia habría?

Julio parece frustrado, derrotado.

—Sí, Primi.

Gayo sigue caminando, y Julio lo alcanza.

—¿Cómo vamos a trazar de nuevo los límites de la ciudad cuando siguen llegando en tales números? Habrá que hacerlo una y otra vez para englobarlos a todos.

Exactamente lo mismo que yo pienso.

—¿Gayo?

—Ya te escuché, Julio. Creo que esta noche será mejor que emplee mi tiempo en otro lugar. Termina tú las rondas, haz cumplir el protocolo, con paciencia, y preséntame un reporte completo en la mañana.

La plaza de la ciudad, Capernaúm, de noche
Zeta se mantiene en forma por los entrenamientos diarios, y está en alerta constantemente. Aunque Jesús ha dejado claro que no espera que el exzelote use sus prodigiosas habilidades físicas para el combate en su nueva posición, Zeta no puede abandonar su sagaz sentido de alerta. Si y cuando Jesús, o cualquiera de los nuevos amigos de Zeta, estén amenazados, él quiere ser quien anticipe el peligro y esté preparado para enfrentarlo.

Incluso al hacer una tarea rutinaria como huésped en la casa de Simón y Edén, ir a llenar un cubo de agua al pozo de la ciudad, examina la zona, huele el aire, y presta atención por si oye algo fuera de lo común. Siente que algo sucede mientras baja su cubo con la polea, pero no puede detectar exactamente qué es. ¿Demasiada tranquilidad? ¿Una de las figuras imprecisas en la calle fuera de lugar? Zeta no lo sabe, pero está preparado para cualquier cosa.

Mientras carga el agua por las calles, la ciudad en cierto modo parece más desierta de lo que debería estar, incluso a esa hora de la noche. ¿Por qué? ¿Oye algo a sus espaldas? ¿Debería ser obvio, voltearse con actitud amenazante, y asustar a cualquier amenaza? Eso no sería divertido. Si alguien tiene intención de hacerle daño, adelante. Sin embargo, para asegurarse, agarra un atajo por un callejón. Cuando sale, decidido a regular su aliento para que su pulso y su respiración no ahoguen lo que necesita oír, se detiene y escucha.

Sigue avanzando, pero Zeta gira por una esquina, deja su cubo y corre. No tanto para dejar atrás a cualquier atacante, pero sí lo suficiente para forzar a quienquiera que sea a acelerar para no perderlo de vista. Y, en efecto, oye pasos. Ahora ya no hay ninguna duda de que alguien lo está persiguiendo. Aprieta sus labios, respirando uniformemente por la nariz, y en realidad reprimiendo una sonrisa. Si parece cobarde, que así sea. Sabe dónde esconderse, no para evitar el peligro sino para invitarlo. Se mete por otro callejón y sube rápidamente por un tubo de desagüe, corriendo por un tejado y mirando en la oscuridad. Se mueve una sombra. Algo cae y se estrella. Zeta corre hasta el borde y da un salto a otro tejado. Después a otro. Se asoma por una pared para examinar la calle oscura.

—¿Perdiste algo? —dice una voz a sus espaldas. Alguien tan furtivo y sigiloso como él mismo. Zeta reprime una reacción por reflejo, sin ni siquiera inmutarse. Se voltea y ve a Aticus en el tejado, con un dedo sobre sus labios y el cubo de Zeta en la otra—. Shh...

—¿Qué quieres? —dice Zeta inexpresivamente.

—Solo estoy cazando —Aticus abre su túnica para revelar un arma.

—Cazando ¿qué?

—Participaste en un complot para asesinar al magistrado romano en Jerusalén.

Zeta aguanta la mirada.

—Y tú estabas allí en el desierto, en las puertas de la ciudad. ¿Por qué me dejaste entrar en Jerusalén, para empezar?

—Lo sabes.

—¿Creías que eras lo bastante bueno para detenerme?

Aticus encoge los hombros.

—Me gustaba mi destino, pero nunca lo sabremos. Sucedió algo inesperado.

Lo único que sabía Zeta era que pronto había perdido al hombre, y cuando volvió a verlo en el intento de asesinato fallido, el propio hermano de Zeta había sido sanado.

—Un milagro —dice Zeta.

—Si tú lo dices... ¿Qué eres ahora, Simón?

Zeta se enfurece ante la referencia a Jesús.

—Relájate, zelote —dice Aticus—, o quienquiera que seas ahora. Solo me interesa lo que suceda después.

—Entonces, si me voy ahora mismo, ¿no me pondrás un cuchillo en la espalda?

—Podría haber hecho eso en cualquier lugar —dice Aticus.

—¿Cómo sabes que yo no te mataré *a ti*?

—Porque tu arma está en el fondo del Jordán, justamente donde él la puso. Así que, ahí está.

¿Cómo puede saber eso? ¿Cuánto tiempo lo ha estado vigilando este hombre?

—Sin embargo, eso no te deja indefenso —continúa Aticus—, y eso es malo para ti.

—Pero...

—Yo no te perseguí hasta aquí, Simón; pero alguien lo hizo. Dejaste en la estacada a algunos hombres peligrosos.

Es cierto, él había abandonado a sus compatriotas zelotes, pero no pudo evitarse. Supuso que en el futuro llegaría un día de juicio.

—¿La Orden está aquí?

—¿Te sorprende?

Zeta menea negativamente la cabeza.

—No abandonarán.

—Bueno, uno de nosotros tiene que lograr que abandonen.

Eso es cierto. Lo último que él quiere es que los zelotes se conviertan en amenazas para Jesús. Tendrá que atraer a sus perseguidores para que se alejen.

—Me voy de Capernaúm por un tiempo —dice Zeta.

—Será mejor que te sigan. Si se quedan en Capernaúm, me veré obligado a limpiar tu desorden y caos. No puedo tener a zelotes en una ciudad romana.

—Otros saldrán tras de mí.

—Ya lo estás entendiendo —dice Aticus—. ¿Quién sabe? Tal vez verán a tu Mesías y llegarán a creer —se ríe—. Pero, creer ¿qué?

—Nosotros, sus discípulos, también somos fervorosos, amigo.

—Entonces, ¿qué estás haciendo en un tejado, conversando con un romano?

Aticus pone una mano sobre el hombro de Zeta, y éste retrocede.

—Lo siento —dice Aticus—. Tú *eras* un zelote. Ahora eres un traidor. Y tienes razón. No se detendrán.

Hogar de Simón y Edén, de noche
Por fin a solas, la pareja está sentada y abrazada delante de una fogata que chasquea. Simón podría estar feliz al quedarse aquí durante días. Edén rompe el silencio.

—No puedo creer que te tenga de regreso.

A él le resulta agridulce, porque sabe que ella sabe tan bien como él que eso es temporal.

—No creo que no lo creas —dice él—. Aquí estoy, donde estaré siempre.

Incluso cuando no esté físicamente, piensa él.

—Cuando estabas fuera esta vez, tuve momentos de sentirme...

—De sentir ¿qué?

—Sentirme perdida. No sé cómo llamar a esos sentimientos.

—¿Cómo eran?

—Estaba enojada. Triste...

—Oh, amor, sabes que estoy con Jesús. Los dos lo estamos. Recuerdas lo que él te dijo...

—Siempre recordaré eso. Es lo que hace que pueda seguir adelante.

—Él te ve.

—Lo sé —dice ella—. Pienso a menudo en ese momento. Pero a veces, en la memoria, olvido cómo es su rostro.

—¿Qué quieres decir?

—¿No has estado nunca separado de alguien y no puedes recordar su rostro después de un tiempo?

—¿Olvidas mi rostro?

Ella lo mira y se ríe, como si él estuviera siendo egoísta, infantil. Y ella sabe que lo es. Pero ella también tiene asombro en su mirada. Se acurruca junto a él.

—No olvido tu rostro. Las cosas están muy bien ahora.

—Solo tenemos que pasar más tiempo juntos, ¿sabes? Creo que Jesús tiene trabajo que hacer aquí —refiriéndose a que pueden quedarse por un tiempo. *Un hombre puede soñar*—. He estado pensando en... nuestra familia.

Edén se encoge de hombros.

—Ima tiene salud, mis hermanos están pescando...

—No, *nuestra* familia.

Ella lo mira con los ojos muy abiertos.

—Ya es el momento —dice él.

Ella lo abraza, claramente sobrepasada.

Capítulo 18

AMOR ES AMOR

Apartamento de María de Magdala

Hasta ahora, María no ha pensado mucho en las dificultades que han surgido por seguir a Jesús. Parecen meros baches en el camino, breves desvíos, pequeños inconvenientes. El privilegio de conocerlo, escucharlo, verlo hacer milagros, o simplemente observarlo mostrar una compasión sin límite a todos, pesa más que las punzadas ocasiones de hambre o la rigidez por haber dormido en lugares nuevos y desconocidos. Y que él volviera a perdonarla una vez más, después de haberla redimido....

Estar en casa por un tiempo ha sido todo un lujo, y poder dormir en su propia cama y llegar a conocer mejor a Tamar y Rema todavía mejor. Sin embargo, no todo ha sido de color de rosa. Tiene muchas ganas de aceptar la oferta de Mateo de que las tres se muden a su anterior mansión, donde estarán más seguras y podrán encontrar maneras de poder ayudar a sostener a Jesús y los discípulos monetariamente. Ahora están ocupadas, empacando sus pertenencias.

—Realmente nos queda muy poca comida —dice Tamar, vaciando la última alacena—, y dinero.

—Estaremos en la anterior casa de Mateo para el Erev Sabat —dice María.

—Sí, el viernes —dice Rema—. ¿Dónde se quedará Mateo?

—Espero que con su familia —responde María—. Quiere un nuevo comienzo.

—Tú entiendes muy bien todo eso —dice Tamar, causando que María se avergüence. Rema le mira fijamente, al haber captado obviamente la insensibilidad poco característica por parte de la hermosa egipcia.

María cambia de tema.

—En cualquier caso, sin tener comida tendremos menos peso que cargar.

—También tenemos poco dinero —dice Tamar.

Y, antes de poder refrenar su lengua, María continúa.

—Bueno, tú podrías... vender parte de tus joyas.

Tamar se queda helada y toca con una mano su collar tan ornamentado.

—Es que... son todas muy personales.

Rema se ríe con tono de burla.

—¿Todas las piezas?

—Dije *todas* —responde Tamar inexpresivamente.

Rema vuelve a mirar a María, quien aparta la mirada. Rema no se detendrá.

—Cada una ha renunciado a parte de su vida personal para seguir a Jesús.

Eso es así, piensa María.

—Yo renuncié a un nombre.

Eso crea un silencio incómodo. ¿Han estado las mujeres viviendo demasiado cerca por demasiado tiempo? María agradece que Rema intente de inmediato poner un toque positivo a las cosas.

—Pero cada una ha ganado mucho —dice—. Tomás dice que Zebedeo ahora hace aceite de oliva y que tal vez podríamos participar en convertirlo en un negocio.

—Me pregunto —dice María— si se podría vender como aceite de la unción.

—El aceite de la unción es muy específico —dice Rema—. Está detallado en los libros de Moisés.

—¡Ah! —dice María—. ¿No es simplemente aceite de oliva? —entonces cae en la cuenta—. Un momento, ¿has estudiado los libros de Moisés?

—¿Hablaste con Tomás? —pregunta Tamar.

Rema no puede evitar la sonrisa, pero María observa que ignora la pregunta de Tamar.

—Bueno —dice Rema—, es aceite. Pero se mezcla con especias. Usamos algunas de ellas en nuestros vinos: canela, casia y otras. Las comprábamos a los mismos que proveían a los sacerdotes.

—Tomás sabría dónde conseguirlas —dice María.

Rema asiente con la cabeza.

—El ministerio *es* demandante.

María finge no saber a dónde quiere llegar Tamar, y se pregunta si Rema también finge no darse cuenta.

—No me malentiendas, Rema —dice Tamar—. Tomás es un estudiante muy dedicado.

—Y un buen trabajador —añade María, en tono de broma. Ella cree que Rema se está haciendo la tonta.

—Sí —dice Rema—. Un trabajador muy bueno. Y también inteligente. Y muy dedicado.

—Tal vez un poco distraído —insiste Tamar.

—¿Qué estás diciendo, Tamar? —pregunta Rema.

—Está bien —dice María—. Dejemos de andarnos por las ramas y llamémoslo como lo que es.

—*Gracias* —dice Tamar.

—Su dedicación a ti —continúa María— era obvia desde el momento en que los vi a ambos en la boda, Rema.

—Yo estaba *muy* estresada en esa boda.

—Mmm, pero lo que yo observé no era una expresión de "preocupado por tu estrés". Bueno, lo era, pero...

—Estás enamorada de él —dice Tamar.

—No es así como funciona en nuestro pueblo —dice Rema—. Tú eres gentil, y no lo entiendes. El amor viene del matrimonio.

—Judía, gentil —dice Tamar—. Amor es amor.

—Pero, Tamar —dice María—, en nuestra cultura los matrimonios los arreglan los padres. Eso es lo único que ella está diciendo.

Tamar hace un gesto.

—De donde tú vienes —añade María—, la gente...

—Prefiero no hablar del lugar de donde vengo —dice Tamar—, si no te importa.

—Claro —María se voltea hacia Rema—. Los sentimientos de Tomás hacia ti están tan claros como el agua.

—Son dolorosamente obvios —dice Tamar.

—Lo que estamos preguntando —dice María—, es si tú *quieres*...

Rema titubea.

—Es complicado con mi padre, y considerando nuestras circunstancias, esto no sería conforme a la tradición. Pero sí. Si mi padre lo aprobara, yo sería muy afortunada.

Tamar parece estudiarla.

—Ese es el modo judío de decir que lo amas y que estarías emocionada, ¿no?

Rema le mira fijamente, y después a María. Asiente con la cabeza y sonríe, y las tres ríen juntas.

Capítulo 19

EN TODAS DIRECCIONES

Hogar de Simón y Edén, Capernaúm

Simón está entusiasmado por la anticipación. Jesús por fin le ha comunicado que todos deben reagruparse, y precisamente aquí. Simón sabe que es donde el rabino planteará los planes para su ministerio en esta ciudad. Ah, sabe que habrá más viajes en el futuro; sin embargo, poder trabajar desde casa, estar fuera durante el día con Jesús, y pasar las noches en casa con su esposa, bueno, ¿qué podría ser mejor?

Sin embargo, Simón siente curiosidad por saber por qué Edén es la única mujer que está aquí, entrando y saliendo de la sala llena de hombres sirviendo comida y bebida a los discípulos. María, la madre de Jesús, ha regresado a su hogar, y tal vez Jesús ya se comunicó con María, Tamar y Rema.

Cuando todos están sentados y en silencio, Jesús habla.

—Estoy seguro de que ahora la mayoría de ustedes son conscientes de la villa de tiendas que está creciendo rápidamente al occidente de Capernaúm.

¿La mayoría de ustedes?, piensa Simón. Todo el mundo lo sabe, lo cual queda confirmado al asentir todos con la cabeza. Jesús continúa.

—Son personas que nos siguieron desde el monte y que ahora esperar oír más. La cantidad crece cada día, como también las sospechas de Roma. Zeta me informa que algunos miembros de su anterior orden incluso han viajado hasta aquí.

—Parecería que estamos armando un ejército, Maestro —dice Andrés.

—Supongo que ese es un modo de mirarlo —dice Jesús—. El otro modo es mirarlo a mi manera.

—La manera correcta, quieres decir —dice Simón.

Jesús sonríe.

—Sí, Simón —hace una pausa—. Esas personas son como las demás en todas las regiones. No son un ejército. No ahora. Tienen necesidad de rescate, y ustedes van a ayudarme a rescatarlos.

Ahora estás hablando bien, piensa Simón. Y Zeta debe estar de acuerdo, ya que da un golpe con su puño en la mesa y se inclina hacia delante.

A Jesús no se le escapa nada.

—Es un tipo de rescate diferente, Zeta. No es sostenible que sea yo quien hace toda la predicación, todas las sanidades, y quien atiende a todos. Hoy les llamé a venir aquí, y gracias, Edén, por atendernos, porque nuestro ministerio no dejará de crecer; y queremos que crezca hasta el día final. Habrá más seguidores, y como quienes no están aquí, tendrán todos ellos roles y responsabilidades. La mayoría de ellos se convertirán en mis discípulos, mis estudiantes; pero los he elegido a ustedes doce como mis apóstoles.

Incluso Edén parece saber cuán trascendental es eso. Se detiene en seco, y Simón aguanta la respiración. Nadie hace ni un solo sonido hasta que Santiago el Grande pregunta.

—¿Nos estás enviando?

Mateo interviene.

—Un apóstol es lo mismo que un mensajero, alguien que…

—Sé lo que significa, Mateo —dice Santiago el Grande—. Por eso lo pregunto.

—Ustedes son mis líderes —dice Jesús—. Y para la misión que tengo para ustedes es mejor que se dispersen y no estén concentrados en un solo lugar.

Oh, oh, piensa Simón, y observa que Edén está igualmente embelesada.

—No lo entiendo —dice Andrés.

Jesús da un suspiro.

—Yo me iré a mi casa en Nazaret por un tiempo, y mientras esté allí los envío a ustedes en todas direcciones, de dos en dos, solamente a nuestro pueblo.

La habitación se queda en silencio. Simón intenta convencerse de que ha escuchado mal. Los otros tienen que sentir lo mismo.

—¿En todas direcciones, Rabino? —pregunta Tomás.

—Sí —dice Jesús—, pero no a los gentiles todavía. Eso llegará a su tiempo, pero por ahora a las ovejas perdidas de la casa de Israel. Tal como Josué condujo a las doce tribus a tomar posesión de la Tierra Prometida, ustedes proclamarán cuando vayan: «El reino de los cielos se ha acercado». Y, mientras estén en esta misión, sanarán a los enfermos y los cojos ungiéndolos con aceite. Y echarán fuera demonios.

Simón está a punto de estallar, y Edén por el momento se ha esfumado.

Jesús mira a todos.

—¿Por qué me miran todos así?

Mateo ladea la cabeza.

—¿Podrías repetir eso una vez más?

—Los envío de dos en dos, para que proclamen cuando vayan: «El reino de los cielos se ha acercado». Sanarán enfermos, echarán fuera demonios…

Los ojos de Simón se dirigen hacia donde Edén había estado de pie.

—¿De cuánto tiempo estamos hablando, Rabino?

—Ahí está otra vez esa palabra —dice Jesús con brillo en sus ojos—. Llegaremos a eso, Simón.

—Sanar enfermos... —dice Felipe.

Santiago el Joven parece estupefacto.

—¿Echar fuera demonios? —dice Tadeo.

—Mientras están en esta misión —dice Jesús—. Les doy esta autoridad. Algún día la tendrán todo el tiempo.

—¿Hubo alguna ceremonia que me perdí? —pregunta Natanael.

—Esto es todo —dice Jesús.

—No me siendo diferente en nada.

—No necesito que sientas nada para hacer cosas grandes.

—Con todo respeto, Rabino —interviene Juan—, nosotros acabamos de comenzar como estudiantes. Ni nos acercamos a estar calificados. ¿Por qué ibas a necesitarnos para este trabajo?

—No nos necesita —dice Zeta—. Nos quiere.

—Muy bien, Zeta. Juan, si necesitara a líderes religiosos y estudiantes calificados para mi ministerio, no habría elegido... bueno, ya me entiendes.

—¿Podemos regresar por un momento a lo de sanar enfermos? —pregunta Felipe.

—No llevarán nada para su viaje excepto una vara. Nada de pan, ni bolsa, ni dinero. Ni siquiera la comida de Salomé.

Juan y Santiago el Grande levantan las cejas.

—Lleven sandalias —continúa Jesús—, pero no lleven una túnica extra.

—¿Ni siquiera un cambio de ropa? —dice Santiago el Joven.

Mateo menea negativamente la cabeza.

—Incluso los filósofos cínicos errantes llevan una segunda túnica.

—Sí, y me gustaría distinguirlos a ustedes de los cínicos. Ellos llevan bolsas de mendigo para que las personas metan en ella monedas de oro y plata, y ustedes no harán eso. Recibieron sin pagar; ahora den sin pagar.

Simón puede ver que todos están tan inquietos y temerosos como él.

—En cualquier pueblo o aldea donde entren, encuentren a quien sea digno allí y quédense en su casa hasta que se vayan. Y, si alguien no los recibe o no escucha sus palabras, sacúdanse el polvo de sus pies cuando se vayan de esa casa o ese pueblo. No malgasten su tiempo.

Tadeo levanta la mano.

—Dijiste que si alguien no escucha nuestras palabras. ¿Qué palabras exactamente? ¿Qué se supone que vamos a enseñar?

—Lo que me han oído enseñar a mí.

—Yo solo he oído el sermón del monte —dice Judas.

—De todos modos, oíste el mejor —dice Natanael, y entonces se da cuenta y se voltea hacia Jesús—. Quiero decir, no me malentiendas… todos son buenos.

—Ese mensaje no fue solamente para los miles que estaban allí —dice Jesús—. Fue para todo aquel que lo oirá desde ahora hasta el fin de los tiempos. Seguro que se preguntan: ¿cómo lo conocerán? Buena pregunta; gracias por hacerla. Ustedes les enseñarán. Y las regiones a donde van son regiones donde yo iré pronto, así que están preparando el camino para mi llegada y ayudando a asegurar que haya más personas listas para oír las buenas noticias. Los milagros que harán con la autoridad de Dios serán prueba de mi ministerio.

—Supongamos que tenemos una mala racha —dice Santiago el Grande—, donde varios pueblos seguidos nos rechazan, quizá durante días. ¿Cómo comeremos?

Desde luego que Santiago el Grande preguntaría eso, piensa Simón.

—¿Y qué pasará si sale mal —dice Andrés—, como le sucedió a tu primo Juan?

—Escuchen todos con atención —dice Jesús—. No teman a quienes pueden matar el cuerpo, pero no pueden matar el alma.

—Entonces, estás diciendo que podríamos morir —dice Juan.

—Llegará el tiempo cuando esto se vuelva mucho más difícil. Cuando la persecución sea una parte siempre presente de su ministerio, seguirán mis pasos y sabrán lo que significa realmente entregar sus vidas. Tengo más cosas que enseñarles sobre eso. Mientras tanto, este viaje no llegará a ese extremo.

—Rabino —dice Tomás—. Algo me preocupa. Dijiste que nos envías de dos en dos.

—Sí. Las mujeres se quedarán aquí en Capernaúm y comenzarán a sostener el ministerio financieramente. También ministrarán y atenderán al campamento de las tiendas, y Zebedeo estuvo de acuerdo en hacerse responsable de su seguridad. Mateo ha donado desprendidamente el uso de su anterior casa, que servirá como el nuevo lugar donde ellas se queden.

Natanael parece totalmente desconcertado.

—Sigo sin entender. Se supone que saldremos ahí afuera, sin defensa, sin comida, sin techo; simplemente iremos a tierras extrañas...

—Nos dijo que no temamos —dice Andrés.

—El temor no es algo que uno simplemente detiene, Andrés —dice Tomás.

—Entonces, yo voy con Zeta —dice Natanael.

—Puede que yo sea el que más riesgo corre de todos nosotros —dice Zeta.

—Genial —dice Natanael.

—¿Qué le sucedió a la *confianza*? —pregunta Tadeo.

Simón ya ha escuchado suficiente.

—¡Cálmense todos! Si tienen una pregunta importante, pregunten uno a uno.

—Yo tengo una pregunta —dice Judas.

—Vaya rapidez —dice Simón.

—Es más una preocupación, realmente. Sé que soy nuevo, pero, Rabino, me gustaría regresar a lo que estabas diciendo sobre no llevar comida ni ropa, y depender de aquellos a quienes ministremos. Perdona, pero no podemos depender de todos por igual. He desarrollado algunas ideas de maneras en que podemos generar ingresos para sostener nuestro ministerio de modo confiable.

—Agradezco eso, Judas —dice Jesús—, pero para este viaje al menos, quiero que aprendan a depender totalmente de su Padre celestial, y también de quienes los rodean y de aquellos a quienes sirven. Para la comida, Santiago el Grande. Y para tu vida, Juan. Esto es lo que significa seguir. Y liderar.

Judas asiente con la cabeza, pero Simón cree que no parece convencido. Y Simón tiene su propia preocupación.

—Maestro, aunque no sea para este viaje, ahora sería un buen momento para asignarle a alguien la administración de los pocos recursos que tenemos, o de cualquier cosa que traigamos al regresar.

—¿Tienes en mente a alguien? —pregunta Jesús.

—Yo nomino a Mateo —dice Felipe—. Obviamente, es quien tiene más experiencia.

—Lo crean o no —dice Simón—, estoy de acuerdo en que eso sería prudente —es consciente de todas las miradas de sorpresa.

—Lo siento —dice Mateo—, pero no me siento cómodo al manejar dinero otra vez. Declino formalmente.

Juan resopla.

—Un simple *no* habría sido suficiente.

—¡Entonces no! Yo nomino a Judas. Su experiencia nos servirá mejor.

—Acepto —dice Judas—. Me encantaría ser útil.

Simón mira a Jesús, quien asiente.

—Hecho —dice Simón.

Capítulo 20

LAS TAREAS

Hogar de Simón y Edén

Simón puede leer a su esposa por su lenguaje corporal. Nadie parece necesitar nada, de modo que ella está de pie en un extremo de la sala sin mostrar ninguna expresión, pero escuchando con atención. Simón aborrece lo que está a punto de llegar.

—Muy bien —dice Jesús, pareciendo mirarlos a todos de un vistazo. Sus ojos se detienen sobre Simón—. Simón y Judas, al norte a Cesarea de Filipo.

Se le cae el alma a los pies, y dirige una mirada a Edén. Triste. Seria.

—Andrés y Felipe, al oriente a Navéh. Natanael y Tadeo, al sur a Perea. Juan y Tomás, al suroeste a Jope.

La mente de Simón se llena de pensamientos. Anhela compadecerse junto con Edén, pero también observa que Juan parece estar agradado con su compañero de viaje y que su hermano, Santiago el Grande, parezca dolido tal vez porque Juan esté tan emocionado por ir con otra persona que no sea él.

—Santiago el Grande y Santiago el Joven…

—¡Espera! —dice Simón—. ¿De veras?

Un hombre tan grande con un hombre tan pequeño…

—Vamos —dice Jesús—, pueden hacer una buena pareja. El humor desarma a la gente. Al occidente a las llanuras de Sarón. Mateo y Zeta...

La sala se queda otra vez en silencio. Mateo traga saliva. Zeta mira a su alrededor.

—¿Qué? —dice.

Simón se inclina acercándose a Jesús y susurra.

—Rabino, ¿estás seguro de eso? Un zelote y... ya sabes...

Jesús mira a Zeta.

—Todo el camino hasta Jericó. Sí, sé que está cerca de Samaria. Estarán bien. Zeta, todos están reaccionando a la idea de que viajes con un recaudador de impuestos.

Zeta se estremece, y después se queda quieto.

—¿Qué?

—No te hemos hablado —dice Jesús— sobre la ocupación anterior de Mateo.

—¿Es recaudador de impuestos?

—No es más recaudador de impuestos de lo que tú eres un zelote. Ninguno de ustedes es lo que antes era. Recuerden eso todos. Y, Zeta, Mateo y tú podrán recordar eso mejor que nadie. Estoy seguro de que ustedes dos serán capaces de hacer y decir grandes cosas *a causa de* sus pasados. Sé que puedo contar con ustedes.

Zeta asiente, pero Simón piensa que él, igual que Judas, sigue sin participar plenamente de toda esta idea.

—Tienen mucho que asimilar —dice Jesús—. Tomen un día para ocuparse de lo que sea necesario. Mira a Simón y asiente hacia Edén. Simón puede ver que ella está intentando no llorar.

—Algunos otros detalles llegarán mañana —añade Jesús—. Haré que Simón haga correr la voz. Shalom.

Mientras todos se levantan y comienzan a conversar entre ellos, Simón descubre que Edén se ha ido a la cocina, retirando la comida.

—Esto no cambia nuestros planes familiares. No tengo que estar...

—Ahora no.

—Puedo hablar con el Rabino. Él puede acortar mi viaje.

—*No* le digas nada. Estaré bien. Solamente necesito un momento —su voz se quiebra, y se aleja apresuradamente.

Orgullosos, piensa Simón. *Los dos hemos estado muy orgullosos de que Jesús me escogiera para seguirlo.* Esa verdad había parecido llenar tanto a Edén, que la novedad misma le había fortalecido al principio. Pero se ha hecho más difícil. Están asimilando la realidad. Simón sabe muy bien que ella necesita más de un momento. Pero ¿entonces qué? ¿Qué puede él decir o hacer para que esto sea más fácil, o incluso más soportable?

Al otro lado de la sala, Tomás decide acercarse a Jesús. Avanza entre los demás.

—¿Rabino?

—Sí, Tomás.

—Yo... te doy las gracias por creer en mí.

—Claro que sí. Creo en ti.

—Es que quería preguntarte... bueno, quería tu bendición para pedir... —se prepara— la mano de Rema.

Tomás puede sentir la mirada de Jesús, obligándolo a levantar su barbilla.

—¿Escuchaste en qué dirección te envío?

—Al suroeste, pero... —*Ah, eso es*—. Kafni está en el suroeste.

Jesús asiente con la cabeza.

—Completarás tu misión con Juan. Después, puedes visitar a Kafni como una segunda parte de tu misión.

—¿De veras?

—Lo último que supe es que Kafni no era un creyente. Tal vez, mientras le presentas tu discurso puedas insertar algunas buenas palabras a mi favor.

¡Piensa en todo!, piensa Tomás. *¡No se le pasa nada!* Tomás no puede evitarlo. Le da un abrazo al rabino, y después se aleja.

Santiago el Joven ha estado observando a Tomás y Jesús desde el otro lado de la sala. Cuando se separan, Jesús se dirige hacia la puerta y sale. Santiago el Joven se apresura, cojeando para alcanzarlo.

—¿Maestro?

—Sí, Santiago el Joven.

—¿Puedo hablar contigo un momento?

—Por supuesto.

Hace una pausa y exhala aire. ¿Cómo comenzar?

—Yo... yo no siempre tengo seguridad al hablar, pero...

—Eres lento para hablar —dice Jesús—, esa es una cualidad muy buena.

—Quiero hacerte una pregunta.

—Claro.

—Nos estás enviando con la capacidad de sanar enfermos y cojos, ¿cierto? Eso dijiste.

—Sí.

—¿Me estás diciendo que yo tengo la capacidad de sanar?

Jesús asiente y sonríe.

Ya debe saber lo que voy a decir, piensa Santiago el Joven. *¡Claro que sí!*

—Por favor, perdóname, pero... es difícil de imaginar, con mi... estado... que tú no has sanado...

—¿Quieres ser sano?

—Si eso es posible... claro que sí.

La sonrisa de compasión de Jesús abruma a Santiago el Joven.

—Creo que has visto lo suficiente para saber que es posible.

¡Claro que lo he visto! Pero ¿se atreve a ser tan osado para pedirlo? ¡Sí!

—Entonces, ¿por qué no lo has hecho?

—Porque confío en ti.

¿Porque confía en mí? Confía en mí ¿en qué?

—Santiago el Joven, querido Santiago el Joven, necesito que me escuches con mucha atención, porque lo que voy a decir define toda tu vida hasta este punto y definirá el resto de tu vida. ¿Lo entiendes?

Santiago el Joven asiente, pero no está tan seguro. Aun así, cree que Jesús lo dejará claro, como hace siempre.

—En la voluntad del Padre, yo podría sanarte. Ahora mismo. Y tendrías una buena historia que contar, ¿verdad?

—Sí. Que tú haces milagros.

—Sí, y esa es una buena historia. Sin embargo, ya hay muchos que pueden contar esa historia, y habrá otros cientos. Pero piensa en la historia que *tú* tienes, especialmente en este viaje que está por llegar, si yo no te sano.

Santiago el Joven pierde la batalla por ocultar su perplejidad.

—Esto es lo que te confío —continúa Jesús—. Saber proclamar que sigues alabando a Dios a pesar de esto, que sabes enfocarte en todo lo que importa mucho más que el cuerpo. Mostrar a las personas que puedes ser paciente con tu sufrimiento aquí en la tierra porque sabes que pasarás la eternidad sin ningún sufrimiento. No todos pueden entender eso. ¿A cuántas personas crees que el Padre y yo confiamos esto? No muchas.

—Pero los demás son mucho más...

—Mucho más ¿qué?

—No sé. Más fuertes. Mejores en esto.

Jesús entrecierra sus ojos al mirar a Santiago el Joven.

—Te amo —le dice—, pero no quiero volver a oír eso.

Lo último que quiere Santiago el Joven es ofender al maestro.

—Es fácil recitar el canto de David que dice que he sido creado maravillosamente, pero no es más fácil para mí, especialmente en este grupo, no sentirme una carga.

—¿Una carga? —dice Jesús—. En primer lugar, es mucho más fácil para mí lidiar con que tú camines más despacio que lidiar con el temperamento de Simón, créeme.

Santiago el Joven se ríe.

—¿Eres rápido? —continúa Jesús—. ¿Te ves impresionante cuando caminas? No, pero esas son las cosas que al Padre no le importan. Tú vas a hacer más por mí de lo que la mayoría de las personas podrían soñar jamás. Muchas personas necesitan sanidad para creer en mí, o necesitan sanidad porque sus corazones están muy enfermos. ¡Eso no se aplica a ti! Y muchos son sanados, o no son sanados, porque el Padre celestial tiene cierto plan para ellos que tal vez es un misterio. Y recuerda lo que dijo Job: «El Señor da, y el Señor quita...».

Santiago el Joven recita el resto junto con él.

—«Bendito sea el nombre del Señor».

—Santiago el Joven, cuando te vayas de esta tierra y te encuentres con tu Padre celestial, como promete Isaías, saltarás como el ciervo. Tu recompensa será grande.

Santiago el Joven se siente lleno hasta rebosar.

Jesús pone sus manos sobre los hombros de Santiago el Joven.

—Aguanta un poco más. Y, cuando te veas a ti mismo encontrando la verdadera fuerza debido a tu debilidad, y cuando hagas cosas grandes en mi nombre a pesar de todo esto, tu impacto perdurará durante generaciones. ¿Entiendes?

Abrumado, Santiago se las arregla para asentir con la cabeza.

—Gracias, Maestro.

—Un hombre como tú, sanando a otros... Tengo muchas ganas de escuchar tus historias cuando regreses. Shalom.

—Shalom.

—Recuerda que *serás* sanado. Solo es cuestión de tiempo.

Capítulo 21

LA PUERTA DORADA

Capernaúm, de noche

Mateo antes recorría esta calle diariamente. Este había sido su barrio. Todo el mundo sabía quién vivía en esas casas palaciegas, y parte de él disfrutaba de que lo supieran. Sin embargo, también se veía obligado a encontrar un transporte de incógnito el resto del camino hasta su caseta de impuestos en la plaza de la ciudad, porque muchos que lo reconocían decidían escupirle, maldecirle, o decirle malas palabras por haber decidido traicionar a su propio pueblo.

Después de uno o dos bloques llenos de vecinos similares (otros recaudadores de impuestos y hombres de negocios acomodados que apreciaban a cualquiera que supiera cómo ganarse un siclo), Mateo se encontraba con plebeyos. Judíos que trabajaban de sol a sol para poder poner un modesto tejado sobre sus cabezas y pan y lentejas suficientes sobre la mesa para alimentar a sus familias estaban menos que impresionados con el éxito de Mateo, pues se producía a expensas de ellos.

Él se había sentido seguro solamente dentro de la puerta dorada de esa casa o en el interior de su caseta de impuestos cerrada con llave con su guardia romano armado cerca. Quienes esperaban en fila, intentando mantenerse al día de sus tributos al César o intentando desesperadamente conseguir que Mateo les concediera un poco de gracia, o de tiempo, tenían que fingir al menos mostrarle deferencia. No les convenía escupirle o maldecirle. Él tenía todas las cartas.

La mente de Mateo está llena de recuerdos mientras se acerca a su anterior mansión, incapaz de olvidar fingir no ver los gestos obscenos, escuchar los epítetos, o reconocer los escupitajos de la gente en su camino o su viaje al trabajo, o apresurarse a entrar en la seguridad al otro lado de la puerta dorada al final del día. Ahora, mientras pasa por el mismo lugar que en el pasado, casi espera también el mismo tormento y las provocaciones que soportó por tantos años.

Sin embargo, las caras que ve al pasar ni siquiera lo reconocen. No ha pasado tanto tiempo desde que él vivía aquí y hacía que sus vidas fueran desgraciadas. Sin embargo, ahora pelean con otro recaudador de impuestos y un guardia romano diferente. Mateo lleva puesta la misma vestimenta que llevaba entonces, pero los caminos y la vida de un nómada han apagado el brillo de sus vestiduras, dejándolas deslucidas. Y no, él ya no parece un recaudador de impuestos, ni tampoco se parece a nadie que pertenezca a este distrito.

De algún modo, poder recorrer esta zona sin que lo molesten le da una sensación de ímpetu, casi de confianza. Casi. Ya no camina con la cabeza baja y los hombros caídos. Levanta la cabeza, gira por una esquina, y se encuentra de cara con la puerta dorada. Si esperaba una ráfaga de cálidos recuerdos o algún deseo de regresar a las comodidades de este lugar, se alegra de no sentir nada de eso. No puede negar que ha habido momentos, en los campamentos rudimentarios que él y sus nuevos compatriotas levantan en lugares apartados en el desierto, en los que volvió a pensar en la suavidad relajante de la cama que había llevado de importación para este lugar.

Pero su nueva vida, su nueva obsesión, supera cualquier deseo de regresar aquí. Por eso, legó este lugar a sus padres, aunque, hasta donde sabe, ellos ni siquiera lo visitaron para echar un vistazo. Esa falta de curiosidad le asombra, pero también le agrada. Ellos son consistentes, indudablemente puede concederles eso. Creen que consiguió esa propiedad y esos muebles tan lujosos con dinero de sangre de su propio pueblo, y por eso Alfeo y Eliseba no tienen ningún interés en tal botín. Ahora, él comparte su desdén por toda esa idea.

Sin embargo, si esa casa valiosa puede utilizarse de algún modo para avanzar el misterio de su rabino, para contribuir de algún modo a la misión de acercar el reino de Dios, ¿qué podría ser mejor que eso?

Es chistoso, piensa Mateo, que todavía se sienta impulsado a preguntarse si cerró con llave el lugar la última vez que lo abandonó. Por años había luchado contra la urgencia de cerrar la puerta con llave, abrirla, y volver a cerrarla; no solo una vez sino tres veces. Indudablemente, lo hacía cuando se iba de allí para trabajar. Sin embargo, ahora no puede evitarlo. Algunas cosas nunca cambian. Antes de insertar la llave, prueba la manija, solamente por si acaso. Claro que está cerrada con llave. ¿Cómo no iba a estarlo?

Da unos pasos atrás para asimilar el tamaño del lugar, mira la puerta de abajo a arriba y la casa que hay detrás. Muchos recuerdos melancólicos. ¿Compensaron toda la opulencia y todas las comodidades que disfrutaba su aislamiento de sus compatriotas, y peor aún, la separación de su propia familia? De ningún modo.

Ahora, ¿quién está al otro lado de la calle? ¿Puede ser? ¡Sí! ¡Es Gayo! Se quedan mirando el uno al otro, y Mateo es el primero en hablar.

—Hola, Gayo.

Manteniendo siempre su papel solemne y serio, el centurión *primi* asiente con la cabeza y con los labios apretados. Se acercan el uno al otro bajo la débil luz de las antorchas de la calle.

—Hola, Mateo. Ah… shalom.

Mateo intenta ocultar su diversión por el intento de Gayo de sonar judío y coloquial, pero al final no puede reprimir una sonrisa. Gayo parece herido.

—¿Lo dije mal?

—¡No! Es que… no esperaba verte.

—Sí, bueno, estoy posicionado aquí.

¿Un primi asignado a mi antigua casa?, piensa Mateo. *¿Qué es esto?* No sabe qué decir, y parece que Gayo tampoco. El soldado parece avergonzado, incómodo.

—¿Vuelves a mudarte aquí, Mateo?

—No, no. No puedo vivir aquí ahora.

Gayo parece sorprendido.

—¿Nadie quiere la mejor casa del bloque?

—Se va a usar para el ministerio.

—¿Por amigos tuyos?

¿Amigos? A Mateo le gustaría mucho pensar eso.

—Supongo que son mis amigos, sí. Dudo que a los vecinos les guste.

Gayo se mantiene erguido.

—Mientras se mantenga el orden… y si son amigos tuyos, me aseguraré de… bueno, patrullaremos la zona regularmente. Por tu seguridad y por la paz general.

Mateo se da cuenta de cuánto ha extrañado a este hombre.

—¿Estás bien?

—Nunca estuve mejor —dice Gayo—. ¿Y tú?

Simón y Andrés salen del callejón. Gayo se pone tenso. Tadeo y Santiago el Joven se acercan desde la dirección contraria. Todos ellos parecen curiosos, preocupados. Este es el centurión que arrestó a Jesús.

—No hay problema, Gayo —dice Mateo rápidamente—. Están aquí solo para comer. Muchos de nosotros dejaremos Capernaúm para hacer trabajo misionero.

—¿Por cuánto tiempo?

—No lo sabe… será peligroso.

Mientras los otros cuatro discípulos se acercan y aparece el resto, boquiabiertos ante el tamaño de la casa, Mateo continúa.

—Ahora debo irme.

—Confía en tu sentido común —dice Gayo—. Ya nos veremos.

Mateo se da cuenta de que él es el único que está mirando mientras Gayo se aleja. Los otros parecen enfocados y solemnes. Mateo supone que se están preguntando, al igual que él, si esta será la última vez que estén todos juntos. Él saca la llave.

—Bienvenidos al hogar donde yo ya no vivo.

Simón y Andrés se ríen y menean sus cabezas.

—Muy propio de Mateo —musita Simón, dando un paso al frente y estirando la palma de su mano. Mateo deja caer en ella la llave. Sabe que, cuando entren, los otros mirarán boquiabiertos los muebles comprados y traídos desde tierras lejanas, cada uno con un precio superior a la mitad del salario de un año de ellos en sus vidas en el pasado. Sin embargo, parece que Simón no está preparado todavía para entrar en la mansión. Se dirige a todos los demás, y Mateo se sorprende porque todos ellos parecen seguir su consejo fácilmente, incluso Santiago el Grande y Juan.

—¿Puedo decir primero la parte difícil? —comienza Simón, y todos ellos parecen estar atentos—. Esta podría ser la última vez que estamos todos juntos… por un tiempo.

—¿Cuál es la parte fácil? —pregunta Santiago el Grande.

—¿Quién dijo que hubiera una parte fácil? —responde Simón, haciendo sonreír a Santiago el Grande—. Abracé a mi esposa mientras ella intentaba aceptar la idea de que yo seré quien esté molestando a fariseos y romanos del modo en que Jesús lo hace ahora. Eso le asusta.

—¿Y a ti no? —dice Andrés.

—Claro que me asusta.

—Las cosas desconocidas son abrumadoras —dice Judas.

—¿Estamos preparados? —pregunta Tadeo.

—Yo estoy aterrado —dice Natanael.

—Yo no tengo miedo —dice Zeta.

Todos se quedan callados hasta que Simón habla.

—Excepto Zeta, que nunca tiene miedo a nada.

Mateo siente que se ha roto un poco la tensión.

Simón se voltea hacia Felipe.

—Tú has hecho esta clase de cosas antes. ¿Algo que quieras decir?

—Bueno, prediqué un poco para el Bautista, pero no hicimos nada que se parezca a esto. Lo único que puedo decirles es, sí, es aterrador cuando personas poderosas se molestan contigo. Pero vale la pena.

—Para esto nos involucramos —dice Juan—. Puede que no lo supiéramos en el momento, pero vamos donde él nos envíe.

Simón asiente.

—El Maestro nos ha dicho qué hacer, y hemos visto cómo lo hace él. Por lo tanto, tenemos lo que necesitamos, y con quienquiera que vayamos, mantengámonos fuertes juntos. Estoy seguro de que él nos puso en parejas por un motivo. Vamos a aprovecharlo al máximo. Ahora, juntémonos. Vamos. Pónganse al lado de su compañero.

Mateo busca a Zeta mientras Simón acerca a los hombres. Aunque susurra, Mateo puede oírlo.

—Como exzelote, ¿estarás bien con un exrecaudador de impuestos? Probablemente yo mismo no podría hacerlo, pero el Maestro sabe que tú eres un mejor hombre que yo. ¿Puedo confiar en ti?

Zeta mira a Mateo, después otra vez a Simón, y asiente seriamente.

—Mateo —dice Simón—, estarás bien. Pone sus manos sobre el hombro de Zeta a un lado y de Judas al otro, instando a todo el grupo a hacer lo mismo.

—Vamos, todos. Mateo, sé que lo aborreces, pero tú también.

Mateo titubea mientras los otros forman un círculo, con los brazos sobre los hombros de los demás. Zeta extiende la mano que tiene libre y lo acerca. Con el círculo completo, Simón habla.

—Cuando estaba con Edén, vino a mi mente un salmo de David cuando huía de Absalón, su propio hijo. Lo compartí con Edén como recordatorio, porque ella tenía miedo. Creo que nosotros también lo necesitamos —cierra sus ojos—. «¡Oh Señor, cómo se han multiplicado mis adversarios! Muchos se levantan contra mí. Muchos dicen de mí: Para él no hay salvación en Dios».

Judas y Andrés se unen para recitar el salmo.

«Con mi voz clamé al Señor, y Él me respondió desde su santo monte».

Uno a uno, los demás unen sus voces hasta que todos, incluso Mateo, recitan juntos el salmo.

«Yo me acosté y me dormí; desperté, pues el Señor me sostiene. No temeré a los diez millares de enemigos que se han puesto en derredor contra mí.

«¡Levántate, Señor! ¡Sálvame, Dios mío! Porque tú hieres a todos mis enemigos en la mejilla; rompes los dientes de los impíos. La salvación es del Señor. ¡Sea sobre tu pueblo tu bendición!».

PARTE 3

«Médico, sánate a ti mismo»

Capítulo 22

LA CAJA

Nazaret, al anochecer

Inquieto naturalmente por sus discípulos y cómo les irá, no solo con sus tareas sino también los unos con los otros, Jesús se encuentra en paz con la decisión de albergar a las mujeres en la anterior mansión de Mateo. Sonríe al recordar la comida que muchos de ellos disfrutaron allí el día en que Mateo decidió obedecer su llamado a seguirlo. Aunque terminó en una confrontación con dos fariseos entrometidos, la comida había demostrado ser abundante y deliciosa, y la charla muy agradable. Pero ¡qué tamaño tiene el lugar, y qué accesorios tan extravagantes! María de Magdala, Rema y Tamar estarán repiqueteando en ella.

¡Cómo le gustan las personas a las que ha elegido! Y, sin embargo, también disfruta de su soledad ocasional. Parece extraño que, a cambio de todos sus años en la tierra, todo lo que posee se encuentra en la amplia cartera que lleva a sus hombros. Aunque está cansado de la predicación, la enseñanza y el discipulado, Jesús apresura el paso cuando entra por la puerta de la ciudad. Es extraño que el perro sarnoso que ha estado por allí por años no se ve por ninguna parte.

Pero su destino tiene prioridad, y lo que le atrae no es solamente su humilde hogar de la niñez. Es su amada madre y sus cuatro hermanos. Ella sabe que vendrá, y le gritará que simplemente entre, pero ¿qué diversión habría en eso? Dejará que se pregunte si quien llama a la puerta podría ser otra persona.

Toca a la puerta.

—¡Ya voy! Si eres tú, entra, ¡pero ya voy!

Él sonríe y espera en silencio. Finalmente se abre la puerta, y ella besa la mezuzá y se acerca enseguida a él.

—Ah, sí, ¡eres tú! *¡L´shana tova!*

—Sí, ¡será un buen año, Ima!

Ella le da un abrazo, y él la levanta del suelo, como ha sido su costumbre, y después deja que lo lleve adentro. Los dos besan la mezuzá, y ella habla.

—¿Por qué no entraste? ¡Ya sabes que simplemente puedes entrar! ¿Tuviste un buen viaje? Te ves cansado. Tienes hambre, ¿verdad? Nos sentaremos a comer.

Jesús observa que hay solo dos tazas de vino y dos platos sobre la mesa mientras se limpia los pies cerca de la puerta. Su madre se acerca al horno.

—Deja tu bolsa aquí. Comeremos y después podrás irte a la cama. Estoy segura de que estás agotado. El pan *jalá* está caliente y listo. Llegas en el momento perfecto. ¿Tuviste un buen viaje?

—Sí, fue bien. El perro color café no estaba en la puerta. ¿Le pasó algo?

—Murió hace varios meses atrás. Siéntate, siéntate.

—Ah, eso pensé. No creo que haya atravesado esa puerta en diez años sin haberlo visto por allá cerca siendo ignorado por todo el mundo.

Mientras ella saca el pan del horno, Jesús se lava las manos rápidamente y susurra.

—Bendito eres tú, Señor nuestro Dios, Rey del universo, que nos has santificado mediante tus mandamientos y nos has dado órdenes sobre el lavamiento de manos.

—El pan no es perfectamente redondo —dice su madre—. Nunca he sido capaz de hacerlo perfecto, pero las uvas pasas se cocinaron muy bien adentro.

—Ima, ya sabes que no me gustan las uvas pasas.

—Y tú sabes que lo hago de todos modos para que tengamos un año dulce, así que silencio.

Ella agacha la cabeza, y juntos recitan: «Bendito eres tú, Señor nuestro Dios, Rey del universo, que nos has mantenido con vida y nos has sostenido, y nos has traído hasta esta fiesta sagrada».

Cuando parten el pan y comen, Jesús habla.

—Entonces, no está Judas ni Santiago, o...

Ella aprieta los labios.

—Bueno, tus hermanos pensaron que era mejor que celebraran en Séforis mientras tú estabas aquí. Solo para evitar conflictos.

—Entiendo.

—Creo que simplemente es difícil para ellos, especialmente con tantas personas aquí emocionadas por verte mañana. Todo el mundo ha oído sobre lo que has estado haciendo, las señales y prodigios, y sabes cómo se sienten los muchachos con todo eso.

—Lo entiendo.

—Pero pasaremos un tiempo maravilloso. ¿Cómo está el pan?

—Es estupendo; incluso con las uvas pasas.

—Entonces... cuéntame cómo les va a tus estudiantes. A cada uno de ellos. Necesito saber por qué cosas tengo que orar.

—Bueno, no tenemos tiempo para hablar de todos. Pronto me iré a dormir.

—Está bien —dice ella sonriendo—. Háblame de tus cinco favoritos.

Él se ríe.

—Yo no tengo favoritos, ya lo sabes.

—Claro que los tienes. Admítelo.

—Dime *tú* quiénes son los favoritos de mi grupo.

—¡Las mujeres! —exclama ella.

—¡Vaya! Fuiste rápida.

—Y al que llaman Zeta, porque él te protegerá.

—¿De veras? ¿Alguien más?

—¡Estoy bromeando! Los amo a todos. ¿Hay alguno que te dé problemas? ¿Qué de Andrés? ¿Cómo le va? No le iba muy bien cuando yo estaba con ellos.

—Está bien, realmente. Nuestro Juan lo mantiene a raya. A todos les va bien ahora. Tengo a los muchachos en viajes misioneros a nuestro pueblo, haciendo ellos mismos señales y prodigios. Bueno, no ellos mismos, sino...

—Sé a qué te refieres —dice ella—. ¿Y las mujeres?

—Están en Capernaúm, ayudando al padre de Santiago y Juan con un nuevo negocio de aceite de oliva que también apoyará el ministerio.

—¿Y Tomás y Rema?

—¿Qué sucede con ellos?

Ella lo mira como para expresar: «¿De veras me lo preguntas?».

—¿Cómo sabías que algo estaba sucediendo entre ellos?

—Tengo ojos, ¿lo ves? Vi que estaban enamorados en la boda. Pensé que deberíamos celebrar su ceremonia después de la de Aser y Sara. ¿Pedirá la bendición de su padre?

—Sí.

—¿Lo bendices tú?

—Me encantaría verlos comprometidos. Los dos son seguidores fieles y leales.

—¿Y Simón? Él es tu líder, ¿no?

—Así es. O por lo menos lo será. Sigue siendo un poco como un animal salvaje, pero tengo planes para pulirlo.

—Tengo muchas ganas —dice ella, y después se recuesta en la silla—. Entonces, ¿estás preparado para mañana? Muchos me han dicho que tienen muchas ganas de verte. Y adivina quién está en la ciudad.

—No lo sé.

—Lázaro y sus hermanas. Llegaron hoy, y pensaron que sería una buena oportunidad para verte.

—¿De veras? Es estupendo. Hace ya un tiempo que no he visto a Lázaro.

María, su madre, de repente es transportada tres décadas atrás cuando ella y la mamá de Lázaro intentaban enseñar a caminar a sus hijos pequeños. En su recuerdo tan nítido hay juguetes por el piso, y recuerda indicar a Jesús que se levante. Su amiga también anima a su propio hijo.

María se muerde el labio al recordarlo, pues entonces entró su esposo y levantó alegremente a Jesús en sus brazos, lanzándolo al aire.

—Estoy agotado —dice Jesús ahora—. Necesito irme a la cama. Pero necesito la caja mientras estoy aquí, Ima. ¿Dónde la guardas?

—¿Ahora?

—Mmm.

—Estás seguro de que esta es tu última vez aquí antes de...

Él asiente.

—Creo que está llegando mi tiempo.

Le duele ver que la expresión en la cara de su madre se pone seria.

—No sé si yo estoy preparada —dice ella.

—Sé cómo te sientes —dice él—, pero yo hago la...

—«Voluntad de Aquel que me envió» —termina la frase por él—. Pero ¿tiene que ser tan pronto? ¿Estás seguro?

—Si no es ahora... —responde él.

Ella aparta la mirada. Finalmente, habla en un murmullo.

—Cuando más extraño a tu padre es en las celebraciones. Se divertía mucho. Mañana sería un día divertido. La caja está al lado de tu cama. Yo recogeré. Tú vete a dormir.

—Puedo ayudarte.

Puede ver que ella reprime las lágrimas.

—No, yo lo hago. Estaré bien.

Cuando ella se levanta, Jesús también se levanta rápidamente y se acerca a ella. Le abraza y besa su frente.

—*Laylah tov*, Ima.

—Buenas noches, mi querido hijo.

Él lleva su bolsa a su cuarto, que desde luego parece mucho más pequeño de lo que él recordaba. La caja está al lado de su cama. Contiene una brida de mula que Jesús examina seriamente antes de meterla en su bolsa.

Capítulo 23

VIEJOS AMIGOS

Nazaret, al día siguiente

La madre de Jesús piensa en muchos recuerdos de celebraciones de fiestas en este mismo campo mientras entra orgullosamente a la zona festiva con su hijo mayor. Jesús y ella llevan cestas de comida cubiertas, y caminan entre grupos de personas que celebran juntos en mesas o sentados en el suelo, comiendo lo que llevaron desde sus casas o compraron en casetas rudimentarias o en mesas tambaleantes.

Le encanta la música, las danzas, los agradables gritos de niños entretenidos por un malabarista. Un poco más lejos en el campo, unos varones juegan Trigon: de pie en triángulos intentando lanzar y agarrar tres bolas simultáneamente mientras otro se ocupa del marcador, tomando piedras de una bolsa y colocándolas en el suelo para indicar cada caída de la bola o un mal lanzamiento.

María se alegra por la diversión e incluso el ruido. La fiesta de Rosh Hashaná o Yom Teruáh es, después de todo, un «día de júbilo» o de tocar el shofar para celebrar el año nuevo. Ella espera que todos tengan en mente que el corazón de la fiesta significa mucho más que tan solo el calendario. Es el primero de los días santísimos judíos, según las Escrituras.

—No sé cuánto tiempo ha pasado desde mi última Rosh Hashaná en Nazaret —dice Jesús.

—Cuatro años —dice ella rápidamente.

Él sonríe.

—Pero ¿quién lleva la cuenta, eh?

—Puede que seamos pobres —dice ella—, pero celebramos mejor que esas otras ciudades donde has estado.

—No lo niego —dice él—. Es bueno estar en casa.

—¡María! ¡Jesús!

Ahí está Dina, la madre del novio en la boda en Caná, y su esposo Rafi.

—¡Dina! —exclama María—. ¡No sabía que estarían aquí!

—Decidimos hacer el viaje ayer —dice Dina mientras se dan un abrazo.

—Una corrección —dice Rafi, obviamente fingiendo frustración—. *Dina* decidió hacer el viaje. Yo no tuve mucha voz en el asunto.

—¡Ah, vamos! —dice Dina.

Jesús y Rafi se dan un apretón de manos, y los varones asienten con la cabeza hacia las mujeres.

—No sabía que estarías aquí, Jesús —dice Dina—. Mis disculpas…

—¿Por qué?

—Te harán preguntas sobre la boda —dice Rafi—. Sin duda.

—Les conté a algunas personas lo que sucedió —dice Dina—, aunque algunos ya lo habían oído.

—No te sorprendas si algunos se quedan sin vino a propósito —añade Rafi— tan solo para ver lo que harás.

—Ah —dice Jesús—, esa fue una ocasión especial, así que…

—Lo sé, lo sé —dice Dina—. Ah, qué bueno verlos a los dos.

Desde atrás, Jesús siente que un brazo le rodea y una mano cubre sus ojos.

—Me preguntaba cuándo llegaría esto —dice, y hábilmente se zafa del agarrón. Se voltea y se sitúa frente a Lázaro. Se dan un beso en la mejilla y se abrazan.

Jesús mira a las hermanas de Lázaro. Marta no es mucho más joven que él y Lázaro, pero María, que está en su adolescencia, se ve muy diferente a cuando la vio por última vez.

—Qué bueno verlas a las dos —dice—. Ya hace bastante tiempo.

Las dos asienten con la cabeza y susurran «Shalom», dando un abrazo a la madre de Jesús.

Dina se lleva con ella a María y se alejan, diciendo que ha reservado un lugar e indicando a Rafi que agarre la comida de Jesús.

—Nos situaremos allí.

Jesús está impresionado al ver que Dina debió pensar que sus viejos amigos y él tenían muchas ganas de ponerse al día.

—Gracias, Rafi —le dice—. Ahora vamos.

Cuando están solamente Jesús y los tres hermanos, Lázaro habla.

—Entonces, muchas cosas de las que hablar. Estarás aquí, ¿por cuánto tiempo?

—No mucho. Tenía que agarrar algunas cosas de la casa. Quería ver a Ima, celebrar un poco, asistir al servicio.

—Bueno, ahora que estamos aquí tal vez puedas quedarte un poco más de tiempo. Nos quedamos en un lugar estupendo. Deberías pasar por allí.

—Tal vez.

—¡Te ves bien! El papel de rabino parece que te está tratando bien. Sin embargo, sigues sin tener casa, ¿no?

—Tengo lo que necesito.

Lázaro se voltea hacia sus hermanas.

—Hace años, intenté lograr que se uniera a mí en el negocio en Betania, pero me rechazó. Solo quería ser artesano; pues bien, primero un artesano y después un rabino.

—Su hermano no me necesitaba, es obvio —les dice Jesús.

—¡Pero nos habríamos divertido mucho! —dice Lázaro.

—Es verdad —dice Jesús.

—Sin embargo, te daré el mérito por no titubear nunca —dice Lázaro—. Hiciste lo que te propusiste hacer, y llegar a ser un rabino sin todos los estudios que recibe la mayoría... asombroso.

Jesús sonríe.

—¿De veras estás haciendo milagros? —pregunta la joven María.

—¡María! —le dice Marta.

—Solamente pregunto.

—Perdona a María por ser... bueno, por ser María —dice Lázaro—. Como es su costumbre, dice lo que nosotros solo pensamos. ¿*Es* cierto lo que estamos oyendo?

—Depende de lo que estén oyendo y de quién lo diga.

—He oído que convertiste agua en vino —dice Lázaro—. Sanaste a cientos en lugares como Siria. Predicaste un sermón a miles del que muchos siguen hablando. Hiciste algunos amigos en Samaria, y de eso tendremos que hablar, y algunos enemigos en lugares que realmente nos gustan. Y no son enemigos poco importantes. ¿Me estoy dejando algo?

—No está mal —dice Jesús con una sonrisa.

—Vamos —dice Lázaro—, conozco a todos y lo oigo todo, tú ya sabes eso.

—Entonces, ¿es verdad? —dice María.

—¿Eres el rabino mejor y más grande que haya vivido nunca? —pregunta Lázaro.

—Bueno, hay más trabajo que hacer.

—Todavía con la humildad —Lázaro se ríe—. Me encanta.

María habla otra vez.

—También hemos oído que algunos están diciendo, y tú no lo niegas...

—María —dice Marta—, ahora no.

—Yo *sí* quiero preguntar —dice Lázaro—, y podemos hacerlo en privado, si... —se voltea cuando se acercan un hombre y una mujer, ambos de unos cincuenta años—. ¡Rabino Benjamín! ¡Lea! ¡Shalom!

—Shalom, Lázaro —dice la mujer—. Muchachas, Jesús, ¡bienvenido a casa!

—Qué bueno verte, Lea —dice Jesús, y da la mano al rabino Benjamín—. Ya ha pasado algún tiempo.

—Jesús —dice el rabino, agarrando su mano sin fuerza y con una mirada que parecería expresar que no ha pasado el tiempo suficiente.

—Bueno —dice Lea—, muchos aquí están muy emocionados de que estés de visita. Se están diciendo muchas cosas...

—Eso mismo le decía yo —dice Lázaro—. Todo el mundo habla de la gran historia de éxito de Nazaret, ¡y ya no se refieren a mí! Y, ¿qué estás oyendo *tú*, Lea?

Capítulo 24

RUMORES

Jesús levanta las cejas, pero también escucha con atención cuando la rebbetzin (la esposa del rabino) responde con deleite.

—Toda clase de rumores —dice Lea—. Que te estás haciendo un rabino bastante popular. Algunos te vieron hablar a miles de personas e incluso hacer señales y maravillas. Claro que con todo eso llegan los chismes. Ana incluso me dijo que afirmaste ser el Mesías. Yo le dije: «no el humilde Jesús al que yo conozco». Pero mira, toma manzanas y miel. Eres solo piel y huesos.

Cuando la esposa del rabino menciona la palabra *Mesías*, Lázaro y sus hermanas miran a Jesús. Él los silencia con una mirada sutil mientras Lea pone un plato delante de él.

—Que este primer día de *tishrei* sea tan dulce como esta comida.

—Para ti también —dice Jesús, mojando un trozo de manzana en la miel—. «Manzanas y miel», ora en silencio. «No nos fue bien con ninguna de las dos, ¿cierto?».

Se encuentra desconcertado cuando Lázaro como su viejo amigo continúa moviendo las cosas pinchando al clérigo.

—Rabino Benjamín, con toda la emoción de que Jesús esté aquí, ¿no sería él el hombre perfecto para leer la Escritura y compartir la enseñanza en el servicio de esta noche?

El rabino entrecierra los ojos y titubea. Su esposa habla.

—¡Es una idea estupenda! Ben, me estabas diciendo que todavía no te habías preparado para...

—Bueno, esta tarde planeaba...

—Jesús es un rabino ahora —insiste Lázaro.

—Sí, soy consciente.

—Sé que no era tu alumno favorito, y sé que no fue al *bet midrash* y que enseña a su modo, pero...

—Está bien, Lázaro —dice Jesús—. Él lo entiende.

—Hoy celebramos la creación del mundo —dice el rabino Benjamín—, y está bien. Pero esta noche, la Rosh Hashaná es más seria.

—Sí —dice Lázaro—, nunca te han gustado las cosas divertidas de antemano; sin embargo, por mucho que nos gusten tus interpretaciones, Rabino, sería muy agradable que todos vieran cuánto aprendió Jesús de tus enseñanzas. Podría alentar a los niños a seguir un camino similar, ¿no? Jesús, ¿qué te parece?

—Me gustaría hacerlo, pero solo si el rabino Benjamín se siente cómodo.

—Supongo — dice el rabino— que podría haber valor en oír lo que Yahvé te ha estado revelando de las Escrituras.

—Entonces, ¡está decidido! —dice Lázaro—. Muy sabio y humilde por tu parte, rabino Benjamín. Todos lo apreciarán. Jesús, ¿puedes pensar en algo impactante con tan poco tiempo?

—Veremos.

—No puedo esperar —dice Lázaro—. Bien, tengo que lograr que este hombre juegue un juego de Trigon y que coma algo. Nos veremos esta noche.

Cuando parten e intercambian shalom, Jesús observa que el rabino dice algo entre dientes. María y Marta se dirigen a encontrar a los demás, y Jesús se acerca a Lázaro.

—Sigues causando problemas al rabino, y yo sigo siendo a quien culpan.

—A ti te gusta verlo molesto tanto como a mí. Vamos, participemos en un juego rápido.

Aquí, piensa Jesús, está uno de los motivos por los que ha dejado a un lado su omnisciencia divina. Conocer el corazón de las personas le hace ser eternamente empático con los atormentados, pero nunca utilizaría ese conocimiento sobrenatural para cosas tan triviales como los juegos. ¿Qué caso tendría? Saber dónde sería lanzada una bola y a qué velocidad y ángulo le permitiría agarrarla fácilmente, y conocer los reflejos precisos del receptor le diría a qué velocidad lanzarla. En la carne, él no tiene ni más ni menos dotes atléticas que cualquier otro hombre, de modo que no sería correcto aprovecharse de sus dones sobrenaturales para cualquier otra cosa que no sea la obra del reino de su Padre.

Jesús nunca ha considerado el ser igual a Dios como algo que utilizar para su propio beneficio, y está contento con jugar el juego como un mero mortal. Cuando se acercan a los otros jugadores, uno de los cuales es Rafi, Lázaro los saluda.

—No me gusta nada interrumpir la diversión, pero es el momento de que comience a avergonzarlos. Y que todos avergoncemos a Jesús.

Los hombres se ríen e intercambian saludos. Aarón, el oponente de Rafi, dice que su tercer rival, Juan, está jugando de modo horrible y pronto perderá.

—Ya tiene cuatro caídas de bola o cuatro lanzamientos malos. Rafi tiene tres. Yo tengo dos.

Lázaro sugiere que sustituirá a Rafi y Jesús a Aarón.

—Y aun así ganaré.

—¿Has mejorado desde la última vez? —pregunta Aarón a Jesús.

—No lo sé.

—¿No lo sabes?

—No he jugado desde la última vez.

Jesús observa que Aarón baja los hombros.

—Vamos —dice Lázaro—, esto no tomará mucho tiempo. Ganaré rápidamente para Rafi, y seguiremos nuestro camino.

—Por lo menos lanza rápido —le dice Aarón a Jesús—. Juan solo necesita que caiga la bola una vez más, y está fuera.

—No prometo nada —dice Jesús.

Al unísono, los jugadores cuentan hasta tres y lanzan su bola a la mano izquierda de la persona que tienen cerca. Inmediatamente, a Jesús se le cae la suya.

—No tomó mucho tiempo —dice Lázaro—. Ahora tienes tres, igual que yo.

Aarón menea la cabeza.

—Está bien —dice Jesús—. Ha pasado tiempo. Lo tengo. Vamos.

Vuelven a contar y a lanzar. Jesús agarra un par de bolas antes de lanzar una larga a Lázaro.

—¡Esa es fuera! —dice Lázaro—. Y una más para ti. Ahora, Juan y tú tienen cuatro.

—Lo siento, Aarón —dice Jesús—. Tal vez deberíamos haber rechazado la oferta de Laz.

—Está bien —dice Aarón riendo—. Solo enfócate. Quizá puedas ganar esta para Juan y quedar segundo. Está claro que Lázaro ha estado practicando.

—¿Practicar? —dice Lázaro a carcajadas—. No lo necesito. Vamos. Tres, cuatro, cuatro. Jugamos.

Comienzan a lanzar otra vez, y Jesús lo hace mejor, pero al final se le cae otra bola, perdiendo el juego. Lázaro y Rafi vitorean, y todos los jugadores estrechan sus manos.

—Lo siento, Aaron —dice Jesús—. No es mi fuerte.

—Está claro —dice Lázaro sonriendo—. Pero, todos ustedes, no lleguen tarde al servicio de esta noche. Jesús hará la lectura y la interpretación. *Eso* es su fuerte. Este juego fue solo para humillarlo de antemano.

Lázaro pone su brazo sobre el hombro de Jesús mientras se alejan.

—Bien —dice Jesús—, gracias por eso. Confío en que fue satisfactorio para ti.

—Todavía tenemos mucho de lo que conversar, y espero algunas respuestas por tu parte esta noche acerca de todo lo que ha estado sucediendo.

—Ten cuidado con lo que pides.

Capítulo 25

YO SOY

La sinagoga de Nazaret

Jesús conoce prácticamente a todos los que están en la multitud que abarrota el templo en el que creció. Parece que todos a los que reunió durante el festival están ahí para escucharlo hablar. Por un lado, le duele que sus propios hermanos hayan decidido estar fuera mientras él está en el pueblo. Por otro lado, está aliviado de que no estén ahí para ser testigos de lo que él está a punto de incitar.

Ha acordado con el rabino Benjamín a qué rollo le gustaría hacer referencia, y el sacerdote admite:

—Mi esposa insiste en que muestre gracia al presentarte.

—Lo agradezco, señor. Sé que no puede fingir estar presentando a uno de sus alumnos estrella.

—Que sea lo que…

Jesús se sienta al lado de Lázaro. Su madre está sentada al otro lado en la sección de las mujeres con Dina y las demás.

El rabino se acerca.

—Bendito eres tú, Señor nuestro Dios, Rey del universo, que nos has mantenido con vida y nos has sostenido otro año. Quien otorga bondad, restaura y redime. Te alabamos, Adonai nuestro Dios, Soberano sobre la creación, que nos has elegido de entre todos los pueblos. Sea tu bendición sobre todo aquel que te busca con sinceridad. Concede gozo a tu tierra y alegría a tu ciudad. En tu misericordia, concédenos un año próspero, una cosecha abundante, y la llegada prometía del Meshiach, tu ungido, el Hijo de David. La congregación dice: «Amén».

El rabino Benjamín hace una indicación con la cabeza a quien sostiene el shofar, y comienza con un sonido largo, el *tekiah*, en el cuerno del carnero. Sigue con tres sonidos cortos, el *shevarim*; nueve sonidos cortados, el *teruah*, y un sonido muy largo, el *tekiah gedolah*. La congregación aclama.

—Y ahora—continúa el rabino—, para la lectura y la interpretación tenemos con nosotros a nuestro Jesús bar José. Él fue uno de mis alumnos en clases de Torá, y hemos oído reportes, algunos de ellos muy positivos, de sus viajes rabínicos. ¿Jesús?

Lea asiente hacia su esposo y sonríe cuando Jesús se pone de pie y recibe un rollo del asistente.

—Gracias, rabino Benjamín. No es fácil compartir delante del destacado rabino de Nazaret, pero lo haré lo mejor que pueda. Si leo mal alguna palabra o digo algo que usted desaprueba, estoy seguro de que no tendré que preocuparme de que usted lo mencione.

Todos se ríen.

—Lectura del libro del profeta Isaías —Jesús hace una pausa y se pone serio. Mira a los congregantes y baja la mirada mientras ellos se inclinan—. Lee: «El Espíritu del Señor Dios está sobre mí, porque me ha ungido el Señor para traer buenas nuevas a los afligidos».

Entonces levanta la mirada, y sigue haciendo eso mismo a lo largo de la lectura, como para referirse a ellos específicamente cuando llega a cada descripción.

«Me ha enviado para vendar a los quebrantados de corazón, para proclamar libertad a los cautivos y liberación a los prisioneros». Hace otra pausa. «Para proclamar el año favorable del Señor».

Jesús se detiene, vuelve a enrollar el rollo, y se lo entrega al asistente que está claramente confuso, y que titubea antes de tomarlo.

Jesús se sienta en una pequeña silla que está detrás del atril, consciente de todas las miradas.

—El cumplimiento de esta escritura, tal como la han oído, es hoy. Este es el año del favor del Señor, un año de jubileo, y se ofrece redención a los afligidos, los quebrantados, a los cautivos, y a los ciegos. Aquí. Ahora.

La sala se ha quedado en completo silencio hasta que Lázaro habla.

—¡Estamos contigo! ¡Continúa! No está nada mal para el hijo de un carpintero, ¿no?

—Especialmente de José —bromea Rafi—, descanse en paz.

Muchos sonríen ante el comentario, pero al rabino Benjamín no le hace ninguna gracia.

—Jesús —dice—, por favor explica por qué detuviste la lectura antes de que Isaías hablara del día de la venganza de nuestro Dios. Especialmente durante un tiempo de tanta opresión.

—El día de la venganza está en el futuro —dice Jesús—. Yo no estoy aquí para venganza. Estoy aquí para salvación.

—¿*Tú* estás aquí para salvación? —pregunta el rabino Benjamín—. ¿Qué estás diciendo?

Jesús capta la mirada intensa de Lázaro.

—Tú sabes lo que estoy diciendo. Y este año de jubileo, este año del favor del Señor, no significa la libertad de deudas financieras. Yo estoy aquí para liberar de la deuda espiritual.

—Nosotros somos la simiente escogida de Abraham —dice el rabino Benjamín, con enojo en su voz—. No tenemos una deuda espiritual.

—¿Jesús?

—Sí, Aarón.

—Hemos oído sobre señales y prodigios, y ahora esto. ¿Estás afirmando ser más que un rabino? ¿Más incluso que el Bautista?

Todo el grupo parece listo para estallar, especialmente Lázaro.

—No hay duda —dice Jesús— de que alguno me citará el proverbio: «Médico, sánate a ti mismo», y dirán: «Lo que oímos que hiciste en Capernaúm y Siria, hazlo en tu pueblo natal», ¿sí?

YO SOY

—¿Por qué no? —pregunta Aarón.

—Lo entiendo —dice Jesús—. Soy el adolescente torpe al que vieron hace años atrás. Algunos de ustedes vieron una vislumbre de eso hoy mismo. Lázaro aquí sería más creíble como profeta. Siempre es más fácil aceptar la dura verdad y especialmente la grandeza de parte de desconocidos que de quienes conocen bien. Esta es una verdad importante: «No hay profeta sin honra, sino en su propia tierra».

—¿Profeta? —dice el rabino Benjamín—. Ten cuidado con cómo te llamas a ti mismo.

—Eso debería ser fácil de demostrar —dice Aarón—. Dina y Rafi, ustedes dicen que vieron el milagro, ¿no es cierto?

—Sí —dice Rafi—, pero él no afirmó *esto*.

—Un verdadero profeta de Yahvé —dice el rabino Benjamín— no le negaría a su propio pueblo señales y prodigios.

—Escuchen con atención —dice Jesús—. Cuando una gran hambruna golpeó a Israel en tiempos de Elías, había muchas viudas, ¿no es cierto? Y sabemos lo mucho que el Padre cuida a su pueblo escogido, especialmente a las viudas. Sin embargo, Elías no fue enviado a ninguna de ellas. Fue enviado a una viuda en Sidón, en Sarepta. Una mujer gentil. Y, Marta, ¿qué sucedió?

—Ella renunció a la harina y el aceite que le quedaba para hacer una torta más y dársela a Elías.

—¿Por qué hizo eso? —pregunta Jesús.

—Elías le dijo que el Señor lo había dicho.

—Sí, dijo que el Señor haría que su harina y su aceite no se acabaran. Y ella *creyó*. Una gentil pagana en una tierra pagana, pero tenía el hambre suficiente para necesitar a Dios y obedecer, y entonces Dios usó a Elías para multiplicar su comida. ¿Y qué de Eliseo y Naamán? Había muchos leprosos en Israel en aquel tiempo, pero ninguno de ellos fue limpiado. Únicamente Naamán, un gentil, un soldado sirio, un enemigo del pueblo del Señor. Él estaba tan desesperado, que confió en Eliseo y fue limpiado de su lepra.

Jesús mira la sala. Claramente, el rabino Benjamín está furioso. Rafi y Dina parecen sentirse mal. Incluso la madre de Jesús parece preocupada, igual que las hermanas de Lázaro. Lázaro parece estar estudiando a los demás.

Es momento de que Jesús sea totalmente transparente.

—Puede que ustedes sean la simiente escogida de Abraham —dice—. Puede que sean el pueblo de los pactos. Pero no es eso lo que les concede mi salvación. Si no pueden aceptar que ustedes son espiritualmente pobres y cautivos, del mismo modo que una viuda gentil y un leproso sirio reconocieron su necesidad... —hace una pausa—. Si no entienden que necesitan un año del favor del Señor, no puedo salvarlos.

Varios de los hombres se ponen de pie, Aarón incluido, quien grita:

—¿Quién crees que eres?

La esposa del rabino grita:

—¡De esto hablaba Ana! ¡Que incluso él se llamaba a sí mismo el Mesías!

El rabino Benjamín se pone de pie de un salto y se acerca a Jesús, quien permanece sentado tranquilamente.

—¿Estás afirmando ser el Mesías, o meramente afirmas hablar por el Señor como profeta?

—Sí.

—¡Eres un falso profeta!

La madre de Jesús se tapa la boca. Lázaro se pone de pie y se interpone entre Jesús y el rabino.

—Bueno, Jesús —dice—. Eso es bastante decir. Tal vez deberíamos...

—¡Lázaro! —exclama Aarón—. Tú eres su amigo. No puedes involucrarte. Ya sabes lo que dice la Ley de Moisés.

—Todos somos sus amigos, Aarón. No podemos decir cosas como esa.

—Jesús —dice el rabino Benjamín—, ponte de pie de inmediato.

Jesús se pone de pie.

—Rabino, por favor —dice Lázaro—. Rafi, ven con Jesús y conmigo. Nos iremos, y todos ustedes pueden continuar con el servicio.

Rafi parece afectado.

—El rabino Benjamín lo ha acusado de falsa profecía, y yo no puedo disputarlo.

—¡Dijiste que viste el milagro! —exclama Lázaro.

—Así fue, pero ahora está diciendo que solo él puede salvarnos.

—No usó esas palabras.

—A eso me refería —dice Jesús.

La multitud da un grito ahogado, y Lázaro se dirige a Jesús.

—No estás ayudando.

—Está diciendo que no somos los elegidos de Yahvé —dice Rafi.

—No —dice Lázaro—, él no dijo que...

El rabino Benjamín interviene, citando uno de los libros de Moisés.

—«Pero el profeta que presume proclamar una palabra en mi nombre que yo no le ordené hablar, ese profeta morirá»

—Rabino —dice Lázaro—, le ruego...

—Lázaro —dice Jesús, y menea la cabeza—, está bien.

—Pero van a...

Jesús acerca a Lázaro y le susurra.

—No es mi tiempo. Asegura a mi madre que estaré bien, ¿de acuerdo?

Lázaro asiente, pero parece aterrado cuando el rabino Benjamín indica a otro sacerdote y a más hombres que se acerquen.

—Jesús —anuncia el rabino Benjamín—, si no renuncias a tus palabras, no tendremos otra opción sino seguir la Ley de Moisés.

Parece como si todos estuvieran mirando a Jesús y orando para que retire lo que dijo. Sin embargo, él habla.

—Yo *soy* la Ley de Moisés.

Capítulo 26

HOY NO

Entonces, así es como será para mí al final, piensa Jesús. *Conducido a otra parte incluso con amigos cerca.*

Rafi, Aarón, y el otro sacerdote agarran a Jesús y se lo llevan de allí. Su madre grita «¡no!», y corre hacia él, pero Lázaro se acerca a ella y la retiene mientras ella batalla y llama a su hijo. Lázaro le susurra al oído. Ella parece que apenas si puede respirar hasta que Jesús le mira a los ojos y le muestra una ligera sonrisa.

Ya es el crepúsculo cuando el rabino Benjamín dirige la procesión de varones que arrastran a Jesús por el pueblo. Jesús puede saber el conflicto que tienen algunos que lo han conocido toda su vida. Nunca podrían haber imaginado que algún día tomarían parte voluntariamente en su destrucción. A medida que otros por la calle observan lo que está sucediendo y comienzan a seguir, el grupo lo lleva hasta un precipicio en los límites de Nazaret. Lo empujan hacia el borde.

—Jesús bar José —anuncia el rabino Benjamín—, porque has profetizado falsamente repetidas veces y no has ofrecido ninguna negación o renuncia a tus afirmaciones blasfemas, no hay necesidad de juicio. ¿Respaldas todo lo que has dicho?

—Creo que fui claro.

—Tu padre —continúa el rabino—, descanse en paz, era un hombre recto. Tu madre es una buena mujer. No nos agrada la vergüenza que estás causando a sus nombres, ni tampoco la tristeza que esto causará a María. Sin embargo, según la ley de Moisés, sobre cuya vida y palabras has escupido hoy, tu sentencia es la muerte.

El rabino Benjamín se hace a un lado y mira a Rafi y Aarón, indicándoles que hagan lo que tienen que hacer y lo despeñen.

Los hombres se miran el uno al otro como si eso fuera más fácil decirlo que hacerlo. Rafi mira con expresión de ruego a los otros sacerdotes, quienes asienten solemnemente. Rafi mira a Jesús, y Aarón y él se acercan.

Cuando Jesús ni siquiera se inmuta, sino que, de hecho, se mueve hacia Rafi, el hombre parece perplejo y se detiene, y lo mismo hace Aarón.

—Rafi —dice Jesús—. Aarón. Rabino Benjamín —hace una pausa—. Esto no va a suceder. Hoy no.

Y simplemente camina entre ellos y se aleja mientras todos se miran unos a otros, aparentemente esperando que alguien hará algo.

De noche

A solas ahora, Jesús llega a un claro que le resulta familiar. Una piedra cubre la entrada del lugar de descanso de su padre terrenal. El sepulcro está descuidado, no hay duda de que no han cortado las hierbas. Profundamente entristecido por recuerdos melancólicos, Jesús recuerda el taller de su padre cuando él tenía seis años.

El joven Jesús está sentado en un banquillo y lee con mucho esfuerzo cada palabra de un rollo sagrado. Mientras José trabaja, ayuda pacientemente al muchacho a leer el pasaje hasta que Jesús es capaz de pronunciar la frase: «Me ha enviado a sanar a los quebrantados de corazón».

—¿Qué significa eso, padre?

—Un corazón que está roto, pero no el corazón que tienes en el pecho. Es esa parte de ti que te hace estar feliz o triste. Un corazón quebrantado está triste o herido. Una persona quebrantada es alguien que necesita ayuda. Sigue leyendo.

—Para proclamar libertad.

—Bien. Ven, rápido, sujeta esto.

—¿Puedo ayudar?

—Sí, ven. Necesitas aprender a hacer bien esto —le entrega un martillo a Jesús—. En nuestra familia, podemos clavar un clavo hasta abajo con un solo golpe. *Quizá* dos. Te concederé dos en tu primer intento —pone en su lugar el clavo—. Ahora bien, algún día no estarás haciendo carpintería como yo.

—¿Por qué, Abba?

—Serás un artesano, trabajando con piedra y otros materiales, no solo madera.

—¿Por qué, Abba?

—Porque no hay mucha madera por aquí. Este es un lugar de roca y piedra. Escogí el negocio equivocado, ¡vaya! Bien, vamos allá. Recuerda: no uses todo el brazo para moverlo —demuestra de modo exagerado el modo erróneo de hacerlo—. Usa solo la parte inferior de tu brazo. Mueve desde el codo para tener más control. Yo sujetaré el clavo. ¿Listo?

—¿Y si golpeo tu mano?

—Ah, tú tienes talento como tu abba. Lo harás bien. Vamos.

El muchacho practica lentamente dos veces, muy serio y concentrado. Jesús hace un movimiento y le da directamente al clavo. Para su horror, su padre grita y se aleja sujetándose la mano, haciendo que Jesús grite. Pero José rápidamente comienza a reír.

—¡Estaba bromeando! ¡Fue estupendo! Mira.

El clavo se ha hundido hasta la mitad, pero Jesús aún se está recuperando del susto. José lo acerca para abrazarlo, todavía sofocando la risa.

—Lo siento, pero no pude evitarlo. Está bien, tengo algo especial que quiero mostrarte. Agarra esa caja que está en el rincón.

Jesús la agarra y la lleva ante José.

—Escucha con atención, ¿sí?

Jesús asiente con la cabeza. José abre la caja.

—Esto es el bocado y la brida de una mula. Ya los has visto antes, pero ésta es especial. Hace miles de años atrás, cuando nuestro pueblo finalmente fue liberado de la esclavitud en Egipto y ya se iban, uno de nuestros ancestros de la tribu de Judá usó este mismo bocado y brida para conducir a su mula, cargada de provisiones.

El joven Jesús observa que su madre está apoyada en el marco de la puerta, escuchando y sonriendo. José continúa.

—Claro que la mula finalmente murió, y todo lo demás quedó perdido en el desierto, pero esta brida estaba en su mano cuando escapó, de modo que la guardó. Los varones en nuestra familia la han pasado de uno a otro durante treinta generaciones como recuerdo de nuestra esclavitud, pero lo más importante, de ser guiados a la Tierra Prometida. Es vieja, no es hermosa, pero mi padre me la entregó a mí para que fuera mía, y yo te la entrego a ti. Siempre bromeábamos diciendo: «¿Quién sabe? Tal vez uno de nosotros la necesitará algún día». No creo que tú tengas un hijo, de modo que quizá termine su viaje contigo. Sin embargo, no puedo dejar esta tierra sin entregártela a ti.

Jesús la mira fijamente, fascinado.

—Gracias, Abba.

Su padre se inclina y se acerca más.

—Sé que no soy tu padre del mismo modo que los padres de tus amigos sí lo son. Ya hemos hablado de esto. Pero el privilegio y la bendición de cuidar de tu vida aquí en la tierra durante el breve periodo de tiempo que se me concedió es el mayor regalo que podría pedir. Y es mi oración que lo haya hecho bien.

• • •

—¡Jesús! Pensé que podría encontrarte aquí.

—Hola, Ima. Hola, Laz.

—¿Dónde te llevaron? —pregunta ella—. Estaba muy asustada.

—Dije que estaría bien. Todavía no es ese tiempo.

Ella le da un abrazo. Lázaro le entrega su bolsa.

—Lo tiene todo, y también algo de comida.

Jesús la abre rápidamente y saca la brida, aliviado de que su precioso recuerdo de familia siga estando ahí.

—Bueno —dice Lázaro—, lo que sucedió hoy fue interesante. Supongo que eso explica bastante. ¿No querías decírmelo antes de hoy?

—No era el momento.

—¿Tendremos oportunidad de conversar más sobre ello pronto?

Jesús asiente.

—Estupendo. Bueno, déjame saber.

—No te preocupes.

Jesús se voltea hacia su madre.

—Tenía que decir lo que dije hoy. Sé que fue aterrador, pero incluso ellos deben oírlo.

—Lo sé.

Jesús se voltea de nuevo hacia el sepulcro.

—Quería verlo una última vez. No soy bienvenido aquí. Obviamente.

—La próxima Rosh Hashanáh —dice Lázaro— ven a Betania.

—Ima, tú también deberías irte de aquí un tiempo. Deja que las cosas se calmen.

—María y Marta estarían encantadas de tenerte con nosotros —dice Lázaro.

Se quedan un momento en silencio. Entonces Jesús habla.

—No hay vuelta atrás. No después de hoy.

—Lo sé —dice María.

—¿Para qué es la brida? —pregunta Lázaro.

—Lo sabrás pronto —dice Jesús.

—Pronto —dice María, con aflicción en su voz.

—Pronto —dice Jesús.

PARTE 4
Limpio

Capítulo 27

ENVIADOS

Judea

Por toda la región, los discípulos tienen asignadas tareas en varios pueblos y aldeas, asegurándoles Jesús que las necesidades que deberán abordar rápidamente serán obvias. Cuando la ciudadanía se entera de quiénes son estos varones, preguntan por Jesús, claro está, pero también esperan algo desesperadamente, cualquier cosa, de sus estudiantes.

En Jope, en pareja con Juan, Tomás se pregunta en qué se ha metido. Una familia los ha invitado a una cabaña destartalada, y parecen no tener nada. Un abuelo y la abuela se abrazan, con expresión esperanzada pero aterrada. Cerca, los padres de un muchacho de unos ocho años están sentados rodeándolo con sus brazos mientras miran fijamente a Juan, quien está arrodillado delante de su hija adolescente ciega que tiene la cabeza entre sus manos. Sus pupilas tienen un color blanquecino.

Tomás saca de su bolsa un pequeño frasco de aceite, que Jesús les indicó que utilizaran para ese tipo de ocasiones. También él quiere creer que tiene cierto poder mágico y que marcará alguna diferencia, pero ¿cómo puede ser? Esto no tiene sentido. Sin embargo, ha visto a Jesús convertir agua en vino, sanar enfermos… Tomás se fuerza a sí mismo a obedecer a pesar de su falta de fe. Tembloroso, unge la frente de la muchacha suavemente con el aceite.

Juan le cubre los ojos con sus manos y susurra.

—Que Adonai todopoderoso, *El Roi*, el Dios que me ve, te devuelva la... vista.

¿Eso es todo?, se pregunta Tomás. *No es posible que pueda ser tan sencillo.*

Juan aparta su mano, y la muchacha parpadea.

¿Qué es esto?

¡Sus pupilas se han vuelto de un color avellana hermoso! Ella vuelve a parpadear, entrecierra los ojos, y rompe a llorar. Tomás también llora, derramando lágrimas de asombro al igual que de alegría. Juan también llora, y toda la familia estalla en abrazos y lágrimas.

Juan parece tan asombrado como se siente Tomás.

En un jardín de la Decápolis, un pequeño grupo de familias judías, y Felipe, escuchan con atención mientras Andrés predica. Él intenta desesperadamente recordar lo que ha oído decir a Jesús. El motivo por el que el Maestro incluso soñó que Andrés pudiera predicar como él es incomprensible. Lo único que puede hacer es confiar en el material: las verdades que Jesús sostiene. Tal vez, su discurso poco profesional prevalecerá si se declara la realidad. Por lo menos, Andrés siente compasión por esas personas y quiere que eso se vea.

Con todo el amor posible, dice:

—Ustedes probablemente se inclinan a amar a su prójimo y aborrecer a su enemigo, ¿cierto?

Ellos asienten con la cabeza, y Felipe les muestra una sonrisa de aliento, como para decir: «Seguimos. Lleguemos a la parte *del amor a los enemigos*». Por lo tanto, Andrés sigue adelante mientras unos niños se echan encima de Felipe como si él fuera su tío favorito.

Un sacerdote romano de unos cuarenta años que lleva un *lituus*, (una vara curvada) se abre camino entre el grupo, seguido por un aprendiz adolescente. Es claramente un augur, un oficial religioso con el encargo de analizar señales naturales, que por lo general involucra la actividad de aves, intentando determinar la aprobación o desaprobación divina de lo que está sucediendo. Cuando Andrés pasa a decir: «No se preocupen por su vida, qué comerán o beberán», se pregunta qué pensará este augur de lo que está oyendo y lo que planea hacer con esa vara que sostiene.

En un patio de una casa residencial en Perea, Natanael y Tadeo están de pie delante de muchos que parecen enfermos o cojos. Natanael predica, haciendo gestos hacia el cielo y anunciando que «Jesús es el único cuyo ministerio estamos demostrando aquí hoy».

Tadeo tapa los oídos de una mujer sorda de unos veinte años y ora. Aparta sus manos y ella comienza a oír, con sus ojos llenos de lágrimas. Se apresura rápidamente hasta su padre, quien se alegra con ella y envuelve a Tadeo en un abrazo.

En Cesarea de Filipo, unos helenistas (personas que hablan griego, pero no son griegos) se reúnen en torno a un augur que ha colocado un ave sobre un pedestal. Mientras Simón y Judas miran, corta por la mitad el ave y dispersa sus entrañas, orando a los dioses romanos por sabiduría.

Simón hace una señal a Judas para que lo acompañe en intentar apartar a los judíos para poder predicarles.

—¡Deben rechazar las cosas de este mundo y enfocarse en el reino venidero! —les dice—. El Mesías está aquí, ¡y el Dios de Abraham quiere su atención y su adoración!

En una loma cubierta de hierba en Ptolemaida, Santiago el Grande siente lástima por su compañero, Santiago el Joven. Han acordado que Santiago el Grande predicará a la multitud, que incluye a un hombre cojo, mientras Santiago el Joven intentará demostrar el poder de Dios realizando una sanidad. *Esto tiene que ser difícil,* piensa Santiago el Grande, *cuando Santiago el Joven mismo no ha sido sanado.*

Sin embargo, Santiago el Grande hace su parte, hablando con valentía y con su buen humor natural, explicando que el Mesías que han estado esperando por tanto tiempo está aquí,

—Y vendrá pronto a esta ciudad. Mi compañero les demostrará el poder y el señorío del maestro al que servimos.

Santiago el Joven se acerca al hombre cojo, pone su mano suavemente sobre la cadera del hombre, y ora. Agarra el bastón del hombre y le indica que pruebe su pierna. Poco después, él está saltando y riendo con sus amigos, quienes le dan palmaditas en la espalda y lo levantan arriba y abajo.

Santiago el Grande puede ver que Santiago el Joven está genuinamente conmovido. Abraza a su compañero y lo levanta del suelo.

En Jericó, un padre de unos cincuenta años apresura a Zeta y Mateo hacia su casa, donde está encerrada su esposa. Cuando llegan a la puerta, advierte a los discípulos que anden con cuidado, y la abre tembloroso. Mateo está asustado y le lanza una mirada a Zeta, pero Zeta está inmerso en la situación.

Cuando se abre la puerta, Mateo se siente aliviado al no ver nada extraño bajo la tenue luz; sin embargo, entonces escucha un movimiento, como pies que se arrastran, y detecta una silueta enrollada en un rincón alejado. Es un hombre de unos treinta años, que claramente está poseído. Mateo se queda paralizado, pero Zeta se acerca enseguida. Mientras el hombre gruñe, Mateo y los padres del hombre dan un salto hacia atrás.

Zeta agarra al hombre, que se resiste violentamente, y finalmente lo domina. Su madre grita y se tapa la boca. Zeta hace una indicación a Mateo, sacándolo de su aturdimiento. Busca en su bolsa un frasco de aceite y se apresura a situarse al lado de Zeta. Mientras el exzelote sujeta la cabeza del hombre, Mateo lo unge en la frente, susurrando un salmo. Zeta cruza los brazos del hombre delante de él y lo sujeta con un abrazo.

Mateo sabe lo que debe hacer a continuación, pero titubea. Nunca antes ha hecho esto, aunque ha visto a Jesús hacerlo. Se obliga a sí mismo a gritar:

—¡Sal fuera!

El hombre deja de temblar gradualmente, mirando a los discípulos con asombro mientras Zeta le limpia la boca suavemente. Los padres rodean a su hijo mientras Zeta pone su brazo sobre el hombro de Mateo, quien está batallando para mantenerse de pie. *Eso sucedió.*

Capítulo 28

LODO

La sinagoga de Capernaúm

Zebedeo está sentado en la parte trasera de la sección de los varones con sus hijos, Santiago el Grande y Juan, y su compañero discípulo Natanael. Desde que todos los muchachos regresaron, Zebedeo y Salomé, que sonríe desde la sección de las mujeres, han escuchado las historias de sus hazañas. Aparentemente, Juan y Tomás han trabajado juntos muy bien, predicando en tándem y pareciendo un espejo el uno del otro; el preciso Tomás, que suena muy culto, casi igualando el celo del expescador.

Un augur y su aprendiz, junto con algunos gentiles enojados, expulsaron de la Decápolis a Felipe y Andrés, lo cual no pareció molestarlos en lo más mínimo. Reportaron que se sacudieron el polvo de sus sandalias y siguieron adelante.

Justamente esa mañana, antes de la sinagoga, Natanael habló de la experiencia que tuvieron Tadeo y él con una mujer enferma en un hogar en Perea.

—Yo fui quien predicó y Tad la sanó ungiendo su cabeza con aceite. Me recordó la historia de Simón y Andrés de cuando Jesús sanó a la suegra de Simón aquí mismo en la ciudad.

Simón y Judas vieron un éxito similar en Cesarea de Filipo, donde Simón oró por una mujer que estaba poseída por un demonio y Judas lo echó fuera.

A Zebedeo le gustan especialmente las historias de Santiago el Grande de la predicación y las sanidades de Santiago el Joven y él en Ptolemaida. También le encanta escuchar los relatos de Zeta sobre la predicación de Mateo mirando sus notas del sermón de Jesús.

—Estaba claro que no se sentía cómodo —había dicho Zeta—, pero tampoco se retuvo.

Sin embargo, ahora, cuando comienza el servicio, Zebedeo siente que algo no va bien. No va bien en sus propios hijos. Tiene muchos recuerdos de los muchachos cuando eran pequeños, sentados en ese mismo lugar y tener que disciplinarlos para que se mantuvieran callados y quietos. Ahora, aunque son hombres adultos, ¿de repente están sentados como si fueran muchachos del coro? Y, cuando comienzan las recitaciones de la Torán, ¡son del libro de Levítico! Indudablemente, Santiago el Grande y Juan no serán capaces de mantenerse sentados y serios. Que Jesús les pusiera el sobrenombre de Hijos del Trueno era perfecto; por lo tanto, ¿qué es esto?

Zebedeo observa que en toda la congregación los hombros decaen mientras el rabino Josías continúa su lectura menos que inspiradora.

—«También, cualquiera que toque a la persona con el flujo lavará su ropa, se bañará en agua y quedará inmundo hasta el atardecer».

Ese tipo de pasaje nunca fallaba a la hora de provocar diversión a los muchachos; y, efectivamente, Juan se aleja ligeramente de Santiago furtivamente. A pesar de esperar la reacción, Zebedeo no observa nada por parte de Santiago. El rabino continúa.

—«O si el hombre con el flujo escupe sobre uno que es limpio, este también lavará su ropa, se bañará en agua y quedará inmundo hasta el atardecer».

Zebedeo sigue mirando. Nada todavía.

—«Y toda montura sobre la cual cabalgue la persona con el flujo quedará inmunda. Todo el que toque cualquiera de las cosas que han estado debajo de él quedará inmundo hasta el atardecer...».

Mientras el rabino habla con monotonía, Zebedeo no puede soportarlo más. Se acerca un poco y susurra.

—¿Qué les pasa a ustedes dos?

—«... y el que las lleve lavará su ropa, se bañará en agua y quedará inmundo hasta el atardecer».

—¿Qué más sucedió en sus misiones? —pregunta Zebedeo—. ¿Por qué están sentados tan callados?

—¿En el templo? —responde Santiago—. ¡Tú nos enseñaste eso!

—Normalmente se movían y charlaban cuando él habla de este modo.

Juan mira a Zebedeo.

—¿Nos reprendes por estar callados en el templo?

—Esta no es exactamente una de las mejores lecturas de la Torá. Cuando pasen años, nadie afirmará: «Ah, sí, yo estuve allí en la lectura de los lavamientos».

—¡Abba! —exclama Juan.

Zebedeo menea negativamente la cabeza.

—Los conozco a los dos. Algo sucede.

De repente, toda la congregación parece voltearse a la vez al oír ruidos del exterior.

Yusef, que ha intentado mantener por lo menos apariencia de un gran interés en ese difícil pasaje, está agradecido por tener un motivo para dejar su asiento. Debe investigar eso en nombre del rabino Josías, ¿no es así?

—¿Dónde estaba? —dice el rabino mientras Yusef sale de puntillas—. Ah, sí, la limpieza ritual...

Yusef sale al patio empedrado donde hay una cisterna con forma de cápsula en el centro. Un sirviente a la cabeza de una fila inquieta de forasteros tamiza residuos de lodo de su cubo. Él mismo y el resto se quejan, irritados por esa disminución de la fuente de agua. Yusef se aproxima.

—¡Oigan, por favor! —dice—. El rabino Josías está leyendo del libro de Levítico.

—La cisterna... —dice el sirviente.

—¡La cisterna está cerrada! —grita un soldado romano, acompañado por un ingeniero.

—¿Qué significa esto? —pregunta Yusef.

—¡Hay lodo! —dice el sirviente—. Mira —muestra la palma de su mano llena de sedimento de su cubo.

El ingeniero siente náuseas mientras se acerca a Yusef.

—Un túnel que alimenta la cisterna se ha roto, y está derramando en una línea de aguas residuales, contaminando el agua.

—Probablemente por el peso de esta gente sucia —dice el soldado.

—Son peregrinos —dice Yusef, sorprendido por su propia audacia—. Nosotros no los invitamos, pero están aquí y son pacíficos. ¿Qué se debe hacer ahora?

El soldado romano lo mira con menosprecio.

—Si tuvieras iniciativa, arrastrarías a todos para que salgan de tu sala de reunión y se pongan a trabajar para arreglar esto.

—Esto es una sinagoga sagrada, y estamos adorando.

—Eso es lo que pensé que dirías. Entonces, es Roma quien tiene que arreglar su cisterna.

—¿Cuándo? —pregunta Yusef dando un suspiro.

—Bueno —dice el ingeniero—, su *honorable* pretor insiste en que se haga el trabajo en este instante. Pero, a pesar de su *benevolencia*, ha pasado por alto las realidades de la cadena de suministro. Por lo tanto, se arreglará cuando lleguen los materiales de Roma.

¿Roma?, piensa Yusef.

—¡Eso podría tomar semanas!

—A menos que... —dice el ingeniero.

—A menos que nosotros mimos consigamos los materiales.

—Su templo parece estar bien financiado.

—Las apariencias pueden ser engañosas —dice Yusef—. ¿Qué necesitamos?

Capítulo 29

DISCRECIÓN

Sinagoga de Capernaúm, al día siguiente

Yusef necesita ver a Jairo. Ha pasado algún tiempo, pero si quiere llegar al fondo del problema de la cisterna, debe moverse. El hombre, nuevo allí, ya ha demostrado ser un ejemplo de eficacia, y sin duda podrá ayudar. Sin embargo, cuando llega a su oficina, encuentra a Jairo sentado ante una mesa atípicamente desordenada, aparentemente muy concentrado. Parece estar comparando documentos y leyendo con mucha atención. Yusef espera hasta que él levanta la cabeza.

—Hola, Jairo. Ha pasado mucho tiempo.

—¡Ah, rabino Yusef! —dice él, levantándose rápidamente y cerrando la puerta—. Por favor...

Está asombrado por ese repentino arrebato de hospitalidad, por no mencionar el escritorio desordenado.

—¿Va todo bien? —pregunta Yusef.

—Hace algún tiempo que quería conversar contigo, pero al ver que ahora eres tú quien me visita, supongo que tienes asuntos apremiantes. ¿Cómo puedo ayudarte?

Yusef sonríe. Qué formalidad.

—Agradezco mucho tu sentido del orden, Jairo.

Jairo da un suspiro y sonríe.

—Tengo una tarea, Rabino.

—Necesito pergamino y un mensajero.

Jairo saca una hoja de pergamino de un cajón.

—Y ¿dónde viajará el mensajero?

—A Jerusalén. Hay un problema con nuestra cisterna.

Jairo parece asombrado.

—Nadie me informó. El agua limpia es esencial para nuestra purificación ritual.

—Estoy solicitando materiales para su reparación.

—Eso tendrá que pasar antes por nuestro presupuesto...

—Ya está arreglado. Pagado por completo.

Jairo levanta sus cejas.

—¿Puedo preguntar...?

—Yo me he ocupado de todo —dice Yusef.

Sin embargo, por la expresión de escepticismo de Jairo, Yusef continúa.

—Mi familia está en el negocio de la construcción en Jerusalén. Somos dueños de la cantera de piedra, y fabricamos ladrillos.

—Impresionante.

Tal vez, piensa Yusef, *pero nadie más debe saberlo.*

—Discreción, Jairo.

—Por supuesto.

—Entonces —dice Yusef—, ¿por qué querías *verme*?

Jairo respira profundamente, como si estuviera pensando con cuidado sus palabras.

—Recibí una petición de un reporte detallado sobre el sermón que predicó Jesús de Nazaret en la llanura de Corazín.

—¿De quién?

—Del rabino Samuel.

Yusef encoge los hombros, pero Jairo sigue hablando.

—Y sellado por el rabino Shamai mismo.

Yusef se queda sin palabras, pensando muchas cosas.

—Lejos esté de mí —continúa Jairo— decirte cómo debes conducir tus asuntos, Rabino, pero…

—Mmm —dice Yusef—, inmerso en sus pensamientos.

—Se ve que no saben nada sobre tu carta.

Yusef entiende por fin lo que está diciendo Jairo; y lo que debe estar estudiando.

—¿La leíste?

—Al principio no, pero ahora ya la he leído atentamente cada día por casi un mes. Lo que has escrito de ese sermón y tus encuentros con él y con sus seguidores… bueno, Jesús es un tema muy nuevo, rabino. ¿Confirmas cada palabra?

—Jairo, por favor…

—Ah, no era mi intención cuestionar tu confiabilidad. Solo pregunto…

—Sé lo que preguntas —Yusef batalla con todas las implicaciones: con su fe, el trabajo de su vida, todo. Decide ser diplomático, incluso con ese nuevo amigo y confidente—. Podrás ver que estaba emocionado y conmovido cuando escribí eso. ¡Estaba muy sorprendido! Yo, yo saqué conclusiones sobre Jesús que posiblemente no podrían…

—¿No podrían? —pregunta Jairo.

Yusef entrecierra los ojos mientras lo mira, preguntándose…

—Ahora yo también lo siento, rabino —continúa Jairo—. También estoy muy sorprendido. He pasado el último mes comparando este sermón con la Torá y releyendo las profecías. Incluso examiné el propio relato del rabino Samuel de la sanidad del paralítico. Algunas veces, saber más no es útil.

—Siento mucho si mi reporte ha sembrado dudas.

—¡No! Jesús de Nazaret no es el problema. ¡Veo la luz, rabino! La Torá detalla la venida de este hombre. Solamente el dogma y la tradición dibujan un cuadro de una figura militar. Si todo lo que estás diciendo es cierto, ¿sabes lo que eso significa?

Claro que él sabe lo que significa. Significa que Jesús, a pesar de no ser alguien que derrocaría al gobierno romano, como muchos judíos quieren creer del Mesías, parece encajar en todos los criterios que presentan las Escrituras acerca del escogido.

—Jairo, ten cuidado.

—Pero es más que decir tan solo que él es un nuevo rabino extraordinario —dice Jairo—. Ustedes los líderes y los miembros del Sanedrín podrían estar tan cerca, que no están viendo la imagen más grande. Él bien podría ser... no, preferiría no haber nacido antes que ignorar el contenido de tus cartas.

—Comprendes las consecuencias de lo que estás diciendo...

—Claro que lo comprendo —dice Jairo—. Por eso me siento así, y lo digo en serio. Creo que tú también lo dices en serio. ¿Y Nicodemo?

Yusef asiente con la cabeza.

—Ahora entiendes mi dilema.

Jairo aprieta los labios como si estuviera escogiendo cuidadosamente lo que va a decir.

—Amo a nuestro pueblo —dice por fin—, pero desconfío de lo que podría hacer la orden. El rabino Samuel está pidiendo esta información en nombre del rabino Shamai, el líder de la mayoría del Sanedrín. No será recibida con comprensión.

—¿Qué crees que debería hacer?

—Ya he sido demasiado atrevido —dice Jairo—. Pero, si me preguntas...

—Te pregunto.

—Yo enviaría una versión tan diluida como sea posible.

—Entonces estamos de acuerdo —dice Yusef—. El Sanedrín no necesita saber nada específico del sermón. Pero, para ser claros, entiendes que saber que el relato que envío es inexacto te hace ser cómplice.

Jairo parece titubear, pero finalmente asiente con la cabeza.

—Discreción, por favor —dice.

—Desde luego.

Yusef sonríe y Jairo se ríe entre dientes, pero el rabino sabe que han hecho un pacto en el que no hay vuelta atrás.

Capítulo 30

EL REENCUENTRO

Capernaúm, en el campo

Simón anhela llegar a su casa. No está seguro de cuánto tiempo podrá quedarse, pero cualquier cantidad de tiempo que pasa con Edén lo renueva en todos los aspectos. Su misión con Judas fue emocionante: ver a Dios obrar por medio de los dos, tal como Jesús había anunciado. Y conocer mejor al recién llegado fue interesante también. Simón siempre se había considerado tanto hombre de negocios como pescador, aunque cierto es que su idea empresarial más creativa casi hace que sea su fin. Sin embargo, Judas sí que es un hombre que sabe de negocios: finanzas, venta, emprendimiento, todo. Él puede aprender mucho de este hombre.

Y Judas ha sugerido que se junten todos mañana en algún lugar que sea conveniente para todos, lo cual significa en la casa de Simón. Espera que no tendrá que ser una reunión larga, porque naturalmente quiere pasar tanto tiempo a solas con Edén como pueda. Sin duda, ella estará abierta a eso. Ella ama a todos esos muchachos.

Cuando pasa por el puente en los límites del pueblo, Simón se sorprende por las largas filas de personas que esperan bajo el sol a que llegue su turno. ¿Acaso se han secado las otras fuentes de agua en Capernaúm? Los ciudadanos se ven agotados, sudorosos y deseosos de obtener su agua y regresar a sus casas. Dos mujeres atienden a una tercera, que parece inclinarse debido al agotamiento por el calor. Simón piensa en detenerse para ayudar, pero parece que tienen controlada la situación.

Saber que Edén no espera que llegue hasta unas horas después hará que su reencuentro sea todavía más dulce. Entrará en la casa con sigilo, se lavará los pies sin hacer ruido, e intentará sorprender a su esposa. Aunque probablemente no estará mucho tiempo en casa, ahora tiene hambre, sin mencionar lo mucho que extraña el toque de Edén.

Edén ha reorganizado los muebles y está en las últimas etapas de limpieza de la casa anticipando la llegada de Simón en la noche, anhelando desesperadamente que toda la actividad supere y debilite de algún modo su profunda tristeza. Hasta ahora, nada ha funcionado. Ya es bastante malo que él haya estado fuera por tanto tiempo y que no llegará a la casa hasta la noche, pero ella se armó de valor para eso hace tiempo, y apoya totalmente que él siga, o en este caso obedezca, al Mesías. Eso no hace que sea más fácil, especialmente ahora. Tal vez si se mantiene ocupada amasando para hornear una hogaza de pan antes de terminar su trabajo en la casa… vale la pena intentarlo.

Reprimiendo las lágrimas, está inmersa en el proceso cuando una voz profunda le asusta, a sus espaldas, y demandando:

—¿Dónde está tu esposo?

Edén grita y se voltea para golpear, ¡y entonces descubre que es Simón!

—¡Ah! ¿Qué estás haciendo?

Él rodea su cintura con sus brazos y la levanta, riendo.

—¿Estabas lista para pelear?

—¡Oh, no puedes hacer eso! ¡No vuelvas a hacerlo! ¡Casi no puedo ni respirar! —él la deja en el piso y ella se acerca para darle otro abrazo—. Tienes suerte de que te extrañé. Podría estar enojada por darme un susto así.

—Yo también te extrañé, Amor.

Ella se aparta un poco y lo mira.

—Siento que esto esté todavía desordenado. No te esperaba hasta esta noche.

—Ah, no me importa. Ya lo sabes.

En realidad, ella lo sabe, pero desearía que *sí* le importara. Él se acerca a la cocina y comienza a agarrar cualquier pedazo de comida que pueda.

—Indudablemente, extrañé esto. Me muero de hambre.

—¿No comiste bien?

—Viajamos demasiado —dice él con la boca llena— para la poca cantidad de comida que obtuvimos.

—Y... ¿notas algo diferente?

—¿En qué?

¿Está bromeando, como cuando fingió no recordar los detalles del día de su boda?

—En la casa —dice ella.

—¿Hay algo diferente?

¡Lo dice en serio!

—La mesa —dice ella—. Normalmente está allí, pero la puse aquí para crear un poco más de espacio. Moví el mueble para que entre más luz, y también Ima me dio parte de sus telas para ponerlas en esa pared.

—¿No estaban ahí antes?

—¿A qué te refieres? Claro que no. Las recibí mientras tú estabas fuera.

Simón encoge los hombros y musita.

—Mmm.

A pesar de todo lo que a ella le encanta de este hombre, precisamente eso le exaspera.

—¿No notaste nada diferente? Tú vives en esta casa.

—Lo siento. Estoy agotado. Se ve estupendamente.

Demasiado tarde, piensa ella, pero tal vez no debería ser tan dura con él.

—¿Quieres dormir una siesta hoy mientras yo voy al mercado?

—Pues en realidad esperaba hacerlo —se acerca otra vez a ella—. Si puedo dormir un poco ahora, estaré más fresco para la cena y después... ¿ir temprano a la cama? —le besa en la mejilla y se dirige al cuarto.

—¿Una siesta ahora? —repite ella.

—¿Es que ahora no es un buen momento?

Bueno, acabas de llegar a la casa, piensa ella.

—Mmm, no. Está bien. Esperaba que nosotros... no importa. Está bien. Iré al mercado ahora.

—Sí —dice Simón—, pues todos los muchachos vendrán, y Judas está sugiriendo que nos juntemos todos aquí mañana —señala a la cocina y la masa del pan—. ¿Tienes más pan además de este?

—¿Mañana? Acabas de regresar.

—Sí, es que queremos conectar un poco, conversar sobre los viajes, y ellos querían que nos juntemos aquí. Aunque es un poco molesto, pero ha pasado un tiempo desde que no nos vemos.

—Sí, ya lo sé.

También ha pasado un tiempo desde que tú y yo no nos vemos.

—No les dejaré quedarse mucho tiempo, ni nada por el estilo. Es que aquí es el mejor lugar donde juntarnos. Entonces, ¿hay más?

—Más ¿qué?

—Pan. Para cuando vengan.

Edén titubea, y entonces se recompone. Hay más cosas que ella tiene que decir, pero se muerde la lengua.

—Puedo hacer más. Pasaré por el pozo para agarrar agua.

—Ah, gracias. Ellos lo agradecerán. Tú haces el mejor pan.

El elogio no cae bien. Cuando él se acerca, ella se voltea para salir de la casa.

—Que duermas una buena siesta.

—¡Te amo! —dice él—. Me alegra mucho estar en casa.

—Te amo —dice ella mientras sale, sabiendo que suena poco entusiasta.

Ya afuera, cierra la puerta y agarra el palo para ponerse a los hombros, con un cubo vacío en cada extremo.

—Perdón.

Edén se voltea y ve a una mujer que se acerca a ella cojeando, con la espalda un poco doblada bajo el peso que lleva: dos cubos unidos a una tabla de lavar y dos bolsas de ropa.

—¿Sí?

—¿Tienes ropa que necesites lavar?

—No tengo —responde Edén amablemente—. Bueno, sí tengo, pero voy de camino a sacar agua para hacerlo yo misma.

—Ya veo.

—Pero gracias.

—Cobro un precio bajo —dice la mujer—. Y entrego la ropa como si estuviera nueva.

—Estoy segura de eso —dice Edén, y entonces se le ocurre algo—. ¿Te gustaría acompañarme?

La mujer parece sorprendida, tal vez incluso boquiabierta. Está claro que no esperaba esa respuesta, pues no parece ser el tipo de mujer a quien invitan a ir a lugares.

—Puede que no sea una buena compañía —le dice. Eso causa gracia a Edén.

—Qué interesante decir eso. Creo que la mayoría de las personas no saben eso acerca de sí mismas.

—Te refieres a que probablemente son tan extrañas como yo —dice la mujer.

—O tan agradables.

La mujer parece considerar esa frase.

—Nunca antes te he visto —dice Edén.

—No soy de aquí.

—¿De dónde eres?

—De Cesarea de Filipo. ¿Vas al pozo en las afueras del pueblo?

Edén asiente con la cabeza.

—Oí que la cisterna está rota.

—No querrás ir a ese pozo. Ayer vi filas de personas esperando por horas bajo el calor del sol.

—¿Qué otra opción tenemos?

—Yo conozco un manantial escondido al norte del pueblo.

—¿Me llevarías hasta allí? —pregunta Edén.

—Acabo de decir que te llevo.

A Edén le divierte eso. A esta mujer no se le da bien la gente.

Capítulo 31

EL SUSTO

Hogar de Jairo

Mical, la esposa embarazada de Jairo, saltea cebollas y ajo en aceite de oliva en la mitad del día. Su hija de doce años, Nili, está de pie sobre un taburete a su lado, revolviendo la mezcla.

—Se te da muy bien esto —dice Mical.

—Gracias, Ima.

—Huele bien, ¿no?

Nili huele la mezcla justamente cuando se abre la puerta.

—¡Abba! —se baja del taburete y corre para darle un abrazo. Jairo la recibe con los brazos abiertos.

Nunca llega a la casa tan temprano, piensa Mical.

—Ha surgido una pregunta sobre profecía —explica él—. Necesito uno de mis rollos. Solo puedo quedarme un momento.

—¿Uno de los rabinos necesita que tú lo rescates? —bromea Mical.

Él se muerde los labios y parece forzar una sonrisa, y después desaparece hacia su estudio.

—Sigamos removiendo, Nili. No podemos dejar que se queme la cebolla.

Cuando Mical aparta la sartén de la llama y la pone a un lado, Nili mueve su taburete delante de una mesa y comienza a pesar especias. Usa un cuchillo para nivelarla una cuchara de cominos, situándola delante de sus ojos para estar segura antes de entregársela a su madre.

—Perfecto —dice Mical, a quien le resulta adorable el buen trabajo de su hija—, pero no importa si está redondeada.

A Nili se le cae la cuchara y se pone pálida.

—No seas así, Nili. Hazlo como tú quieras. Solo intento enseñarte...

Pero la muchacha se ve enferma repentinamente.

—Me duele el estómago —se le doblan las rodillas.

Mical lo deja todo, apresurándose para agarrar a su hija.

—¡Nili! ¿Qué...?

—No me siento bien.

—¡Jairo! ¡Jairo!

Mical está arrodillada en el piso con Nili cuando Jairo se acerca apresuradamente.

—¿Qué sucedió?

—Estábamos cocinando. Nili estaba midiendo comino.

Jairo levanta a Nili.

—Vamos a tumbarla —coloca a Nili en su cama, y Mical agradece su intento de darle ánimo con una mirada. Pero ella respira de modo errático.

—Quédate aquí, cariño —añade él.

—Lo haré.

—Voy a traer al médico —susurra Jairo a Mical.

• • •

Edén ralentiza el paso para seguir a la mujer que cojea hasta el manantial.

—Gracias por hacer esto. No sé cómo te llamas. Yo soy Edén.

—Verónica.

—Fue muy amable por tu parte hablarme de este lugar. La mayoría de la gente lo habría mantenido en secreto.

—No me gustan los secretos.

Bueno, hasta aquí mis intentos de elogiarte, piensa Edén.

—Todo el mundo tiene secretos —de hecho, ella misma los tiene.

La mujer se voltea y la mira con expresión arisca y melancólica.

—Si la gente conoce algo que pudiera ayudarme, yo no querría que se lo guardaran. Entonces, ¿por qué haría yo lo mismo?

Edén está perdida en sus pensamientos. Tiene un secreto que necesita contarle a Simón, pero el momento correcto no se ha producido todavía.

—Claro —le dice.

—No es que me haya servido de mucho —dice la mujer.

—¿A qué te refieres?

—Olvídalo. Aquí estamos.

Verónica aparta unos arbustos para dejar a la vista un glorioso manantial en un claro natural. Hace un gesto a Edén.

—Querrás…

—Sé cómo lavar ropa —dice Edén, acercando un cubo al agua mientras Verónica deja en el suelo sus cosas—. No pretendía hablarte mal —añade Edén—. Es que están sucediendo muchas cosas en mi vida.

—Entiendo —dice Verónica, sin levantar la vista de lo que hace.

—No, hice mal. Lo siento.

Verónica encoge los hombros y se arrodilla corriente abajo, empujando hacia el agua su primera tanda de ropa.

Edén deja su cubo lleno en el claro y regresa al manantial con una segunda tanda.

—¿Qué le parece Capernaúm a tu esposo? —le pregunta.

—No estoy casada —responde Verónica.

—No lo estás, pero has viajado muy lejos… —entrecierra los ojos al ver la ropa de Verónica: vestiduras manchadas de sangre. Edén se ve abrumada rápidamente y mantiene la respiración.

Capítulo 32

EL NEGOCIO

Hogar anterior de Mateo, en la mañana

María de Magdala no puede evitar sentirse entristecida por el tenor de sus conversaciones con Tamar y Rema. Había estado muy emocionada por la posibilidad de vivir juntas, trabajar juntas y seguir a Jesús juntas; sin embargo, con la familiaridad ha llegado también cierta medida de desdén. Sabe que eso no está bien, pero no sabe qué hacer. Tal vez, si intenta desempeñar el papel de mediadora y responder a cualquier enojo o frustración con palabras agradables... O quizá, ahora que está a solas con Tamar, puede sacar a colación el tema. Pero Tamar ya tiene una opinión.

—Estoy agradecida con Mateo por dejarnos vivir aquí —dice Tamar mientras mira alrededor—. Pero, si hay una cosa que esta casa me ha confirmado, es que tener dinero no es lo mismo que tener buen gusto.

Eso suena a chisme, pero María quiere darle a Tamar el beneficio de la duda.

—¿A qué te refieres?

—La forma de las patas de esta mesa, y el estilo del pie. Eso estaba de moda hace cinco años atrás.

—Tal vez él lo compró hace cinco años atrás.

—Y esta alfombra. Este agresivo patrón de color naranja acelera el corazón. No es extraño que él esté ansioso todo el tiempo.

La decisión de María de actuar como una influencia calmante se desvanece mientras se siente impulsada a defender al pobre Mateo.

—Él no está ansioso por una alfombra. ¿A qué quieres llegar?

—Es que no sé cuánto podremos obtener si subastamos estas cosas.

—¿Subastar? —dice María.

—El ministerio necesita financiación —dice Tamar—. No podemos depender solamente de las limosnas.

—Bueno —dice María—, sí que mencionamos la posibilidad de que vendieras tus joyas.

—Ya te dije que no son solo joyas. Es la historia de mi familia. Cada pieza perteneció a uno de mis ancestros. Llevo sus vidas conmigo sobre mi cuerpo.

—Lo siento, Tamar —dice María—. Intento ser sensible, pero, sinceramente, eso suena un poco pagano. O como si fuera animismo, lo cual tal vez quieras pensar en dejar ahora que estás con nosotros.

—No es animismo. Es honor. No tienes ni idea de lo que he atravesado.

—¿Sabes lo que he atravesado yo?

—He oído rumores —hace una pausa, con expresión de lamentar haberlo dicho—. Lo siento.

—Sí que tengo un pasado, Tamar. Un pasado. En cuanto a la cuestión del dinero, deberíamos dejarle eso a Judas, quien guarda la bolsa.

Hay golpes en la puerta, y Tamar se dirige a abrir.

—Por favor, que sea Jesús —susurra María.

—¡Zebedeo! —exclama Tamar—. Shalom. Oye, me di cuenta el otro día que nunca me disculpé contigo por lo de la azotea.

—Ah, no pienses más en eso. Jesús te dijo: 'tu fe es hermosa', ¿no? ¿Tienen un momento, señoras?

—Por supuesto.

Zebedeo entra, con un frasco en sus manos.

—He prensado una tanda de aceite de oliva. ¿Me darían sus opiniones con sinceridad? Díganme a qué les sabe.

María da un pequeño sorbo. Reprime un gesto de disgusto e intenta ser diplomática.

—Mmm.

—¿Qué tipo de *Mmm* fue ese? —pregunta Zebedeo.

—Necesito un momento para pensar en la palabra adecuada.

—¿Tamar? —dice Zebedeo.

Ella casi vacía el frasco entero en su boca, y se pone una mano en el pecho. Pasando el frasco a María, se apresura hacia la puerta y escupe el aceite en la escalera de entrada.

—¿Qué? —dice Zebedeo—. ¿Qué pasa? ¿Qué es lo malo?

Recuperando el aliento, Tamar habla.

—Soy la hija de uno de los siete príncipes de mi pueblo. El olivo se originó en Etiopía y después de allí se extendió a otras naciones.

María frunce el ceño.

—¿Estás segura de que el olivo se originó en Etiopía?

Tamar habla rápidamente.

—He vivido en Egipto, Nubia, y Anatolia y he probado sus mejores aceites.

—¿Y? —dice Zebedeo—. ¿Qué te parece?

Tamar parece intentar ser amable.

—Está... rancio.

—¡Tamar! —exclama María.

—No —dice Zebedeo—, está bien. Necesito que las dos sean sinceras. Solo me hacen daño con los halagos. María, sé que puedo contar contigo para que me digas la verdad.

María aborrece ofender, pero él tiene razón.

—Moho —le dice—. Algo entre... pimienta negra y... vinagre.

—Pero vamos a mirarlo —dice Tamar, agarrando un espejo que hay en la pared y vertiendo sobre él lo que queda del aceite del frasco—. Ha sido expertamente cosechado y purgado. ¿Ves la claridad? No hay ni rastro de materia sólida.

—Gracias —dice Zebedeo—, pero ¿qué se puede hacer con el sabor?

—Eso depende de las aceitunas —dice Tamar—. ¿Eran de color verde claro o verde oscuro?

—Oscuro, porque son las más baratas y producen más aceite.

—Pero tienen menos sabor —dice Tamar—. Cuanto más claro es el color, menos aceite producirán, pero tendrán más sabor. Cuanto más claras, más sabor. ¿Compraste una prensa?

—Alquilé una, y también la mula que tira de la piedra de prensar.

—¿Y las aceitunas?

—Las compré al por mayor al dueño de un olivar.

—¿Un olivar con buena reputación?

—Creo que sí. Quiero decir... creo.

—Zebedeo —dice Tamar—, ¿podrías concertar una cita con el dueño?

—¿Del olivar o de la prensa?

—Con ambos —responde ella.

—Tamar —dice María—, ¿qué estás...?

—Esa mujer, Juana —dice Tamar—, de la corte de Herodes, la que llevó a Andrés a la cárcel a ver a Juan el Bautista. Ella dio un gran donativo al ministerio y nos instó a encontrar un modo de multiplicarlo si era posible.

—¿Esto irá a mi negocio? —dice Zebedeo.

—Era para el ministerio —dice María.

—Sí —dice Tamar—, pero el beneficio del negocio del aceite es el modo de multiplicar su regalo. Podríamos trabajar contigo, Zebedeo.

—Tendrás que hablar con Judas —dice María—. Él tendrá que estar de acuerdo.

—Bien —dice Tamar—, ¿dónde está?

—En casa de Andrés, creo —responde María.

—¿A qué estamos esperando? —pregunta Zebedeo—. ¡Vamos!

Resulta que Judas está más que de acuerdo. Tiene muchas ideas, incluyendo que Zebedeo debe aprender y tener experiencia, sin importar lo que eso suponga. Días después, el viejo pescador está en los muelles de Capernaúm con la barca que tan bien le ha servido por mucho tiempo.

—Está en buenas condiciones —le dice Zebedeo a un potencial comprador—. Puedes inspeccionarla desde todos los ángulos. Las bodegas están firmes, las velas son rápidas.

—No tengo que inspeccionarla para saber que puedo confiar en tu palabra, Zeb.

—Entonces, ¿tenemos un trato?

—Sí, pero no lo entiendo. Tú eres el mejor pescador del pueblo, ¿y ahora te conviertes en aprendiz de un vendedor de aceitunas?

—Conocí a un hombre que no es un hombre.

—Sí, sí, Jesús el nazareno, me dijiste. ¿Y él quiere que ahora dejes tu negocio?

—¿Para qué trabajo? Tengo comida que comer. Soy dueño de mi propia casa. Mi esposa tiene razón.

—No poseemos nada bajo Roma.

—Yo no poseo nada *sobre* Roma —dice Zebedeo—. Para eso quiero trabajar. Haré el mejor aceite de la unción que hay a este lado del Sinaí.

—Te creo —dice el hombre, agarrando su cinturón—. Acabemos con esto.

Capítulo 33

TENSIÓN

Hogar de Simón

Mientras va llegando el resto de los discípulos, Edén intenta calmar su resentimiento. Necesita tiempo a solas con Simón, tiempo para conversar, tiempo para pensar. Sin embargo, él no parece estar más interesado en eso que en asegurarse de que estén preparados para sus invitados.

Ella sabe que no es sano estar furiosa. Su relación con Simón siempre se ha basado en el amor, el juego, incluso el coqueteo. Pocas cosas le dan tanta satisfacción como mirarse el uno al otro fijamente, bromeando y sonriendo; sin embargo, ahora eso es lo último en el mundo que le importaría hacer. Edén intenta distraerse y ocultar sus verdaderos sentimientos con todo el ajetreo de albergar a un grupo tan grande. Por un lado, no quiere que Simón note que ella está emocionalmente distante de él justo ahora. Por otro lado, quiere que sea obvio, en su cara. Su olla interior está hirviendo, ella lo sabe, y está en peligro de desbordarse.

Sin embargo, está seria y serena mientras saluda cordialmente a cada una de los hombres, poniendo su mejor cara delante de ellos. Aunque este día puede que sea uno de los mayores factores que se suma a su frustración, no es culpa de ellos. Simón podría y debería haberlo impedido. Él es su líder, después de todo. Ya sea que quedara establecido formalmente por Jesús o no, todo el mundo lo sabe y puede verlo. ¿Por qué no pudo decirles que necesitaba unos días con su amada antes de comprometerse a una obligación más con todos ellos, y en su casa, de todos los lugares?

Para Edén, los otros discípulos parecen soldados que regresan de la batalla. Ya no hay más rostros inocentes y juveniles. Algunos parecen turbados; otros, endurecidos. Todos ellos han cambiado. Ella cuenta once; ¿quién falta?

Mientras acercan sillas y llenan su humilde casa, comienzan a conversar, incluso sin ningún anuncio ni reglas básicas. Juan está inmerso en un relato de su tarea.

—… y, en un instante, así, sus ojos pasaron de estar blanquecinos a tener un color avellana. Tomás y yo nunca habíamos visto nada igual.

—Ella tampoco —dice Judas.

Mientras aplasta garbanzos mojados para hacer salsa para mojar pan, Edén busca la reacción de Tomás, pero es él quien falta. *Mmm.*

—Sus padres rompieron a llorar —continúa Juan.

—Qué lástima —dice Andrés— que lo primero que pudo ver con sus nuevos ojos fuiste tú.

—Traumático —dice Santiago el Grande, y Edén no puede evitar una sonrisa. Estos muchachos…

Simón está al lado de ella, llenando tazas de agua. Ella se sorprende de que no participe en la charla como normalmente lo haría. Tal vez está captando que le sucede algo.

—¿Necesitas ayuda con eso? —pregunta.

—No —responde ella. Inexpresiva. Fría.

—¿Hay algo que te haya molestado últimamente? —le susurra.

—No.

La conversación entre los muchachos sube de volumen.

—Resulta que Andrés es verdaderamente un predicador valiente —dice Felipe. Es obvio que lo dice en serio, y Andrés parece cohibido.

—Me gustaría pensar que marcamos una diferencia —dice.

—¿Estuvieron en la Decápolis con gentiles? —pregunta Tadeo.

—Con gentiles y judíos helenistas —responde Felipe—. Nos aborrecían casi tanto como se aborrecen entre ellos.

—Los gentiles nos echaron a patadas —dice Andrés—. Creo que pensaban que estábamos ayudando a iniciar una guerra.

—Simón —dice Santiago el Joven—, ¿estás orgulloso de tu hermano?

Cuando Simón no responde, Edén le da un toque con el codo.

—Simón...

—Perdón. ¿Qué?

—Dije que debes estar orgulloso de tu hermano —dice Santiago el Joven.

—Claro que sí.

Tadeo le pregunta a Santiago el Grande cómo fueron las cosas en Ptolemaica.

—Fue bien. Predicamos. Hicimos las cosas para las que Jesús nos dio poder.

—Suenas tan entusiasta como un saduceo con dolor de muelas —dice Natanael.

—Sin embargo, él no nos dio poder —dice Andrés—, ¿cierto?

—Él obró por medio de nosotros —dice Judas.

—Eso es —dice Andrés. Sin embargo, Santiago el Grande parece en conflicto.

—Pues yo no sé si esto fue una buena idea —dice.

Ahora los hombres hablan unos por encima de los otros, la mayoría cuestionando a Santiago el Grande.

—¿No fue una buena idea?

—¿Qué estás diciendo?

—Solamente formamos más caos —responde él—. Todo esto creará más dolores de cabeza. Más multitudes. Más escrutinio.

—¿Cómo? —dice Judas—. ¿Quieres reducir la velocidad a Jesús?

—Lo que ocurre es que Santiago está enojado conmigo —dice Juan—. Está molesto porque me he acercado más a Tomás, y porque Jesús me llamó una vez «amado».

Todas las miradas se dirigen a Santiago el Grande.

—Me sentía así antes de irnos, sí, pero ahora ya no me importa. Diles lo que me dijiste antes.

—Dilo tú mismo —responde Juan—. Tú eres quien batalla con eso.

Santiago el Grande titubea, y Edén puede escuchar el latido de su propio corazón.

—Al usarnos como sus instrumentos —dice finalmente—, Jesús nos dio poder, pero no entendimiento.

Algunos lo miran fijamente. Otros apartan la mirada. Edén desearía que hubiera un modo de cortar la tensión. Mateo rompe el silencio.

—Yo también batallaba para entender.

Juan asiente con la cabeza.

—Sanamos personas, sí, pero aun así me sentí abrumado.

—Pero ¿requería él que entendiéramos? —pregunta Natanael—. Todo esto parece que se trata más de lo que nosotros hacíamos.

—Es fácil para ti decirlo —dice Santiago el Grande—, al ir Tadeo y tú puerta por puerta en Caná. Jesús es *conocido* en Caná. Probablemente les invitaron a entrar en sus casas.

Para Edén, Tad y Natanael parecen atrapados.

—Iré a misiones más difíciles —dice Natanael.

—Natanael tiene razón —dice Judas—. Jesús nunca dijo nada sobre que tengamos entendimiento. Y, de todos modos, esto fue algo temporal.

—A veces cuando estaba predicando —dice Santiago el Joven—, podía sentir que Jesús me daba las palabras.

Varios de ellos parecen estar de acuerdo.

—Yo dije cosas que ni siquiera comprendo totalmente o practico —dice Santiago el Grande—. Me sentí un fraude.

—Yo también me sentí así —dice Andrés—, pero no me inquietó.

—Yo me sentí poderoso —dice Juan—, como si pudiera hacer cualquier cosa.

—Yo también —dice Felipe—, pero parece peligroso si nos deja sintiéndonos *así*.

—¿Por qué? —pregunta Juan.

—Porque él es el Mesías, Juan —responde Felipe.

—Y ninguno de nosotros es el Mesías —dice Zeta.

Edén ya ha oído suficiente, y no puede contenerse más.

—En lugar de discutir sobre eso —dice ella—, podrían preguntarle a Jesús cuando regrese.

Todos se quedan callados, aparentemente sorprendidos por sus palabras. Ella también está sorprendida. Las mujeres no hablan en la sinagoga, y ella indudablemente no es un discípulo.

—Esa es realmente una idea muy buena —dice Mateo.

—Pero ¿quién puede saber cuándo regresará? —pregunta Tadeo.

—Pronto —parecen decir todos juntos.

—La palabra más imprecisa —dice Felipe.

—Entonces, parte fue confuso, Santiago —dice su hermano—. ¿Podrás vivir con ello hasta que tengamos entendimiento?

—¡Tú eres quien me lo dijo a mí, Juan!

—Con entendimiento o no —dice Simón por fin—, todos ustedes tienen hambre. Creo que ese es el verdadero problema.

—La comida no es la solución para esto —dice Santiago el Grande.

—¿Tienes una mejor? —pregunta Simón—. Mi esposa prácticamente ha renunciado a su hogar por nosotros.

Hay un destello del Simón al que ama Edén.

—No quiero ser irrespetuoso —dice Santiago el Grande—. Edén, lo sien…

—¡Vamos, por favor! —dice Edén—. No me ofendí. Ahora coman.

Ella reparte el pan, y los hombres se juntan en torno a la mesa. Natanael da unos golpecitos en el hombro a Andrés.

—Tengo que sentarme junto a Santiago el Joven.

—¿Por qué?

—Quiero saber qué le sucedió en el camino a Santiago el Grande para hacer que hable así.

Mientras el resto continúa con su discusión, Edén les sirve un plato de hummus que ha preparado con los garbanzos.

—Edén —susurra Andrés—, ¿va todo bien?

—Estoy bien —responde ella forzando una sonrisa y apartándose para servir a los demás. Simón reparte pan en los platos de ellos, y Edén ve que Andrés lo detiene, obviamente para hacerle la misma pregunta. Al no obtener ninguna respuesta, le dice: «¿Simón?».

Simón y Edén regresan a la cocina. Él dice algo que ella apenas escucha, y él se acerca para darle un beso en la mejilla. Ella se aparta obviamente y se da cuenta de que Andrés está observando.

Capítulo 34

SANGRE

El campo de Capernaúm

Edén lleva su colada hacia el manantial que le ha mostrado
Verónica. A pesar de la fricción en casa, aun así, puede encontrar
cierto grado de alegría al servir a los hombres que siguen a Jesús.
Ellos han sido desplazados, dispersos, rodeados dondequiera que
han ido, y ella está contenta por hacer su colada. Sin embargo, algo
tendrá que hacer con Simón. Se ha sentido justificada para tratarlo
con frialdad, pero también sabe que es injusto por su parte hacer que
él se pregunte qué está sucediendo.

Que no sea obvio para él contribuye a que se sienta tan enojada; sin embargo, es precisamente su impetuosidad lo que le atrajo
a él en un principio. No puede esperar que él sea perfecto, pero, sin
embargo, ha sido muy insensible desde su regreso.

Cuando llega al manantial, Edén encuentra a su nueva amiga
(o casi amiga, no puede estar segura) que parece estar haciendo su
propia colada dolorosamente.

—¡Shalom, Verónica!

La mujer levanta la vista. Sin sentir el significado de la palabra,
que es paz, responde.

—Tu casa ya no está vacía.

—¿Qué?

—Eso parecen ser túnicas de varones.

—Mi esposo y sus amigos regresaron a casa —Edén mete en el agua varias vestiduras.

—El lugar perfecto —dice Verónica.

—Te aseguro que no hay nada de perfecto en mi casa, o en mí.

—Me refería al Edén —dice Verónica—, al huerto del Edén.

Eso hace que Edén aparte su mirada del trabajo y estudie el rostro de Verónica.

—¿Qué te trajo aquí desde Cesarea de Filipo?

—El predicador. Vine para oírlo en el monte.

—Por supuesto.

—Seguramente tú también estabas.

—Sí, sí, yo, yo estaba —Edén entiende de repente que no está practicando lo que predicó Jesús.

—¿Y? ¿No te gustó lo que escuchaste?

—Sí me gustó —responde Edén—. Es que han sucedido muchas cosas desde entonces —pero no quiere hablar de eso—. Debió ser un viaje muy duro para ti, Verónica, con tu... ah...

—Con mi ¿qué?

—Pues... no sé... tu cojera.

—Mis piernas están muy bien. Yo...

Edén puede ver que la mujer se siente tan incómoda como ella, y desearía no haber dicho nada. Observa que Verónica está sangrando. La mujer se cubre, pero Edén recuerda la sangre que vio en la colada la última vez, y observa más de lo mismo ahora. Pobre mujer.

—¿Por cuánto tiempo has estado san...?

—Por doce años.

—Quieres decir días, ¿no?

—Quiero decir años.

—¡Doce! ¿Cómo es posible?

—Es una enfermedad rara.

—¿Cómo te has mantenido con vida?

—Solamente me debilita.

—¿Por eso no estás casada?

—Yo... no estoy nada. No he visto a mis padres en años. No me permiten entrar en la casa. Será mejor que tú mantengas las distancias. Si tocas algo de esto, serás impura ritualmente y no podrás tocar a tu esposo por siete días.

—Ah, te aseguro que no he tocado a mi esposo —Edén lamenta de inmediato haber dicho eso, y siente que ha traicionado a Simón al decirlo.

Verónica levanta las cejas, y las mujeres continúan lavando en silencio.

—No hay cura para mi dolencia —dice ella finalmente—. Gasté todo mi dinero en médicos, y ellos solo lograron que empeorara. No hay ninguna esperanza.

Qué triste, piensa Edén.

—Entonces, ¿qué haces sin ninguna esperanza?

—No he perdido *toda* esperanza. Solo digo que los *médicos* no tienen ninguna cura, pero podría haber otro modo que todavía no he intentado.

Capítulo 35

ABANDONAR

La sinagoga de Capernaúm

Jairo está afuera de su oficina, indicando a un joven estudiante que llene dos cubos de agua limpia y los lleve a su casa. Despide al hombre cuando observa que Yusef se acerca, y lo invita a entrar.

—¿Qué sucede? —pregunta Yusef—. Pareces…

—Hay una emergencia en casa. Tengo que volver a irme pronto.

—¡Lo siento! ¿Puedo ayudar de algún modo?

—La situación con el agua es urgente. El médico cree que nuestra hija puede que esté enferma debido al agua. Y no quiero ser insensible, pero cada mujer cuando llegue su tiempo del mes tendrá un problema. No podemos esperar a que sea reparada la cisterna.

—¿Qué puedo hacer?

—Ocuparte de que todo estudiante que pueda traiga agua de los pozos rurales, de los manantiales… o del Jordán si es necesario.

—Hecho. ¿Algo más?

Jairo titubea.

—Estoy asustado.

—Por supuesto que lo estás.

—Rabino, ¿me está castigando Dios por creer en ese nazareno?

Yusef parece sorprenderse.

—En ese caso, yo te he hecho eso. ¡Perdóname, Jairo! No es demasiado tarde para que dejemos de investigar y abandonemos todo.

—No —dice Jairo—. Abandonar la investigación no cambiaría lo que yo creo.

—Pero…

—Ahora debo irme.

El templo de Jerusalén

Mordiéndose el labio, Samuel camina de un lado a otro en un patio interior con Yani detrás. Observan desde los lados mientras Shamai y su camarilla de fariseos devotos entran en el Sanedrín y se acercan al púlpito. Los jueces asistentes se levantan.

Shamai se inclina ligeramente y comienza.

—Av Bet Dien. Honorable presidente Shimón, distinguidos jueces… —todos asienten con la cabeza, y él continúa—. Por la presente propongo un nuevo decreto que se extenderá hasta los cuatro extremos de la tierra de Israel y hasta cualquier diáspora que esté más allá de nuestras fronteras. Un azote de falsa profecía ha atormentado a nuestro pueblo y está diluyendo nuestra fe, poniendo en peligro nuestra credibilidad, y mancillando nuestra reputación. Esto. Debe. Detenerse. Cualquier predicador que exponga enseñanza no respaldada por rabinos conocidos y respetados, y *especialmente* cualquiera que invoque el título mesiánico de «Hijo del Hombre» del profeta Daniel, será denunciado inmediatamente a los jueces regionales del Sanedrín. Si la persona no se arrepiente, únicamente el sumo sacerdote lo juzgará. ¿Todos los que estén a favor?

Más del ochenta por ciento de las manos se levantan, pero Samuel observa que el asiento de Nicodemo está vacío. Samuel eleva su mirada y susurra: «Alabado sea Adonai»,

Yani sonríe.

Samuel avanza hasta uno de los aduladores de Shamai y le pregunta en voz baja.

—Entonces, ¿ahora qué?

—¿Ahora qué? Escucha los aplausos. Hoy es un gran día. Buen trabajo.

Cuando el hombre se aleja, Samuel se apresura a seguirlo.

—¿Trabajo? —dice—. Todavía no ha habido ningún trabajo. ¿Podemos detener al nazareno? Esperaba que este fuera el último paso para reconocer a Jesús como peligroso.

—El discurso del rabino Shamai es la victoria.

Samuel siente que quiere despacharlo.

—¿Todo esto es político? —dice Samuel.

—No todo. Ahora hay un edicto.

—¿De qué sirve un edicto?

—Es casi tan bueno como una ley.

—Pero ¿no podemos hacer nada?

—Podemos esperar.

—¿Esperar?

—Samuel, si este Jesús supone tal amenaza como dices, nos enteraremos. Finalmente.

Samuel se acerca otra vez a Yani, quien al no haber escuchado nada de esa conversación, lo sigue celebrando.

Campamento de tiendas en Capernaúm

Verónica carga con la colada doblada hasta una de las tiendas improvisadas y anuncia su llegada. Aunque está débil y fatigada, y con ganas de encontrar algún lugar donde poder dormir un poco, entregar su trabajo impoluto sigue siendo uno de sus pocos pequeños placeres. Recibir el pago y a menudo un halago es frecuentemente el único momento alegre en su día.

Entrega al hombre sus ropas y se alegra al oír sus palabras.

—Más rápido de lo que esperaba.

—Tal como prometí —dice ella—. Minuciosa y rápida.

Él pone unas monedas en manos de ella justamente cuando siente que un reguero de sangre baja por su pierna hasta el tobillo. Se mueve con rapidez para cubrirlo, pero es demasiado tarde. El hombre da un grito ahogado y le lanza las ropas a la cara.

—¡Impura! ¡Mujer engañadora!

Verónica tropieza y cae el suelo, sabiendo que él cree que ha tocado a una mujer que tiene la menstruación. Mientras batalla por levantarse, exclama:

—¡Lo siento! Yo... usted no lo entiende...

—¡Ahora yo soy impuro hasta la puesta del sol!

—Estoy segura de que eso será muy difícil para usted, señor —dice Verónica entre lágrimas.

—¡Vete! ¡No debes estar en la calle ni entre nosotros!

Padres y madres meten a sus hijos en las tiendas y cierran las cortinas, como si ella fuera un monstruo. El hombre regresa a su lugar.

—¡Qué vergüenza! Sara, regresaré en la noche. Debo lavarme en el mar.

Capítulo 36

LA VISITA

Hogar de Simón

Simón está tumbado en la cama, de espaldas a Edén. Puede notar por su respiración que ella sigue despierta. *¿Qué está sucediendo?* Mira fijamente por la ventana a la luz de la luna. Decide que esa será la última noche que se irá a la cama sin saber qué está causando su frialdad.

Simón creía que estaban en esto juntos. Sabe que no ha sido fácil para ninguno de los dos, pero ¿no ha valido la pena a cambio del gozo de seguir al Mesías? Sin la dicha que ha disfrutado siempre con Edén, incluso haber sido elegido por Jesús ha perdido su atractivo. ¿Cómo podrá incluso dormir ahora? *Mañana*, se promete a sí mismo.

Sin embargo, al día siguiente Edén no parece estar más dispuesta a conversar que el día anterior. Simón se ocupa con tareas que se han amontonado en su ausencia. Está enderezando esto, arreglando aquello, y esperando que ella vea que lo está intentando. Quiere que haya toda la seguridad posible en su hogar para ella en su ausencia, pero no hay modo de que pueda volver a irse sin resolver lo que sea que se haya interpuesto entre ellos.

Cuando cae la noche, Simón ya no puede soportar la tensión. Edén ha desaparecido la mayor parte del día, arreglándoselas para encontrar el modo de estar en una habitación, pero lejos de él, sin importar dónde esté él. Sin embargo, ahora finalmente está limpiando los platos de la reunión del día anterior. Él se acerca y se apoya sobre la encimera, con sus brazos cruzados.

—Es obvio que algo te está molestando —le dice—, pero no estás sangrando. No es ese tiempo del mes.

—Por favor, no me hables de esas cosas, Simón.

—¿Y de qué *puedo* hablarte?

Silencio.

—Sé que he cometido muchos errores —dice él—. Por lo tanto, si es culpa mía, te pido perdón, pero tengo que saber qué he hecho.

Ella hace una pausa y suelta un gran suspiro, y entonces se voltea para alejarse.

—Tal vez es lo que no has hecho, Simón. Me voy a dar un paseo.

Él la sigue.

—Bueno, eso es un comienzo. ¿Qué no he hecho? Lo haré tres veces más.

—No quiero ser yo quien tenga que decírtelo —responde ella al llegar a la puerta—. Si me conoces…

Se abre la puerta, y ahí está Jesús.

—¡Buenas noches!

Con él están cinco amigos: Santiago el Grande, Zeta, María Magdalena, Tamar, y Andrés. Edén se cubre enseguida la cabeza y se limpia la cara cuando entran.

—Noches —dice Simón.

—¿Solamente *noches*? —pregunta Jesús—. ¿Sin *buenas*?

—Se podría decir así.

—¿Han cenado ya? —pregunta Edén—. ¿Qué puedo ofrecerles para beber?

Afuera hay ruido de pasos, ya que llega un grupo de peregrinos, obviamente del campamento de tiendas.

—¡Está ahí adentro! —dice uno de ellos—. ¡Lo vi entrar!

—Cierra —dice Santiago el Grande—. Rápido.

Zeta cierra la puerta de madera y la asegura.

—¿Está Jesús de Nazaret ahí?

—¿Está enseñando?

La ventana se llena de peregrinos que disputan sus posiciones.

Santiago el Grande y Zeta los apartan suavemente.

—Por favor, respeten su privacidad. Paciencia, por favor.

—¿Cuándo será el próximo milagro?

Simón menea negativamente la cabeza.

—Entonces, ¿así es como va a ser ahora?

—¡Simón! —exclama Andrés.

María toca ligeramente el brazo de Andrés.

—¿Como qué, Simón? —pregunta Jesús.

—Lo siento, Maestro. Es que es un poco molesto que, tras un largo viaje, mi casa ya no es mi hogar. Es un lugar de reunión, un foro.

—¿Es que una casa no puede tener muchas funciones? —dice Jesús.

Simón se voltea y se dirige rápidamente a la puerta trasera. Andrés lo sigue.

—¡Hermano!

Pero Jesús agarra el brazo de Andrés.

—Deja que se vaya. Simón necesita arreglar algunas cosas él solo.

Edén agacha su cabeza y apoya sus manos en la encimera de la cocina. María le pone una mano en el hombro.

Recorriendo las calles en la oscuridad, Simón no sabe a dónde va. Instintivamente, es atraído hacia el aroma del mar, pero cuando da la vuelta a una esquina hacia el patio de la ciudad donde está la cisterna estropeada, se acerca una cara familiar… Gayo, sin su uniforme y claramente fuera de su horario de trabajo.

—¿Qué estás mirando? —pregunta Gayo.

—Lo siento, es que nunca te he visto sin una espada.

—Voy armado —dice Gayo, mostrando una daga que lleva a la cintura—, y sigo manteniendo mi autoridad.

—No lo estaba cuestionando.

—Las únicas veces que te veo es detrás de ese predicador exasperante.

—En este momento, yo mismo lo encuentro un poco exasperante.

—Estás en buena compañía por una vez.

—No me refería a eso —dice Simón—. Tan solo estoy cansado.

—Bueno, entonces, buenas noches.

Gayo hace un movimiento para irse de allí, pero Simón continúa.

—Esta cisterna es el problema. Largas caminatas hasta el pozo...

—Esta noche tienes suerte —dice Gayo—. Mi jefe me dijo precisamente eso mismo.

—¿Vas a arreglarla?

—¿Y *tú*? —responde Gayo.

—No es mi intención ofender —dice Simón—, pero ¿no es eso lo que ustedes llaman... un asunto municipal?

—Quintus no quiere pagarlo.

—Entonces diría que estamos en un impasse —dice Simón, agarrando distraídamente un pedazo de soga de entre la cisterna—. Parece el tema de la noche.

Entonces comienza a hacer una serie de nudos con la soga.

—¿Qué tema? —pregunta Gayo.

—No es nada.

Gayo parece estudiar a Simón.

—¿Qué estás haciendo aquí a estas horas?

—¿Estoy siendo detenido?

—Estás siendo interrogado.

—Y, si no respondo, ¿me arrestarás?

—He arrestado a personas por menos.

—Estaba dando un paseo, oficial.

—*Primi.*

— Estaba dando un paseo, primi.

Gayo se ríe y se sienta al lado de Simón. Saca un pequeño odre y da un trago, haciendo un gesto.

—¿Qué significa *impasse*?

—Es como un camino que está bloqueado.

—¿Como estar atascado? ¿Porque no puedes deshacer algo que hiciste?

Gayo se refiere claramente a la decisión de Simón de renunciar a su profesión para seguir a Jesús. Pero la mente de Simón está en lo que sucede en su casa.

—No, porque no sé qué no puedo deshacer que hice en el pasado —entonces parpadea—. Eso fue un trabalenguas, lo sé.

Gayo le ofrece el pequeño odre.

—Lo siento, no puedo beber de, mm, un recipiente que haya sido...

Gayo menea la cabeza.

—Ustedes los judíos. Sus reglas hacen que sus vidas sean muy complicadas.

—¿Nosotros los judíos? Jesús deshará algo de eso. Él nos recuerda para qué vivimos.

—Dicen que él hace milagros, ¿no? O lo que parecen ser milagros. ¿Por qué no arregla milagrosamente esta cisterna?

—Eso tendrías que preguntárselo a él.

—¿Y si se lo preguntas tú en mi nombre?

—No me siento inclinado a hablar con él en este momento —dice Simón.

—Puedo identificarme con eso —dice Gayo, y da un sorbo—. Me refiero a no querer hablar con el jefe. Quintus está dispuesto a incendiar la ciudad. Como has regresado, ¿significa eso que Jesús también está aquí en Capernaúm?

—No creerás que te lo diría *a ti*, ¿cierto?

—Pues pídele a tu dios que Quintus no se entere. Sé que Mateo ha regresado.

—Mi otra persona favorita.

—Lo entiendo —dice Gayo—, pero apuesto veinte denarios a que terminará cayéndote bien.

—Ya no juego, y no me aprovecho de romanos.

—¿Por qué les desagrada Mateo? Me refiero aparte de lo de los impuestos.

—¿Por qué estás tan interesado en nosotros? —dice Simón.

—¿Estás bromeando? Ustedes son mi trabajo. ¿Estás ciego? La ciudad está plagada de peregrinos a causa de tu maestro. Si yo estuviera en tu lugar, me quedaría en casa por un tiempo.

—No tengo muchas ganas de estar en mi casa ahora.

—¿Es que no acabas de regresar de...? Bueno, si no quieres estar en tu casa y quieres distraer a Quintus de su búsqueda de Jesús, podrías arreglar esta cisterna.

—¿Con quién? —pregunta Simón—. ¿Con qué?

—El templo recibirá los materiales en un día, y tú pareces el tipo de persona que necesita estar haciendo algo con sus manos.

—Eso es mucho trabajo.

—Yo podría, bueno, supervisar la mano de obra —dice Gayo.

—Estás borracho. Señor.

—Tal vez un poco, pero necesitas algo que hacer. No creas que no he observado que has hecho unos ocho nudos.

—Si fueras un militar marinero, sabrías que son...

Gayo agarra la cuerda y hace uno de los nudos complicados que Simón acaba de hacer, y se la entrega.

Simón está asombrado.

—¿Cómo hiciste eso? —pregunta.

—Mi abuelo era marinero. Me enseñó todos ellos.

—¿Todos?

—Todos los que acabas de hacer.

Simón le lanza la cuerda.

—Dragón doble.

—No sé los nombres —dice Gayo—. ¿Es el que tiene dos...?

Lo hace sin esfuerzo. Simón se ríe.

—Gancho giratorio.

—Eso suena peligroso. Yo los haré, y tú puedes decirme cómo se llaman.

—Tapón doble.

De nuevo, un éxito. Gayo hace otro nudo.

—*Ese* es la serpiente en el hoyo —dice Simón—. ¡Vaya!

Gayo se ríe y le lanza de nuevo la cuerda a Simón.

—Ven aquí en la mañana. Hablaré con el administrador del templo sobre los materiales. Si ese problema tuyo en casa tiene algo que ver con tu esposa, lo único que puedo sugerir es que te acostumbres a decir cinco palabras: Tú. Tienes. Razón. Lo. Siento.

Hogar de Jairo

Mical cuelga una sartén y limpia la encimera. Echa agua hirviendo en una taza, añade unos polvos, y remueve. Se sienta, se quita el pañuelo que cubre su cabeza y se frota el cuello, y después su vientre abultado por el embarazo. Cuando se lleva la taza a los labios y absorbe su aroma calmante, siente que hay demasiado silencio en la casa.

—¿Jairo? ¿Has ido a ver cómo está Nili?

—No desde hace un rato.

Ella agarra una lámpara y se dirige al cuarto de Nili, escuchando con atención la respiración dificultosa de Nili.

—¡Jairo!

PARTE 5

Intensidad en el campamento de tiendas

Capítulo 37

LA PÉRDIDA

Capernaúm, en la noche

Dos semanas antes

Edén se ha sentido extraña durante todo el día, hasta el punto en que casi le dice a su madre, Dasha, que teme que algo vaya mal. Sin embargo, es nueva en esto del embarazo y no quiere preocupar innecesariamente a Ima. Sea lo que sea, probablemente pasará, aunque sí admite ante su madre que está anormalmente agotada, y se va a la cama antes de lo normal.

A pesar de su fatiga, nunca puede irse a la cama sola sin pensar en Simón y orar por él, dondequiera que lo haya llevado la última tarea de Jesús. Para su gran alivio, se queda dormida rápidamente hasta que oye a un centinela cercano proclamar: «¡Tercera vigilia!». Entonces, ha estado dormida desde después del anochecer hasta la medianoche. Ahora, ojalá pudiera volver a dormir y no despertar hasta el amanecer…

Pero Edén siente fuertes dolores, lo que le hace incorporarse en la cama y gritar. Se cubre la boca rápidamente, orando para no haber despertado a Ima, que duerme en el cuarto de al lado. Sin embargo, su madre parece que ha estado en alerta, y pronto aparece en la puerta sosteniendo una lámpara de aceite en su mano.

—¿Qué sucede, cariño?

—Nada. Estoy bien. Siento haberte desper... ¡Ay! ¡Ima!

Su madre se acerca.

—¡Edén! ¡Estás sangrando!

Edén se toca el abdomen, moviéndose y quejándose.

—¿Puedes avisar al médico?

—¡No me atrevo a dejarte sola! Le diré a un vecino que vaya a avisarlo.

Pero cuando Dasha se voltea para salir, Edén da un grito agudo.

—¡Ima, algo está pasando! ¡Ayúdame!

Su madre deja la lámpara y levanta el borde del camisón de su hija.

—Edén, ¿puedes ponerte de pie, caminar?

—¡No lo sé!

—No debemos perder tiempo. ¡Tengo que llevarte al médico ahora mismo!

—¡No puedo!

Su madre le ayuda a levantarse de la cama, la sostiene con su brazo rodeando su cintura, y agarra la lámpara con la otra mano. Se ponen en movimiento, avanzando con toda la rapidez de la que es capaz Edén.

—¡Dios, ayúdame!

Por fortuna, el médico está solamente a un par de calles de distancia. Edén camina fatigosamente, se siente mareada, y va dejando un reguero de sangre.

—Espero estar haciendo lo correcto —dice su madre.

—¡Llévame a su casa!

La madre de Edén toca a la puerta con fuerza mientras las dos mujeres gritan pidiendo ayuda. Desde dentro, se oye la voz de una mujer.

—¡Udi!

—Lo oigo —dice un hombre.

—No suena nada bien.

—Nunca es nada bueno a estas horas de la noche. Voy a levantarme.

El médico abre la puerta, con los ojos muy abiertos mientras Edén se desploma en brazos de su madre. Juntos, consiguen que entre y la tumban sobre una mesa. Mientras su esposa enciende lámparas, el médico se ocupa de ella con toallas, mantas y telas.

—Hay mucha sangre. Necesito más...

—No me queda nada más para detener la hemorragia —dice su esposa.

—¡Quita las sábanas de la cama!

Edén se debate entre la consciencia y la inconsciencia, siente el caos, y vislumbra la expresión de terror de su madre, ve que la esposa del médico corre y regresa con unas sábanas que entrega a su esposo.

—¡Doctor! —dice la madre de Edén—. ¡Creo que está perdiendo el conocimiento!

—Solo sigue respirando —dice él—. Respira profundo.

—¿Va a estar bien?

—No lo sé. ¡Dale agua!

La madre de Edén derrama una taza de agua sobre la frente y el cabello de Edén, y le acaricia. Le levanta la cabeza e intenta que beba.

—¡Quédate con nosotros! ¡Quédate con nosotros!

El médico le dice a su esposa que presione sobre su estómago para contraer el vientre.

—Eso —le dice—. Ahí, eso es.

Pero Edén grita y batalla para incorporarse, llorando.

—¿Perdí a mi bebé?

La expresión de dolor de su madre le revela la verdad, y Edén se desmorona, temblando y devastada. Dasha agarra la mano y la cabeza de su hija y le susurra.

—Está todo bien, pequeña.

Edén se asombra porque su mamá no le ha llamado así desde que era niña. Ahora, Dasha misma está llorando también.

—Vas a estar bien —le dice su madre—. Estoy aquí.

Capítulo 38

PREPARATIVOS

Hogar de Jairo, en la noche

Dos semanas después

Muerte y otras decepciones ligeramente menos importantes han sido por mucho tiempo la pesadilla del doctor Udi, pero sea lo que sea lo que ha sucedido últimamente con el agua contaminada lo deja agotado y deprimido. Apenas si pasa un solo día que no incluya alguna emergencia. Aunque solía disfrutar de recibir al paciente ocasional en su casa para realizar diversos tratamientos exitosos, ahora lo avisan frecuentemente y tiene que salir corriendo a la casa de alguien, orando para poder llegar a tiempo para ayudar.

Por lo menos, un empleado de la sinagoga local puede pagarle por sus servicios; no es que nunca lo haya detenido la incapacidad de alguien para hacerlo. Se hizo médico para ayudar a las personas y no para hacerse rico; y eso es bueno. Durante periodos de escasez, cuando su esposa y él tienen que arreglárselas para poder poner pan sobre su propia mesa, a él le sigue agradando la idea de proporcionar servicios tan necesarios.

Sin embargo, aunque el aviso para que vaya a esa casa, donde el esposo y padre es un administrador de la sinagoga, puede dar como resultado un cliente que le pague, al médico le preocupa que lo hayan llamado demasiado tarde. Al examinar a la muchacha de doce años, que se llama Nili, pero parece mucho más joven debido a su palidez y falta de apetito, no le gusta lo que descubre. Sus brazos y piernas están débiles y blandos, y batalla para respirar. Coloca entre las palmas de sus manos su pecho y su espalda. El latido de su corazón es débil, y su respiración enfermiza y rasposa.

Sus padres están muy cerca tras él, mirando por encima de su hombro. El padre mostró una expresión seria e imperturbable cuando despertó al médico, claramente intentando mantenerse estoico. La madre, Mical, parecía petrificada cuando él llegó.

—Hicimos todo lo posible para que volviera a respirar —susurra ella.

El médico le ha administrado los mejores elixires que conocía para recuperar el corazón y los pulmones. Ahora, tumba con cuidado su espalda sobre la cama y se pone de pie, apretando sus labios.

—¿Entonces? —dice Mical.

¿Cómo se lo digo?

—Lo siento —dice el médico.

—¿A qué se refiere?

—Su corazón se ha debilitado y no responde. No creo que yo pueda hacer nada más.

La madre se acerca a su hija.

—¡No! ¡Nili, por favor! Por favor, niña, solamente respira.

—¿Jairo? —dice en voz baja el médico.

Jairo tan solo mira fijamente.

—¿Sí? —dice por fin.

Udi le indica que lo siga y salgan del cuarto.

—Sé que esto es doloroso —susurra en el pasillo—, pero creo que es el momento de hacer preparativos. Me temo que no vivirá mucho tiempo más.

—Claro. Sí.

—Conoces la tradición. El rabino Judá dice que incluso el hombre más pobre en Israel no debería contratar menos de dos flautas y una doliente profesional. Si simplemente me dices cuántas flautas y cuántas mujeres dolientes puedes permitirte, yo haré los preparativos en tu lugar.

—No.

—Jairo, lo lamento, pero...

—Por favor, no hagas ningún preparativo hasta que ella muera. Regresaré pronto.

Los padres que sufren son todos muy parecidos, decide el médico. Jairo sale de allí con un propósito, y parece beligerante. Sale afuera y ni siquiera cierra la puerta.

Capítulo 39

UN ESFUERZO

Hogar de Simón, en la mañana

Edén está ocupada en la cocina partiendo verduras, mientras Simón se viste. Él aparece, se ajusta el cinturón y se pone sus sandalias, agarrando una alforja. Se acerca y la rodea para agarrar una manzana, y entonces intenta envolver un pedazo de pan en una pañoleta. Ella no puede evitar observar que no deja por completo encerrada su comida, lo cual significa que probablemente se resecará y se pondrá rancia antes de que pueda comerla. Normalmente, ella le preparaba su almuerzo, pero no parece tener muchas ganas de ayudarlo con nada esos días, y él lo ha notado.

Simón ha dicho algo acerca de trabajar en una cisterna de la ciudad, lo cual no parece ser una especialidad de él, aunque está agradecida de que alguien se ponga manos a la obra. Agarra su bolsa de herramientas y se dirige a la puerta, claramente sin tener ningún interés en darle un beso de despedida porque ella no ha respondido bien a eso últimamente; sin embargo, se detiene repentinamente y se voltea hacia ella, obligándola a levantar la vista de su trabajo.

—Sea lo que sea —dice él—, tienes razón. Y lo siento.

—¿Sea lo que sea? —dice ella, ladeando ligeramente su cabeza.

—Sí.

Edén menea la cabeza y regresa a su trabajo. Él se queda allí por un momento y finalmente aguanta y se va, con la cabeza agachada.

Capítulo 40

LEGADO

Hogar de Zebedeo, Capernaúm

A Juan le encanta estar en casa. Sus padres siempre han sido divertidos, y aunque él y su hermano mayor Santiago siguen peleándose como jovencitos, no hay nadie más con quien preferiría estar. Salomé está trabajando en la cocina, y Juan agarra comida en cuanto ella termina de prepararla.

Entra Santiago el Grande bostezando.

—Buenos días, Ima —dice.

—¿Cómo dormiste? —le pregunta ella.

—¡Mucho mejor! Más espacio para estirarme. Es bueno levantarme sin tener los pies de Tomás en mi cara, ahora que se ha ido.

—Podrían haberlo hecho al contrario —dice Juan—, y dormir con tus pies hacia la puerta como hicimos Tomás y yo.

—Pero entonces tendría que despertar ante su cara y su aliento en la mañana.

—Muchachos —dice Salomé—, no empiecen.

—Y sigue afirmando que no está celoso de mi viaje con Tomás —dice Juan.

Zebedeo interviene.

—¿Saben algo de Tomás?

—Abba —dice Juan—, se fue ayer. Probablemente ni siquiera llegó a Tel-Dor todavía.

—Ah, claro. Su prometida, Rema, hace vino, ¿cierto?

—Hacía —dice Santiago—. No sé lo que hace ahora. Creo que está aprendiendo a leer.

—Sigue siendo viticultora —dice Juan— incluso cuando no está haciendo vino.

—Así es —dice Zebedeo—. Ella dirigía un negocio que requería hacer cosas que tienen buen sabor. Tiene un gran paladar. ¿Es una mujer honesta?

—Pero ¿qué...? —dice Salomé.

—¿Y María y Tamar? —pregunta Zebedeo—. ¿Creen que son confiables?

—Ellas siguen a Jesús —dice Santiago—. Eso es suficiente. Dinos, lo que sea que estés haciendo, ¿se está convirtiendo en algo más que un pasatiempo?

—Sí —dice Juan—, has estado empleando mucho tiempo...

—Y dinero —añade Santiago.

Salomé deja lo que está haciendo y mira a Zebedeo con una mirada cómplice.

—¡Vendí la barca! —dice Zebedeo sonriendo.

—¡Qué! —exclama Juan—. ¿Por qué hiciste eso?

—¡La pesca es un trabajo duro! Siempre fue duro. Pero ahora los vendedores se levantan cada vez más temprano.

—¿Es porque nos fuimos? —pregunta Santiago.

—Muchachos —dice Zebedeo, indicándoles que se acerquen y poniendo sus manos sobre sus hombros—, mi padre estuvo pescando toda su vida y me enseñó a pescar. Él crio seis hijos, iba al templo dos veces por semana, y murió esperando al Mesías —se pone emotivo—. Entonces, yo tomé el mando y convertí su barca en una flota, los crie a ustedes, alimenté a cien familias, fui al templo, y esperé al Mesías hasta que me hice viejo.

—Tú no eres viejo —dice Juan.

—Mi legado fue esperar al Mesías tanto como lo fue pescar. Pescaba solamente para llegar a fin de mes hasta que ustedes consiguieron sus empleos *de verdad*. Sus vidas condujeron a esto. ¡Él los eligió a *ustedes*! Ahora, yo soy libre para probar también algo nuevo, ¿no es cierto?

Juan ve que Santiago tiene la misma idea que él, y los dos dan un abrazo a su padre.

—Sí.

—Deséenme suerte —dice Zebedeo, amarrando su cinturón del dinero.

Juan le pregunta dónde va.

—¡Voy a comprar un olivar! ¿Pueden creerlo?

Capítulo 41

UN MÉDICO DIFERENTE

Camino en el campo de Capernaúm, en la mañana

Natanael considera fascinante a Zeta, y así fue desde que lo conoció la primera vez. ¡Imaginar a un zelote en la vida real que ha escogido seguir a un hombre de paz! Zeta todavía parece rebosar de un enojo muy agudo, como si estuviera buscando acción. ¿Y su fuerza? Mientras Natanael batalla para sostener su yugo que contiene dos cubos llenos de agua desde el remoto pozo, Zeta mantiene su zancada, y su yugo se mueve con ritmo.

Natanael no puede reprimir su curiosidad ni su lengua.

—Déjame preguntarte algo, Zeta. Ahora que ya no eres zelote, ¿sigues teniendo sentimientos asesinos?

Zeta se detiene y se voltea para mirar a Natanael, y sus cubos dejan de moverse.

—Tu capacidad para decir cualquier cosa que viene a tu mente, en cualquier momento, es asombrosa.

Vamos, piensa Natanael, *todo el mundo sabe que un verdadero zelote está entrenado para el combate, para el asesinato, para matar.*

—No digo *cualquier cosa* que viene a mi mente. Tan solo digo lo que creo que todos los demás ya están pensando. Tengo pensamientos extraños todo el tiempo, pero esos no los comparto.

Zeta, con expresión estupefacta, parece examinar la mirada de Natanael.

—Como ahora mismo —añade Natanael.

—Entonces, di lo que piensas.

—Bueno, no quiero que me mates.

—¿Ese es el pensamiento extraño?

—No.

Zeta parece molesto, como si hubiera renunciado a entender a Natanael. Siguen caminando un poco más, y Natanael decide explicarse.

—Te pregunté sobre tus tendencias asesinas porque vi a Simón con un oficial romano ayer.

—¿Lo estaban interrogando?

—No. De hecho, parecía como si simplemente estuvieran conversando.

—Simón nunca nos traicionaría —dice Zeta.

—Lo sé, pero fue extraño verlo con un romano. Me refiero a que ellos nos atacan. Y nos cobran impuestos.

—Y hombres como Mateo solían recaudar esos impuestos; sin embargo, has visto lo que Jesús hace a... —Zeta se detiene en seco y mira fijamente. Se descuelga el yugo y se acerca a un rastro de sangre.

—No lo toques —dice Natanael—, o serás impu...

—Lo sé —Zeta se agacha y mira más de cerca—. Es fresca.

Sigue el rastro por el camino. Natanael deja su carga y lo sigue con cautela a cierta distancia hasta que Zeta llega a unos matorrales, y entonces se pone a su altura. Zeta separa los arbustos, y parece que sigue con destreza el rastro de sangre como lo haría un perro.

Se encuentran con una mujer que está tumbada bajo unos arbustos, con sus pertenencias desordenadas y regadas a su alrededor. Zeta se agacha y se acerca más.

—¿Está muerta? —pregunta Natanael.

Zeta le hace una señal para que se calle, pero es demasiado tarde.

—¿Quiénes son ustedes? —pregunta la mujer.

—¿Qué sucedió? —pregunta Zeta—. ¿Alguien te hizo daño?

—No estoy herida.

—Necesitas un médico —dice Zeta—. ¿Te sientes mareada? ¿Puedes ver con claridad?

—Escuchen —dice ella—, no tienen que ayudarme...

—Natanael —dice Zeta—, ve al pueblo y trae a un médico.

—¡No! —exclama la mujer—. No lo hagan. Gasté todo mi dinero en médicos.

Natanael agarra el brazo de Zeta.

—Tal vez *él* podría ayudar.

—Ahora no. El Maestro no se ha mostrado al público.

En verdad, Natanael no tiene una idea más exacta que Zeta con respecto a dónde está Jesús.

—¿De qué están hablando? —dice la mujer.

—Somos seguidores de un rabino —responde Natanael—. Uno muy especial. Es un tipo de médico diferente.

—No —dice ella—. Diferentes tipos de médicos solo lograron que las cosas empeoraran.

—Ella no quiere eso —dice Zeta—, y no es seguro para él ahora.

Zeta tiene razón, y Natanael lo sabe.

—Lo lamentamos. Shalom.

Mientras se voltean para alejarse, la mujer se incorpora con expresión alerta y resuelta.

—¡Esperen! Ese rabino al que siguen, ¿dicen que es especial?

—De lo más especial —dice Natanael.

—¿Es el hombre que sanó a un paralítico en el estanque de Betesda?

Zeta sonríe.

—Y a muchos más.

—¿Ustedes lo *conocen*? —pregunta ella.

—Somos sus seguidores —dice Natanael.

La mujer se muerde el labio, y corren lágrimas por sus mejillas.

—¿Dónde está él ahora?

Natanael le lanza a Zeta una mirada de incertidumbre.

—No le hablaré hasta que esté limpia, desde luego —dice ella—, pero tan solo necesito un momento. Y si él es el hombre santo que dicen que es, no necesito que malgaste su tiempo. Podría únicamente tocar su manto.

—Eso es una superstición —dice Natanael.

—Tal vez con otros hombres santos —dice ella—, pero no estoy hablando de ellos. Hablo de él. He oído lo que él puede hacer, y escuché su sermón. Estoy hablando de él. De *su* manto.

—Lo entiendo —dice Zeta.

—¡Por favor! —exclama—. Mi familia me ha apartado, no puedo entrar en la sinagoga. No tengo a nadie. He recorrido todo este camino y he esperado por mucho tiempo para llegar a él.

Natanael mira de nuevo a Zeta, y después se dirige a ella.

—Tú podrías ayudarnos a buscarlo.

La mujer asiente con la cabeza, claramente emocionada, y reúne sus cosas con rapidez.

Capítulo 42

NEGOCIACIÓN

Campos de Capernaúm

María sigue intentando decidir qué hacer con Tamar, la egipcia radiante de piel de ébano. La mujer conoce claramente sus ideas y no tiene miedo a expresarlas, y María ha aprendido que la fortaleza de una persona también puede manifestarse a veces como su debilidad. La misma sinceridad que hizo que Tamar fuera tan valiente como para dirigir a sus amigos a hacer un agujero en la azotea de la casa de Zebedeo y bajar por allí a su amigo paralizado hasta donde Jesús pudiera sanarlo, también hace que algunas veces resulte descarada.

Aun así, María considera a Tamar una hermana querida y dedicada claramente a Jesús. Y ella indudablemente conoce el tema acerca de los olivos, los olivares y el aceite. Es estupendo tenerla al lado, con Zebedeo y Judas, mientras los cuatro hacen un recorrido por un olivar amarillento y agonizante que acaban de comprarle a un hombre que ahora está de pie a un lado contando el dinero que Judas le ha pagado.

—Es chistoso —susurra Judas a los demás—. Nunca he comprado tierras para darles uso. Solamente para volver a venderlas.

—¿Te sentías sensible cuando negociabas el precio? —pregunta Tamar. María cree que ese es su modo amable de provocar a Judas.

—Conseguimos un trato bastante bueno —dice Judas—, considerando el tamaño de los árboles y lo demás.

—Los árboles agonizantes —dice María.

—¿Lo están? —dice Judas.

—¡Dan lástima! —exclama Tamar.

—Si los árboles son malos —dice él—, entonces, ¿por qué hicimos esto?

—Está dentro del presupuesto que fijamos —responde María—. Y vamos a obtener el máximo beneficio.

—¡Es emocionante! —dice Zebedeo—. ¿No es cierto?

—Necesitamos respuestas —dice Tamar. Se voltea hacia el vendedor—. ¡Eh!

—¡Tamar! —dice María.

—¿Por qué están agonizantes estos árboles?

—Es mi abba —responde el hombre—. Está enfermo, y no se ocupó de ellos.

—¿Lo ven? —dice Zebedeo—. La tierra es buena. Solo necesita cuidados.

—¿Por qué no lo hiciste *tú* mismo? —pregunta Judas al vendedor.

—Estaba fuera. Me casé.

—Pero ¿sabes cómo cultivar olivos? —insiste Judas. Él asiente con la cabeza.

—Yo crecí en este campo.

Judas asiente ante Zebedeo.

—¿Cuánto por enseñarle a él?

—¿Qué estás haciendo, Judas? —dice María.

—Bueno —dice el vendedor—, tengo que cuidar de mi padre. Pero podría quedarme hasta la siguiente cosecha… a cambio del setenta por ciento.

—¡Vaya! —dice Judas—. Gracias de todos modos.

—El cincuenta —dice el hombre—. Pero trabajaré solamente un día por semana a cambio de eso.

—El treinta por ciento —dice Judas—, dos días por semana, y no pagamos si tenemos que volver a plantar, digamos, más de cinco de estos árboles.

—Hecho —dice el hombre, y se aleja.

—¿Qué acaba de suceder? —pregunta Zebedeo.

—Parece que tienes un jefe —dice Tamar.

—¿Yo tengo un jefe? —dice Zebedeo.

Patio exterior en Capernaúm

Simón tiene que admitir que siente que llama la atención al estar trabajando hombro con hombro con un romano en la cisterna; pero alguien tiene que arreglarla, y nadie más se ha ofrecido a hacerlo. Gayo y él utilizan una palanca y una polea para colocar una pesada piedra en su lugar por encima del túnel.

—Cuando yo cuente —dice Gayo—. ¡Uno, dos, tres!

Simón hace lo mismo que Gayo mientras empuja con todas sus fuerzas hasta que el bloque de piedra finalmente se coloca en su lugar. Los dos vitorean y estrechan sus manos con una palmada, y el hombre más grande y robusto hace que la mano de Simón le pique por el golpe.

—¡Ah, Estigia! —dice Gayo—. ¿Se suponía que no debes tocarme?

—Puede que eso sea cierto, en realidad —dice Simón.

Se sientan el uno al lado del otro, recuperando el aliento y sacudiéndose las manos.

—¿No se refieren ustedes a nosotros como perros, o algo así? —pregunta Gayo.

—Ustedes nos llaman perros a *nosotros*. Entre otras cosas. Ratas. Alimañas.

—Bueno, anoche no bebiste de mi pequeña alforja. Actuaste como si te hubiera ofrecido un beso, o algo así.

—Besar o beber del mismo recipiente no es lo mismo que trabajar juntos para resolver una crisis de salud pública que afecta a nuestras dos comunidades.

Simón saca su propia alforja, y Gayo agarra la suya.

—Entonces, se nos permite...

Simón titubea, pero choca su alforja con la de Gayo, y susurra: «Bendito eres tú, Señor nuestro Dios, Rey del universo, quien crea el fruto de la vid». Gayo levanta las cejas y los dos beben. Simón mira fijamente las nubes.

—No funcionó, a propósito.

—¿Qué dices?

—Decirle que ella tenía razón.

—¿Lo dijiste en serio? —pregunta Gayo— ¿O fue solo para calmarla? Hay un arte en este tipo de cosas.

—¿Cómo podía decirlo en serio? ¡Ni siquiera sé lo que hice! Intenté que pareciera sincero.

—Simón, no funciona si no sabes lo que estás admitiendo, sin importar cuán sincero seas. ¿Hay otra mujer?

—No.

—¿Están bien los niños?

—Todavía no tenemos hijos.

—Mmm. Bueno, de todos modos, no deberías aceptar consejos matrimoniales de mí, eso es seguro.

—¡Tú los ofreciste!

—Solo me refería a que esa frase me funcionó muchas veces —Gayo se pone de pie—. Vamos. Regresemos al trabajo —extiende una mano—. Dame la pala.

Simón le lanza una y, mientras trabaja, Simón siguen hablando.

—¿Y tú? ¿Tienes hijos?

—Dos. Bueno, debería decir dos niños en la casa. Mi hijo y un sirviente de la misma edad. Son amigos.

Simón menea negativamente la cabeza.

—Esclavitud infantil —bromea—, y te preguntas por qué a nuestra gente les parecen ustedes desagradables.

—Su madre trabajaba para nosotros. Murió al dar a luz, así que lo criamos como si fuera nuestro. ¿Es eso tan horrible? Sus opciones habrían sido mucho peores, te lo aseguro.

—Sí, tu bondad misericordiosa es deslumbrante. Te mereces una medalla.

Gayo lanza una palada de arena a las piernas de Simón.

—¡Solo era una broma! —dice Simón.

—¡No tiene gracia! No te tomes a la ligera mi situación.

—¿Situación?

—Sigue con la pala.

—Está bien, fui demasiado lejos.

Gayo parece estar trabajando con ganas.

—No quiero una *medalla*. Quiero...

—¿Qué?

—Sigamos trabajando, Simón. Tal vez podamos despejar todo esto antes del almuerzo. Necesitaremos un albañil para que lo arme otra vez. ¿Conoces a alguno?

—Sí, podría ser.

Pero Simón sigue fascinado por algo inescrutable que sucede con Gayo.

Capítulo 43

LA BÚSQUEDA

La sinagoga de Capernaúm

Cuando Yusef pasa junto a la oficina de Jairo, observa que él está revolviendo rollos frenéticamente, claramente angustiado.

—Jairo, ¿estás bien?

—No tengo tiempo para tu lástima.

¿Mi lástima?

—¿Qué?

—Es mi hija, Nili. Tuvo un episodio horrible anoche, y se está muriendo. Estoy intentando encontrar información sobre sanidad, y...

—Tu hija se está murien...

—Sí, pero...

—¡Adonai en el cielo!

—Llévame a él, Yusef. Ya sabes de quién hablo —Jairo agarra el cuello de su ropa—. ¡Lo necesito a él *ahora*!

—No sé dónde está.

—Tendrás alguna idea. Conoces a personas que lo saben.

Solo pensar en eso aterra a Yusef; sin embargo, desea ayudar.

—Sus hombres a menudo no saben dónde está él. Pero te llevaré hasta ellos.

Salen apresuradamente de la sinagoga, con Yusef explicando que comenzará con Andrés.

—¿Estás seguro de que debemos preguntarle a él? —dice Jairo.

—No lo estoy, pero su hermano es uno de sus líderes, y vi a Andrés con Jesús en la casa de Mateo una vez, y en la casa de Zebedeo, el padre de otros dos de sus seguidores.

Yusef toca a la puerta.

—¡Andrés, hijo de Jonás! ¡Es una emergencia! ¡Abre!

—¡En la autoridad del templo! —grita Jairo—. ¡Inmediatamente!

—¡Andrés! —grita Yusef—. ¿Estás ahí?

Se abre la puerta.

—¿Quién eres tú? —pregunta Yusef.

—Soy Judas —dice un joven—. Soy nuevo aquí.

—Yo soy el gobernador del templo de Capernaúm —dice Jairo—. Necesito hablar con el rabino de Andrés.

—Él también es mi rabino —dice Judas.

—Llévame hasta él.

—No sé dónde está. O incluso si lo supiera, no tendría la libertad de...

Judas intenta cerrar la puerta, pero Jairo pone la palma de su mano en ella y habla lentamente y con firmeza.

—Mi hija, su nombre es Nili, tiene doce años y unos ojos hermosos, pero ahora están cerrados, aunque no para siempre. No puede ser para siempre. ¿Me escuchas?

—Lo siento mucho —dice Judas.

—Si tienes sangre en tus venas, ¡debes ayudarme!

Judas parece pensarlo. Finalmente, habla.

—Lo único que puedo decir es que podrías considerar preguntar al hermano de Andrés —señala al este.

Hogar anterior de Mateo

María de Magdala está trabajando con Rema y Tamar, examinando unas cortinas para subastarlas. Tadeo entra repentinamente, sin aliento.

—¡Ha vuelto!

—¿A la casa de Simón? —pregunta María.

—Esta misma mañana.

Todos salen corriendo.

Hogar de Simón

Edén, que todavía está en un punto muerto con Simón y, sin embargo, desearía que estuviera aquí, pone un plato delante de Jesús mientras él está sentado a la mesa con Mateo, Andrés, Santiago el Joven, y Felipe. Los otros ya han comido, pero Jesús dijo que tenía hambre.

—Y ahora, voy a romper mi ayuno. ¡Gracias, Edén!

—De nada —dice ella, y lo dice de verdad. *¡Qué privilegio!*

—¿Ayunaste mientras estabas fuera? —pregunta Santiago el Joven.

—No, solamente durante la noche. Ocho horas. Edén, estos pepinos encurtidos son magníficos.

Edén se apoya en la encimera, con los labios apretados y reprimiendo sus emociones.

—He querido preguntarte sobre el ayuno —dice Felipe.

—Algo que estoy muy contento de no estar haciendo ahora mismo —dice Jesús.

—Tu primo Juan exigía de nosotros que ayunáramos a intervalos regulares —dice Felipe—. Decía que el sacrificio del ayuno es parte integral de cualquier compromiso serio con Dios, pero tú nunca nos has pedido ni una sola vez que lo hagamos. Sí que hubo una vez en el *sabbat* cuando comimos granos de trigo en el campo, pero simplemente teníamos hambre. No fue un ayuno intencional.

—¿A qué quieres llegar? —pregunta Jesús.

—Los fariseos ayunan todo el tiempo.

—Y hacen un gran alarde de eso —dice Andrés—, incluso desfigurando sus caras.

—Si es tan importante para ellos —dice Felipe—, y descubren que nosotros no lo hacemos, ¿no crees que podrían, no sé, usar eso contra nosotros?

—¿Pueden los invitados de la boda llorar y lamentar mientras el novio está con ellos? Se acerca el día en que el novio será llevado, y entonces ayunarán.

—¿Será llevado? —dice Mateo.

—Quédate con esa idea, Mateo —dice Jesús—. Felipe, cuando antes ayunaban, ¿por qué oraban?

—Por tu venida.

—Correcto —dice Andrés—. Entonces, ¿cuál sería el punto ahora?

—Exacto —dice Jesús—. Edén, ¿estás fermentando vino en este momento?

Que él se dirija a ella asombra a Edén, pero le encanta ser incluida en la conversación a pesar de todo lo que está sucediendo.

—Sí, en la trastienda.

—Santiago el Joven —dice Jesús—, por favor, baja ese odre vacío.

—Oh —dice Felipe—, me parece que se avecina una lección.

—Edén —dice Jesús—, la última vez que comprobaste el vino, ¿qué estaba haciendo?

—Lo que hace siempre en esta etapa, cierto tipo de burbujeo, sacando pequeñas columnas de aire.

—Santiago —dice Jesús—, ¿cómo está ese odre?

—Rígido. No muy flexible.

—Entonces, si Edén pusiera su nuevo vino en él, ¿qué sucedería?

—El viejo cuero no puede estirarse más —dice Felipe.

—El vino nuevo seguiría expandiéndose —dice Mateo— y explotaría.

—El vino nuevo —dice Jesús— debe ponerse en odres nuevos.

—Seré el primero en admitirlo —dice Andrés—. No lo entiendo.

—Los caminos del reino que estoy trayendo a este mundo —dice Jesús— no encajarán en los viejos recipientes o marcos.

Qué interesante, piensa Edén, observando que también Felipe sonríe. *Debe estar comenzando a entenderlo también.*

—Ser revolucionario es divertido —dice Felipe.

Por las calles

Yusef se esfuerza por seguir el paso a Jairo, quien parece caminar tan rápido como puede. Lejos a la distancia, en un cruce, Yusef detecta a Natanael y el hombre de aspecto atlético que va delante de una mujer que los sigue cojeando.

—¡Tú! —grita. La mujer se acobarda, pero Yusef se dirige a Natanael—. ¡Te he visto con Simón, hijo de Jonás! ¿Dónde está tu rabino?

—¿Cómo? —dice Natanael.

—¡Llévanos con él enseguida! —grita Jairo.

—No te conozco.

—¡Me conoces *a mí*! —dice Yusef—. Me acerqué a tus hermanos en Jotapata para advertirlos…

—¿Eras tú?

—Me arriesgué para ayudarlos entonces. No tenemos intención de hacer daño a Jesús ahora —levanta la mirada y ve a un discípulo de Jesús y tres mujeres que entran apresuradamente en una casa—. Esos son sus seguidores.

Echa a correr hacia la casa, con Jairo detrás de él y Natanael y el otro hombre también. La mujer pobre que cojea no puede seguirles el paso.

Hogar de Simón

Edén da la bienvenida a Tadeo, María, Rema y Tamar, y mientras se sientan, Jesús continúa.

—Entonces, Juan les hacía ayunar cuando predicaba un mensaje de arrepentimiento, y volverán a ayunar cuando me haya ido. Pero mientras estoy aquí, predicando un mensaje de salvación, ahora no es momento.

—Sigo queriendo saber a qué te refieres con «ido».

—¿Qué nos perdimos? —pregunta Rema.

Edén comienza a caminar cuando dos fariseos entran apresurados por la puerta sin ni siquiera llamar. Jesús y los discípulos se ponen de pie enseguida.

—Shalom, Rabino —dice uno de ellos—. Es él —le dice al otro.

—Shalom, Yusef —dice Jesús.

El otro se acerca a Jesús y se arrodilla ante él.

—Te conozco —le dice.

—¿Me conoces? —Jesús le da la mano—. Levántate.

—Sí. He oído y he leído relatos de, bueno, alguien en quien confío. Tú haces milagros, ¿verdad? ¿Eres un sanador?

—De algo más que dolencias físicas —dice Jesús—. Sí.

—Por favor. Mi hija se está muriendo.

—Lo siento mucho.

—Pero ven y pon tus manos sobre ella, y vivirá.

—Está todo bien, Zeta —Jesús se voltea otra vez a Jairo—. Tú no me conoces, y sin embargo, ¿tienes tanta fe en que puedo sanar a tu hija?

Jairo pone su mano sobre su corazón.

—Te conozco. ¡Por favor!

Jesús lo mira a los ojos profundamente y asiente con la cabeza.

—Llévame con ella.

Edén se queda mirando asombrada, sintiéndose traicionada porque Jesús no estuvo ahí cuando su bebé necesitaba sanidad.

Capítulo 44

UN TOQUE

Patio exterior en Capernaúm

A Simón le gusta estar sudando al sol, incluso si es con un romano. Ya está cansado de las palabras de Gayo sobre el judaísmo, pero también *está* impresionado con la ética de trabajo de ese hombre. Nadie dudó nunca de eso en un pescador, pero muchos de los compatriotas de Simón especulaban sobre cuán fácil podría haber sido para un centurión vestido con un llamativo traje color rojo a horcajadas sobre un fuerte corcel. Es bueno saber que Gayo pudo dejar su casco y su arma y agarrar una pala o manejar un martillo.

Mientras los dos hombres están arrodillados e inclinados sobre el borde de las paredes de la cisterna, trabajando para cubrirlas con yeso de cal, Simón rompe el silencio.

—¿Tienes una religión?

—¿Quién, yo? —pregunta Gayo.

—Ustedes los romanos. Tienen dioses y fiestas, ¿no?

—Sí, claro. Pero nada como tú. Principalmente son fiestas.

—Nosotros también tenemos fiestas —dice Simón.

—Por lo que puedo saber, no parecen tan divertidas como las nuestras.

—Depende de cuál sea tu definición de fiestas —dice Simón—. Otra cosa que tenemos son profecías.

—Eso me han dicho.

—Y estoy comenzando a pensar que vivo en una.

—¿Qué, con ese predicador?

—No, con esta cisterna. Nuestro profeta Jeremías dijo: «Porque dos males ha hecho mi pueblo: me han abandonado a mí, fuente de aguas vivas, y han cavado para sí cisternas, cisternas agrietadas que no retienen el agua».

—Suena como un acertijo —dice Gayo.

—Tú serías un buen judío. Nos encantan los acertijos. Los llamamos metáforas.

—Entonces, ¿han…?

—Hemos ¿qué?

—Abandonado a su dios del agua —dice Gayo—. Parece que su dios se identifica como una fuente de agua, y las cisternas rotas son una señal de que le han dado la espalda.

—Nosotros solo tenemos un Dios. Del agua, del fuego, del viento, y de todo lo demás.

—Eficiente —dice Gayo—. Tal vez un poco aburrido.

—Es mucho más fácil que tener un panteón de dioses.

—No es difícil acordarse. Júpiter, Juno, Marte, Mercurio, Neptuno, Venus, Apolo, Diana…

—¡Está bien! ¡Detente! Ya estoy agotado. ¿Y tienen que hacer sacrificios a todos ellos?

—Eso depende de lo que quieras. ¿Un viaje seguro? Mercurio. ¿Victoria en la guerra? Marte. ¿Fertilidad? Juno.

—¿Una gran pesca?

—Neptuno.

—¿Paz en una relación?

—Vesta —dice Gayo—. La diosa del hogar y de la casa.

—¿Qué sucede? —pregunta Simón cuando la gente comienza a pasar corriendo.

UN TOQUE

—¿Dónde van? —pregunta Gayo a uno de ellos.

—¡El predicador! —dice un peatón a quien Simón reconoce como Bernabé—. ¡Dicen que va a hacer un milagro! ¡Tú también deberías estar ahí!

Simón deja su pala y se pone de pie de un salto, y encuentra a Juan y Santiago el Grande entre la conmoción.

—¿Qué es esto? —les pregunta.

—No sabemos más que tú —dice Santiago el Grande, sin perder paso.

—¡Vamos! —dice Juan.

Simón los acompaña mientras Gayo se pone su casco y se ajusta su espada.

El camino de Jesús hacia la casa de Jairo se ha vuelto caótico, precisamente lo que el pretor Quintus mismo encargó a Gayo que evitara. Multitudes se agolpan alrededor de Jesús queriendo acercarse, gritando preguntas, demandando explicaciones.

Zeta trabaja frenéticamente junto con Tadeo y Felipe para mantener a raya a la gente. Las tres mujeres (María, Rema y Tamar) parecen batallar por seguirles el paso, pero se ven abrumadas rápidamente por todos los peregrinos.

Mateo se queda un poco atrás con Santiago el Joven para seguir al lado de Edén.

—Hay demasiadas personas —dice—. ¿Dónde está Simón?

—Eso es algo que me he preguntado mucho últimamente —dice Edén.

Santiago el Joven parece preocupado por lo que ella ha dicho cuando un peregrino que pasa apresurado se choca con él y lo derriba.

—¡Santiago el Joven! —grita Mateo, apresurándose a ayudarlo.

Pero él ya casi se ha puesto de pie.

—Estoy bien. Todo bien. Fue un accidente.

Por delante de Jesús, Zeta intenta abrir espacio para Verónica mientras ella cojea entre la multitud. Pero, entonces, cruza la mirada con un zelote armado. En un momento como éste, desearía haberse

229

quedado con su daga. Verónica tropieza y cae al suelo. Zeta se mueve para ayudarle, manteniéndose alerta a su enemigo, preparado para defenderse solamente con sus manos y sus pies. Vuelve a examinar la multitud, pero el zelote ya no está. *Está bien entrenado*, piensa Zeta. Verónica está de pie otra vez, y a Zeta le asombra su enfoque, su idea y propósito singulares. Ella reúne valor y grita.

—¡Maestro!

Zeta sabe que no hay modo alguno de que Jesús le haya oído. Nadie oyó en medio de ese escándalo de gente. Ella sigue cojeando, y se muestra decidida a no permitir que el hacedor de milagros pase por allí y la deje atrás. Sin embargo, de repente se detiene, junta sus rodillas, y se inclina.

—¡No, no, no! —está claro que está sangrando otra vez e intenta detenerlo. Sus ojos miran a todas partes, como si le aterrara que alguien lo note—. Por favor, no. Ahora no.

Jesús y la multitud pasan, y Zeta puede ver que ella está lista para volver a gritar. Sin embargo, agarra su ropa y la presiona contra su cuerpo, aparentemente agitada para ocultar cualquier rastro de sangre.

—Un hilo —dice—. Un hilo… solamente el borde. Un toque.

Zeta se siente aliviado al ver a Simón, Juan, y Santiago el Grande abriéndose camino para llegar hasta él y Natanael, Tadeo, y Felipe para rodear a Jesús. Todavía alerta por si ve al zelote armado, Zeta observa que el primi romano Gayo está de pie fuera de la multitud, observando. Es como si hubiera decidido no intervenir; todavía.

Verónica se acerca, pero el hombre del campamento de tiendas, quien la llamó impura cuando ella intentaba entregarle sus ropas, le bloquea el paso y grita.

—¡Tú! ¡Te conozco! ¡Aléjate de él!

—¡No! ¡No! ¡Por favor!

El hombre agarra a Yusef, quien intenta seguir el paso a Jesús.

—Rabino, ¡esta mujer sangra! ¡Es impura! Le retiramos…

—¡Por favor! —exclama Verónica—. ¡Por favor! Prometo que no lo tocaré. Solo necesito…

—Mujer, por favor —dice Yusef—. Podemos ayudarte, pero no ahora.

—No, no, no, por favor, solo un momento, ¡solo su vestidura!

Mientras ella se abre camino, Yusef se separa de ella, levantando sus manos. Zeta ve que avanza entre Santiago el Grande y Tadeo. Ella tropieza ante Jesús y se cae, tocando su vestidura y sus flecos a sus espaldas. Verónica cae al suelo con un golpe seco.

Jesús se detiene y se estremece, como si le hubieran dado un puñetazo en el estómago, eso le parece a Zeta. Toda la multitud se queda en silencio de inmediato, y todas las miradas están sobre él.

—¿Qué sucede? —pregunta Simón—¿Qué ha sucedido?

—¿Quién me tocó? —pregunta Jesús.

¿Quién te tocó?, piensa Zeta. *¿Qué clase de pregunta es esa?* A sus pies, Verónica parece transformada, con su cara resplandeciente. Tira de una tela larga desde debajo de su vestidura. No está manchada. Ella gimotea y sonríe.

—¡Todos atrás! —grita Juan.

—¡Hice una pregunta! —exclama Jesús—. ¿Quién me tocó?

—Maestro —dice Simón—, las multitudes se agolpan alrededor de ti, ¿y tú preguntas quién te tocó? *Todos* te tocaron.

—Alguien me tocó. Ha salido poder de mí —Jesús se dirige a la multitud—. Quienquiera que me haya tocado, ¡acérquese!

Yusef se acerca a Jesús.

—Maestro...

—Fui yo —dice Verónica todavía de rodillas, y hay murmullos entre la multitud—. Solo el borde de tu vestidura, lo prometo. No estás impuro.

—¿Por qué mi vestidura?

—Lo siento —responde ella llorando—. Sé que debería haber preguntado. Pero si me hubieras tocado, serías impuro según la Ley. Estuve enferma; durante doce años. Sangraba, y nadie podía detenerlo —la multitud da un grito ahogado y da un paso atrás—. Creía que si pudiera tocar solamente un borde de tu vestidura... y tenía razón. Tenía razón. Gracias.

—¿Quién te dijo que yo podía sanar?

Ella parece no ser capaz ni de pronunciar las palabras.

—Un hombre del estanque.

Zeta lo entiende. *¡Mi hermano!*

—Y él tenía razón —dice ella—. La sangre ha cesado.

Jesús se arrodilla y le mira a los ojos.

—Hija mía.

Ella menea negativamente la cabeza.

—Ya no soy más la hija de nadie.

—Levanta la mirada.

Ella lo mira.

—Sí que lo eres —le dice—. Hija.

Ella rompe a llorar.

—No fue mi vestidura lo que te sanó.

—Pero fue al instante. Lo sentí enseguida.

—Lo sé. Pero no fue esto. Fue tu fe.

Yusef vuelve a acercarse.

—Maestro, estuvo sangrando mucho tiempo. Podemos llevarla a...

—Está limpia —dice Jesús. Y susurra a Verónica—. Hoy me has bendecido. Y sé, hija mía... sé que ha sido una lucha para ti por mucho tiempo. Debes estar...

—Agotada —dice ella.

—Vete ahora en paz. Tu fe te ha sanado. Me gustaría poder quedarme más tiempo, pero tengo asuntos que atender. Alguien más tiene una fe como la tuya —agarra su cara entre sus manos—. Me alegro de que nos hayamos encontrado.

Jesús se pone de pie y se dirige a la multitud.

—¡Por favor! Prometo que les hablaré a todos ustedes pronto. Y mis estudiantes y yo nos ocuparemos de sus necesidades. Pero ahora mismo hay algo muy importante que debo hacer, y les pido amablemente que me dejen ir para poder ocuparme de este asunto urgente. Prometo que nos veremos, pero ahora no es posible. Gracias por su comprensión.

Mientras la multitud comienza a dispersarse, Jesús le habla a Zeta.

—Quédate atrás y ayúdalos a regresar a sus tiendas. Y, por favor, sé amable con ellos —se voltea—. Natanael, Tadeo y Felipe, asegúrense de que nadie la moleste. Simón, Santiago el Grande, Juan, vengan con nosotros.

· Yusef también los sigue.

Gayo, todavía con su ropa de trabajo, estudia a la multitud mientras pasan por su lado por ambos costados.

Mientras los discípulos designados mantienen la guardia a ambos costados de Verónica, María de Magdala se apresura a arrodillarse a su lado.

—¿Tienes todo lo que necesitas?

—Me vendría bien un cuchillo —dice la mujer.

—Un ¿qué?

Verónica le susurra al oído, y entonces María se dirige a Felipe.

—Felipe, ¿nos prestas tu cuchillo?

—¿Mi cuchillo?

—Por favor...

—Claro.

Capítulo 45

CORDERITO

Calle de Capernaúm

A pesar de su agotamiento tras enseñar a los discípulos y sanar a la mujer, Jesús regresa al asunto que les ocupa: el hombre que ha expresado tanta fe, aunque su hija se está muriendo. El resto de la multitud se ha agolpado detrás de Jesús y el oficial de la sinagoga, quien se ha presentado como Jairo. Rápidamente los acompañan Santiago el Grande, Juan y Simón. Jesús se da cuenta de que Yusef no está lejos.

—Parece que en efecto acudí al hombre adecuado —dice Jairo.

Jesús sonríe.

—Entre tú y ella, ha sido un día de una gran fe. ¿Hasta dónde vamos?

—Es justo delante —dice Jairo, y entonces se detiene—. ¿Oyes eso?

Flautas y lloros. Y un sacerdote se acerca a Jesús, apretando la mandíbula.

—¡No! —dice Jairo—. ¿Qué es esto?

—Jairo —dice el sacerdote—, mientras estabas fuera...

—¡No! ¿Por qué oigo lamentos y flautas? ¡Dije que no lo hicieras! Ella estaba enferma, pero...

—Tu hija murió, Jairo. Tuvimos que actuar rápidamente y hacer preparativos...

—¡No, no! ¡Fui a buscar al maestro! ¡Él iba a sanarla! Él...

—Sé quién eres —dice el sacerdote mirando a Jesús. Se voltea hacia Jairo—. No lo molestemos más. Mical está con el cuerpo de Nili.

Jesús cierra los ojos, y después levanta la mirada.

—¡No! —dice Jairo con voz temblorosa—. ¡Fui a buscar a Jesús! Fui tan rápido como pude. Yo...

Jesús pone una mano sobre el hombro de Jairo, y lo mira profundamente a los ojos.

—No temas. Solo cree. Se pondrá bien.

—Jairo —dice el sacerdote—, entremos. Por favor, quédate aquí —le dice a Jesús—. Nosotros...

—Ella se pondrá bien —le dice Jesús al sacerdote, indicando a Jairo que entre en la casa, seguidos por Santiago el Grande, Juan, Simón, e incluso Yusef. Se encuentran con los flautistas que tocan mientras dos mujeres lloran, lamentan y repiten: «¡Nili! ¡Nili!».

—Todos ustedes —dice Jesús—, deténganse.

Uno de los que tocan la flauta se detiene, sorprendido y perplejo.

—¡Dije que se detengan! —dice Jesús, y cesa el sonido—. ¿Qué están haciendo?

Una de las mujeres señala arriba.

—Hay una niña...

—Está muerta —dice la otra mujer.

—Váyanse —dice Jesús—, porque no está muerta sino dormida.

Todos se quedan en silencio, y entonces rompen a reír. El sacerdote entra.

—¿Qué son todas estas risas? —demanda.

—Dijo que solo está dormida —dice uno de los flautistas.

—Qué cruel decir eso —añade una de las mujeres. Juan interviene.

—¿Saben con quién están hablando?

—Si fueras un miembro de la familia —le dice el sacerdote a Jesús—, te invitaría a ver lo muerta que está. ¿Qué eres tú, un nigromante? Debería darte vergüenza decir algo tan ridículo.

—Salgan todos —dice Jesús.

Todos se quedan mirando, pero ninguno se mueve.

—¡Ya le oyeron! —dice Jairo.

—Muchachos —dice Jesús—, lleven a todos afuera.

Los discípulos se acercan a los dolientes, y uno de ellos dice:

—Nos pagaron para tocar...

Simón aprieta con su pulgar en el omóplato del hombre, deján-dolo indefenso mientras se va, y los demás lo siguen rápidamente. El solemne sacerdote vuelve a confrontar a Jesús.

—Escúchame ahora mismo...

Jesús mira a Yusef, quien rodea al hombre con su brazo.

—Vamos —le dice—. Démosle un momento.

Jesús, sus tres discípulos más cercanos y Jairo van al cuarto de Nili y encuentran a la niña tumbada en la cama inmóvil, con una sábana que le cubre el cuerpo y la cara y su madre arrodillada cerca de los pies de la cama, llorando. Mical se pone de pie y los mira.

—¿Dónde estabas, Jairo?

—Fui a buscar a este hombre.

—¡Está muerta y tú no estabas! ¿Por qué nos dejaste así?

Él agarra su brazo mientras Jesús pasa por su lado.

—¡Confía en mí! —dice Jairo—. Por favor, confía en mí. Y con-fía en él.

—¿Para qué? Ella está...

Jesús retira la sábana de la cara de Nili y toma su mano. De nuevo, cierra los ojos y después mira al cielo. Finalmente, susurra a su oído.

—Corderito, levántate.

Nili abre los ojos, se incorpora, y mira alrededor. Jairo y Mical se acercan a ella rápidamente mientras ella se levanta.

—Todos en este cuarto, por favor, escúchenme con atención —dice Jesús—. Simón, Santiago, Juan, Jairo, Mical, y Nili, ninguno de ustedes debe decir nada de esto a nadie bajo ninguna circunstan-cia. ¿Queda claro? *A nadie.* Ni siquiera a los demás.

Simón, Juan, y Santiago el Grande responden al unísono.

—Sí, Rabino.

—Todavía no es el momento para la conmoción que causará —dice Jesús—, y ninguno de ustedes necesita la atención. No todo será bueno.

—Haremos todo lo que tú nos ordenes —dice Jairo, claramente sobrepasado.

—Nili —dice Jesús—, debes tener hambre.

Ella asiente con la cabeza.

Jesús se acerca a la puerta cuando Mical se acerca a él, secándose los ojos.

—¿Cómo puedo darte las gracias? No entiendo lo que hiciste, pero...

—De nada. Primero demos a Nili algo de comer, ¿sí?

Ella ríe entre lágrimas y toma de la mano a Nili. Cuando Jesús comienza a seguirlos para salir del cuarto, Jairo habla.

—Gracias. No hay otras palabras que decir sino gracias.

—Gracias por tu fe —dice Jesús—. Oro para que más en la sinagoga la compartan.

Capítulo 46

NADANDO

Callejón de Capernaúm

Verónica está tan llena de alegría que apenas si puede contenerse. Apoya la espalda en la pared de un edificio y se desliza para sentarse. Con el cuchillo de Felipe corta las cuerdas que durante doce años han atado todos los materiales absorbentes tan cruciales para su enfermedad. Ese objeto ha sido su único medio de ocultar su dolencia, e incluso así no siempre lo conseguía.

¿Se atreve a esperar que ahora puede cortar las incómodas y voluminosas cuerdas con las que ha intentado cubrirse por tanto tiempo? Decide que sí. Jesús no le habría sanado tan solo temporalmente. Se siente sana. Se siente joven. Y, cuando corta el material, Verónica solo puede mirar boquiabierta las piernas milagrosamente sanas. Reúne todos los restos superfluos. Se pone de pie, y busca algún lugar donde desecharlo todo.

Perfecto. La tienda de un herrero tiene una caldera ardiente que incinerará y destruirá lo que antes necesitaba. Con gesto triunfal lo lanza todo al fuego, y con una finalidad por tanto tiempo esperada, lanza también la cuerda y observa cómo las llamas prenden y devoran todo rastro de su pasado.

Ahora, ¿qué hacer y dónde ir? Piensa en pocas cosas tan atractivas como el Mar de Galilea. ¿Cuánto tiempo ha pasado desde que ella pudo juguetear en el agua sin preocuparse por dejar al descubierto su terrible secreto o arruinar los accesorios que llevaba? Mientras arden los últimos vestigios de su vida anterior, ella se dirige al agua. Verónica se siente ágil y flexible, y disfruta cada paso de libertad. Libertad de la vergüenza. Libertad de las ataduras.

Camina cada vez con más rapidez, y finalmente sale corriendo, algo que nunca esperaba poder volver a hacer, y se encuentra riendo y llorando al mismo tiempo, sintiendo la hierba con sus pies descalzos. Al final llega a la orilla arenosa y se quita la capa externa de vestiduras mientras se mete en el agua, y comienza a rodar y agitar el agua, disfrutando de un cuerpo que ya no está encorvado o doblado hacia delante.

Finalmente, Verónica se voltea y se deleita en la luz del sol que se refleja en el agua. Piensa que eso debe ser una probada del cielo en la tierra.

Afuera de la casa de Jairo, el sacerdote se coloca delante de Jesús y los tres discípulos mientras todos los otros seguidores y las mujeres miran. Incluso el romano, Gayo, observa desde un poco más lejos.

—No sé lo que puede o no puede haber sucedido ahí adentro —dice el sacerdote—, pero ¿tocaste un cadáver?

—Ve a mirar por ti mismo —responde Jesús.

—También me han dicho que tocaste a una mujer que sangraba.

—Ya no sangraba.

—¿Cómo podías saberlo con seguridad?

Jesús observa las miradas de repugnancia de María Magdalena y Tamar.

—¿De verdad estamos teniendo esta conversación? —dice Simón.

—Usted no tiene ningún derecho a cuestionarlo —dice Juan.

El sacerdote está enfocado en Jesús.

—Tú y cualquiera al que hayas tocado están ceremonialmente impuros hasta la puesta del sol, y deben realizar los rituales de purificación.

Jesús mira al hombre.

—¿Cuáles son tus intenciones si eso no sucede?

—Te denunciaré al Sanedrín.

Jesús examina a su grupo, que incluye a Simón, Juan, y Santiago el Grande.

—¿Quién entre ustedes nos ha tocado a mí o a la mujer que antes sangraba?

Uno por uno, levantan sus manos lentamente.

—Vengan conmigo —dice Jesús—, y traigamos a los demás.

Se alejan del ágape sacerdotal.

Momentos después llegan al Mar de Galilea, donde Jesús ve a Verónica flotando en el agua de espaldas.

—¡Tú! —le grita Jesús, acercándose con todos los demás detrás.

Verónica se pone de pie enseguida en el agua que no cubre.

—¡Oh, no! ¿Te he hecho impuro? ¿Te envió el sacerdote?

—Él cree que sí —dice Jesús—, pero solamente queríamos nadar un poco.

—Es una broma —dice Simón.

—Queríamos encontrarte, Verónica —dice María.

—Para ver cómo estás —añade Jesús.

—¡Gracias! Yo, sé que te interrumpí.

—Fue una interrupción bienvenida —dice Jesús—. Mi tipo favorito de interrupción.

Santiago el Grande mete bajo el agua a Juan. Simón se une a la pelea y los tres luchan y ríen.

—Si me disculpas, Verónica —dice Jesús—, no puedo perderme esto.

Va nadando hasta donde todos salpican mientras el resto de los hombres también se meten en el mar.

María y Tamar se quedan con Verónica, averiguando más cosas.

—Doce años —dice Tamar—. ¿Cómo sobreviviste?

—Es una larga historia.

—Las buenas historias normalmente lo son—dice María.

NADANDO

Mientras los hombres saltan sobre los hombros unos de otros para jugar a las peleas y las mujeres permanecen con Verónica, Edén observa desde la playa, muy triste y pensando profundamente, con lágrimas que caen por sus mejillas.

PARTE 6

¿Por qué?

Capítulo 47

CONOCIDOS ESTRATÉGICOS

Un claro en el bosque, antes del amanecer

Una serpiente amarillenta se desliza por la hierba pasando al lado de grupos de discípulos que duermen, y se detiene delante del último de los varones: Simón. Finalmente, se arrastra hasta el bosque, donde Jesús está arrodillado y apoyado sobre las manos, con su frente postrada en tierra y los puños cerrados, orando. Jesús levanta una mano y da un puñetazo a la tierra.

La serpiente se acerca y se detiene. Y Jesús se voltea para enfrentar a la serpiente.

El cuarto de una mansión, temprano en la mañana

Al darse cuenta de que la serpiente era tan solo un sueño, Claudia se incorpora en la cama de un brinco, jadeando en su lujosa cama con dosel, con ropas finas y almohadas afelpadas. Se limpia el sudor de su frente y recuerda los días cuando soñaba con residir en medio de tantos lujos. Ya terminaron los sueños infantiles y las oraciones a los dioses. Obtuvo más de lo que pensaba cuando se ganó el corazón del joven gobernador, con sus idiosincrasias, su ego, sus políticas, sus incesantes maniobras para ser observado por Roma.

Pero ¿qué le ha despertado? Un gemido. ¿Un animal? Se levanta, se cubre los hombros con un chal, y sale a un amplio balcón. Se da cuenta de que el aullido era humano y provenía del patio que hay abajo, donde hay un cuarto crucifijo en la tierra al lado de los tres que ya están erigidos. Un hombre cuelga de cada uno de ellos, ensangrentado y muriendo. El que están clavando al cuarto grita mientras los clavos desgarran la carne de sus manos y sus pies. Guardias romanos le gritan que guarde silencio. No es una escena que Claudia proclamaría si ella intentara vender y anunciar al Estado.

—Atraparás tu muerte ahí afuera —dice su esposo desde su vestidor.

—¿Otros cuatro, Poncio? —dice ella—. ¿Y tan temprano en la mañana?

Él se ata sus sandalias y sale.

—¿Qué momento del día es el ideal para morir? Yo soy un gobernador, no un filósofo.

—Es excesivo —dice ella—. El pueblo ya está molesto contigo, y Tiberio aborrecerá oír sobre otra revuelta.

—Cuatro revolucionarios convictos —dice Poncio del modo refinado que Claudia desearía que se reservara para sus súbditos—. Judíos zelotes, cariño. Déjame a mí lo de gobernar. Vuelve a la cama.

—No he estado durmiendo bien.

—Entonces busca un entretenimiento. Ve a recoger flores.

—¿A dónde vas? —le pregunta ella.

—Tengo una cita.

Ella levanta las cejas.

—¿Ah?

—Un viejo amigo.

—Tú no tienes amigos.

—¡Sí los tengo!

—Tienes contactos valiosos, personas que te resultan útiles. Conocidos estratégicos.

Él sonríe como si estuviera orgulloso de ella por entender el juego. Se voltea hacia el espejo y se pone laureles en su cabeza.

—Tal vez *tú* deberías ser gobernadora.

Claudia se voltea y va hacia la cama, observando mientras él se ajusta por encima del bíceps un brazalete de oro: con la forma y el sello de la serpiente de su sueño.

Capítulo 48

EL HIERRO AFILA EL HIERRO

La costa del Mar de Galilea, a mediodía

A pesar de todo lo que ha aprendido y cómo siente que ha crecido desde que sigue a Jesús, sabiendo que en gran parte es por verse obligado a relacionarse con sus compañeros discípulos y con las mujeres, Mateo permanece frustrado. Sí que tiene días buenos, días en los que las cosas que Jesús dice a los discípulos tienen sentido. Días en los que Jesús le explica cosas pacientemente a él solo. Días en los que María de Magdala le muestra esa cálida sonrisa y lo trata como un apreciado amigo. Y días en los que se siente privilegiado de pasar el tiempo que sea con Felipe, que parece ser el único que le comprende.

Hoy, sin embargo, está buscando a Zeta, con quien forma pareja otra vez. Ha sido bueno llegar a conocer al exzelote, aunque *ex* no siempre parece ser la mejor descripción para ese hombre. Zeta sigue obsesionado con mantenerse en forma, afinando su cuerpo para estar preparado para cualquier cosa. Parece ser una mezcla hirviente de alerta y ¿qué? Ganas. Mateo está convencido de que a Zeta le encantaría tener cualquier excusa para usar cada habilidad que domina.

Zeta parece haber aceptado a Mateo, aunque probablemente se muerde la lengua para evitar sacar el tema de cómo pudo haber sido un sucio y rastrero recaudador de impuestos. *Pero ahí estoy*, piensa Mateo, *poniendo palabras en su boca.*

Mateo encuentra a Zeta de espaldas a varios de sus compatriotas, todos ellos sentados y trabajando frenéticamente en armas, de entre todas las cosas. Eso es propio de Zeta, pero Mateo se siente perplejo. Mientras que Santiago el Grande afila un hacha, Juan afila una daga, y Santiago el Joven y Tadeo pulen una espada cada uno de ellos. Si no supiera otra cosa, Mateo pensaría que Simón parece con resaca mientras afila la punta de una lanza. Tal vez no está durmiendo bien; algo da vueltas en su mente.

Felipe afila lo que parecer ser uno de los cuchillos de cortar de Edén. Natanael afila una navaja en un pedazo de cuero, mientras que Andrés sujeta una cabeza de flecha a un fino palo de madera.

—¿Qué están haciendo? —tiene que preguntar Mateo.

Pero ellos lo ignoran como si hubiera hecho una pregunta tonta, probablemente preguntándose qué parece que están haciendo.

—Ya sabes —dice Natanael— que Juan y Tomás sanaron a una persona ciega.

—Me encantaría volver a hacerlo —dice Juan.

Mateo se da cuenta entonces de que están dando a entender que él es ciego, así que lo intenta de nuevo, esta vez con un poco más de fuerza.

—Puedo ver que están afilando armas. Pero ¿por qué?

—Algunos estamos preocupados, Mateo —responde Natanael—. Las cosas se están poniendo serias. Más personas se han enterado. Tú estabas ahí cuando él sanó a la mujer que sangraba.

—Desde luego. Lo anoté todo. Pero no vi lo que sucedió en la casa.

—Dije que te daría los detalles después —dice Juan.

—No quiero que olvides…

—No lo olvidaré —afirma Juan.

—La multitud empujaba —relata Santiago el Grande—. Una mujer que cojeaba pudo agarrarlo.

—Solo el borde de su vestidura, Santiago —especifica Felipe.

—Salió poder de él sin su consentimiento —dice Santiago.

—Parecía que le habían dado un puñetazo —dice Tadeo.

—No dijo que le dolió —aclara Santiago el Joven.

—No, solo lo pareció —dice Natanael—. Si hubiéramos tenido cuchillos, podríamos haberla dañado.

—Habríamos tenido que hacerlo —dice Zeta, todavía de espaldas a ellos y afilando su propia arma.

—Bueno —dice Santiago el Grande, fulminando con la mirada a su hermano—, uno de nosotros sí tenía un cuchillo; solo que no lo usó.

—¡Estaba distraído! —dice Juan—. Tú sabes que no me manejo bien entre multitudes.

—¿Y qué si tenía un cuchillo? —dice Natanael—. No podemos apuñalar a las personas que se acercan a Jesús.

Juan mira con furia a Santiago el Grande y lanza al suelo su piedra de afilar.

—Qué ironía —dice Simón—. Como el hierro afila el hierro...

—No te atrevas a terminar esa frase —dice Juan, pero Mateo ya la ha terminado en su mente... *así una persona afila a otra.*

—Natanael tiene razón —reflexiona Felipe—. Si hubiéramos controlado a la multitud, esa pobre mujer no habría sido sanada.

—Yo evalué que él no estuviera en verdadero peligro —dice Zeta sin levantar la vista de su trabajo.

—Jesús solo quería saber quién lo tocó —dice Santiago el Joven.

—Elogió la fe de ella —añadió Felipe—. La llamó «hija».

—Felipe —dice Simón—, ¿es ese uno de los cuchillos de Edén?

—Sí.

—No creo que sea necesaria toda esta preocupación por proteger a Jesús —dice Tadeo.

—¿Y se lo pediste? —pregunta Simón.

—Sí —responde Felipe—. Mencionó que no se había afilado en mucho tiempo.

Simón lo fulmina con la mirada. Juan se ríe.

—Lo entiendo, Simón. Has estado ocupado con todo el tiempo que pasas con tu romano.

¿Su romano?, piensa Mateo.

—Gayo se pone sus sandalias una a una —dice Simón—, como tú y como yo.

—¿Gayo? —pregunta Mateo.

—Sí —responde Simón—. Estamos arreglando la cisterna. Tal vez estos ingratos preferirían caminar hasta el viejo pozo.

—Gayo no es un hombre malvado —dice Mateo, conociéndolo mejor que ninguno de ellos.

—Oh, estupendo —dice Juan—. Ahora tenemos dos devotos admiradores de un terrorista.

Mateo no puede dejar que eso continúe.

—Ha sido despiadado, sí, pero no es como otros romanos que he conocido.

—Relacionarnos con él podría dañar nuestra reputación con los peregrinos en el campamento de tiendas —interviene Santiago el Grande.

—¿Tenemos una reputación? —pregunta Santiago el Joven.

—La reputación nunca ha parecido ser una prioridad de Jesús —dice Felipe.

Mateo sigue frustrado, distraído, atascado en un enigma.

—Si todos están afilando armas, ¿yo también debería hacerlo?

—Pero, Mateo —dice Simón—, tú tienes el arma más afilada de todas.

Mateo se pregunta si le están tomando el pelo otra vez.

—¿Su ingenio? —pregunta Juan.

—Su mente —dice Simón—. Y tu pluma, Mateo. Siempre podrías clavársela a alguien en el ojo si te ves atrapado.

—No podría hacer eso —dice Mateo, sabiendo que no ha entendido nada.

—Te lo mostraré —dice Simón, agarrando una hoja desafilada.

Natanael se acerca a Zeta, que sigue trabajando en su daga.

—Si necesitas afilar algo —dice Zeta—, déjalo ahí.

—Háblame de la que tú estás afilando —dice Natanael, sabiendo que Jesús tiró el arma de zelote de Zeta al río.

—Esto es una daga —aclara Zeta.

—¿Por qué no afilas un cuchillo de cocina? ¿O un cuchillo común? ¿O un hacha?

—Una daga es un arma, Natanael.

—Tú podrías convertir mi capuchón de oración en un arma, Zeta. ¿Por qué escogiste una daga?

Zeta deja de trabajar y parece observar a los demás, que siguen conversando entre ellos. Da un suspiro.

—No estoy seguro de poder darte esa información.

¿No puedes confiar en mí? Natanael lo mira fijamente.

—Bien. ¿Y qué de Santiago el Joven?

Llama a Santiago y, mientras pasan, Natanael le susurra.

—A ver qué puedes averiguar. Zeta confía en ti.

A Santiago el Joven le gusta sentirse necesario. Sus propios retos físicos limitan sus aportaciones al grupo, pero si puede servir de ayuda mediante la diplomacia personal...

—¿Qué está sucediendo, Zeta? —pregunta.

—Miembros de la Orden me han rastreado hasta Capernaúm.

—¿Hombres peligrosos?

—Letales.

—Entonces díselo a Jesús.

Zeta hace una pausa.

—¿Me oíste? Esos hombres se entrenan toda una vida para hacer una cosa: matar. Jesús no puede involucrarse.

—Pero los problemas ya no los resuelves con una daga, Zeta.

—No pondré en peligro a Jesús.

—¿Por qué no dejar que *él* decida eso?

Pero, antes de que Zeta pueda responder, Santiago el Joven se voltea ante el sonido de la voz de Simón.

—Zebedeo está haciendo *¿qué?* —dice.

—Está comprando un olivar —dice Juan—. Judas y las mujeres están allí con él.

—¿Para qué quiere un olivar?

—Nuestro abba quiere dejar de pescar —dice Santiago el Grande—. Quiere prensar aceite de oliva.

—Espera —dice Simón—, entonces, ¿Zebedeo ha dejado de pescar?

Santiago el Grande le sonríe.

—¿Por qué te importa?

Capítulo 49

REPRENSIÓN

Cuartel general de la Autoridad romana, oficina del pretor Quintus

Gayo se siente formado para el servicio militar. Su crianza estricta lo sumergió en las realidades de la cadena de mando, el deber, la lealtad, servir sin cuestionar, el honor, y especialmente la obediencia a los superiores. Sin embargo, a medida que ha madurado y ha ascendido en los rangos, ha ganado confianza en sí mismo, en su propia inteligencia y razonamiento. Aunque sigue entendiendo que su vida misma depende de estar subordinado a su jefe, se permite a sí mismo cuestionar al hombre, al menos en silencio.

Está claro como el agua desde el primer momento de su audiencia con el pretor que Gayo ha sido llamado no para ningún elogio ni reconocimiento por, digamos, su parte en trabajar en la cisterna rota. No, está aquí como cabeza de turco para recibir la reprensión por cualquier cosa de la que Quintus quiera despotricar. El jefe ni siquiera reconoce la presencia del primi. Simplemente mira fijamente por la ventana y se termina una copa ofensivamente grande de vino de un solo trago, y después carraspea y se aclara la garganta.

Pero, cuando Quintus no dice nada, Gayo se siente obligado a comenzar la conversación, o por lo menos hacer saber al hombre que está aquí.

—¿Dominus? —dice.

—¿Tienes hermanos, Gayo? —añade Quintus repentinamente.

—Sí, señor. Uno.

—¿Eres germano y tienes solo uno?

¿Es que acaso los germanos somos conocidos por nuestra fertilidad? Gayo se muerde la lengua y se sienta.

—Sí.

—¿Mayor o menor?

—¿Qué?

—¡Tu hermano! Sabes que podría hacerte ahogar y descuartizar por no responderme la primera vez.

—Menor —dice Gayo, esperando que su frustración no sea evidente. Desde luego que sabe que Quintus podría eliminarlo en ese momento por cualquier falta de respeto real o percibida. No necesita que se lo recuerden cada vez que está en la presencia del hombre. Cómo le gustaría trabajar para alguien a quien admirara.

Quintus comienza a prender varias velas.

—¿Alguna vez tu hermano menor te delató por romper un plato, robar una pieza de fruta, o hacer algo con una muchacha?

—No lo recuerdo con frecuencia, pero sí.

—Aticus está reunido con Pilato en Jerusalén, y me está delatando como si fuera un hermano menor entrometido. Está allí ahora mismo, calumniando nuestra supervisión de Capernaúm.

¿Nuestra supervisión?, piensa Gayo. *¿Ahora es «nuestra»?*

—Necesito el respaldo de Pilato si quiero que me concedan otro ascenso.

—Su historial habla por sí solo, Dominus —dice, intentando expresarlo con el tono perfecto y objetivo con solo una indicación de adulación.

—¡Me fallaste estrepitosamente en el campamento de tiendas!

Oh, allá vamos, piensa Gayo. *Si este hombre alguna vez sacara las piernas de su oficina y mirara con lo que estamos lidiando ahí afuera, tal vez…* Pero, de nuevo, Gayo piensa en su familia y en su futuro.

—Lo haré mejor —dice, apretando los dientes.

—No has hecho cumplir las ordenanzas que sugerí, ¡y lo peor de todo es que esa gente no tiene dinero! ¡Cero! Nadie trabaja. Están esperando un espectáculo del predicador, con quien, podría añadir, creía que habíamos terminado. Y cuesta dinero encarcelarlos, así que...

—¿Cómo puedo arreglarlo?

—¡Podrías matar a Jesús de Nazaret! Hacer una exhibición muy pública para que así no tengan razón alguna para quedarse.

Gayo hace una mueca, esperando que Quintus no lo note. Pero Quintus sigue con los reproches.

—Pero entonces se rebelarán, y la cosa se pondrá sangrienta. Y odio los lamentos —se estremece—. Odio los lamentos de muerte. No sé cómo Pilato lo soporta. De todos modos, no somos salvajes. Deshagámonos del campamento de tiendas.

Muy bien, piensa Gayo, esto es demasiado. *¿Deshacernos?*

—Y, ¿cómo puedo hacer eso?

Quintus se acerca a una de las velas.

—¡Gayo! ¡Usa tu imaginación! Si ves un hogar dañado —se chupa los dedos y extingue la llama—, diles que no cumple con las normas y derríbala. Si ves a alguien enfermo —extingue otra llama—, arréstalo por propagar la peste. Si alguien vende mercancías —extingue otra llama—, dile que no tiene permiso y ciérralo. ¡Apaga los fuegos, Gayo! Hasta que esté demasiado frío, demasiado oscuro, y demasiado miserable para quedarse.

Gayo ni responde ni asiente. Entre las imprecisas sombras, muestra una expresión similar de menosprecio a Quintus.

—¿Primi? —dice Quintus.

Gayo se protege rápidamente.

—Sé lo que debo hacer, Dominus.

Capítulo 50

COMPLICACIONES

Hogar de Andrés, en la noche

Aunque algunas veces extraña el vínculo con su hermano Simón (la camaradería que han compartido desde la niñez), Andrés disfruta de tener su propia casa y llegar a conocer a algunos de los otros discípulos. Simón ha gravitado hacia un papel de liderazgo con el grupo de Jesús, aunque eso no sorprende a Andrés, y supone que pasa más tiempo con él.

Ciertamente, no le importaría tener un poco de tiempo a solas. En cierto modo, ha sido divertido tener a Felipe durmiendo al otro lado del cuarto y a Judas a poca distancia; pero la casa de Andrés no es realmente adecuada para más de un solo habitante. Si se casa, o cuando lo haga, tendrá que mudarse.

Esos son los pensamientos de Andrés mientras la respiración rítmica de Felipe le hace quedarse dormido. No está seguro de cuánto tiempo ha dormido cuando le despierta el ruido de alguien que cae al piso entre las camas.

—¿Quién es? ¿Quién está ahí?

—¿Qué? —pregunta Felipe.

—¡Andrés! ¡Felipe! —dice el hombre—. ¡Soy yo! ¡Leandro!

—¿Quién? —pregunta Andrés.

El hombre se mueve y se sitúa bajo un rayo de luz de luna, revelando a un griego tal vez de unos treinta años. Levanta las manos como para mostrar que no es ningún peligro, pero sostiene un cuchillo.

—¡Soy yo! ¡Leandro de Navéh!

—¡Eh! —grita Felipe— ¡Tranquilízate!

—Suelta tu cuchillo —dice Judas desde la puerta, con su propio cuchillo en la mano.

El joven deja caer el cuchillo como si le quemara.

—Ah, olvidé que tenía esto. Ahí está. Lo siento.

—¿Qué está sucediendo? —dice Felipe.

—¿Quién eres tú? —pregunta Andrés.

—Me recuerdan, ¿verdad? Yo los acompañé fuera de la ciudad cuando el Consejo dijo que tenían que irse.

—¿Leandro? —dice Felipe.

—¡Sí!

—¿Por qué no tocaste a la puerta? —pregunta Andrés—. Podrías haber logrado que te mataran…

—¡Lo hice! Pero no quería gritar.

—¿Por qué? —pregunta Judas.

—Nadie puede saber que estoy aquí.

—¿Qué ha ocurrido? —dice Felipe.

—La Decápolis está en pie de guerra por causa de ustedes.

—¿De qué estás hablando? —pregunta Andrés—. Ni siquiera fuimos a ninguna ciudad en la Decápolis.

—Gente de allí los escuchó en Navéh, como yo, y no todos lo tomaron tan bien como yo.

—Tomar ¿qué?

—¡Su predicación! Las consecuencias de su misión fueron desastrosas.

—¿Consecuencias?

—La Decápolis es principalmente helenista, pero en realidad es un crisol de razas. Judíos, romanos, seleúcidas, árabes…

—Suena complicado —dice Judas.

—Lo es. Apenas se mantiene unida. Su predicación incendió la ciudad; bueno, no literalmente, pero ya saben a qué me refiero.

—No lo entiendo —dice Felipe—. Estuvimos allí para predicar solamente a los judíos.

—No importa a quién le hablaron —dice Leandro—. Los griegos los oyeron, algunos judíos siguieron contando lo que ustedes dijeron, y de repente, algunos griegos dejaron de adorar a los dioses olímpicos o incluso dejaron de leer los auspicios.

—¿Esa superstición de obtener señales de las aves? —dice Felipe.

—Exacto, y eso es un gran problema. Menospreciar la tradición enoja a la gente, de modo que se volvieron contra los judíos, y ahora los judíos han cerrado filas y están expulsando de sus comunidades a helenistas y simpatizantes.

—¡Oh, no! —exclama Judas—. Ustedes dos realmente trastornaron el lugar.

—Dijeron que su enseñanza era parcial —dice Leandro—, incompleta…

—No por elección propia —dice Felipe—. Nos echaron.

—Pero lo que *sí* dijeron se ha extendido a las ciudades en la Decápolis, y ahora toda la tensión que tenemos en Navéh explotó por todas partes. En toda la zona.

—Odres nuevos —dice Felipe— que rompen los viejos, como dijo Jesús.

—La gente quiere saber más —dice Leandro—. Tienen hambre de las palabras de su rabino.

—Esa era una misión aislada —dice Andrés—. Fuimos enviados de dos en dos por un tiempo concreto para fortalecer y unir a nuestro pueblo.

—Su misión no puede haber terminado —dice Leandro—. Allá afuera están hermano contra hermano. ¿Es eso lo que querían para nosotros?

—Claro que no —dice Andrés.

—Entonces regresen y terminen lo que empezaron.

Andrés mira a Felipe, después a Judas, y finalmente a Leandro.

—La próxima vez llama más fuerte.

Capítulo 51

LA CONFRONTACIÓN

Hogar anterior de Mateo

María de Magdala está sentada en la mesa de la cocina, escribiendo. Intenta mantener su mente en la carta que escribe a Rema, preguntándose cómo le va a la joven. La prometida de Tomás se ha ido para intentar reunirse con Tomás en la casa de su padre Kafni con la esperanza de ayudar a tranquilizar la mente de ese hombre. Tomás y ella han acordado que se requerirá un frente unido para poder persuadirlo para que le entregue su mano en matrimonio al hombre del que no está seguro.

Cuando Tamar entra con un alegre «¡María!», la Magdalena intenta ser cordial. Tamar está sonriendo, y lleva un plato de aceitunas en una mano y otro plato de uvas en la otra. Sin embargo, la relación entre María y Tamar ha sido un poco tensa últimamente, y María no está segura de qué hacer al respecto. Cree que no debe fingir el afecto que antes sentía por la hermosa egipcia. Sus culturas son muy diferentes, y Tamar ha demostrado que ser tan extrovertida y obstinada no hace sentir cómoda a María.

María le devuelve el saludo sin apenas levantar la vista, y diciendo «hola».

No puede haber ninguna duda de que Tamar siente su frialdad. Parece ocuparse dejando los platos a un lado y comiéndose una aceituna. Hace una mueca de asco.

—¡Uf! Nos han estafado —escupe la aceituna y la lanza por la puerta.

María sigue escribiendo.

—¿Mmm? —murmura.

—Las aceitunas. Son asquerosas.

—Ya sabíamos eso. Estamos trabajando en ello.

Tamar se mete una uva en la boca.

—No tiene sentido. Si el suelo es malo, ¿por qué son tan buenas las uvas?

María se pregunta por qué están hablando de eso.

—Compramos un olivar, no un viñedo —siente que Tamar le sigue mirando fijamente. María sigue escribiendo e intentando ignorar a Tamar, pero parece que ella no se irá.

—Necesitamos hablar con viticultores —anuncia Tamar—. Los mejores están en la alta Galilea.

Claramente, María no se quedará a solas. Levanta la vista de su trabajo.

—¿Por qué?

—Porque saben lo que hacen. Conocen el suelo.

¿Es que esta mujer no capta las indicaciones?

—Le preguntaré a Rema cuando regrese —dice María—. Ella debe haber curado uvas de esta región para sus vinos.

Tamar parece enojarse.

—¿Qué estás haciendo que es tan importante?

—Estoy escribiendo a Rema. *Si es que tienes que saberlo.*

—Creía que hacías la contabilidad.

—Judas lleva los libros.

Tamar se come otra uva y se sienta al otro lado de la mesa. María puede sentir que le enfoca con su mirada. Sigue escribiendo hasta que Tamar vuelve a hablar.

—¿Pasa algo entre nosotras? —pregunta.

María se pregunta: ¿*De verdad vamos a hacer esto?* Da un suspiro y mira a Tamar. Titubea. *Muy bien, ahí va.*

—Creo que fuiste grosera con Zebedeo.

—¿En la cata de aceite?

—Sí.

—No era mi intención —hace una pausa—. Pero creía que nos pedía nuestra opinión.

—Bueno, y la diste. Creo que nunca oí a una mujer hablar así a una persona más mayor.

Tamar parece seria.

—¿Qué más?

—¿A qué te refieres?

Tamar le muestra una mirada que significa: «¿De veras?». María se siente acorralada. Hay más, pero realmente no quiere meterse en eso.

—Tamar, por favor...

—Está bien —dice Tamar—. No necesito saber qué sucede conmigo, pero tengo derecho a preocuparme cuando se trata de nuestro trabajo. Este negocio es nuestra contribución al ministerio.

—Tenemos más que aportar que solamente el apoyo financiero.

—Tienes razón —afirma Tamar—. Tú siempre sabes qué decir. Incluso corriges a los muchachos cuando se pelean.

—¿Por qué metes en esto a los muchachos?

—¿Es porque no sé leer ni escribir?

—¡No!

—Entonces ¿qué?

María no puede creer que esté siendo presionada de ese modo.

—Yo... ¿qué es lo que... realmente quieres saber?

Recupera la compostura. Tamar tiene razón. Hay más. María deja su pluma en el tintero y da un suspiro. Mientras los ojos de Tamar se fijan en ella, María habla con claridad.

—Tú te abriste camino forzadamente hasta el frente de la multitud, rompiste la azotea de una casa y proclamaste para que todos lo oigan: «sé que puedes hacer esto». Y las primeras palabras que salieron de la boca de Jesús hacia ti fueron: «tu fe es hermosa». ¡Tamar! ¿Sabes dónde me encontró Jesús? En un bar. Borracha. Poseída —esas palabras han salido de su boca como en un torrente, aunque no era algo que ella planeaba decir. Se reclina en la silla—. Oro cada día para que nunca vuelva a estar en ningún lugar sin él. Pero ¿tú? A ti solo... te gusta estar aquí. Debe ser agradable.

Tamar parece perpleja.

—¿Te molesta cómo nos conoció Jesús? —susurra Tamar.

—Claro que no. No. Es que... y siento decir esto... creo que deberíamos ser más humildes. Hago todo lo que puedo, día tras día. Y temo que sigo estando mal. Me preocupa no ser nunca suficiente.

Tamar parece sentir dolor y se inclina hacia adelante, con expresión de ruego.

—¡María! ¡Tú eres increíble! ¿Es que no lo ves?

—No creo que debamos verlo. No puedo imaginarme haciendo lo que tú haces. Batallo para entender tu seguridad. ¿Dónde está tu curiosidad? Ni siquiera conoces el dolor de nuestro pueblo, o nuestras costumbres. Simplemente apareces y lo haces todo en voz alta, con audacia, y bien. ¡Lo haces todo bien!

—Bueno —dice Tamar, claramente sorprendida—. Lo siento.

—Por favor, no te disculpes.

—No, me refiero a que lo siento por la vergüenza y el remordimiento que sientes. En verdad debe ser muy doloroso, pero Jesús te perdonó. Sin embargo, tú escoges aferrarte a eso.

Lo último que quiere María es que Tamar, de entre todas las personas, tenga la razón acerca de esto. Pero la tiene, y María no puede negarlo. Y Tamar continúa.

—Simplemente porque no soy judía no significa que no conozca el dolor —dice con tristeza en su voz—. No sabes lo que me costó llegar hasta aquí —pone sus manos detrás de su cuello y se desabrocha el collar tan ornamentado, de cuentas de ámbar.

Tamar sostiene delante de ella esa enorme pieza, dejando que María lo vea completamente.

—¿Qué ves?

—No entiendo...

—Aquí, entre las cuentas. ¿Qué ves?

—Una mancha. ¿Es... está seca...?

—Sangre —dice Tamar—. Vengo de un país asolado por la guerra. Mi hermano y yo hicimos un viaje para desenterrar minerales para el negocio familiar y, cuando regresamos, toda nuestra aldea había sido arrasada por un clan rival. Incluyendo a mi padre y mi madre.

María está sobrepasada.

—Oh, no.

—Este collar, que ha pasado de una generación a otra, y que no quise vender a cambio de avena, aún tiene la sangre de mi madre.

Tamar, ahora llorando, comienza a abrocharse el collar otra vez alrededor del cuello, pero batalla con el broche. María se limpia sus propias lágrimas y se apresura hacia ella.

—¿Puedo ayudarte? —se acerca amablemente para ayudar—. Por favor.

María conecta el broche del collar mientras Tamar llora. Todavía a sus espaldas, acariciando el cabello de Tamar, le habla suavemente.

—Yo también perdí a mi padre de repente, y lo que él me dejó para recordarlo, lo rompí y lo tiré.

Tamar menea su cabeza.

—Debería habértelo dicho antes.

A María le cuesta encontrar las palabras.

—Juzgué tu fortaleza por mi debilidad. Me compadecí de mí misma —mira por encima del hombro de Tamar—. ¿Me perdonas?

Tamar sonríe entre lágrimas y asiente con la cabeza.

—Haría bien en tener parte de lo que tú tienes —se coloca al lado de Tamar, y se sientan las dos en silencio por un momento—.

Me da vueltas la cabeza —dice al fin—. No encuentro las palabras correctas.

Tamar finalmente muestra una mirada cómplice.

—Por fin.

Eso hace que las dos rían.

—Agradezco lo duro que has trabajado en el olivar —dice María—. Tamar asiente con la cabeza, y María está agradecida porque el aire parece que se ha aclarado entre ellas—. Y tienes razón —añade—. No necesitamos preguntar a Rema quiénes son los mejores viticultores en esta región.

—¿Y el suelo?

María sonríe.

—Conoces mi pasado. ¿Crees que no conozco el mejor viñedo de la ciudad?

Tamar se ríe.

—Está en las afueras de la ciudad —dice María—. Un agradable paseo.

Tamar asiente con la cabeza.

—Nos vendría bien un poco de aire fresco —extiende su mano para agarrar la de María—. ¿Te parece bien ir?

—Hagámoslo.

Se levantan para irse, y entonces Tamar habla.

—María, yo también haría bien en tener parte de lo que tú tienes. Tal vez no la vergüenza, sino la gratitud.

Capítulo 52

EL ENCUENTRO

Un campo fuera de Jerusalén

Aticus reduce la velocidad de su caballo hasta el trote, y después se detiene en medio de un campo. Observa y escucha, pues la precaución es fundamental en su trabajo. No hay ninguna amenaza discernible, pero en la distancia puede ver una tienda sostenida por cuatro postes engalanados y rodeada por media docena de guardias. Levanta las cejas. Muy propio del gobernador establecer una fortaleza improvisada tan lujosa para una reunión cara a cara. Aticus espolea a su caballo.

Poncio Pilato está sentado leyendo en una silla plegable un poco reclinada delante de la tienda. Los caballos de sus guardias beben cerca. Se ríe por lo que está leyendo, sabiendo que su cita llegará pronto. El hombre nunca llega tarde. Dos de los guardias se colocan en posición defensiva, con las manos en las empuñaduras de sus espadas. Un tercero avanza.

—Un hombre a caballo, Gobernador.

Deja el pergamino, ignora al guardia, se pone de pie, y muestra a Aticus una sonrisa de satisfacción a medida que se aproxima.

—¿Lo hice? —exclama Poncio.

—¿Qué? —dice Aticus— ¿Anunciar tu posición a cualquier oportunista que pase por aquí?

Poncio levanta sus dos brazos mostrando victoria.

—¡Sí! Me preguntaba cómo podría molestar a un hombre viejo. Lo único necesario fueron seis hombres y esta estúpida tienda.

Un guardia se ocupa del caballo de Aticus cuando desmonta. Se ríe a pesar de sí mismo. No quiere que le caiga bien Poncio el Pomposo, pero así es, y cuánto le sorprende cada vez.

—Has vuelto a hacerlo. Bien hecho.

—Sabes que es muy fácil divertirme —dice el gobernador.

—No, definitivamente no es fácil. Me sorprende que no haya vino o mujeres.

—No bebo vino por el efecto, y estoy casado. Así que, bueno, admito que estaba leyendo *Miles Gloriosus* de Platón. ¿Lo conoces? Es divertidísimo.

—Sobre el soldado vanidoso, presumido y arrogante —dice Aticus.

—¡Sí!

—¿Qué estás diciendo? —pregunta Aticus, fingiendo una mirada seria. Poncio examina su cara, pero Aticus se mantiene impasible—. ¡Te agarré! —dice Aticus mostrando una gran sonrisa.

—¡No lo hiciste!

—Lo hice.

—Sí, ¡me agarraste! ¿Por qué eres encantador, Aticus? ¿No has estado encubierto durante un año? ¡Hace un año que no te veo!

—He tenido un contratiempo en los últimos meses.

—¿Alguna prostituta en Decápolis?

—Mucho menos encantador, me temo. El pretor de la alta Galilea, aunque resbala de vez en cuando y reclama todo Israel.

—¡Lo mataré! —dice Pilato con una sonrisa—. Espera, Galilea va bien.

—Sí, no lo mates.

—Déjame pensar... Su nombre es Quintus. Los ingresos son fuertes. Fue reprendido por el uso de la fuerza tras sofocar un levantamiento el año pasado.

—Es él —dice Aticus—, y se sentiría muy honrado por tus palabras. Es la clase de hombre que quiere ser recordado.

—Entonces somos muy diferentes. Mi problema con su reprimenda es que yo he sido reprendido por *mi* uso de la fuerza. Si se corre la voz de que él tiene mano dura y está bajo mis órdenes, tendré que ser incluso menos contundente. ¿Cómo fue la conversación?

—Lo atormenté... por ti, Gobernador.

—¿Solo por mí? —Poncio ríe—. No lo creo, pero gracias. Lo que en realidad quiero saber es qué te llevó a Capernaúm. Desde el principio. Por favor, tengo toda la tarde para esto.

—¿De verdad?

—No, unos diez minutos más.

—Seré rápido.

Capítulo 53

LA SOLUCIÓN

Hogar anterior de Mateo

María está muy contenta pero también sorprendida por cómo está más unida a Tamar desde que arreglaron las cosas entre ellas. Ha estado encantada con la egipcia desde que se conocieron, y ella, Rema y Tamar se han llevado estupendamente bien por un tiempo. Vivir juntas había producido algunas pequeñas molestias en su relación, supuso que de forma natural. Sin embargo, poco después se había producido un resentimiento verdadero por cosas de las que ninguna de las tres parecía ser totalmente consciente.

Como Rema se fue para ayudar a Tomás a establecer finalmente las cosas con su padre para así poder prometerse, eso dejó solas a María y Tamar. Hasta que por fin pusieron todo sobre la mesa, María casi había perdido la esperanza con su amistad.

Pero ahora, ahora las cosas son diferentes. Fue toda una lección, está segura, de cómo la verdad sana. Cómo la verdad puede hacernos libres, como ha oído decir a Jesús. Ciertamente, María siente ahora por Tamar un afecto que sobrepasa incluso el que habían disfrutado en el pasado, y siente lo mismo por parte de Tamar.

Ahora trabajan juntas en armonía, y eso causa alegría a María.

Están trabajando en poner ceniza de madera en un cubo y añadir líquido. También se están lamentando por lo que eso está haciendo a sus ropas, y que deberían haberse puesto delantales. Cuando entra Zebedeo, es Tamar quien habla.

—¡Te hemos estado esperando! —dice alegremente—. Hay mucho que hacer.

—¿Qué hacer? —dice él.

—Resolvimos el problema de las aceitunas —dice María, añadiendo vinagre a la mezcla.

—Creía que era solo la forma en que se hizo el aceite lo que les molestaba —dice Zebedeo—. ¿Había un problema con las aceitunas, además de ser demasiado oscuras?

—Era terrible —dice Tamar—. Sabían a una mezcla de leche agria y heno mojado.

María ríe.

—Sabíamos que tenía que ser algo relacionado con el terreno.

—Entonces —dice Tamar—, María me presentó a algunos vendedores de uva en la región a los que conocía de cuando estaba en El Martillo.

Eso parece pausar a Zebedeo.

—¿Son buenos hombres, María?

—Realmente no —dice ella—, pero conocen el terreno.

—Y nos mostraron maneras de mejorar la calidad del terreno en la arboleda que compramos —dice Tamar—. Primero añadimos ceniza de madera a la capa superior cerca de las raíces.

—Por eso —dice María—, necesitamos que vayas a las casas de cada uno de los discípulos y les pidas que traigan aquí sus cenizas. Y después envíalos por el pueblo ofreciéndose a limpiar las cocinas de leña de la gente.

—¿*Todos* los discípulos? No estoy seguro de tener esa autoridad. ¿Y si Jesús los necesita?

—Nadie lo ha visto desde la sanidad —dice María—. Solo intentamos ser productivos con el tiempo que tenemos mientras esperamos.

—Pero —aclara Tamar— él sí dio su bendición a nuestra compra del olivar para que pudiéramos mantenerlo con nuestros propios medios.

Zebedeo señala al brebaje que han mezclado en el cubo.

—¿Qué es eso?

—Agua, vinagre y agujas de pino —responde Tamar—. La gente del viñedo dijo que haría cantar a los árboles.

—Dijeron que es como magia —dice María—, pero no pecaminosa.

—Ese es un detalle importante —enfatiza Zebedeo.

—Ah, y una cosa más —dice Tamar—. Azufre. Dijeron que hay que añadirlo a la ceniza de madera.

—Así que necesitamos que vayas al mercado —dice María—, y compres tanto como tengan disponible. Y, si es mucho, tal vez uno de los muchachos puede ayudarte a traerlo. Probablemente Santiago el Grande.

—No estoy seguro de tener el dinero para comprar todo el azufre que los vendedores tengan disponible.

—Juana envió más dinero —menciona Tamar—. Judas lo puso en la caja fuerte de arriba.

—Te lo traeré, Zebedeo —dice María, agarrando la llave y dirigiéndose a la escalera.

A Tamar siempre le ha divertido Zebedeo. Sigue trabajando mientras él espera.

—Si Santiago y Juan hubieran sido tan entusiastas y trabajadores como ustedes dos —bromea él—, yo estaría jubilado y viviendo en una mansión.

Tamar asiente con la cabeza, pero decide fingir que no lo entiende.

—Ya sabes —dice él—, porque sería rico, al pescar tantos pescados, ¿mm? —se ríe—. Es una broma, Tamar.

Ella asiente otra vez. Él parece perplejo ante su respuesta. Un hombre tan agradable y precioso.

Mientras tanto, María abre la caja fuerte en el piso de arriba. Encuentra montones de monedas y mete uno de ellos en una bolsita; sin embargo, también descubre una pequeña caja que contiene lo que parece ser un viejo tzitzit: flecos de oración judíos. Es extraño. ¿Por qué los guardaría Mateo en una caja fuerte, y fue alguna vez lo bastante devoto para llevarlos puestos?

• • •

Los guardias comienzan a desmantelar la tienda de Poncio mientras el gobernador y Aticus concluyen sus asuntos. Es obvio que Pilato está inmerso en sus pensamientos, pero Aticus tiene ganas de hablar de un tema nuevo.

—El campamento en las afueras de la muralla de Capernaúm crece día tras día.

—¿Con la gente esperando ver al predicador pacífico?

—Pacífico y magnético. Creo que Quintus está fuera de sí.

Poncio se quita su elaborado protector de la cabeza y se sitúa cara al sol, con los ojos cerrados. Da un profundo suspiro.

—Dicen que esto es un páramo, ¿sabes? Una mala misión. Un castigo incluso.

—Supongo que entonces estamos en la misma celda —dice Aticus.

—Ah, estoy contento. Prefiero no gobernar una nación en guerra en tiempos importantes. Me gusta el mar y me gusta la gente. Son poéticos y complicados. Excepto Caifás. Horrible, es un hombre horrible.

—Por un momento tú también sonabas casi como un hombre santo.

—Ojalá. No puedo ver ni diez cubos delante de mi cara la mayoría de los días. Solamente quiero paz. Quiero que el pueblo obtenga lo que quiere. Que Roma sea saciada.

—A veces —dice Aticus— la paz requiere una guerra.

—Ah, los militares. Bien. Te doy las gracias por la información, Aticus. Y confío en ti. Si el predicador pacífico o su movimiento se convierten alguna vez en algo de lo que debería saber, necesitaré tu consejo. Y te escucharé. A diferencia de Quintus, comprendo tu preocupación. Hasta entonces, averigua todo lo que puedas.

Campamento de tiendas

Zeta se ha disfrazado, con su cara sucia bajo una túnica con capucha mientras está sentado cerca de una fogata, fingiendo arreglar un cubo de agua. En verdad, está enfocado en el zelote de su anterior orden, al que había visto entre la multitud cuando Jesús sanó a la mujer que tenía hemorragias.

En medio de la charla, el humo, y peregrinos que participan en todo tipo de tareas, Zeta entrecierra los ojos mirando una fila de tiendas donde el hombre se mezcla entre la multitud. Tres hombres pasan y le bloquean la vista por un segundo, y entonces el zelote ya no está. Eso no es bueno. Zeta intenta volver a enfocar su objetivo de forma secreta.

De repente, saliendo de una de las tiendas, el hombre fija su mirada en Zeta, sonriendo con satisfacción. El hombre se aparta su túnica para revelar una daga de sicario. Parte de Zeta da la bienvenida a la situación, un combate que no puede ignorar, pero lo piensa mejor. Se voltea y se encuentra con otro zelote que le bloquea el paso.

Capítulo 54

INTERRUPCIÓN

Hogar de Simón

Edén no sabe cuánto tiempo más podrá pasar sin hablar con Simón. Parte de ella es tentada a dejar su determinación de hacer que él vea cuál es su ofensa. Después de todo, no hay modo alguno de que él pudiera saber lo que ella ha sufrido. No parece justo acusarlo de insensibilidad por algo sobre lo cual él no sabe nada.

Sin embargo, ¡ella ha emitido muchas señales de que algo le molesta! ¿Por qué no puede ver él que es más que simplemente una frustración sin importancia? Él ha hecho varios intentos de preguntarle qué sucede, pero parece estar tan preocupado por todo lo demás que no tiene ni idea. Edén se está volviendo loca al intentar justificar su frialdad a la vez que también ve las cosas desde la perspectiva de él. Aun así, el peso se está venciendo sobre el lado de que ella se desahogue y le diga todo.

Nada disminuirá nunca su orgullo porque Simón reconoció al Mesías y lo sigue con todo el corazón. Ella sabe incluso que él se obsesionaría con su llamado, del modo en que siempre lo ha hecho con cualquier cosa en la que fija su mente, incluyendo algunas de sus argucias cortas de vista. Sin embargo, eso es lo que le hace ser un líder por naturaleza. Claro que también es lo que le hace estar ciego y sordomudo a veces, la mayoría de ellas de modo irritante cuando se trata de ella. ¿No es el contraste entre cómo ella lo trata ahora lo bastante distinto a su enfoque normalmente coqueto y romántico? ¿Por qué, por qué él no puede ver cuán profundamente herida se siente? ¿Y por qué ella no puede simplemente decírselo?

Para la segunda comida del día, ha preparado una sencilla sopa con pan. Por alguna razón, se ha superado a sí misma con los preparativos, y ni siquiera sabe por qué. ¿Será esta la vez en que abrirá su corazón? ¿Podría ser la noche en que saque a la luz el tema? ¿O simplemente necesitaba la diversión de trabajar duro en una tarea común para intentar mantener la cordura? Y toda esa tensión llega en medio de una tristeza tan profunda, que ella no pudo haberla imaginado antes de que le abrumara.

Lo que necesita más que cualquier otra cosa ahora mismo es lo mejor de Simón, el paradigma de lo que le atrajo a él en un principio. Ella sabe que llegarán a ese punto de nuevo en algún momento, pero será mejor que lo logren pronto.

Él lo está intentando. Lo intenta de verdad. Es fácil verlo. La sutileza no es el don de Simón. Están sentados comiendo, y ella evita su mirada. Piensa que es chistoso lo que sigue llegando a ella en medio de su desesperación y frustración con él. Como ahora mismo, cuán atractiva es su mirada. Él siempre ha tenido esa chispa, ese brillo, y esa masculinidad a pesar de su estatura modesta. Desde hace mucho tiempo, ella ha estado orgullosa de que la vean agarrada de su brazo, que la conozcan como su esposa. Ciertamente, él es de ella. Sin embargo, cuando se abra la puerta y se vea su crisis, le hará sufrir antes de volver a recibirlo. El sonido de sus cucharas, e incluso cuando parten pan, asalta sus oídos en lo que antes era silencio. Simón parece tragar lentamente una gran cucharada, haciendo una pausa, ladeando su cabeza y sonriendo.

—¡Esta sopa está muy buena!

Ah, por el amor de...

—Gracias —dice ella.

—¿Qué le pusiste?

—Zanahorias. Caldo vegetal. Aceite de oliva. Ya la has comido otras veces.

—No, pero hoy... hoy está deliciosa. Esta sopa es digna de reyes. ¡Y el pan! ¿Qué le pusiste arriba?

—Ya sabes lo que es.

—Veo que hay semillas de tomillo y sésamo, pero ¿qué es esta especia roja?

—Zumaue. Salomé me la regaló.

—Es casi ácida, como el limón. Qué dulzura.

Edén encoge los hombros. Preferiría que discutieran y levantaran sus voces en lugar de conversar como invitados cordiales en una fiesta.

—Pero no más dulce que tú —dice Simón.

Lamentable, piensa ella. *Él lo está intentando, pero...* Ella deja su cuchara en el plato y lo mira. *¿Es esta la noche? ¿Se lo digo ahora?*

Oyen una llamada urgente a la puerta.

—Simón, ¿estás en casa?

Es la voz de Juan. Simón hace un guiño a Edén.

—¿Y si no respondo?

—Bueno, las lámparas en las ventanas están prendidas.

—¡Simón! —ahora es Santiago el Grande—. ¡Es urgente!

Simón da un suspiro y lanza sobre la mesa su servilleta.

—¡Ya voy! ¡Dejen de tocar a la puerta! —abre la puerta entonces—. Me encantaría si pueden decirme lo que sea rápidamente.

—Dos hombres de Judea demandan ver a Jesús —dice Juan.

—Bienvenido a Capernaúm —dice Simón—. Todos demandan ver a Jesús. Diles que no sabemos dónde está, porque es la verdad —entonces comienza a cerrar la puerta—. Buenas noches.

Santiago el Grande mantiene abierta la puerta.

—Afirman ser discípulos de Juan el Bautista y que traen un mensaje importante: *de* Juan.

Simón está desconcertado.

—¿Por qué no lo envió con Andrés cuando esa mujer de la corte de Herodes... mmm...

—Juana —dice Juan.

—Eso, cuando lo llevó a la cárcel.

—Eso fue hace más de un mes —añade Juan—. Dicen que no puede esperar.

—Pero podrían ser espías —dice Santiago el Grande— de cualquiera de las Cuatro Filosofías, o incluso de Roma.

—Entonces, envíen a Felipe o Andrés a verificar sus identidades —dice Simón—. Ellos sabrán si son camaradas o no.

—¿En qué universo vives, Simón? —dice Juan—. Andrés y Felipe se han ido.

—¿No lo sabías? —pregunta Santiago.

—No soy el guarda de mi hermano.

—Excepto cuando quieres serlo —dice Juan—. Y entonces es el Código de Hammurabi.

—Sí, como si fuera tan rígido como las antiguas leyes babilónicas. Saca la viga de tu propio ojo, Juan. No creas que no he notado lo que sucede entre ustedes últimamente.

—Bueno, ahora estamos aquí —dice Juan—, trabajando juntos para encontrar una solución.

—Entonces, ¿dónde fueron Felipe y Andrés?

—Regresaron a la Decápolis por algún motivo —dice Santiago el Grande—. Judas sabe más detalles, pero ahora mismo necesitamos que vengas y compruebes si esos hombres pueden demostrar que realmente conocen a Andrés.

—Estoy en mitad de la cena con mi esposa. Diles que esperen hasta la mañana.

—Pero ¿y si el mensaje es una amenaza? —dice Santiago el Grande—. De Herodes.

—No puede esperar hasta mañana —añade Juan.

—Ah, pero Juan... puede esperar, y así será.

Cierra la puerta, y entonces se dirige a Edén.

—¿Lo ves, cariño? También puedo decir no al trabajo.

Pero ella ya no está en la mesa, y la puerta del cuarto está cerrada. Para él será otra noche en la azotea.

A la mañana siguiente, Santiago el Grande y Juan conducen a Simón por Capernaúm. Desde un callejón lateral aparecen dos hombres y se presentan como Avner y Nadab.

—¡Simón bar Jonás! —dice Avner—. Estos hermanos hicieron bien en cuestionar nuestra identidad.

—Están llegando de Jerusalén edictos estrictos sobre la falsa profecía —añade Nadab—. Tu sospecha está justificada.

Y mi sospecha permanece, piensa Simón.

—Verdadero o falso, Andrés es un buen bailarín.

Los hombres ríen.

—¡Falso! —dice Nadab.

—Es el peor de todos —añade Avner.

Tal vez cualquiera podría saber eso, piensa Simón.

—Verdadero o falso, cuando Andrés se alivia, siente náuseas por el olor.

—No lo sabemos —dice Nadab—. Siempre se adentra mucho en el desierto porque es tímido con respecto a ese tipo de...

—Mmm —murmura Simón.

—¡Bien! —dice Santiago el Grande—. Pregunta trampa.

Simón sigue inmerso en la conversación.

—Juan el Bautista está en una cárcel de máxima seguridad que no permite visitas. ¿Cómo es que ustedes tienen un mensaje de él?

—Una mujer de la corte de Herodes —dice Avner—, Juana...

—Está bien, les creo. ¿Cuál es el mensaje?

Avner y Nadab intercambian miradas, y Simón se pregunta por qué parecen tan incómodos.

Capítulo 55

SIN ARMAS

Campamento de tiendas

Gayo sabe que parece estar paseando de modo informal, pero cualquier peregrino con cerebro debería saber que en realidad está patrullando y en alerta. ¿Quiénes son estas personas extrañas, y qué esperan de un predicador vagabundo? Sin ninguna duda, la vida era más fácil y más sencilla cuando Gayo meramente aborrecía a los judíos cuando quería. Ni siquiera se había detenido a considerar por qué sabía sin duda alguna que esta raza estaba formada por perros, dignos de su aversión y repulsa.

El primi nunca ha admitido ante nadie, más allá de una implicación velada ante los padres de Mateo, que de algún modo llegó a ser al menos empático con el patético recaudador de impuestos al que todos los demás aborrecían tanto. Gayo mismo llegó a pensar en su propia debilidad por el hombre como cierto tipo de excepción única, una relajación temporal de su guardia emocional. Tal vez simplemente decidió que Mateo tenía ya bastantes enemigos entre su propio pueblo y no necesitaba que también un guardia romano lo despreciara. Cierto es que a Gayo le parecieron ciertos rasgos de carácter en el hombre, bueno, adorables. *Eso* nunca debe admitirlo ante ningún alma viviente.

Pero ahora, su percepción de los judíos se ha visto más comprometida por su exposición al extraño expescador. Había conocido a Simón, incluso más que a su hermano Andrés, como un hombre emprendedor, que borraba peligrosamente las líneas entre obedecer y desobedecer las leyes. No hay duda de que es brillante. Sin embargo, Gayo se había sentido justificado al sentir revulsión, en especial cuando Simón se retiró repentinamente de su vida en Galilea para seguir al nazareno.

Pero trabajar hombro a hombro con él en la cisterna, con renuencia al principio, reveló una parte del hombre que él nunca esperaba ver. Sigue pensando que los judíos son extraños y que siguen listas de normas aparentemente interminables y severamente rígidas, algunas de las cuales son verdaderos quebraderos de cabeza, pero Simón de algún modo demuestra no ser un tipo tan raro como Gayo esperaba. Su ética de trabajo no puede cuestionarse, ni tampoco su intelecto.

Y entonces seguir a aquella multitud, ver lo que pareció ser la sanidad de una mujer muy enferma, y ser testigo del temor por parte del clero judío por lo que se rumoreaba que sucedió con la niña en la casa del administrador de la sinagoga, bueno...

Por alguna razón misteriosa, todas esas cosas obran en conjunto para dar a Gayo una perspectiva totalmente distinta de los peregrinos que están en este campamento improvisado. Sí, no hay duda de que era más fácil y más sencillo cuando él podía simplemente denigrarlos; sin embargo, algo está sucediendo. Tienen suficientes enemigos, como el pretor mismo, que quiere que sean extinguidos o expulsados de allí. En cuanto a Gayo, ellos verdaderamente lo tienen intrigado. Tal vez no sea esa la mejor actitud para un primi, decide, pero no puede negarlo.

Su disposición cuando se encuentra ante una tienda dañada que muestra en su interior a media docena de peregrinos con aspecto de tener frío y hambre es detenerse y ayudarlos; sin embargo, ¿cómo se vería eso? Estudia a un anciano que tiene tos seca, pero se obliga a sí mismo a seguir caminando. ¿Qué le está sucediendo? Debe admitir que su conciencia está trabajando horas extra.

Dos mujeres discuten en la distancia. Observa para asegurarse de que las cosas no pasen a mayores. Pasa al lado de un hombre que intenta recolocar su tienda improvisada, que se está desintegrando, y de nuevo se siente tentado a ayudar.

Gayo agarra un pedazo de cuerda y hace un nudo rápido, sonriendo al recordar sus conversaciones y su trabajo con Simón. Y se le ocurre una idea. Sin embargo, antes de seguir adelante, observa a un anciano débil que intenta cargar un extremo de una estructura de madera con ollas para cocinar colgando de ella. El hombre se sombra cuando se acerca Gayo, pero el primi simplemente le da los buenos días y ocupa su lugar, ayudando a mover la estructura encima de una fogata.

—Todo está bien —le dice al hombre.

No muy lejos, Zeta se prepara para el combate. Respira profundamente, ora, y entonces se arrodilla y se aparta la capucha para revelar su identidad a sus perseguidores, como si hubiera habido alguna duda sobre quién era él. El zelote que lidera y los otros dos que le han bloqueado el camino (uno de ellos con cabello largo y el otro bajito) sonríen y menean negativamente sus cabezas. Tienen que estar impresionados por su valentía.

Sigue sus miradas en el sendero al otro lado de las tiendas desde su posición, donde camina un soldado romano tomándose su tiempo, conversando con varios peregrinos mientras llama la atención con su brillante uniforme de color rojo. Eso crea un punto muerto, porque Zeta sabe que los zelotes no se atreverán a comenzar nada con el guardia tan cerca.

—Te reconozco de la Orden — susurra Zeta al hombre que lidera.

—La mía será la última cara que veas —le dice el zelote.

—Supongo que podrías matarme —dice Zeta, con cuidado para no mostrar ni una pizca de preocupación—, pero la cara de mi rabino será la que me espere en el cielo.

—¿Por eso te convertiste en un traidor?

—Me uní a la Orden para luchar por la llegada del Mesías. Y él está aquí, hermanos.

—Hacía frío anoche —dice Gayo, y Zeta y los zelotes se voltean al oír el sonido de su voz—. Parece que tu tienda está dañada —los peregrinos no están seguros de cómo responder a la amabilidad por parte de un romano. Gayo parece cohibido—. ¿Necesitas que te eche una mano?

—Y el reino de los cielos se ha acercado —le dice Zeta al zelote.

El zelote exagera al examinar la totalidad del campamento de tiendas.

—Esto no se parece a ningún reino que me hayan prometido nunca —entonces escupe.

—El Mesías no es lo que pensábamos, hermanos —dice Zeta. Se pone de pie. Los zelotes tocan las dagas que llevan a la cintura—. He apostado mi vida en ello —se aparta la túnica para mostrar que va sin armas—. He renunciado a la sica y a nuestro modo de vida para seguir al Cristo, después de haber sido testigo de la sanidad de mi hermano.

Los zelotes se miran entre ellos como si estuvieran escuchando, pero sin retirarse; por ahora.

Una calle de Capernaúm

Simón apenas si puede creer la pregunta para Jesús que los discípulos de Juan han planteado.

—¿Eso es todo? —dice—. ¿*Eso* es lo que quieren que le pregunte?

—Sí —responde Avner.

—Se lo diremos.

—Lo siento —dice Nadab—, pero ¿qué tan pronto podremos esperar una respuesta?

—¿Qué tan pronto? —repite Simón—. Déjenme decirles algo sobre la palabra «pronto».

Un peregrino pasa apresuradamente con una niña en sus brazos.

Juan lo sigue.

—¿Qué sucede? —pregunta Simón.

—¿Quieres tu respuesta? —dice Juan—. Él ha vuelto.

Simón, los Hijos del Trueno, y Nadab y Avner salen corriendo hacia el campamento de tiendas.

¿*Puede mejorar la situación?*, se pregunta Simón. Siempre que aparece Jesús, suceden cosas. Simón no tenía ni idea de lo que significaría seguir a Jesús. Simplemente supo que no tenía otra opción. Y, ahora, no cambiaría su nueva vida por nada. Quiere estar en paz con su amada Edén, desde luego. Sin embargo, incluso ella, a pesar de lo que le esté sucediendo, estará deseosa de oír sobre lo que está sucediendo.

Capítulo 56

LA PREGUNTA DE JUAN EL BAUTISTA

El campamento de tiendas

Simón desearía ser más rápido, y lo da todo para seguir el paso a los demás. Sin embargo, cuando se detienen de repente al borde de una multitud que rodea a Jesús, detecta que Zeta está cerca con quienes parecen ser tres zelotes. Natanael y Tadeo ayudan suavemente a una anciana que camina encorvada, muy encorvada. Su cara muestra mucho dolor. Tadeo llama a Jesús.

El maestro le da un suave abrazo y pone la palma de su mano sobre la espalda de la mujer. Ella da un grito ahogado mientras se endereza lentamente hasta quedar totalmente erguida. Claramente abrumada, se lanza a los brazos de Jesús, y la multitud rompe en vítores.

Simón capta la presencia de Gayo, con su cara mostrando confusión y asombro mientras la atención de Jesús parece dirigirse a una mujer que ayuda a caminar a un hombre anciano. Simón solo puede esperar que el romano vea algo con sus propios ojos esta vez.

El pie de hombre está claramente gangrenado y parece como si estuviera a punto de desprenderse.

—¡Por favor! —exclama la mujer—. ¡Los médicos dicen que el único remedio es amputar!

Jesús agarra tiernamente el pie.

—Bueno —dice—, esto no se ve nada bien.

Simón ve cerca de la puerta de la ciudad al mismo sacerdote estricto y con el ceño fruncido que abordó a Jesús en la casa de Jairo. Jesús simplemente sopla sobre la pierna del hombre, y el hombre comienza a danzar. Avner y Nadab miran con los ojos abiertos como platos cuando el hombre se lanza a los brazos de Jesús.

Simón ve a Bernabé con Shula y se acerca él.

—¿Qué está sucediendo? ¿Cuánto tiempo lleva aquí?

—No mucho —dice Bernabé—. En cuanto apareció, lo rodearon. Está a salvo. Estará bien.

Jesús besa los párpados de un muchacho mientras quienes miran aguantan la respiración. Los ojos del muchacho se abren, y su cara resplandece de felicidad. La mamá del muchacho agarra su cara entre sus manos.

—¡Bendito sea Adonai! —grita—. ¡El maestro ha sanado la ceguera de mi hijo!

Simón se dirige a los discípulos de Juan, que están claramente sobrepasados.

—Vamos a acercarnos. *Pronto* podría ser ahora —entonces se dirige a Santiago el Grande y Juan—. Vamos a responder la pregunta de Juan.

Cuando se abren camino entre la multitud, encuentran a Jesús con un hombre que lleva una tablilla para escribir colgada de su cuello con un cordel. Está escribiendo en ella desesperadamente en hebreo.

—Lo sé —dice Jesús.

Gayo se acerca un poco más, y parece que observa con intención. Mientras tanto, llegan Jairo y Yusef a la puerta de la ciudad y pasan al lado del sacerdote.

Jesús le pide a Natanael su cuchillo y corta el cordel, y la tablilla del hombre cae al suelo haciendo ruido. Jesús pone sus manos en el cuello del hombre. El hombre parece morderse la lengua, la saca, y entonces abre mucho la boca.

—Nunca he dicho nada con mi propia voz —logra expresar.

Jesús sonríe.

—¿Dónde te gustaría comenzar?

El hombre agarra la túnica de Jesús.

—Bendito eres tú, Señor nuestro Dios, Rey del universo...

Jesús lo acerca a él.

—Dejemos esos grandes títulos para más tarde.

—Maestro —dice Simón mientras acerca a Avner y Nadab.

—Sí —dice Jesús—. ¿A quién tenemos aquí?

—Son dos de los discípulos de tu primo —dice Juan—. Avner y Nadab.

—Jesús de Nazaret —dice Avner.

—A ese nombre respondo rápidamente, aunque en esta vida no regresaré más a Nazaret.

—El Bautista tiene una pregunta urgente para ti —dice Simón, y observa que el sacerdote se abre camino entre la multitud.

—En cuanto a ti, Nadab —dice Jesús—, te reconozco del día en que Juan me presentó a Andrés, el hermano de Simón.

—He aquí el Cordero de Dios que quita el pecado del mundo —dice Nadab citando a Juan el Bautista.

—Sí, buena memoria. Mi primo puede emocionarse mucho.

Simón observa que los ojos de Yusef se dirigen al sacerdote, y teme que las cosas puedan complicarse.

—¿Qué es lo que Juan quiere saber? —pregunta Jesús.

Avner mira a Simón, y entonces parece examinar a la multitud.

—Simón nos trajo aquí de prisa. No es apropiado aquí. Podemos hablar más tarde.

—¿Simón? —dice Jesús.

—Creo que ahora es realmente el momento perfecto —dice Simón.

Jesús se dirige a la multitud.

—¿Quién de ustedes ha experimentado a Juan el Bautista de algún modo?

Muchos asienten con la cabeza, levantan sus manos, y dicen: «¡Yo!».

—Sé que algunos de ustedes rechazaron a Juan —dice Jesús—, pero algunos de ustedes aceptaron su mensaje. Él ha tenido un impacto profundo en muchos en esta región, y estos son dos de sus discípulos. Démosles la bienvenida.

Ante los aplausos, Avner y Nadab se ven nerviosos, pero a Simón le agrada la tensión que va aumentando.

—Algunos de ustedes saben —continúa Jesús— que Juan actualmente está encarcelado por Herodes en Maqueronte. Creo que sería muy instructivo para nosotros escuchar lo que pasa por su mente en medio de un reto tan grande.

Avner se acerca un poco más a Jesús.

—Es una pregunta difícil y volátil que quizá sería mejor hacer en privado.

Con una mirada a Simón, Jesús susurra a Avner.

—Está bien. Esto es bueno.

Avner se aclara la garganta, titubeante.

—Nos envió a preguntarte si eres realmente el que ha de venir… —ahora habla en un susurro— o deberíamos buscar a otro.

Simón se emociona cuando Jesús habla.

—Para aquellos que no podían oír, Juan el Bautista, mi primo que ha preparado el camino para mí, está preguntando si yo soy el Mesías, o si tal vez deberíamos seguir esperando.

La multitud se ha quedado en completo silencio.

—Juan se está impacientando, ¿cierto? —pregunta Jesús a Avner y Nadab—. Es una de sus peculiaridades.

—No añadió detalles —dice Nadab—. Solo nos envió con la pregunta.

—Mmm.

—*Ha* estado en la cárcel mucho tiempo —añade Avner.

—Nos llegaron noticias sobre lo que sucedió en Nazaret —dice Nadab—. Que dijiste que el Espíritu del Señor está sobre ti para dar libertad a los cautivos.

—Si estás aquí para dar libertad a los cautivos —razona Avner—, ¿por qué entonces él sigue en la cárcel? Pregunta con razón por qué permitirías que todo su ministerio sea detenido por un rey impostor.

—Proclamar libertad a los cautivos —enfatiza Jesús— puede significar algo más que simplemente liberar a presos. Las personas sufren muchos tipos de cautividad.

—¿Es eso lo que debemos decirle? —pregunta Nadab.

—No, eso es solo para ustedes.

—Oímos que nuestros antiguos camaradas, Andrés y Felipe, se han ido a la Decápolis —dice Avner—. ¿Es allí donde estás planeando derrocar a Roma?

Simón observa que Gayo, el sacerdote y los zelotes se acercan un poco más.

—Tengo algo en mente para la Decápolis —dice Jesús— y será revolucionario, pero probablemente no del modo que ustedes están pensando.

Nadab parece impaciente pero respetuoso.

—¿Qué se supone que debemos decirle?

—Con cuidado, con cuidado... —Simón oye susurrar a Yusef.

—Vayan y digan a Juan lo que han visto y oído —dice Jesús—. Los ciegos reciben la vista, los cojos caminan, los leprosos son limpiados, los mudos hablan, y se predican las buenas nuevas a los pobres —hace una pausa, y Simón capta sus miradas al sacerdote que sigue con el ceño fruncido—. Y bendito aquel que no se ofende por mí.

—¡Yo siempre me ofenderé por la blasfemia! —exclama el sacerdote—. ¡Y todos ustedes deberían hacerlo también!

Simón señala a Jairo.

—¡Tú viste lo que le sucedió a su hija! ¡Sabes que esto no es blasfemia!

Jesús hace un gesto a Simón para callarlo.

—¡Yo *no* vi lo que sucedió! —dice el sacerdote—. Tu supuesto rabino me faltó al respecto como hombre santo, otra señal de su espíritu maligno. Y tampoco conozco ninguno de los detalles que sucedieron. Sin embargo, ¡sé que está ocultando algo! Y no puedo quedarme aquí y permitir que todos ustedes sean engañados por su brujería, ¡aunque yo sea el único dispuesto a protegerlos!

Mira fijamente a Yusef. Jesús se dirige a Avner y Nadab.

—Vayan. Transmitan a mi primo lo que han visto y oído hoy aquí, y añadan a eso que los muertos son resucitados también. Y digan a Juan que lo amo.

Cuando Avner y Nadab asienten con la cabeza y se voltean en silencio para irse, la multitud les abre camino, con expresión de indecisión. Jesús se dirige a ellos.

—Mi respuesta a los discípulos del Bautista, ¿les pareció a alguno de ustedes que era una reprimenda?

—Sí —dice Natanael.

—Siempre puedo contar contigo, Natanael —dice Jesús—. Muchos de ustedes fueron bautizados por Juan. Yo mismo también. Escucharon lo fuerte que era, y cuán apasionadamente creía. Sin embargo, incluso él tiene preguntas ahora. Cuando salieron al desierto a verlo, ¿encontraron una caña sacudida por el viento? ¿A alguien con finas vestiduras como las de la corte de los reyes? ¿O encontraron un profeta?

—¡Un profeta! —responde la multitud.

—Un profeta, sí —explica Jesús—, y les digo que Juan es de quien hablaron Isaías y Malaquías. ¿Qué dijeron, Santiago el Grande?

—He aquí, envío mi mensajero delante de ti, que preparará el camino delante de ti.

—¡Sí! Y eso debería decirles algo. Entre los nacidos de mujer, nadie es mayor que Juan, e incluso él tiene preguntas.

—Otro blasfemo poseído por el demonio —dice el sacerdote—, y tú lo llamas grande. ¡Él llamó a *tus* líderes religiosos, a *tus* hombres de Dios, víboras! Bien, ¿vas a decir algo?

—Su silencio es su respuesta —dice Simón.

Jesús se dirige de nuevo a la multitud.

—Y esto es lo maravilloso. Aquí en la tierra no hay nadie más grande que Juan, pero en el reino de Dios, el que es más *pequeño* es mayor incluso que él. Y el propio Juan diría lo mismo. Por favor, escuchen con atención y no desperdicien este momento. Oigan la verdad que tengo para ustedes: el reino de Dios está cerca, y sin embargo muchos en esta generación se lo están perdiendo. ¡No se lo pierdan! Aquellos de ustedes que han rechazado el mensaje de arrepentimiento de Juan, y quienes ahora rechazan el mío, me recuerdan a los niños en el mercado que juegan mientras los adultos están ocupados. Y todos saben que ellos fingen ser adultos en una boda, o incluso en un funeral. Ustedes son como los niños que se niegan a jugar, ya sea un juego alegre o triste, sin importar cuál sea. Y, como en la fábula de Esopo escrita hace más de un milenio, los otros dicen: «Tocamos la flauta para ustedes, y no cantaron. Cantamos un canto fúnebre, y no lloraron».

Jesús mira al sacerdote.

—Tú y los de tu orden dicen que Juan tiene demonio porque vivió en el desierto predicando arrepentimiento mientras se negaba a comer pan y beber. Y ahora llega el Hijo de Dios predicando salvación mientras come, bebe y danza —se voltea hacia Yusef—, y me llaman glotón y borracho, amigo de recaudadores de impuestos y pecadores. No importa lo que te pongan delante. ¡Lo rechazarás!

Jesús se dirige a la multitud.

—¡Cuidado con esto! La sabiduría no significa nada si no se actúa en consecuencia. La sabiduría se justifica por todas sus obras —entonces mira directamente a los tres zelotes—. Al ver lo que está sucediendo a quienes les rodean, al ver las vidas cambiadas por el arrepentimiento y la salvación, ¡no ignoren la evidencia del reino de Dios! Ay de ustedes si no la reciben.

El estricto sacerdote parece estar a punto de lanzar otra diatriba, pero Jairo se aclara la garganta y habla con un tono de autoridad formal.

—¡Perdón! Me gustaría recordar a todos que el pretor Quintus ha impuesto un límite para las reuniones públicas al aire libre de veinticinco o más personas en la última parte del día. A juzgar por la ubicación del sol, todos estamos en riesgo de ser detenidos.

—Este hombre tiene razón —anuncia Gayo—. Regresen todos a sus casas y sus refugios inmediatamente —la multitud protesta—. ¡Dije inmediatamente! —añade Gayo.

—¡Regresemos a nuestras casas! —dice Yusef. —Todo está bien.

Simón, Santiago el Grande y Juan se llevan de allí a Jesús.

—¡Informaré de todo esto! —grita el sacerdote—. Estás mintiendo...

Gayo saca su espada y avanza hacia el sacerdote.

—He dicho: «Váyanse a casa»

Ahora únicamente quedan Zeta y los tres zelotes.

—¿Lo entiendes ahora? —pregunta Zeta al hombre que lidera.

—Entiendo muy poco lo que oí, e incluso menos lo que vi.

—El Mesías no necesita nuestras dagas —dice Zeta.

—Tal vez tú has olvidado lo que representa la Orden —dice el del cabello largo—, pero nosotros no.

—¡Basta ya! —exclama el hombre que lidera—. ¿Estás ciego? Él no es un traidor.

—Podrías unirte a mí —dice Zeta.

—Encontraré mi propio camino. Pero regresaré a la Orden con la verdad: Simón el Sicario está muerto.

Capítulo 57

YA ES HORA

Callejón de Capernaúm

Simón conduce a Santiago el Grande, Juan y Jesús por una esquina hasta un lugar vacío y tranquilo.

—Nunca puedo decidir qué es más divertido —le dice a Jesús—, verte hacer milagros o ver las reacciones.

—Los milagros son mejor cuando hay fariseos cerca —asiente Juan.

—De acuerdo —dice Santiago—. Necesitamos llevarte a un lugar nuevo, Rabino. ¿Tienes un campamento, o quieres quedarte otra vez en la casa de Simón? Probablemente será mejor llevarte a un lugar nuevo, tal vez con Andrés...

Bernabé aparece desde un callejón, con Shula apoyando su mano sobre su hombro mientras él la dirige. Entonces se detiene.

—¿Quién es? —pregunta ella—. ¿Por qué nos detuvimos?

—Es él.

—Bernabé —dice ella—, no necesitamos molestar...

—Shula —dice Jesús—, está bien. Gracias por traer aquí a Bernabé para la curación de su pierna.

Ella sonríe, pero Bernabé interviene.

—No, la traje *a ella*. Ella es quien...

—Lo sé, Bernabé.

—Ah —dice Bernabé riendo—, claro que lo sabes —hace un gesto hacia ella—. Por favor. Ella no lo pedirá.

Jesús se acerca a ella.

—Shula, ¿tienes miedo de pedir sanidad?

—Sí —responde ella agachando su cabeza.

—¿Tienes fe en que yo puedo sanarte?

—Por supuesto.

—Entonces, ¿por qué no lo pediste?

—Tienes mucho que hacer, Rabino. Hay mucha gente que te necesita más. Yo estoy acostumbrada a esto.

—Shula —dice Jesús—. Mírame.

—¿Mirarte? —dice ella sonriendo—. No puedo verte de todos modos.

—Quiero ver tu cara.

Ella levanta su cabeza.

—Bernabé y tú han sido tan amables y encantadores desde la primera vez que los vi. Y tu fe ha sido tan fuerte, aunque no has experimentado un milagro.

La voz de Shula está llena de emoción.

—Tú redimiste a mi amiga. El milagro de María fue tan claro para mí, que no necesité verlo.

—Lo sé —dice Jesús—. Tú ves mejor que la mayoría en esta región. Pero, ya que tu amigo Bernabé no me dejará tranquilo... —hace un guiño a Bernabé y pone una mano sobre los ojos de Shula y la otra detrás de su cuello.

Ella inhala, y cuando Jesús aparta sus manos, ella tiene los ojos cerrados. Se los tapa con la mano y llora. Shula da un grito ahogado. Bernabé se acerca.

—¿Y bien? ¿Funcionó?

—Ha pasado tanto tiempo, que tengo miedo de mirar.

Jesús baja sus manos suavemente.

—Ya es hora, Shula.

Ella abre los ojos, y Simón se llena de alegría al ver que sus ojos ya no están nublados. Ella resopla de nuevo, parpadea, entrecierra los ojos, da un grito ahogado, y se tapa la boca.

—¿Bien? —repite Bernabé—. ¿Funcionó?

—Sí, Bernabé, funcionó. Puedo ver que no eres tan guapo como decías.

Bernabé grita, y ríe, y abraza a Jesús con lágrimas cayendo por sus mejillas.

—¡Vaya! —dice ella—. ¡No recordaba que todo fuera tan brillante!

—¿Cuánto tiempo ha pasado?

—Más de diez años —entonces mira a Jesús—. Gracias, gracias —lo abraza, y Jesús sonríe.

Ella se voltea hacia Bernabé.

—Gracias *a ti* también, amigo —él se limpia las lágrimas, y Shula se dirige de nuevo a Jesús—. ¿Y qué de él?

—No, estoy bien —dice Bernabé—. Te tocaba a ti. Tal vez en otro momento.

Jesús pone una mano sobre el hombro de Bernabé.

—Ya veremos. Eres un verdadero amigo —da un paso atrás y se dirige a los demás—. Todos debemos regresar a casa. Bernabé, ella todavía necesitará que la acompañes. Se está haciendo tarde. Shalom, shalom.

Pero, antes de que Shula y Bernabé se vayan, Jesús agarra el bastón de Shula.

—Ya no necesitas esto.

—No —dice ella riendo.

Mientras ella y Bernabé se alejan, Simón observa la sonrisa de Jesús.

—Un momento —dice Bernabé.

—Ahí está —dice Jesús.

—¡Mi pierna! —Bernabé da un pisotón y un paso normal, y entonces se voltea—. ¿Fuiste tú…?

—Claro que él lo hizo, Bernabé —dice Shula—. ¿Quién si no?

Bernabé grita y corre hacia Jesús para abrazarlo otra vez, lo eleva y casi lo derriba.

—Gracias, gracias, ¡gracias!

—De nada, Bernabé. Ahora lleva a Shula a su casa. Puedes hacerlo más rápido de lo normal esta noche, ¿cierto?

Mientras los dos se alejan riendo, Jesús se dirige a Simón y los hermanos.

—No hay fariseos por aquí para esta ocasión.

—Aun así —dice Simón— es igual de divertido.

—Estoy de acuerdo —dice Jesús con lágrimas en sus ojos.

Capítulo 58

INJUSTO

Mientras los Hijos del Trueno llevan rápidamente a Jesús a quién sabe dónde, Simón corre hacia su casa en medio de la oscuridad. Apenas puede contenerse, sonriendo mientras corre, con ganas de contarle todo a Edén. ¡Ella se quedará asombrada!

Entra rápidamente en la casa, llamando su nombre.

—¿Dónde estás? ¡Ven aquí un segundo! ¿Te acuerdas de Shula? No importa, te lo contaré después. Bueno, los hombres resultaron ser viejos amigos de Andrés.

Ella aparece desde la otra habitación con una túnica, y su cabello envuelto en una toalla.

Él continúa mientras se quita las sandalias.

—Entonces, yo hice preguntas que solamente alguien que conozca verdaderamente a mi hermano sabría, ¡y funcionó! De repente, Jesús estaba en la plaza sanando a todas esas personas, y reconoció a los discípulos de Juan. Querían saber si él era el verdadero, lo cual era una locura, dado todo lo que acababan de ver. Y él...

—Perdí al bebé.

Simón no puede respirar.

—¿Qué?

—No lo sabías.

—Dilo otra vez.

INJUSTO

—Nuestro bebé.

—¿Estabas embarazada? ¿Nosotros…?

—Te habías ido cuando me enteré.

—No, no, no. No, esto no…

—… y no estabas cuando lo perdí.

—¿Estabas trabajando muy duro?

—¡No! Y eso no es lo que causa estas cosas.

—¿Por qué no me lo dijiste?

—Porque no quería distraerte o hacer que te arrepintieras de tu decisión. Porque, ¿qué podría ser más importante que…? Pensé que podía guardármelo para mí, pero no sabía que el dolor duraría tanto tiempo.

—¡Edén! Eso sucedió hace semanas atrás, ¿y no me lo dijiste?

—¿Ves? Tenía razón. Mira cómo estás manejando esto.

—¡Tengo derecho a llorar a mi propio hijo! —dice él.

—Lo sé. Lo sé. No hay una respuesta correcta.

—¡La respuesta correcta habría sido decírselo a tu esposo!

Ella lo mira fijamente.

—¿Estás enojado porque sucedió, o porque no lo manejé del modo que tú querías?

—No estoy enojado.

—¡Estás *furioso*! Puedo verlo.

—¿Estoy furioso? Actuabas como si yo hubiera hecho algo malo. No sabía lo que había ocurrido. ¡Incluso seguí consejos matrimoniales de un romano! ¿Qué hice mal?

—¡No hiciste nada, Simón!

—¿Qué?

—No hiciste nada. No preguntaste *nada*. Regresaste a casa después de ausentarte y ni siquiera me preguntaste cómo estaba. No te ofreciste a ayudar con nada. Solo dormiste una siesta.

—¡Tú me *dijiste* que lo hiciera!

—Sí, porque estaba siendo considerada contigo, e intentaba mostrarte amor mientras yo sufría. Pero no pensé que te irías corriendo a la cama y después tendrías a los muchachos al día siguiente.

—*Tú* me dijiste que debía dormir una siesta. ¿Se supone que debo leer tu mente?

—Bueno, te alegraste de leer mi cuerpo. Habría estado bien que intentaras leer mi mente.

—Eso no es justo, y lo sabes.

—Sé que no es justo. Sé que no siempre he tenido la razón. Lo sé, lo sé, lo sé. Pero estaba un poco distraída porque perdí mi propio...

Edén comienza a llorar, y él se muerde la lengua.

—Estás molesta porque yo estaba en una misión —dice él finalmente.

—Estás poniendo palabras en mi boca.

—Tal vez, pero ¿no estaban en tu cabeza?

—No me preguntes eso. No puedes preguntarme...

—Lo siento —dice Simón, en verdad sintiéndolo más que ninguna otra cosa en su vida—. Lo siento por todo. Él nunca debería haberme llamado.

—Eso es exactamente lo que me temía —dice Edén.

—Estúpida misión a Cesarea con Judas.

—¡Deja a Jesús fuera de esto! Esto es entre nosotros, Simón. No es su problema.

Simón camina a un lado y a otro.

—Él creó el universo, Edén —musita.

—Fue idea nuestra formar una familia —dice ella—. No la tomes con él.

—Si no es su problema, entonces, ¿de quién es? —Simón ya no puede seguir de pie y cae de rodillas. Edén se agacha y lo abraza.

—¿Tú eres quien me consuela ahora?

—Llevo mucho más tiempo sufriendo que tú —dice ella.

—¿Por qué sucedió? No lo entiendo. ¿Por qué, por qué, por qué, por qué?

—Le estás preguntando a la persona equivocada.

Él se derrumba, y los dos se funden en un abrazo.

PARTE 7
Peligro

Capítulo 59

PURIM

Hogar de Jairo, en la noche

A Jairo siempre le ha resultado interesante poder tener dos cosas en su mente a la vez. Mientras lee la historia de Ester a su suegra, su esposa Mical, su hija Nili y su sobrina de seis años, Yaeli, hace todo lo posible para comunicar toda la emoción y el drama que requiere la tradición de la fiesta. Sin embargo, al mismo tiempo está exultante por la resurrección milagrosa de Nili. ¿Alguna vez se irá de su mente? No puede imaginar eso, y por él está bien. Que el propio Mesías haga regresar a la vida a tu ser querido; ¿qué podría ser mejor que eso?

Lee con una exageración melodramática.

—Y el rey se levantó enfurecido y dejó de beber vino, entonces salió al jardín del palacio, pero Amán... —y aquí los oyentes extasiados de Jairo patean el piso y dan golpes sobre la mesa— se quedó para implorarle a la reina Ester por su vida, pues veía que el rey ya había determinado dañarlo y ponerle fin. Y el rey regresó del jardín del palacio al lugar donde estaban bebiendo vino justo cuando Amán... —más golpes y siseos— caía sobre el diván donde estaba Ester. Y el rey dijo: «¿Y se atreverá incluso a asaltar a la reina en mi presencia, en mi propia casa»?

Hogar de Zebedeo, al mismo tiempo

Zebedeo lee la misma historia a su propia audiencia en la fiesta de Purim compuesta por su esposa Salomé, sus hijos Santiago y Juan, y sus invitados Shula y Bernabé. La voz de Zebedeo está llena de humor y dramatismo.

—«Esto fue en el día trece del mes de adar, y el día catorce descansaron y fue un día de banquete y de alegría».

Aquí, los invitados hacen sonar cascabeles, y Zebedeo rompe en canto.

—«Por eso los judíos en las aldeas celebran el día catorce del mes de adar como un día de alegría y banquete, una fiesta».

—¡L'*Chaim!* —grita Bernabé, y todos levantan sus copas y gritan «¡sí!».

Hogar de Jairo

La familia sube a la azotea llevando copas, tocando panderos y vitoreando. Jairo examina el barrio, donde otras familias hacen lo mismo, algunas de ellas en la calle. Todos ellos danzan, tocan música, cantan, vitorean y comen.

Jairo y Mical hacen un brindis por la fiesta antes de que Jairo observe que la pequeña Yaeli mira fijamente algo que hay al otro lado y parece imitar lo que ve. Frunce el ceño, ladea su cabeza, patea la repisa de la azotea, y pisa fuerte en círculos. Se acaricia el cabello con sus manos, y entonces agarra una caja de madera vacía y la levanta por encima de su cabeza, claramente planeando estamparla contra el piso.

Jairo acude rápidamente a detenerla en el último segundo.

—¡No, no, no, Yaeli! ¿Qué estás haciendo?

Desde el otro lado se oye una colisión, y se eleva una nube de polvo por una vasija de barro muy grande que Simón ha estrellado desde su propia azotea. Grita mostrando una obvia agonía y frustración.

—Solo quería celebrar como ese hombre —dice Yaeli.

Pero Jairo sabe que Simón no está celebrando nada. En raras ocasiones ha visto a un hombre tan furioso. Mientras guía a Yaeli de nuevo con el grupo, observa que Simón se va fatigosamente de su azotea, y tiene que preguntarse qué le ha hecho enojar tanto. La furia del hombre es un gran contraste con la alegría que hay por todas partes, y Jairo espera que de algún modo pueda descubrir qué le sucede a Simón.

Capítulo 60

MATANZA

Campos galileos, avanzada la tarde

Felipe intenta seguirle el paso a Andrés, pero debería ser más listo. Ha oído que Andrés hace burla a su propio hermano sobre que es mucho más rápido que él. Felipe agacha su cabeza e intenta acelerar aún más. El hecho es que se siente torturado por lo que ha visto y experimentado.

—¿Vas arrastrando los pies? —le grita Andrés por encima del hombro.

—No.

—Cada vez que miro, ¡estás un poco más lejos que antes!

—Estoy pensando —dice Felipe, jadeando—, y mis pensamientos hacen que me pese el cuerpo.

—¡Entonces deja de pensar y camina!

—¿Después de lo que vimos?

—Más razón todavía para movernos. No hagas que esto sea difícil.

—¿Crees que la situación entre esos gentiles no es difícil?

—Claro que lo es. Pero caminar no tiene que serlo.

Felipe se tropieza con una piedra y cae al suelo.

—¡Diablos!

—O tal vez lo es —musita Andrés. Se detiene y acude en ayuda de Felipe, que va cojeando hasta una piedra grande, donde se sienta.

—Estás sangrando.

—¡Gracias, doctor! Ya sé cómo es la sangre.

—Ah, vaya —dice Andrés—, te has arrancado la uña.

—Tú sigue. De todos modos, te estaba retrasando.

Andrés se ríe y abre su alforja.

—¿Estás sugiriendo que te quedarás atrás y morirás?

Felipe encoge los hombros, preguntándose qué otra opción hay.

—Vamos —dice Andrés, cortando una tela en tiras—. Casi estamos en casa —venda la herida mientras Felipe intenta evitar gritar.

—Es perfecto —dice Felipe.

—¿Qué?

—Sangre. Matanza. Un final muy adecuado para nuestro viaje a la Decápolis.

—Nadie sangraba.

—No de la piel —dice Felipe—, pero toda la ciudad quedó destrozada, igual que mi dedo. Y todo por nuestra enseñanza.

—Aguanta —Felipe da un grito cuando Andrés presiona la herida—. Tú eres quien debía estar acostumbrado a esto.

—Creía que lo estaba. Por eso es tan…

—Juan causaba controversia todo el tiempo —dice Andrés.

—Sí, ¡pero entre los judíos! Nosotros causamos una crisis multinacional a punto de estallar en violencia, tal vez incluso en guerra. ¡Podríamos tener sangre en nuestras manos! ¡Gente podría morir por culpa nuestra!

—¿Sangre en nuestras manos? —dice Andrés—. Eso es mucho decir.

—¡Fallamos en nuestra misión, Andrés! El Mesías nos dio sus palabras, y nosotros no cumplimos. Si eso no te molesta, entonces debería.

—Necesitas un bastón para caminar.

Andrés se dispone a encontrar uno, y Felipe le grita.

—¡Mientras nos quede solamente una milla más! De lo contrario, ¡estoy perdido!

Capítulo 61

DESAFIADOS

Hogar de Andrés, al anochecer

Una tradición de Purim, piensa Judas. Eso le ha dicho Santiago el Joven. Por lo tanto, mientras está solo y tiene tiempo, Judas está sentado empacando pequeñas bolsas de tela de comestibles para los pobres: dátiles y rebanadas de pan de pita.

Andrés y Felipe entran a tropezones por la puerta, el segundo cojeando.

—¡Ah! —dice Judas—. Bienvenidos.

—Por lo menos una persona se alegra de vernos —dice Felipe.

Judas ladea su cabeza y se pregunta qué significa eso.

—Ahora es un Felipe diferente —dice Andrés.

—¡Y por un buen motivo! —dice Felipe.

—¿Por qué? ¿Qué sucedió?

—Judas —dice Andrés señalando—, ¿qué es todo esto?

—Es comida para los indigentes.

—¡Purim! —exclama Andrés—. Lo olvidé por completo.

—¿Cómo podemos hablar de fiestas en este momento? —grita Felipe.

—¿A qué te refieres? —pregunta Judas, con expresión de comenzar a entender—. ¿Qué sucedió en la Decápolis?

—Nuestra enseñanza —dice Felipe— armó un revuelo.

—No fue intencionadamente —dice Andrés, rebuscando en un armario—. Predicamos las palabras de Jesús, y a algunos no les gustó. ¿Dónde está el vinagre?

—En el estante de abajo —dice Judas—. Reorganicé todo. El modo en que organizabas las cosas era muy ineficaz.

—La Decápolis es un desastre, Judas —musita Felipe—, ¿y tú estás reorganizando armarios?

—¡Felipe! —exclama Andrés—. ¿Qué te pasa? ¿Cómo podía él saberlo?

—¿Por qué necesitas vinagre? —pregunta Judas.

—Para desinfectar su herida —responde Andrés.

—¿Para que no se extienda por mi cuerpo mortal y me mate?

—¡En realidad, sí!

Andrés derrama el vinagre directamente sobre el dedo del pie de Felipe, haciendo que grite.

—Todavía no me han dicho lo que hicieron en la Decápolis —dice Judas.

—No es lo que *hicimos* —dice Felipe—. Es lo que dijimos.

—¿Para intentar calmar las cosas? —dice Judas.

—Algunas veces —dice Andrés— la gente responde mejor a las historias que a la enseñanza, así que...

—¡Una parábola! —exclama Judas—. ¡Bien! ¿Cuál?

—El banquete.

—¡Ah! Amo un banquete.

Andrés y Felipe se miran, y Felipe menea la cabeza.

—Es mejor decirle lo que sucedió.

—¡Sí! Me encantará oírlo.

—Gracias, Felipe —dice Andrés con una mueca de desdén—. Mira, Judas, es directamente de Jesús, así que es perfecta; no malinterpretes.

—Bien... pero ¿qué?

—De hecho, creo que Jesús tal vez la comparte cuando busca un desafío.

—¿Los desafiaron?

—¡Ah, sí! —dice Andrés.

—Nos desafiaron, sí, eso —dice Felipe.

—Bueno —dice Andrés—, la parábola dice así: Un hombre rico iba a hacer una gran fiesta, un gran banquete, y quiere que acuda mucha gente. Así que envía a su siervo a decir a los invitados que ya es hora de que vayan. Pero todos ellos ponen excusas. El primero dice: He comprado un campo y tengo que ir a verlo. Otro dice: Compré cinco bueyes y debo ir a examinarlos. Y otro dice: Me he casado, y no puedo ir.—Todas ellas parecen razones muy legítimas.

Andrés parece incrédulo, exasperado.

—Incluso nuestra propia gente interrumpió.

—Alguien en la multitud dijo eso mismo —musita Felipe.

—Pues bien —dice Andrés—, el siervo comunicó esas cosas a su amo, y eso enojó al amo, entonces le dice al siervo que vaya a la ciudad e invite a los pobres, inválidos, ciegos y cojos.

—Entonces, él hace eso —dice Felipe— y ellos acuden, pero todavía hay lugar para más, de modo que el amo le dice al siervo que vaya por los caminos y los vallados y obligue a más personas a ir al banquete, «para que se llene mi casa».

Judas no está seguro de lo que piensa de esa historia.

—¿Le dijeron eso a un grupo diverso?

—En su mayoría —dice Felipe—. Me refiero a que creíamos que eran judíos. No sabíamos hasta qué punto era un grupo diverso.

—Entonces —dice Judas, pareciendo evitar una sonrisa—, ¿lo de «vayan y busquen las sobras» no les cayó bien?

—Bueno, no debió ser así —dice Andrés—. Dios quiere que todos vayan a la fiesta.

—El amo dijo: Quiero que mi casa se llene —añade Felipe—. Todos están invitados.

—Está bien —dice Judas—, entonces dime si lo entendí bien. Los judíos entendieron que se referían a que Jesús estaba llamando a gentiles, y los gentiles pensaron que se referían a ellos como gente de segunda clase. Y entonces los conservadores, que basan sus vidas en Jeremías, habrían entendido que decían que los invitados originales que no quisieron ir se perderían la fiesta. Y los mejor versados en Isaías, «he aquí, yo hago algo nuevo», probablemente cobraron ánimo, solo que había gentiles allí.

Felipe y Andrés intercambian miradas.

—Sí —dice Andrés—, así fue.

—¿Cómo lo supiste? —pregunta Felipe.

—Era empresario. Mi trabajo era conocer a la gente, y conocía a todo tipo de gente.

—Fue desalentador —dice Andrés.

—Tal vez están exagerando su papel en la situación —dice Judas.

Felipe menea negativamente la cabeza.

—¿Habría gente peleándose en las calles de la Decápolis si no hubiéramos predicado allí?

—¿Peleando? —dice Judas—. Muchachos, es demasiado pronto para la guerra. Debemos ser más listos.

Judas se asusta cuando Natanael irrumpe de repente, gritando: «¡*Chag Purim Sameach*!».

Su sonrisa se desvanece cuando nadie responde.

—¡Feliz Purim! —lo intenta otra vez—. O no feliz. Vamos, es una fiesta, no una shiva.

—No arreglamos exactamente las cosas en la Decápolis —dice Andrés.

—Entonces —dice Natanael—, hablen con Jesús sobre eso.

—Estaba por sugerir eso —dice Judas.

—¿Qué te pasó en el pie? —pregunta Natanael.

Felipe se queja en voz baja como si lo último que quisiera hacer es hablar otra vez de su herida.

—Iremos a ver a Jesús temprano en la mañana —dice Andrés—. ¿Cuántas veces está así Felipe?

—Unas dos veces al año —dice Natanael—. Yo mantengo las distancias.

—Estoy aquí sentado.

—Lo sabemos.

Capítulo 62

EL REGRESO

Hogar anterior de Mateo

A Mateo le sigue resultando extraño visitar la casa donde solía vivir y sentirse un invitado. Nada en ese lugar le resulta atractivo ya, ni tampoco le tienta. Está contento con estar siguiendo y sirviendo a Jesús junto a sus compañeros discípulos y las mujeres, incluso mientras está sentado frente a Tamar en la mesa, quien pesa con cuidado pequeñas cucharaditas de canela molida mientras él revisa el nuevo contrato del terreno.

—Está muy bien escrito —dice él.

Tamar levanta la mirada.

—Tendré que confiar en lo que dices.

—¿No sabes leer? —dice él, apenas sin ser consciente de que tal vez debería tener más tacto en sus respuestas, como Felipe y algunos de los otros han intentado enseñarle. Sin embargo, sigue hablando sin poner freno—. Debe limitarte mucho.

—No fue mi decisión —dice ella sin expresión, y Mateo siente su incomodidad. Quiere arreglarlo, pero no está seguro de cómo hacerlo.

—Podrías aprender —dice con tono alegre—. Eres muy inteligente.

Tal vez eso es mejor, piensa Mateo, pero sus ojos se abren mucho cuando una silueta familiar aparece por la puerta trasera.

—¡Tomás!

—Hola, Mateo.

Parece extrañamente serio. Mateo observa que Tamar está haciendo lo mismo que él: mirar detrás de Tomás.

—¿Regresó también Rema?

Juan y Natanael, cubiertos de hollín y cargando cestas de ceniza entran por la puerta y muestran una gran sonrisa.

—¡Hola, Tomás! —grita Juan—. ¿Cómo te fue?

Tomás parece desalentado.

—Bueno, es complicado.

Mateo se queda sorprendido cuando oye a Natanael.

—¿Es que su papá se negó, o algo? —incluso él ha aprendido a no ser tan directo.

Tomás da la impresión de querer estar en cualquier otro lugar.

—Me refiero a que no dijo no —hace una pausa—. Rema se quedó en Tel-Dor.

Bendito Juan, piensa Mateo cuando el expescador intenta cubrir la incomodidad de Tomás abrazándolo.

—Pero al menos tú regresaste, ¿eh?

María aparece por la puerta trasera y muestra una sonrisa.

—¡Tomás! —pero Mateo puede ver que también ella está perpleja—. ¿Está Rema…?

Santiago el Grande entra por la puerta frontal, cargando dos pesados cubos de azufre sobre un yugo, mientras todos los demás en la habitación miran a cualquier otra parte menos a Tomás.

—Rema se quedó para persuadir a Kafni —dice Tomás—. Él no cree.

—¿En Jesús? —pregunta Natanael—. Ya sabíamos eso.

—En mí —dice Tomás, forzando una sonrisa patética.

—Es decepcionante —dice Natanael—. ¿Estás avergonzado?

—¡Natanael! —le riñe Santiago el Grande, dándole una palmada en el hombro.

—No dijo que no —dice Tomás—. Pero tampoco dijo que sí.

Mateo tiene muchas ganas de hablar de eso, pero puede ver que Natanael ya se ha sobrepasado.

—Rema lo está persuadiendo —añade Tomás, intentando claramente parecer más optimista de lo que realmente es—. Tenemos esperanzas.

Es obvio que nadie sabe qué decir. Tomás se dirige incómodamente hacia la puerta trasera. Juan va tras él, llamándolo.

Mateo sigue asimilando todo en silencio mientras llega Zeta y baja al piso el azufre que carga.

—Pues bien —dice—, la buena noticia es que tenemos la ceniza. La mala noticia es que la gente de la ciudad cree que los seguidores de Jesús están tramando algo —después de una pausa, continúa—. ¿Me perdí algo?

—Tomás regresó —dice María—, y nos preguntábamos cómo fue en el mercado.

—Compramos al proveedor más de la mitad de su azufre —dice Santiago el Grande—. La gente va a pensar que estamos construyendo armas. Que nos estamos preparando para la guerra.

Mateo cree que parece que a Zeta le gustaría precisamente eso.

—El azufre no solo se usa para prender flechas —dice Tamar—. También puede limpiar manchas de las telas.

—Se puede hacer incienso con él —dice María.

—Puede purificar un cuarto donde ha estado una persona enferma —dice Zeta, y siente una grata sorpresa cuando todos parecen asombrados de que él sepa eso.

Llegan Andrés, Felipe y Judas, y Felipe va cojeando y con un bastón. Andrés pregunta si Jesús regresó.

—En realidad, está en nuestra casa —dice Santiago el Grande— conversando con Abba sobre el olivar.

—Necesitamos hablar con él inmediatamente —dice Felipe.

—Espera, ¿por qué? —dice Santiago el Grande.

—Felipe —dice María—, ¿qué le sucedió a tu pie?

—¿Fueron atacados? —pregunta Zeta.

—Casi —dice Andrés.

—Tenemos un gran problema en la Decápolis —dice Felipe.

—Pero ¿no fueron ustedes para arreglarlo?

—Lo intentamos. Jesús tiene que intervenir.

—¿A favor de los *gentiles*? —dice Santiago el Grande, que parece que quiere escupir.

—Perdón —dice Tamar—, yo estoy aquí.

—Tú eres diferente —dice Santiago el Grande—. Hay cientos de peregrinos aquí en Capernaúm, nuestro propio pueblo, que no han visto a Jesús en semanas, viviendo en condiciones deplorables con la esperanza de tener una oportunidad más de oír sus palabras, como las que los cautivaron en el monte.

—Él no les prometió más enseñanza —dice Andrés—. Nos siguieron hasta Capernaúm por voluntad propia.

—Los gentiles sienten curiosidad ahora —dice Felipe—. Esto fue anunciado por Isaías: «He aquí mi Siervo, a quien yo sostengo, mi escogido, en quien mi alma se complace. He puesto mi Espíritu sobre él; él traerá justicia a los gentiles, y en su nombre los gentiles tendrán esperanza».

A Mateo le encanta cuando alguien cita la Escritura.

—He estado estudiando la genealogía de Jesús —dice.

—Suena emocionante —dice Natanael, y Mateo batalla para decidir si está siendo sarcástico.

—Parece haber muchos gentiles entre su propio linaje —continúa Mateo—. Rahab era una prostituta en Jericó que se casó con Salmón, que fue el padre de Booz...

—Y Booz se casó con Rut —interviene Zeta—, que era moabita.

—Podríamos dejar que Jesús mismo decida qué hacer sobre la Decápolis —dice María.

—Exacto —dice Andrés—. Gracias.

—Ella tiene razón —dice Santiago el Grande—. Vamos.

Todos los hombres excepto Mateo se van. Tamar se levanta para ocuparse de la ceniza y el azufre, y parece abrumada. María se acerca y se sienta frente a Mateo.

—Huele bien aquí.

—A canela —dice Mateo—. Para el sagrado aceite de la unción de la primera prensada —estudia a María—. Tristes noticias sobre Tomás y Rema ¿no?

—Así es —mira a Tamar como para asegurarse de que no pueda escuchar, y se acerca más a Mateo—. Hay algo que quería preguntarte —le susurra. Ahora tiene su atención.

—¿Sí?

—Ayer mientras estaba arriba, me encontré con una caja que tenía, ah, flecos de oración dentro.

Oh, no, piensa Mateo. Ahora no puede mirarle a la cara.

—¿Qué quieres preguntarme al respecto?

—¿Por qué estaban escondidos?

—*Por qué* no es lo importante —dice él—. Estaban escondidos por un motivo. ¿No se te ocurrió pensar eso?

Ella parece alarmada.

—¡Los dejé ahí, por supuesto! Fue un accidente. Solo me preguntaba...

Mateo se levanta de repente y agarra su bolsa.

—Me alegra que estés en mi antigua casa, pero te pediría que, por favor, no vuelvas a revisar mis pertenencias personales —sale apresurado por la puerta.

—Mateo, espera...

Pero él no se detiene.

De todas las personas del mundo con las que no querría estar molesto, María está en lo más alto de su lista.

Capítulo 63

CHARLATÁN

El templo de Jerusalén

¿*Por fin lo tenemos?*, se pregunta Samuel. Durante meses ha intentado recopilar pruebas suficientes contra Jesús de Nazaret para que así el Sanedrín se vea obligado a emprender la acción. El supuesto hacedor de milagros debería ser censurado, como mínimo, pero si algunas de las cosas que Samuel ha oído sobre él son ciertas (que él afirma realmente ser el Mesías), podría ser sentenciado a muerte.

Samuel se apresura a la oficina de apelaciones que está dentro de la gran sinagoga para reunirse con un anciano judío llamado Harmón, quien podría poner el último clavo al ataúd de Jesús. Parece que Jesús le estafó al anciano algún dinero. Cuando Samuel saluda al hombre y le señala que se siente, Harmón parece irritado.

—¡Dijo que él fue enviado por Dios!

—¿Esas fueron sus palabras exactas?

—¡Sí!

—¿Linaje?

—Afirmó ser de la casa y el linaje de David.

—No, me refiero a la casa de su padre. Jesús, hijo ¿de quién?

—No lo dijo —responde Harmón.

—¿Origen?

—¿A qué se refiere?

—¡De dónde es, hombre! Jesús ¿de qué, de dónde?

—Ah. No lo pregunté.

Samuel mira sus notas.

—Entonces, ¿solo le diste el dinero?

—Sí.

¿Sin saber nada más sobre el hombre?, se pregunta Samuel.

—Mi compasión por tu pérdida se está agotando.

—¡Pero su predicación era poderosa! Como nada de lo que he oído antes.

—¿Hizo alguna señal o milagro?

—No.

—¿Estaba rodeado de seguidores fieles?

—Estaba solo. Dijo que iba a reunir un ejército fuera de Beerseba en el Neguev, para derrocar a Roma. Y, como vio que yo era demasiado anciano para pelear, dijo que un donativo de cincuenta siclos ayudaría a sus tropas a hacer armas.

A pesar de su celo por destapar y delatar al Nazareno, incluso Samuel sabe que eso no es propio de él en absoluto. Se levanta rápidamente y agarra sus notas.

—Gracias por su reporte.

—¿No va a abrir una investigación formal?

Samuel da un suspiro. No puede ocuparse de cada ciudadano ingenuo, sea viejo o joven.

—Harmón, hay incontables estafadores que timan a la gente por toda Judea, y Jesús es un nombre común. Si iniciáramos una investigación, ¿dónde terminaríamos?

—Pero parecía deseoso de escucharme.

—Bueno, tal vez sí, pero éste no es el estafador que busco.

—Hace que parezca que fue culpa mía que me estafaran.

Bueno, al que le caiga el guante… piensa Samuel.

—Lo siento. Te puedes ir.

Mientras Harmón se aleja, Samuel se dirige al pasillo hacia el *bet midrash*, y lo encuentra casi vacío. Llega a su propio lugar de estudio, el más desordenado de todos, lleno a rebosar de rollos y tablillas apilados. Por mucho tiempo ha estado orgulloso de ser el estudiante más cuidadoso entre todos los rabinos fariseos, pero esta vida se ha convertido en cualquier cosa menos lo que imaginó para sí mismo. Agotado, se deja caer en su silla y hojea algunos pergaminos. Los hace a un lado y suspira. Samuel admite para sí que está tan deseoso de hacerse un nombre entre los miembros del Sanedrín como lo está de demostrar que Jesús de Nazaret es un blasfemo. Pese a cuán frustrantes han sido ambos esfuerzos, van de la mano.

Capítulo 64

NEGOCIOS

El mercado interprovincial de ganado

A Aticus le encanta su trabajo, su posición, su título. Haber sido elegido por el propio César como un *Cohortes Urbana* le hizo cerrar el círculo en su carrera profesional, tras haber servido por años en constante ascenso en roles militares. Ahora, a excepción del emperador, claro está, él actúa como su propio jefe. Él decide dónde ir, qué hacer, a quién molestar, o a quién delatar.

Y un día como éste, en el que puede molestar y exasperar a los árbitros judíos supremos de sus propias leyes, bueno, excepto por lo que tiene que oler y atravesar caminando, no puede ser mejor.

Jaulas temporales y animales acorralados de todo tipo emiten mugidos y balidos que asaltan los oídos, junto con estiércol inmencionable que ataca el olfato. Aticus observa atentamente dónde pone los pies mientras es testigo de este extraño teatro de lo absurdo, donde fariseos con túnicas llamativas parecen ser adulados por humildes pastores. Doce de los clérigos con vestiduras llamativas hacen un espectáculo a la hora de examinar cuatro corderos, mientras que cada uno de los pastores de los animales parece observar con nerviosismo desde cierta distancia. Uno de los fariseos chasca los dedos y exclama: «¡Agua!», haciendo que dos pastores se choquen entre ellos por llevarle una taza.

Un tercer pastor se acerca a un fariseo alto y con expresión desdeñosa.

—Creo que estará muy complacido...

—Nosotros tomaremos esas decisiones —dice el hombre alto.

Aticus solamente puede sonreír cuando otros dos fariseos hacen presión para oír la evaluación que hace el alto.

—Miren esas chuletas tan flacas. Su cuello es patético.

—Pero el pelaje... —dice otro.

—Podrías dibujarle manchas y convertirlo en una vaca, ¿sí? —dice el hombre alto—. Este cordero no es apto para sacrificarlo.

Aticus, con su manzana en la mano, interviene.

—Ustedes seguro que conocen sus cosas. ¿Esa parte de atrás se llama *chuleta*? ¿Quién iba a saberlo?

El fariseo alto se acerca, mirando a Aticus de arriba abajo.

—¿Quién eres? —obviamente molesto, se dirige a los otros—. ¡Es un gentil!

—Así es —dice Aticus, sin acobardarse lo más mínimo.

—¡No puedes estar aquí! ¿Estás... *comiendo*?

—Iba a hacerlo, pero... el olor.

—¡Esto es indignante! ¡Este es un lugar sagrado! Todo debe permanecer kosher. Te llevaré delante de Caifás.

Ah, qué divertido sería eso, piensa Aticus. Se muerde el labio antes de retirar su túnica para revelar las credenciales que lleva estampadas en su pecho.

—No hagas eso —susurra—. Estoy aquí enviado por Pilato. Ah, veo que estás molesto. Lo que quiero saber es quién es la autoridad aquí sobre predicadores callejeros problemáticos; concretamente en Galilea. ¿Alguien está hablando sobre algo inusual?

—Danos una buena razón para decírtelo —dice el fariseo que lidera.

Aticus se aclara la garganta, dejando claro que está a punto de escupir, lo cual enfurecería a los fariseos.

—¡Yani! —dice el alto— ¡Pregunta al rabino Yani!

Aticus sonríe.

—Gracias a todos —le lanza su manzana al fariseo, quien la deja caer como si fuera una papa caliente. Aticus se aleja, pasando al lado del pastor decepcionado que llevó al cordero rechazado.

—Si ellos no lo quieren —le dice—, yo estoy hambriento.

Capítulo 65

INTRUSO

Capernaúm, el barrio romano

Simón extraña desesperadamente estar seguro de sí mismo. Esa solía ser toda su esencia. No es que con frecuencia no se equivocara o fuera impulsivo. Lo era. Y eso hacía que se metiera en todo tipo de problemas. Sin embargo, en raras ocasiones dudaba de sí mismo, de sus sentimientos, de sus intenciones. Conspirar con los romanos, poniendo en riesgo a sus compañeros pescadores judíos para salvar los cuellos de su hermano Andrés y el suyo... Incluso ser tan arrogante al principio pensando que Andrés se había vuelto loco cuando afirmó haber visto al tan esperado Mesías.

Simón siempre sabe cuándo se equivocó, y a menudo se disculpa rápidamente e intenta arreglar las cosas. Pero esta última ocasión de que su confianza esté hecha pedazos, y su aire de seguridad quede destruido, bueno, lo ha sacudido hasta lo más hondo. Que su ofensa tenga que señalarla la mujer que ama más que a nadie en la tierra hace que todo sea más doloroso, obvio y desconcertante. No, él no podía saber que Edén estaba embarazada, aunque eso es algo que él deseaba y por lo que oraba. Y no, no tenía modo alguno de saber que había perdido al bebé; y de un modo tan horrendo.

Pero él *ha* sido insensible. Había dado por sentado que la emoción de ella se igualaba a la de él por haber sido llamado por el maestro, y los dos eran plenamente conscientes de que tal vida supondría para ellos un gran precio. Simplemente no sabía qué tan grande sería ese precio.

Todo era mucho más inquietante porque Edén, a pesar de su enojo justificado, era rápida para perdonar. Cuando le contó lo sucedido, en cierto modo ella estaba dispuesta ahora a mantener la paz. Al final, Simón no sabe qué sentido darle a todo. Se ha equivocado, sí. Incluso ha albergado resentimiento hacia el redentor de su alma, preguntándose por qué parece que Jesús hace milagros para todos los demás, incluso para la madre de Edén, pero no para él mismo o para Edén.

Y, cuando es atormentado por todos esos pensamientos opuestos, Simón simplemente tiene que irse de la casa, abandonar las responsabilidades relacionadas con su discipulado, e intentar aclarar su mente, y por eso se encuentra ahora en una parte de la ciudad que es nueva para él. No puede evitar admirar la arquitectura de este imperio tan rico. Toca con sus dedos distraídamente las puertas enrejadas y las vallas decoradas. Una mujer desde un segundo piso lo mira fijamente y cierra las cortinas. Una pareja muy bien vestida pasa por su lado, y ambos fruncen el ceño.

De modo extraño, aunque está totalmente fuera de su elemento, Simón siente que su paseo está funcionando. Su mente se aparta temporalmente de sí mismo y de sus problemas. Hasta que se encuentra con un soldado.

—¿Qué estás haciendo aquí, judío?

—Ah, yo… simplemente caminaba y terminé aquí…

—Uno no *termina* en el barrio romano. ¿Cómo pasaste la guardia?

—Yo no vi…

—Vienes conmigo.

Gayo se acerca.

—¡Canio! ¿Qué sucede?

—Este judío de algún modo logró atravesar la puerta.

—Yo me ocuparé —dice Gayo—. Yo mismo lo interrogaré.

—¿Seguro? ¡No es nadie!

—Ve a la entrada —dice Gayo— y asegúrate de que Antio esté allí. Esto no debería haber ocurrido. Quiero saber dónde estaba Antio.

—Sí, Primi.

Gayo agarra a Simón y se lo lleva, pero poco después lo suelta.

—No hables —le susurra—, no hagas preguntas, no digas ni una palabra hasta que entremos.

Pronto llegan a la casa de Gayo, donde hace entrar a Simón y cierra la puerta tras él.

—Te podrían haber arrestado. ¿Cómo se te ocurrió cruzar a nuestro barrio?

—Ya estuve en todas partes. Esta era la última parte de la ciudad y pensé que me distraería, la novedad, ya sabes.

—¿Y no podías distraerte bebiendo en El Martillo?

Una mujer llamativa y un varón de unos nueve años salen de una habitación lateral. Gayo los presenta como su esposa Livia, y su hijo Mario.

Ella entrecierra los ojos al ver a Simón.

—¿Qué es esto?

—Nada por lo que preocuparte —responde Gayo.

—Es la mitad del día y no estás en...

—Necesitaba un lugar con privacidad para interrogar a este judío transgresor.

Livia no parece convencida.

—No quiero hacerles daño —dice Simón.

—¿Eres el médico? —pregunta ella.

—El ¿qué?

—Gayo dijo que había un médico judío que podría...

—Livia, por favor —dice Gayo—, hay que vestir a este hombre con una de mis capas. No quiero más problemas mientras lo llevo fuera del barrio.

Ella lanza una mirada a Gayo antes de salir de la habitación.

—¿Conoces al médico judío? —pregunta Mario—. ¿Puede ayudar a Ivo?

—Ivo es nuestro, mmm... —dice Gayo.

—Ah sí, lo mencionaste. El hijo de tu sierva.

—Es mi mejor amigo —dice Mario—. Está muy enfermo.

Livia regresa con la capa.

—Muy bien, Mario, es suficiente. Por favor, vete a tu cuarto.

Livia se mantiene a distancia de Simón y le entrega la capa. Gayo mismo parece ofendido.

—El ser judío no es contagioso, Livia —le dice.

—Entonces, él ya sabe nuestra historia —dice ella.

—No toda —dice Gayo.

Simón se pone la capa.

—Saldremos por la puerta trasera que da al callejón —dice Gayo—. Por aquí.

Cuando pasan por un cuarto, Simón se queda mirando a Ivo, de tez oscura.

Capítulo 66

LA EXPLICACIÓN

Hogar anterior de Mateo

María de Magdala está sentada en la escalera de entrada de la casa, tejiendo una cesta a la luz de la luna y preguntándose cómo puede ser tan emocionante y tan desconcertante al mismo tiempo esta nueva vida. No cambiaría su lugar actual por nada del mundo, aunque temporalmente regresó a sus viejos caminos solamente para ser perdonada totalmente por Jesús. Aprender que ser redimida no le hizo ser perfecta demostró ser una difícil lección. Había estado segura de que nunca regresaría atrás.

La comprensión y la misericordia de Jesús han hecho que esté más decidida aún a mantenerse en el camino. Sin embargo, ahora vuelve a estar decaída. No es que haya vuelto a pecar gravemente, pero está claro que ha ofendido al precioso Mateo, el discípulo por el cual siente más empatía. No está ciega a la aparente obsesión que él tiene por ella, pero intenta convencerse de que es totalmente platónica, al igual que lo son sus sentimientos por él. María simplemente quiere alentar al joven y asegurarle su afecto de hermana.

Pero ahora ha sobrepasado sus límites accidentalmente y le ha hecho daño; le hizo enojar. Intenta concentrarse en lo que está haciendo, pero descubre que su angustia está haciendo que manipule las cintas con demasiada agresividad, apretándolas demasiado. Ojalá Mateo le permitiera intentar explicarse.

Levanta la mirada al oír el clic en la puerta.

—¿María?

¡Qué alivio! Es él.

—Mateo —dice rápidamente—, yo, por favor perdóname. No era de mi incumbencia, y...

—No eres tú quien debe disculparse —dice él, evitando su mirada—. Lamento mucho mi arrebato.

—Tus pies —dice ella—. Están cubiertos de lodo.

—Ah, sí, es que... bueno, Jesús siempre va a lugares solitarios, y pensé que yo podría intentarlo.

—Ah —dice ella, pensando que eso es muy propio de Mateo—. Y ¿cómo te fue?

María tiene que reprimir una sonrisa cuando él le dice exactamente lo que sucedió.

—Apenas había salido a los campos cuando me encontré caminando por el lodo. Lo tomé como una señal para regresar y disculparme. ¿Puedo explicarme?

Agradecida, María asiente con la cabeza.

Mateo se sienta a su lado y le cuenta esta historia...

Unos años antes
Cerca del final de su día de trabajo, con Gayo de pie haciendo guardia a unos pasos de distancia y aburridísimo, Mateo está sentado en su caseta de impuestos, revisando meticulosamente y registrando las transacciones de ese día. Muy beneficioso. Está a punto de recoger sus cosas y dirigirse a la Autoridad romana acompañado por Gayo cuando se acerca un hombre, que cojea por la edad, pero tiene un aire solemne.

—Tal como planeaba —dice el hombre—. No hay fila al final de la tarde del sexto día.

Mateo examina al hombre inquisitivamente.

—¿Usted planeó que no hubiera fila a esta hora?

—Ah, otra persona lo hizo, hace mucho tiempo atrás.

Mateo siente que el hombre está intentando decirle algo, tal vez metafóricamente, pero él nunca ha sido rápido para captar ese tipo de cosas.

—¿Quién? —le pregunta.

—No importa —responde el hombre—. ¿Realmente nunca lo has notado? Pareces alguien que nota las cosas.

Mateo está seguro de que eso es un halago.

—Gracias —dice—. El tráfico *sí* que es más lento al final del día sexto.

—Todo el mundo está en sus casas preparándose para el *sabbat* —dice el hombre.

Por supuesto, piensa Mateo.

—¿No debería usted hacer eso, señor?

—¿No deberías *tú*? —dice el hombre.

Mateo está evitando la mirada del hombre, pero observa que Gayo se acerca un paso más a la caseta, tal vez esperando problemas. Mateo, sin embargo, no siente ninguna acusación en el tono de voz del hombre.

—¿Ha venido para pagar sus impuestos? ¿Por qué no quería que hubiera una fila?

—Tal vez quería toda tu atención.

Gayo pone una mano sobre su espada, pero a Mateo no le preocupa un hombre de esa edad y tan frágil, sea con aire solemne o no.

—Además —continúa el hombre—, ¿quién quiere hacer fila? Mi nombre es Yoram, hijo de Hezrón, de la tribu de Benjamín.

Mateo hojea su archivo.

—Solo necesitamos un nombre y un ancestro.

—Lo sé. Supongo que ser de la tribu de Benjamín es el último motivo de orgullo que me queda, además de una experiencia con la que Dios mismo me bendijo una noche hace unas tres décadas atrás. ¿De qué tribu eres tú?

Oh, no, piensa Mateo. *Esto se está volviendo personal.*

—No hablo de esas cosas.

—Él era el favorito de los doce hijos de Jacob.

Eso no le suena correcto a Mateo. Él no es ningún erudito en las Escrituras, pero por supuesto que recuerda esa historia.

—Pensaba que José era el favorito.

—¡Ah! Entonces *sí* que hablas de estas cosas —Mateo levanta la mirada del archivo y el anciano se acerca más a la caseta y mira a la distancia—. Bueno, si no el favorito, al menos era el menor de la familia y el único otro hijo de Raquel, la amada de Jacob.

Mateo vuelve a mirar el libro de archivos.

—Algo no está bien —dice Mateo.

—Se podría decir eso —dice el anciano.

—Su ingreso ajustado del año pasado no es proporcional a la cantidad que debe. ¿Recibió una gran suma de dinero?

—No.

—Su deuda fiscal es la más elevada en Capernaúm. No parece posible haber incurrido en tanta deuda, incluso por un cambio repentino en su suerte.

Yoram sonríe como un hombre que tiene un secreto.

—Un momento —continúa Mateo—. ¿Qué son todas estas cifras reasignadas y transferencias?

—Hijo —Mateo se retrae. Cómo le gustaría seguir siendo el hijo de Alfeo—, no me quedan muchos más días en esta tierra…

—No puedo creer lo que veo aquí.

—Ah, ¿eso? —dice Yoram con indiferencia—. Sí, compré toda la deuda de mis hijos y mi familia, y la puse a mi nombre.

—Nunca he visto… es, esto es un logro asombroso de aptitud financiera. Debo decir que estoy impresionado. Pero ¿por qué?

El viejo Yoram muestra lo que parece una sonrisa triste.

—Este mundo ha sido pesado. Vivir por tanto tiempo bajo el yugo… He visto todo lo que necesitaba ver, y estoy listo para ver a mi creador. Otra vez.

¿Otra vez?, se pregunta Mateo. *¿Qué podría significar eso?*

—Seguro que con su astucia también ha preparado algún modo de pagar esto.

—Mira —dice Yoram—, Benjamín no era su nombre original. Raquel murió momentos después de darle a luz, y cuando su alma partía lo llamó Benoni, que significa «hijo de mi tristeza». Jacob lo cambió a Benjamín, que significa «hijo de mi diestra». Eso fue amable por su parte.

Pero Mateo está fijo en el libro de cuentas.

—¿Tiene ahorros? ¿Tierras? ¿Bienes? ¿Algo que pueda vender para pagar esta suma inconcebible?

—Al pensarlo, parece que la vieja Ima Raquel podría haber tenido razón. «Hijo de mi tristeza».

—¿Por qué hizo esto? Será arrestado y enviado a un campo de trabajo romano.

—Pero no podrán perseguir a mis hijos —dice Yoram con una sonrisa—. Lo hice todo legalmente, que conste.

—¡Lo sé! Estoy asombrado, pero sería muy desagradable para usted...

—Sinceramente, ¿cuánto tiempo crees que duraría en un campo de trabajo?

—Usted es... astuto.

—Y para responder a tu pregunta, no, no tengo bienes. Podría haber guardado el poco dinero que tengo y que cada uno pagara su deuda, pero ¿para qué? ¿Para verlos sufrir como yo he sufrido como pastor toda mi vida?

—Pensé que el sacrificio humano era contrario a nuestra creencia —dice Mateo.

—El autosacrificio simbólico no lo es. Y, de todos modos, no seré yo el que atraviese la espada —el anciano mira deliberadamente a Gayo.

Mateo se siente agitado y confuso.

—Aunque no me agrada hacer esto —dice—, no tengo otra opción sino ponerlo bajo arresto.

—Gracias —dice Yoram—. Lo entiendo. ¿Puedo regalarte algo?

¿De qué diablos está hablando?, se pregunta Mateo.

—¿Un regalo?

—Un obsequio —dice el hombre— por tu estupendo servicio, y tu gentileza al escucharme hablar y hablar.

Mateo no sabe qué decir. Está a punto de enviar a ese hombre a una muerte segura y desagradable, y sin embargo…

—No es lo habitual —dice Mateo.

—En verdad, voy a darte lo más valioso que poseo.

—¿Un bien?

—Más valioso que el oro, más precioso que los rubíes.

¡Estupendo!, piensa Mateo. Eso podría cambiarlo todo para Yoram.

—¡Quizá pueda ayudarle a liquidar la deuda! —dice—. ¡Podríamos trabajar juntos! Un registro con un saldo de esta magnitud refleja un mal desempeño por mi parte.

El hombre pone en la repisa de la caseta un par de flecos de oración blancos, con el fleco más largo teñido de un hermoso color entre azul y violeta, casi turquesa. *¿Tzitzits?* Mateo está perplejo.

—Bien —dice Yoram—, son únicos. Se remontan a los tiempos del primer exilio, teñidos con el más exquisito *tekhelet*.

—¡Debe haber un comprador! Si la cantidad salda su deuda, usted será perdonado.

—No sé —dice Yoram—. Te animo a que consideres quedarte con ellos. Para ti, hijo mío.

—¡No somos parientes! Por favor, no use esa palabra.

—Ya tomé una decisión. Quiero que tú los tengas —se acerca un poco más, como si quisiera que el guardia romano no escuche—. Tú escogiste este trabajo. Sé que ahora no vas a usarlos, pero podrías necesitarlos algún día.

Mateo no puede imaginarlo.

—Eso es muy improbable. Los pondré en el mercado y veremos qué podemos hacer.

Yoram se voltea para mirar a Gayo, y extiende sus brazos para ser esposado.

—Oficial —dice—, me entrego.

Gayo lo mira.

—No te preocupes, anciano —le dice—. Alguien vendrá a recogerte.

—Buscaré un comprador —dice Mateo.

—Cuando entiendas su valor —dice Yoram—, ningún hombre podrá pagar su precio. *Sabbat* shalom, joven.

• • •

—¿Más valioso que el oro? —dice ahora María.

Mateo sonríe.

—«Y más precioso que los rubíes». Los guardé para respetar la genialidad de ese hombre. También los guardé como recordatorio de los pecados contra mi pueblo.

—¿Por qué?

—Quiero entender las cosas, María —dice Mateo mientras su voz comienza a quebrarse—. Especialmente cosas inescrutables que me inquietan, y esta fue la más misteriosa de todas. Hay muchas cosas de las que me arrepiento. Si hubiera tasado y vendido los flecos, solamente sentiría más remordimiento, y no podría soportarlo.

—No se trataba de los flecos —dice María—. Son solo un símbolo. Ese hombre quería que tuvieras su fe. Eso era lo último que le quedaba, su bien más valioso en el mundo —puede ver que Mateo parece estar entendiendo eso, de modo que continúa—. ¡Y tú la tienes! Yoram quería que volvieras a ser judío, y lo eres. Fue su última voluntad.

—¿Por qué querría él eso para alguien como yo?

—Porque a veces Dios envía una paloma.

—¿Una paloma?

—Nunca te lo he contado —dice María—, pero el día que conocí a Jesús iba a acabar con mi vida.

—¿Qué?

—Estaba a punto de saltar desde un lugar alto cuando una paloma llamó mi atención, y no pude resistirme a seguirla. Me condujo al lugar donde conocí a Jesús. Ese anciano era tu paloma.

Mateo parece intentar comprender lo que ella está diciendo. María abraza sus propias rodillas y mira las estrellas.

—Nuestras vidas a menudo han sido dolorosas, ¿cierto?

—Sí —dice él.

—Pensamos que la vida está llena de escasez y no de abundancia, pero entonces hay veces en que, de la nada, el mundo de algún modo expresa su anhelo de plenitud. Y, de repente, Dios interviene y somos sacados de nuestra ceguera, y se nos invita a la redención. Sé que yo lo fui. Sé que tú también.

Mateo le mira fijamente, y sus ojos oscuros brillan en la oscuridad.

—No sé qué decir.

—Tal vez no digas nada. Sé que te has sentido indigno, pero es hora de añadir un nuevo accesorio a tu ropa, o más bien uno viejo.

Él parece perplejo, al menos por pensar en eso. Se derrumba.

María se levanta y aplana las arrugas en su ropa.

—Shalom, shalom, Mateo.

Capítulo 67

FLECOS
DE ORACIÓN

El barrio romano, en la noche

Cuando un romano pasa a caballo por el otro lado de la calle, Gayo le dice a Simón que se ponga la capucha. Cuando el hombre se aleja, Gayo habla.

—La próxima vez que necesites un cambio de aires, prueba comida nueva. O aprende el lanzamiento de discos.

—¿Discos? —dice Simón, todavía recuperándose de lo que acaba de ver en la casa de Gayo—. Parece que eres tú quien necesita una distracción.

—Me estoy esforzando para ayudarte —dice el primi.

—Yo era pescador de profesión. Sé cuándo un barco ha encallado. ¿Cuánto tiempo lleva así?

—No sé de lo que estás hablando —dice Gayo.

—Sí que lo sabes. Ese muchacho…

—No es asunto tuyo.

—Tu esposa preguntó si yo era el médico judío del que le hablaste. ¿Le hablaste de Jesús?

Gayo parece estar tenso.

—El niño lleva enfermo casi un mes, y está empeorando cada día más.

—¿Ninguno de tus médicos puede ayudar?

—Ya viste el color de su piel. La mayoría de los romanos lo menosprecian porque es un siervo.

—Es honorable que cuidaras de él cuando su madre murió.

—Él no es... solamente un siervo.

—Tu hijo dijo que era su mejor amigo. Como tener un hermano.

—¡Lo son! Son medio hermanos.

Simón intenta disimular su sorpresa.

—¿Lo sabe Livia?

—No hablamos de ello. Para los hombres romanos, es más... común.

—Eso es común para muchos hombres, solo que es más aceptado en tu cultura.

—Ahórrate el sermón, Simón.

—No te estoy juzgando.

—No me sentí culpable en ese momento, pero últimamente... me arrepiento de mis acciones. Y ahora está enfermo, y no puedo seguir fingiendo que no es mi hijo. Ni ella tampoco —Gayo parece aliviado de haberse quitado ese peso.

—El silencio entre esposo y esposa —dice Simón— es venenoso. Y cuánto más tiempo pase, peor. Confía en mí.

—No.

—Confía en mí lo suficiente.

—Quédate en tu lado de la calle, Simón.

—Está bien. Shalom, shalom.

—¿Por qué lo dices dos veces?

—Una vez significa paz —dice Simón—. Dos veces significa perfecta paz. Plenitud total.

—Eso habrá que verlo.

Afuera de la casa de Andrés, la misma noche
Tadeo no puede evitarlo. Le cae bien Mateo, y así ha sido desde que lo conoció. Es plenamente consciente de que algunos de los otros siguen guardando resentimiento hacia el joven excéntrico e incluso peculiar; sin embargo, Tadeo se cuenta entre quienes reconocen que todos los discípulos cargan con un bagaje en su nueva relación con Jesús. Como a menudo enseña el maestro, ya no se trata del pasado. Todo ha sido hecho nuevo. Tadeo no volverá a juzgar a Mateo por su pasado más de lo que querría que cualquiera lo juzgara a él por el suyo propio.

En el fresco de la noche, ha seguido a Mateo saliendo por la puerta trasera del hogar de Andrés hasta un modesto terreno que limita con el callejón. Lleva los preciosos flecos de Mateo; le atrae su belleza antigua, pero le entusiasma todavía más el plan de Mateo.

—¡Creo que es una idea estupenda! —dice Tadeo—. Especialmente llevarlos puestos antes de que llegue el Rabino.

Mateo parece deseoso de continuar con eso, pero también parece frustrado.

—Solo dime cómo amarrarlos. Me refiero a que los he visto en otros, pero…

—Sería más rápido si te los amarro yo —dice Tadeo, pero cuando se acerca, Mateo se aleja de él—. Por favor, no me toques. No me gusta que me toquen. Gracias.

Muy bien, piensa Tadeo.

—No hay problema. Entonces, mmm… primero tienes que quitarte tu… es más fácil si te quitas la túnica exterior primero.

—¿Quitarla?

—Bueno, llevas debajo tu *tallit katan*, ¿no? Es ahí donde los amarrarás.

—¿Podrías voltearte, por favor?

Tadeo siente calidez y comprensión, y por eso batalla para reprimir una sonrisa ante la bobada de la modestia de Mateo. Seguramente Mateo sabe que Tadeo, al haber sido un trabajador manual, ha visto a varones en estados con poca ropa mucho más reveladores de lo que está sugiriendo ahora.

—Claro —dice, dándose media vuelta.

—¿Por qué llevamos flecos de oración, de todos modos? —pregunta Mateo.

—Dios lo ordenó en la Ley de Moisés.

—Pero ¿qué tienen que ver los flecos de oración con la Torá?

Tadeo supone que Mateo debería saber eso, pero ha escuchado la historia de que, cuando era niño, a Mateo le permitieron saltarse la memorización de la Torá para seguir su inclinación a las matemáticas y la contabilidad.

—Las letras hebreas que deletrean la palabra tienen el valor numérico de seiscientos, y además se utilizan trece nudos e hilos para hacer los flecos.

—¡Y hay seiscientos trece mandamientos en la Ley! —Mateo parece emocionado.

—¿Ves? —dice Tadeo—. Lo entiendes. Cuando los llevamos en las cuatro esquinas de nuestra ropa, es como…

—Es como estar rodeado todo el día por la Palabra de Dios.

—¡Ya eres prácticamente un rabino! Bien, entonces, en la esquina inferior derecha de tu talit debería haber un agujero. ¿Lo ves? Toma tres hilos cortos y uno largo…

—¿El azul?

—Sí, ese debería ser el más largo.

Mateo, agradecido de que Tadeo siga estando de espaldas, aparta su túnica de sus rodillas y extiende los flecos que están enredados, y comienza a desenredarlos justo cuando aparece Natanael desde la casa.

—¡Jesús está aquí! —anuncia.

Mateo da un salto, agarrando su túnica exterior y poniéndola delante de él.

—Entraremos en un momento, por favor.

—Está bien. Pero, Tadeo, ¿qué estás mirando?

Mateo detecta una pizca de risa en la respuesta de Tadeo, pero seguramente no.

—Prometo que entraremos en breve.

Natanael cierra la puerta lentamente.

—¿Estás bien? —pregunta Tadeo a Mateo.

—Sí. Es que a veces es muy grosero.

Capítulo 68

TIENES QUE SER TÚ

Hogar de Andrés

A Juan le parece que el diminuto apartamento es demasiado pequeño para que todos los discípulos se reúnan allí, pero también le agrada estar rodeado de tales amigos, especialmente Jesús, por supuesto. Más de una vez el maestro se ha referido a él concretamente como el amado, y naturalmente eso nunca se ha pasado por alto. Se siente amado. Sabe que Jesús los ama a todos, ama a las masas, ama incluso a sus enemigos; sin embargo, Juan no puede evitar esperar que él sea más especial para Jesús. Él es a quien el rabino ama *realmente*; sin embargo, no le ha pasado desapercibido que las dos últimas reuniones importantes con el grupo han sido en los hogares de los hermanos: Simón y Andrés. Bueno, no malgastará tiempo preguntándose sobre eso. Jesús también ha estado en la casa de él y su hermano Santiago el Grande.

Entre las experiencias favoritas de Juan con Jesús están reuniones como ésta, donde los discípulos reportan lo que ha estado sucediendo, hacen preguntas, y se sientan cautivados bajo el consejo del propio Mesías. Andrés ha distribuido tazas de agua y algunos platos escasos de pan, y Felipe y él han informado rápidamente a Jesús sobre la situación complicada en la Decápolis.

—¿Y cuál fue su estrategia para solucionarlo? —pregunta Jesús.

—Dijimos, o intentamos... —dice Felipe.

—Intentamos contarles una de tus parábolas —dice Andrés.

—Una parábola —dice Jesús—. Bien. Eso es lo que yo habría hecho.

—¿Qué parábola? —pregunta Tomás.

—El banquete —responde Felipe.

—Ya sabes —añade Andrés—, en la que los invitados ponen excusas para no ir, de modo que todos los demás son invitados.

Juan no puede creerlo.

—¿Escogieron el *banquete*?

—La gente se molesta por esa —dice Natanael.

—Desde luego que sí —dice Jesús.

—Bueno —dice Andrés —, si les hace sentir mejor, primero consideramos la que habla del trigo y la cizaña, pero lo pensamos mejor.

—Ya les dije que algunos no entenderían ésa —dice Jesús.

—Ni siquiera yo estoy seguro de entenderla —dice Tomás.

—El problema es que ellos *sí* entendieron la parábola que escogimos —dice Felipe—, y causó peleas en la calle.

—Disturbios —dice Andrés— entre judíos y gentiles.

—Leandro dice que está empeorando cada día —añade Felipe—. El sacerdote helenista que dirigía la ciudad cambió de parecer, y eso es bueno, pero cuando abdicó sus obligaciones, otros quisieron llenar el hueco vacío, quedaron proyectos sin terminar, todos se enojaron y comenzaron a culparse unos a otros...

—Y todo eso condujo a robos —dice Andrés— y peleas literales. Personas abandonaron sus hogares para evitar la violencia.

—¿*Ese* es el ambiente al que sugieres enviarnos? —pregunta Santiago el Grande.

Jesús hace una pausa antes de hablar.

—¿Qué parte de la parábola causó esas peleas?

Andrés y Felipe se miran el uno al otro.

—La parte sobre las personas afuera de la ciudad —dice Felipe—, los que están en los caminos y los vallados, los últimos en ser invitados y aceptar.

—Eso es lo que sospechaba —dice Jesús dando un suspiro.

—Los que están en los caminos y los vallados —dice Juan—, ¿se refiere realmente a gentiles?

—El que tenga oídos para oír —dice Jesús—, oiga —hace una pausa—. Saldremos en la mañana.

A Juan le parece que todos están de acuerdo, a pesar de cualquier recelo. Confían en Jesús, y ¿por qué no iban a hacerlo?

—Váyanse todos a sus casas —añade Jesús—. Reúnan sus cosas. Saldremos a los caminos y los vallados antes del amanecer.

Mientras los demás se van, Jesús se dirige a Felipe y Andrés.

—Muchachos —les dice—, todo esto es parte. Intentan cargar cosas pesadas, y a veces alguna se cae. Entonces la recogemos y continuamos.

Juan apenas si se da cuenta de que los otros se están dispersando, pero se queda sentado pensando en la abrumadora tarea que tienen por delante.

—Juan —dice Jesús, mientras recoge tazas y platos y se acerca a un cubo para lavar—. ¿Podemos hablar?

—Sí, Rabino —se acerca, y piensa que él no debería hacer eso—. Yo puedo hacer eso —dice Juan.

—Este viaje no va a ser fácil —dice Jesús, mientras sigue lavando las tazas.

—¿Perdón?

—La Decápolis será peligroso. Los corazones que debo alcanzar allí están endurecidos, de judíos y gentiles por igual. Nuestro tiempo allí será tenso.

—Estamos preparados para cualquier cosa, Maestro. Tenemos a Zeta. Puedo decirle a mi padre que venga con nosotros también para tener ayuda extra. Se le dan bien las multitudes.

—Quiero que tú te quedes aquí.

¿Qué? ¿He oído correctamente?

—El resto de nosotros saldremos en la mañana —añade Jesús—. Tú te quedarás y esperarás.

—Pero, si la situación es tensa, debería estar allí más que nunca.

—¿Para qué? —dice Jesús—. ¿Ser más fuertes porque somos más? Nuestros retos allí no tienen nada que ver con cuántos de mis seguidores me rodean. Esto no se trata de falta de recursos.

—Entonces, ¿de qué?

—De corazones duros, Juan. Fríos. Fríos como el granito.

—No entiendo.

—Pareces pensar que necesitamos a todo el grupo para este viaje. ¿Quién no estuvo en esta reunión?

Juan se pregunta cómo se le ha pasado que Simón estuvo ausente.

—Ah.

—Lo esperarás y lo llevarás contigo. El éxito de este viaje depende de Simón.

¿Depende de Simón?, piensa Juan. *¿Y qué de mí?*

—Maestro —dice, calmado y desesperado por no volver a dar motivo a Jesús para referirse a él como uno de los Hijos del Trueno—, yo puedo hacer lo que necesites.

—Esperar a Simón es lo que te estoy pidiendo que hagas.

—Simón está distraído. No es él mismo. Algo no va bien. Tal vez sea mejor si él se queda aquí.

Jesús enjuaga una taza en el cubo y la seca con un trapo.

—Juan, te amo, pero lo que estás sugiriendo no es como yo trato a la gente que sufre. Ya deberías saberlo.

—¿Y algunos de los otros? ¿No sería mejor si uno de ellos…?

Jesús menea la cabeza negativamente mientras enjuaga y seca la taza.

—Conoces a Simón desde la infancia.

—¿Y qué de Mateo? Simón y él trabajaron juntos para encontrar a María en Jericó.

—¿Pensaste que juntarlos para esa tarea era una buena idea en ese momento?

Juan no tiene respuesta para esa pregunta.

—Juan, tienes que ser tú. No más preguntas.

A la mañana siguiente
Jesús dirige a Santiago el Grande, Andrés, Felipe, que todavía cojea y camina con un bastón, Natanael, Tadeo, Judas, Santiago el Joven, Zeta y Mateo en silencio por el campo hacia Decápolis. Andrés observa los flecos azules y blancos que se mueven desde debajo de la túnica de Mateo, rozando sus piernas.

El ambiente parece siniestro, piensa Andrés. *Como si fuera una marcha hacia la guerra.*

Natanael se acerca a él.

—¿Dónde está tu hermano? ¿Está bien?

—Tenemos muchas cosas entre manos sin preocuparnos por él por ahora —responde Andrés.

Natanael parece aceptar su respuesta, y se adelanta. Sin embargo, Andrés *está* preocupado por Simón. Más de lo que le gustaría admitir. Cree por instinto que cualquier cosa que vaya mal en la casa entre Simón y Edén, su amor lo superará. Pero Simón siempre ha sido impetuoso; bien podrían haberlo llamado un Hijo del Trueno al igual que a Juan y Santiago el Grande. En parte, eso es lo que hace de él un líder fuerte e innato. Y por eso sería útil que estuviera allí.

Andrés no sabe lo que significa que Juan se haya quedado también. Parece que está esperando a Simón, pero entonces, ¿qué? ¿Alcanzarán ambos a los demás, jugarán algún papel en lo que suceda en la Decápolis? Bueno, no tiene caso pensar en eso. Jesús tiene un plan; siempre lo tiene. Y será perfecto.

La pregunta es: ¿qué y a quién involucrará? Andrés apenas si puede esperar para averiguarlo, pero no está necesariamente ansioso por llegar y estar en medio de todo. No, sería casi igual de emocionante si simplemente más adelante escucharan el relato de lo que suceda.

Casi.

Capítulo 69

LA REPRENSIÓN

Hogar anterior de Mateo

Simón supone que será mejor que compruebe cómo va las cosas y dónde podría estar Jesús. No puede albergar su resentimiento por mucho más tiempo. Apenas si puede ponerse frente a su propia esposa, pero en algún momento tendrá que hablar con su maestro. Hace mucho tiempo que superó cualquier duda o recelo acerca de la identidad del Mesías; y sería un completo necio, a pesar de su dolor y su enojo, si negara las señales y milagros que ha visto con sus propios ojos o las verdades que ha escuchado con sus propios oídos.

Tras su expulsión del barrio romano, Simón pasó el resto de la noche hasta la madrugada caminando por la ciudad, revolcándose en su tristeza y amargura. Agotado y a la vez deseoso de encontrar un modo de cerrar esa situación, entra en la mansión para encontrar a María y Tamar preparando el desayuno. Pero ¿para quién?

—Shalom, Simón —dice María.

—¿Qué haces aquí? —dice Tamar.

—¿Te quedaste dormido? —pregunta María.

—No dormí nada.

—¿Por qué? —pregunta Tamar.

—¿Dónde están todos?

—Salieron antes del amanecer hacia la Decápolis —responde María—. ¿Nadie te lo dijo?

Simón menea negativamente la cabeza.

—Si corres —dice Tamar—, tal vez podrías alcanzarlos.

—No se me da bien correr.

Entonces entra Zebedeo.

—¡Simón! ¿Qué haces aquí?

—Tomando un vaso de agua. Tengo sed.

—¿Por qué no estás con los demás? ¿Te asignaron que te quedaras y cuidaras de las mujeres?

—No sabía nada del viaje. Pensé que Andrés y Felipe fueron y lo solucionaron.

Zebedeo parece estudiarlo.

—Estás desconectado, Simón. No sabes lo que está sucediendo.

Estupendo, piensa Simón. *Esto es lo que necesito en este momento.*

—¿Me reprendes, Zebedeo?

Aparece Juan.

—¿Abba?

Pero Zebedeo sigue enfocado en Simón.

—No juegues conmigo, muchacho. Salomé y yo fuimos a tu *bris*.

—¡Abba! —grita Juan.

Zebedeo lanza una mirada abrasadora a Simón y se marcha.

—¿Qué le sucede? —pregunta Simón.

—¿Qué le sucede *a él*? —dice Juan. Da un suspiro—. Recoge tus cosas.

—Está bien. Estoy listo. Viajo ligero. ¿Qué haces tú aquí, de todos modos?

—Te estaba esperando.

—¿En serio? ¡Gracias!

Juan se acerca a él, con expresión de enojo.

—No fue mi decisión. Yo te habría dejado aquí.

—¡Vaya! —dice Simón—. ¿Alguien se comió tu desayuno, Juan? ¿Qué te he hecho yo?

—¡Es lo que *no has hecho*!

—Ah, otra vez.

—¡Faltas a reuniones! Estás por ahí toda la noche con un oficial romano. ¡Tu esposa ni siquiera sabe dónde estás!

—¡Entonces déjame aquí! Como una hoja al viento.

—No puedo. Jesús dice que el éxito del viaje depende de ti. Tú, de entre todos. No lo entiendo y, francamente, me siento ofendido. Pero ¿qué le voy a decir a Jesús, que no?

—Podrías.

—Sabes que no puedo hacer eso —Juan agarra su bolsa—. Vámonos.

Simón nunca ha visto a Juan tan enojado, saliendo por la puerta con pasos fuertes y abriéndola de par en par. Finalmente, Simón lo sigue.

Capítulo 70

LA AMENAZA

En las afueras de la Decápolis

Leandro mira desde unos matorrales altos y otea el horizonte. Los diminutos puntos que se ven en el camino, ¿podrían ser Andrés y Felipe que regresan para intentar una vez más solucionar las cosas aquí? Eso espera, pero también sabe que tendrán suerte si pueden escapar.

¡Un momento! Se ven más hombres. Aun así, no hay suficientes, sean quienes sean, para poder defenderse en la ciudad. Leandro sale rápidamente de la roca donde está e indica a un muchacho y a un hombre que lo sigan hasta el claro por el que debe pasar el grupo.

—¡Andrés! ¡Felipe! —grita—. ¡Sabía que regresarían!

—¿Por qué actúas así? —pregunta Felipe.

—Hay mucha inquietud y enojo, y no quiero atraer la atención —Leandro mira boquiabierto—. Tú, tú debes ser... —entonces cae de rodillas— el rabino del que tanto hemos escuchado.

—No solo escuchado, por lo que entiendo —dice Jesús—. Levántate. Lamento que haya habido problemas.

—Oh, el conflicto entre judíos y gentiles siempre estuvo ahí, en Abila, hirviendo bajo la superficie. Simplemente ahora salió a la luz. Tenía que suceder tarde o temprano.

—Tenía que suceder ahora —dice Jesús, poniendo suavemente su mano sobre el hombro de Leandro.

—¡Rabino!

—¿Telémaco? —dice Andrés cuando se aproxima el muchacho.

—¡Jesús de Nazaret! —exclama Telémaco—. Tu fama se ha extendido por toda Siria, y ahora tus enseñanzas han llegado a nuestra ciudad.

—Eso escuché —dice Jesús.

—A *él* no —dice el muchacho, señalando al hombre.

—¿A qué te refieres? —pregunta Andrés.

—Es sordo —dice Leandro, pero no había planeado molestar con eso a Jesús.

—Mi abba no puede oír —dice Telémaco—. Se llama Argo, y apenas puede hablar.

Argo lo intenta, pero emite solamente sonidos distorsionados.

—Telémaco —dice Leandro—, no es momento para esto. No necesitamos a Jesús para esto.

—¿Por qué no iba a serlo? —dice Jesús.

—Los problemas en Abila son mucho mayores que los de un hombre... —dice Felipe.

—No se me ocurre un modo mejor de comenzar —dice Jesús.

—No queríamos asaltarte con esto, lo prometo —dice Leandro—. Realmente yo no...

Jesús lo silencia con otro toque, y Argo se arrodilla delante de él intentando hablar. Telémaco tira de la túnica de Jesús.

—¡Por favor, Rabino! No quiero ser irrespetuoso, pero...

—Lo entiendo.

Jesús se arrodilla delante del hombre sordo, levanta su barbilla, y lo mira a los ojos. Pone una mano sobre el oído de Argo y toca sus labios con la otra. Mirando al cielo, da un suspiro.

—*Efata*. Sé abierto.

Leandro nunca ha visto tal expresión de paz y de sorpresa en el rostro de Argo, pero enseguida el hombre se sobresalta, pareciendo aterrado a medida que los sonidos lo invaden por primera vez.

—No tengas miedo —dice Jesús sonriendo—. Así es como suenan los pájaros. Cantan.

—Ni siquiera *yo* los oigo —dice Santiago el Grande.

Telémaco se apresura a abrazar a su padre.

—¡Abba! ¿Puedes oírme?

—El sonido de tu voz —dice Argo—. El sonido de *mi* voz. ¡Telémaco! —mueve su lengua como si la estuviera descubriendo por primera vez—. Telémaco. ¿Lo estoy diciendo bien?

—Sí, está perfecto.

—¿Cómo? —pregunta, articulando demasiado la palabra—. ¿Cómo puedo ahora?

Leandro está más que sorprendido. De algún modo, Jesús ha sanado el oído de Argo y ha causado que pronuncie palabras que nunca antes ha oído.

Los dos se voltean hacia Jesús.

—¿Cómo podemos pagarte? —dice Telémaco.

—No tengo dinero —dice Argo—. Ningún modo de compensarte...

—En realidad, pueden hacerlo al no contar a nadie lo que sucedió. Les pido firmemente que lo mantengan en silencio, lo cual debería ser fácil para ti, pues has tenido mucha práctica —Argo se ríe, y Jesús continúa—. Ahora no es el momento de que esto se difunda. ¿Me oyes?

—*Ahora* te oigo —dice Argo, y todos ríen.

Leandro se voltea al oír pezuñas que se aproximan. ¡Oh, no! Es Nasón, un sanador local que siempre cobra por sus servicios. Él, entre muchos otros en Abila, se enfureció especialmente por la predicación de Andrés y Felipe, a quienes se dirige ahora Nasón.

—¿Trajeron amigos? ¡Pensé que no los veríamos más! Y juntándose con griegos, ya veo.

—Nasón —dice Leandro—, están aquí en son de paz.

—¡Eso dijeron la última vez! —Nasón se dirige a Jesús—. Tú debes ser el rabino del que todos hablan. Dime, ¿qué clase de rabino respetable hablaría amigablemente con quienes corrompen a nuestros hijos hebreos enseñándoles filosofía griega?

—Si este supuesto corruptor de niños recolectara el dinero para tu cobro —dice Jesús—, ¿le hablarías entonces?

—Él nunca recolectará el dinero, lo sé. Tú quieres diluir nuestra fe.

—¿Cómo sabes lo que quiere? —dice Argo, haciendo que Nasón dé un grito ahogado.

—¿Qué dijiste, sordomudo?

—Ya no es sordomudo, Nasón —dice Leandro—. Ahora, sigue tu camino.

—¿Quién lo hizo, Argo? ¡Quiero saberlo! ¿Quién te sanó?

Leandro está orgulloso de Argo por obedecer a Jesús y simplemente apartar la mirada.

—Tu sordera era sin duda un castigo por algún pecado horrible que tú o tus padres cometieron, y quiero saber quién…

—No funciona de ese modo —dice Jesús.

—¿Ah? Entonces, ¿cómo funciona?

Andrés desea oír la respuesta de Jesús a ese entrometido, pero también le preocupa lo que encontrarán en Abila. Se aparta de los demás, sube un montículo, y mira más allá de los árboles. Siente que su cara palidece.

—¡No!

Capítulo 71

REFUGIADOS

Campos de la Decápolis

Felipe va rápidamente tras Andrés, y el resto de los discípulos se une a ellos para ver qué está sucediendo. Leandro asimila la escena. Cientos y cientos de personas han llegado hasta este lugar desolado y han levantado tiendas con mantas y alfombras. Se reúnen en torno a pequeñas fogatas que han hecho a lo largo de todo el paisaje.

—¿Qué sucede? —pregunta Santiago el Grande.

Leandro sabe exactamente lo que es: ciudadanos de Abila y de las otras ciudades de la Decápolis buscando refugio de la violencia en sus barrios.

—¡Vaya! —grita un hombre de unos treinta años que lidera a un grupo: un par de mujeres y varios varones —. ¿Qué tenemos aquí? Los galileos regresan, esta vez en manada.

—Una manada es un rebaño de animales —dice Mateo.

—Lo sé —dice el hombre.

—Son sirofenicios —le dice Andrés a Jesús.

—Amigos —dice Jesús—, parecen molestos. ¿Cómo puedo ayudarles?

—¿Eres el que llaman Jesús de Nazaret?

—Yo soy.

Leandro observa que una expresión de reconocimiento se muestra en la cara de Nasón. Su enemigo tiene un nombre. Y ese joven sirofenicio sigue hablando.

—Dicen que haces milagros. Solo hemos oído herejías y rumores desde el otro lado del Mar de Galilea. Muéstranos prueba de quién eres.

Leandro se sorprende al ver a Nasón alejarse galopando en su caballo. ¿Qué está tramando? ¿Es que ni siquiera le interesa cómo responderá Jesús?

—Danos una señal —continúa el joven—, o por lo menos comida o provisiones para todas las personas desplazadas de sus hogares. De otro modo, ¡regresen tú mismo, tus seguidores, y tu monoteísmo donde pertenecen!

Leandro se voltea al escuchar una risa ridícula, y descubre que se acercan otros cinco detrás de su líder, una mujer de unos cuarenta años.

—¡Estoy asombrada! —grita ella—. Los judíos y su esperado Mesías finalmente llegan para causar incluso más problemas, ¿y *éste* es su ejército?

—Nabateos —dice Felipe.

—¿Cuántos son? —pregunta—. ¡Yo tengo más hijos que eso! ¿Podría ser *yo* su mesías?

—¡Blasfemia! —dice Zeta, que parece desear una pelea.

—¿Alguien más cree que deberíamos irnos a un lugar más alto? —pregunta Natanael.

—De acuerdo —dice Judas.

—Rabino —dice Tadeo—, dinos qué hacer.

—Vaya —dice la mujer—, ¿son tus seguidores siempre tan fuertes e intimidantes?

Los nabateos ríen, y Jesús se dirige a los discípulos.

—Cálmense todos y pónganse cómodos. Parece que estaremos aquí por un tiempo.

Capítulo 72

LA CAMINATA

El camino a la Decápolis

Simón tiene que reflexionar sobre su decisión insensata de quedarse despierto toda la noche mientras va caminando fatigosamente con Juan. Además de agotado, está más irritable y malhumorado que nunca.

—Un solo viaje. Una misión entre mil, ¿y este es el que no me puedo perder?

—Dijiste que irías con él hasta los confines de la tierra.

—Eso no significa *cada* vez que él va a algún lugar. Y la Decápolis no está en los confines de la tierra.

—Él no dijo que lo estuviera —dice Juan.

—Estoy recordando algo que me dijiste en Samaria —dice Simón.

—Prefiero no hablar de Samaria, si no te importa.

—Te engañó para que cultivaras el campo de un samaritano, para corregir tu prejuicio.

—No fue un engaño, y no me gusta ese recuerdo particularmente, Simón.

—Melec, con la pierna rota.

—¡Ah!

—Dijiste en la mañana que el hombre estaba sano en su casa. Pero todos estábamos en la casa de Fotina. Jesús ni siquiera tuvo que estar presente para hacer el milagro.

—¿A qué quieres llegar?

—¿Por qué no puede hacer un milagro en la Decápolis desde Capernaúm en lugar de arrastrarnos a todos a territorio de mayoría gentil donde todos están en contra nuestra?

—Pregúntale —dice Juan—. Estoy seguro de que estará dispuesto a responder tu pregunta, ya que «el éxito depende» de que tú estés aquí.

—Ah, vamos. Él es más amable contigo que conmigo. No tengo eso contra ti, ¿no es cierto?

—Qué generoso por tu parte —dice Juan—. ¿Qué otras virtudes te gustaría echarme en cara? Simón el excepcional. Simón el único. Tal vez él me llama algunas veces amado porque tú tienes a Edén. ¡No sé de qué te quejas cuando has encontrado a alguien como ella!

La mención misma de su nombre hace que Simón se detenga. Sabe que Juan no se ha dado cuenta porque sigue caminando. Doce pasos por delante, Juan se voltea. Simón intenta ocultar sus lágrimas, pero no puede moverse. Juan regresa con él.

—Mira, lo siento. Me sobrepasé. No querría que alguien se resienta conmigo por tener una esposa.

Simón se mantiene rígido.

—¡Simón! Oye, no quise decir nada con eso. ¿Qué está sucediendo? ¿Qué hice... Simón?

Simón no puede evitar llorar, pero no le importa.

—¡Confiaba en Jesús!

—¡Claro que confías! ¡Todos confiamos! Espera, ¿*confiabas*?

—Confiaba en que Edén estaría bien, Juan...

Voy a decírselo, piensa Simón. *Realmente voy a decírselo a Juan.*

—En que estaría a salvo mientras nosotros no estábamos la última vez —continúa Simón.

—¿Qué? ¿No estaba a salvo...?

—Yo no lo sabía, Juan, pero antes de irnos a nuestras misiones concebimos un hijo.

Juan parece afectado y afligido.

—Y en nuestra ausencia...

Simón no puede decir nada más. Juan le da un abrazo.

—Oh, no. Lo siento, hermano.

—Ella casi muere junto con el bebé. Sufrió muchos daños, y el médico dijo que tal vez nunca podrá...

—Adonai en el cielo —dice Juan mientras Simón llora—. ¿Por qué no nos lo dijiste?

—¡Porque estoy furioso! Estoy tan enojado —Simón intenta recomponerse—. Juan, él es quien dice que es. No solo creo eso, sino que lo *sé*. Él es el primero y el último. Puede hacer cualquier cosa. ¿Cómo pudo permitir que algo como eso...

—Eh, eh, eh, no creo que ese sea el enfoque correcto...

—... le sucediera a Edén? ¿Me sucediera a mí? —Simón se zafa del abrazo de Juan—. Sigamos adelante.

—Tú no estás exento, Simón. Recuerda que él dijo que en este mundo los huesos aún se quebrarán, los corazones aún se romperán. ¡Pero él está abriendo un camino para que la gente tenga acceso a un reino mejor!

—¡Él sana a completos extraños! Y yo lo dejé todo por él...

—Eso no significa que tu vida ahora será perfecta. De hecho, dijo lo contrario.

—No quiero seguir hablando de esto.

Caminan en silencio, y Simón se siente al límite.

—La vida era mucho más fácil cuando pescábamos —dice al final.

—Ella podría haber perdido el bebé cuando eras pescador, Simón. Solo que no habrías tenido nadie a quien acudir.

Simón se detiene y lo mira de frente.

—Él podría haberlo evitado, y no lo hizo.

Siguen caminando, y escuchan fuertes voces provenientes del otro lado de la colina.

—Parece que estamos cerca —dice Juan.

Simón se fuerza a sí mismo a seguir el paso a Juan cuando llegan a la colina, y le arden las piernas. Sin embargo, aparta todo eso de su mente cuando ve al resto de los discípulos reunidos en torno a Jesús, mientras se acerca desde todas partes una multitud creciente y aparentemente hostil. Jesús y los discípulos están sobrepasados en número. Juan mira a Simón con expresión siniestra, y Simón se pregunta desesperadamente qué quiso decir Jesús con «todo depende de Simón».

Examina el rostro de Juan, dando vueltas en su mente una y otra vez a esas palabras. Juan es ciertamente su hermano en la fe, a pesar de cómo riñen. Y Jesús es el Mesías que Simón está comprometido a defender hasta el fin. Se adelanta a Juan corriendo hacia la confrontación, y pronto se detiene.

PARTE 8

Aguas profundas

Interludio

Año 990 a. C.

Salmo de Asaf, cantor y profeta levita comisionado por el rey David para dirigir la música en el tabernáculo de Dios:

Mi voz se eleva a Dios, y a Él clamaré; mi voz se eleva a Dios, y Él me oirá. En el día de mi angustia busqué al Señor; en la noche mi mano se extendía sin cansarse; mi alma rehusaba ser consolada.

Me acuerdo de Dios, y me siento turbado; me lamento, y mi espíritu desmaya. Has mantenido abiertos mis párpados; estoy tan turbado que no puedo hablar. He pensado en los días pasados, en los años antiguos. De noche me acordaré de mi canción; en mi corazón meditaré; y mi espíritu inquiere.

Me acordaré de las obras del Señor; ciertamente me acordaré de tus maravillas antiguas. Meditaré en toda tu obra, y reflexionaré en tus hechos. Santo es, oh Dios, tu camino; ¿qué dios hay grande como nuestro Dios?

Tú eres el Dios que hace maravillas, has hecho conocer tu poder entre los pueblos. Con tu brazo has redimido a tu pueblo, a los hijos de Jacob y de José. Las aguas te vieron, oh Dios, te vieron las aguas y temieron, los abismos también se estremecieron.

Derramaron aguas las nubes, tronaron los nubarrones, también tus saetas centellearon por doquier. La voz de tu trueno estaba en el torbellino, los relámpagos iluminaron al mundo, la tierra se estremeció y tembló. En el mar estaba tu camino, y tus sendas en las aguas inmensas, y no se conocieron tus huellas.

Capítulo 73

FE

Campos de la Decápolis

Líderes judíos locales se han unido a la pequeña multitud que rodea a Jesús, de modo que ahora él está frente a ellos, los sirofenicios, y el pequeño grupo de nabateos. La líder de esa facción todavía no le ha dicho a Jesús cuál es su nombre, pero él ve claramente que ella es una fuerza a tener en cuenta.

—Si tus seguidores ni siquiera saben cómo compartir tus enseñanzas o vivir conforme a ellas —dice ella, rebosante de sarcasmo—, entonces ¿por qué tendría que hacerlo alguien más?

Jesús parece aliviado al ver a Simón que corre hacia ellos.

—Siéntense —dice él.

—¿Esa es tu respuesta? —pregunta ella.

—No me refiero a ustedes. Me dirijo a mis estudiantes. Siéntense conmigo.

—¿Ahora? —dice Andrés.

—Sí, por favor. Hola, Simón.

Simón asiente con la cabeza tímidamente, intentando recuperar el aliento.

Antes de que nadie se siente, habla Felipe.

—Rabino, no vinimos aquí para causar problemas.

—Parecería que los problemas nos encontraron a nosotros —dice Jesús.

—Entonces, deberíamos abordarlos —dice Santiago el Grande.

—¿Y cómo propones hacer eso, Santiago?

La mujer nabatea mira con desdén y se voltea a sus compañeros.

—Escuchen a estos personajes.

—Amigos —les dice Jesús a sus discípulos—, siéntense conmigo. No podemos avanzar hasta que estemos de acuerdo en algo.

El grupo de gentiles que está mirando murmura, y los judíos estrictos parecen susurrar de modo conspiratorio, con su líder mirando frecuentemente a Jesús. De espaldas a los demás, Jesús habla en voz lo bastante alta para que lo oigan mientras se dirige a sus discípulos.

—Yo soy rabino, y como estos hermanos detrás de mí pueden decirles, nos gusta enseñar haciendo preguntas. Nos gusta solucionar problemas conversando, y es mejor aún si comienza con un desacuerdo. Por lo tanto, siéntanse libres para escuchar, y si quieren discutir un poco, está bien también.

Judas se acerca un poco y susurra.

—Rabino, parecemos débiles e indefensos.

—Cuando íbamos de camino a la casa de Jairo en Capernaúm, ¿qué sucedió cuando la mujer, Verónica, me tocó?

—Salió poder de ti —dice Zeta.

—No, me refiero a qué le sucedió *a ella*.

—Fue sanada —dice Tadeo.

—¿Cómo?

—Al tocar el borde de tu vestidura —responde Andrés.

—No. Amigos, olvidan muy rápido. Me son muy queridos, pero su memoria es muy poca.

Los ojos de Mateo se llenan de brillo.

—Tú dijiste: «Hija, vete en paz. Tu fe te ha sanado».

—Tu ¿qué? —pregunta Jesús.

—¡Fe! —exclaman Santiago el Joven y Tadeo.

—Su fe —dice Jesús. Mientras la multitud gentil muestra miradas amenazadoras, Jesús se concentra en sus discípulos—. Muchos de ustedes tienen miedo ahora mismo en lugar de escoger tener fe. En mí.

—Pero, Rabino —dice Santiago el Grande—, ya ves lo que está sucediendo aquí a nuestro alrededor...

—¡Claro que lo sabe! —dice Felipe—. ¡Ese es el punto!

—Rabino —dice Judas—, ¡aumenta nuestra fe!

—Judas —dice Jesús en voz más baja—, si tuvieran fe del tamaño de un grano de mostaza, podrían decir a un árbol de moras: «Desarráigate y plántate en el mar», y les obedecería.

Mateo se estremece.

—¿Puede un árbol de moras crecer en el mar?

—Está insistiendo en algo importante —musita Tomás.

—Verdaderamente —dice Jesús—, si tienen fe como un grano de mostaza, podrían decirle a un monte: «Trasládate de aquí para allá», y se movería. Nada les sería imposible.

—¿Cómo? —pregunta Natanael—. ¿Cómo podemos hacerlo?

—Como dijo Judas —dice Felipe—, aumenta nuestra fe.

—No se trata del tamaño, Felipe —dice Jesús—. Se trata de en quién has depositado tu fe. Si tu fe está segura en Dios, confiando en sus promesas, escogiendo su voluntad para tu vida en lugar de la tuya propia —junta sus dedos pulgar e índice—, una fe así es suficiente. Las personas de las que nos ocupamos son como abejas entre las flores, esperando a que se abran para poder sorber el néctar y esparcirlo a otros. Pero deben ver en ustedes una fe que es firme, sea grande o pequeña.

—Parece que tienes trabajo por delante —dice el líder de los sirofenicios.

Andrés se voltea para confrontar al hombre, pero Felipe lo detiene.

—Tienes razón, Maestro —dice la mujer nabatea—. Tus estudiantes tienen poca memoria.

Un hombre de color muy robusto que camina apoyado sobre una muleta se acerca.

—¡Disculpa! —exclama

—¿Qué haces? —dice Simón—. ¡No te acerques! Estamos escuchando a nuestro maestro.

—Yo también —dice el hombre.

—Ignóralo, Simón —dice Juan—. Este momento es sobre nosotros y Jesús.

—¿Qué es ese olor? —dice la mujer nabatea.

Simón se tapa la nariz con su antebrazo.

—¡Es rancio!

El hombre se levanta el borde de su túnica, revelando el goteo que sale de una venda sucia sobre su pierna. Todos retroceden y se alejan de él.

—Es una infección, ¿eh? —dice el hombre—. Mi pierna está rota y se infectó. ¡Métanse en sus propios asuntos!

—Necesitas que alguien te revise eso. Está realmente mal.

—Tienes razón —dice el hombre.

—¡Impuro! —grita el líder de los judíos estrictos.

—¡Silencio! —dice Jesús, levantándose y acercándose al hombre.

—Mira —dice el hombre—, yo no pedí que me rompieran la pierna.

—Y nosotros no pedimos que él viniera a esta región, ¡y empeorara las cosas! —dice la líder nabatea señalando a Jesús.

—Hablaré contigo en un momento —le dice Jesús.

—Estoy aquí para probar lo que él dijo sobre la fe de la mujer que sangraba —dice el hombre que cojea.

—Ya lo sé, hermano —dice Jesús—. Te conozco —pone una mano sobre el hombro del hombre.

La infección se disuelve de inmediato, y la pierna queda sana.

El hombre deja caer su muleta y entre lágrimas abraza a Jesús mientras los nabateos, los sirofenicios, e incluso los judíos estrictos se quedan sin habla y boquiabiertos. El líder de los judíos se frota sus ojos. Los gentiles antes amenazantes se acercan, pareciendo fascinados cuando el hombre se quita las vendas y comienza a caminar.

—Bajo circunstancias normales —dice Jesús—, te pediría estrictamente que no se lo digas a nadie. En algunas regiones, y con algunas personas, este no es el momento para mostrarme y escalar la tensión. Sin embargo, parece que aquí hemos pasado eso.

—¡Ha pasado mucho tiempo desde la última vez que corrí! —dice el hombre. Agarra su muleta y la parte en dos sobre su rodilla—. ¡Gracias! —dice—. ¡Gracias!

Entonces, se aleja corriendo entre la multitud que ahora es más grande y que se acerca desde la colina.

De repente, los nabateos, los sirofenicios y los judíos se sientan en el suelo en torno a Jesús. Él observa que Simón mira fijamente los restos de la muleta, ve el desdén en su cara, y sabe lo que está pensando.

—Me alegra que hayas venido, Simón. Va a ser un día largo.

Capítulo 74

EDÉN

Hogar de Simón

Edén regresa del mercado, tras haber sido incapaz de sonreír incluso a amigos o conocidos que le saludan. Sigue afligida y de luto, desde luego, pero no es eso. Siempre ha sido capaz de agradecer las bondades, incluso cuando ella misma está angustiada. Es Simón. Ella lo ha perdonado después de haberse desahogado y haberle hecho sentir mal. Tal vez, él se lo merecía. O tal vez no. Sin embargo, si hay una cosa de la que está segura, incluso si reaccionó excesivamente (y está bastante segura de que no lo hizo), es que él necesita superarlo. No la pérdida de su bebé, por supuesto. Ella sabe muy bien que los dos cargarán con esa tristeza hasta la tumba. Pero ahora necesitan estar juntos, cuidar el uno del otro.

Rebosa también del enojo de él, o al menos de su confusión por el papel de Jesús en todo eso. La fe de ellos es sólida como la roca; saben quién es Jesús, lo que puede hacer, y lo que hace. *¿Escogió* él abandonarlos en el momento de su mayor necesidad? Ella sobrevivirá a esa situación; sabe que lo hará. Y cree que Simón también lo hará, o por lo menos en eso confía. Sin embargo, a pesar de su perdón y de la ayuda que le ha ofrecido, él todavía parece perdido. En pocas ocasiones ella sabe dónde está Simón o lo que está haciendo; y, cuando está en la casa, realmente tampoco está con ella.

Ojalá ella pudiera conversar con Jesús sobre todo esto.

Pero ¿quién está esperando en la puerta de su casa? Son Zebedeo, Salomé y María.

—¡Oh, Dios mío! —dice Edén forzando una sonrisa. Está decidida a no dejarles saber lo que piensa—. ¡Shalom!

—Qué bueno verte, Edén —dice Zebedeo, y Salomé asiente con la cabeza, rebosante de afecto y compasión, igual que María.

—¡Qué sorpresa! —dice Edén con alegría—. ¿Va todo bien?

—¿Podríamos hablar adentro? —pregunta Zebedeo.

—Por supuesto.

Aunque Edén no sabe qué pensar, está abierta a recibir invitados, especialmente estas tres personas, aunque está claro que sucede algo. Ella sigue al menos fingiendo estar rebosante de alegría. Mientras los recibe adentro, se dirige al armario de la cocina.

—¿Puedo ofrecerles algo para…?

—Por favor, Edén —dice Salomé—. Estamos bien.

—Vamos a sentarnos —dice Zebedeo.

Vaya. Cuando se sientan a la mesa, todos la miran fijamente, con sonrisas llenas de lástima.

—¿Algo va mal? —pregunta Edén.

—Dínoslo tú —responde Zebedeo.

—¡Zeb! —le reprende Salomé.

Él se inclina adelante.

—Esta mañana me encontré con Simón en la antigua casa de Mateo. Estaba de muy mal humor.

Edén finge otra sonrisa.

—Ah, bueno, él es así —se encoge de hombros—. Es todo mío.

Pero sus invitados van en serio.

—Lo conozco desde que nació —dice Zebedeo—. Y no era Simón siendo Simón.

Salomé pone una mano sobre la rodilla de Edén.

—Te amamos como a la hija que nunca tuvimos, ya lo sabes, desde el día en que te casaste con Simón. Todas nuestras vidas han cambiado mucho, especialmente la tuya, en estos dos últimos años. Yo siento, nosotros sentimos, que cierta parte de la distracción de Simón últimamente tiene algo que ver con su matrimonio.

—No estamos diciendo que *así sea* —dice Zeb.

—Tan solo queremos que sepas que puedes hablar con nosotros —dice Salomé—. Estamos aquí para lo que necesites. No importa lo que esté sucediendo —Edén evita sus miradas, pero Salomé continúa—. El Señor sabe que no somos perfectos, pero hemos estado casados por mucho tiempo. Y, si hay algo que podamos hacer para ayudar, queremos hacerlo.

Edén se alisa su vestido y se aclara la garganta, y sus ojos se llenan de lágrimas. No ha decidido hasta dónde dirá. Parte de ella quiere defender a Simón, pero no quiere que todos conozcan la situación. Zebedeo rompe el silencio.

—Yo mismo no estoy demasiado contento con Simón en este momento, pero sé que es un buen hombre. Está aprendido un modo totalmente diferente de vivir que sería irregular y desconcertante para cualquier persona. Y eso sin considerar toda la, ya sabes, la singularidad de Simón.

—Lo único que quiero —dice Edén— es que él... —le ahoga la emoción. Salomé toca su hombro, y Edén continúa— que él encuentre paz. Nunca la ha tenido realmente. Su padre era difícil, y distante.

—Yo pesqué con Jonás por veinte años —dice Zebedeo— y nunca llegué a conocerlo. Sé que Simón no lo ha tenido fácil.

—No es solamente él —dice Edén enseguida—. Me refiero a que somos los dos. Creía que *yo* podría ser su roca, su hogar —entonces se derrumba—. Si soy sincera, comenzó... comenzó cuando... —no puede lograr decirlo, no delante de Zebedeo.

Él ladea la cabeza.

—¿Estás herida?

—No —dice ella llorando, y no puede mirarlo a la cara. Se siente aliviada cuando Salomé interviene.

—Zeb —dice—, danos a María y a mí un momento a solas con ella.

—Por supuesto —dice él levantando una ceja, y se marcha.

A pesar de sí misma, Edén está abrumada por el amor y la compasión que siente de Salomé y María. Les cuenta toda la historia, y eso le deja llorando mientras María le ofrece un vaso de agua.

Se sientan en silencio hasta que Salomé habla.

—¿Cómo podemos ayudar?

—¡No lo sé! Y Simón tampoco lo sabe, ese es nuestro problema.

—Lo siento.

—Edén —dice María en voz baja—, no te conozco desde hace tanto tiempo, y no sé nada sobre el matrimonio. De hecho, al pensarlo ahora, probablemente no debería decir nada.

—No —dice Edén—, por favor.

María titubea y mira a Salomé.

—Puede que no estés casada, pero has sufrido. Perdiste a tu familia —dice Salomé.

—De todos modos, Edén, soy nueva en todo esto, debes saber que...

—No, por favor, María.

—Bueno, dices que completaste los rituales de purificación ritual...

—Sí. No en la mikváh porque la cisterna estaba rota, pero sí en el mar. Y me aislé por siete días, lo cual no fue difícil porque Simón estaba ausente.

—Y estar limpia ¿no te ayudó en nada?

—No, lo empeoró porque no me devolvió a mi bebé, y tampoco ayudó con mi matrimonio. Esa mujer, Verónica, a la que Jesús sanó, cuando se limpió en el mar, ¡tenía mucha alegría!

—Acababa de ser sanada de su dolencia —dice María—. Su aflicción había terminado...

—Tú estás en el principio de tu dolor, niña —dice Salomé—.
¿Has hablado con un rabino?

—Con *el que* quiero hablar no está aquí. Y mi esposo tampoco está.

—No sé lo que es pasar por lo que tú has pasado —dice María—,
pero he pasado por muchas cosas para saber que necesitas llorar y
hacer luto.

Edén agacha la cabeza y finalmente llora.

—Jesús le sanó y le dio alegría, pero no me ha dado eso a mí.

—Entonces, ve a la sinagoga —dice María—. No se trata de qué
rabino esté allí, sino de las palabras de Dios que él puede darnos. Eso
es lo que Jesús me dio a mí.

Capítulo 75

RODEADO

Campos de Decápolis

Llegan cientos de personas más con cada minuto que pasa, muchos de ellos uniéndose a los habitantes de las tiendas que están detrás del montículo donde Jesús y el resto de los discípulos están con los nabateos, los sirofenicios y los clérigos judíos. Poco después llegan en masa por la colina, y comienzan a acercarse cuando Jesús se dirige a la líder del clan nabateo.

—Entonces, ¿cuál es tu nombre?

—Fatiya —responde ella con un poco menos de rencor, probablemente por haber visto el milagro de primera mano.

—¡Es nabatea! —grita el líder judío.

—No pregunté cuál es su etnia —dice Jesús—. Fatiya, ayúdanos a todos a entender qué ha sucedido exactamente en esta región.

Ella parece emocionada por ser la destinataria de la pregunta.

—Tus estudiantes predicaron en Navéh sobre un reino que cautivó a muchos en esta región que visitaban la ciudad, incluido el augur de Abila, quien dejó de realizar sus obligaciones ceremoniales y cívicas al regresar a la Decápolis. El trabajo se paralizó. La construcción quedó detenida. Los mercaderes no podían conseguir permisos. Quedaron pozos incompletos.

—¿La región quedó paralizada por la ausencia de un hombre? —pregunta Jesús.

—Lo que Fatiya no dijo —dice el líder de los sirofenicios— es que los mercaderes que no pudieron conseguir permisos secuestraron una caravana de exportaciones de mis hermanos sirofenicios.

—¡Teníamos un acuerdo que *ustedes* incumplieron! —dice Fatiya.

Jesús detecta a un griego cerca de sus pies.

—¿Cómo te llamas?

—Eremis. Soy fundidor de bronce.

—Pareces tener buena salud y fuerza, vas bien vestido con ropa ateniense de color azul que hace juego con tus ojos. Dime, Eremis, ¿cuál es tu situación?

—Compré unas tierras al norte de aquí y necesitaba una lectura de los auspicios para decidir si los dioses eran favorables a la construcción de una nueva fundición.

—Mmm —dice Jesús—. Suena muy sencillo.

—Pero a causa de lo que predicaron tus misioneros judíos...

El líder de los judíos señala a Andrés y Felipe.

—¡No relaciones a estas personas con nuestra orden! —grita.

—Ustedes no hicieron nada mientras su enseñanza envenenaba las mentes de... —dice Fatiya.

—¡Tú ni siquiera estabas presente, Fatiya! —dice el sacerdote—. ¡Rechazamos enfáticamente todas sus enseñanzas! ¡Hemos sido castigado por crímenes que no cometimos!

Jesús levanta sus brazos para calmar a todos.

—¿Andrés? ¿Felipe? ¿Dirigieron su enseñanza a los ciudadanos judíos?

—Sí, como tú nos ordenaste.

—Pero el augur de Abila los escuchó y se conmovió —dice Leandro.

—Eremis —dice Jesús—, ¿qué te habrían dicho las lecturas del augur?

369

—Si había buenos o malos augurios.

—¿No suena absurdo? —dice el sacerdote.

—¿Nos llamas a *nosotros* absurdos, judío? ¡Sus leyes sobre alimentos y pureza son irrisorias!

Juan y Santiago el Grande se ponen de pie de un salto.

¿Qué?

Jesús los calma.

—Siéntense, hermanos. Lo último que necesita esta gente es estruendo y violencia.

—¿Cómo puedo construir un negocio sin saber dónde quieren los dioses que construya? —dice Eremis.

—Nazareno, si eres un rabino que se respeta a sí mismo, no dignificarás esa pregunta con una respuesta.

Fatiya pone mala cara a los sacerdotes.

—La condescendencia de tu gente no tiene fin.

—Ah —dice el sirofenicio—, ¿acaso nunca ha habido una nota de condescendencia en tu voz, Fatiya?

—No cambiemos de tema —dice Jesús—. Entonces, tenemos aquí a Eremis, paralizado por el miedo a que sus ambiciones para su negocio podrían no ser validadas por los dioses de su religión. ¿Cómo puede conducir esto a la violencia?

—Porque la flagrante rebelión del augur —dice Eremis— minó la autoridad griega.

—Y, sin embargo, ¡la comunidad judía fue el objetivo de una oleada de ataques brutales! —dice el sacerdote.

—Mi gente —dice Fatiya— fue la más afectada por no tener listo nuestro papeleo para Roma.

—¡Y acudieron al crimen! —dice el líder sirofenicio.

—¡Por desesperación! —dice ella.

—Por eso invité a Felipe y Andrés a regresar —dice Leandro a Jesús—, para aclarar su mensaje.

Jesús sonríe.

—¿Y qué tal les fue?

—Contaron una historia sobre hospitalidad —grita Eremis—, y por alguna razón, judíos y árabes se pelearon por eso.

—Los primeros invitados al banquete en su historia —dice el sacerdote— tenían motivos perfectamente legítimos para no ir.

—Que es otro modo de decir que algunas personas piensan que la vieja forma de hacer las cosas es mejor.

El sacerdote cita la Torá.

—«Pregunten por las sendas antiguas, cuál sea el buen camino, y anden por él».

—Conoces a tus profetas —dice Jesús.

—Por supuesto que sí.

—¿Y qué de Isaías? —dice Jesús—. «No recuerden las cosas anteriores, ni consideren las cosas del pasado».

—No enfrentes a los profetas unos contra otros, especialmente en este tema. Entonces, esas personas en los caminos y los vallados… seguramente no te refieres a los gentiles, ¿no?

—Parece que no *quieres* que vayamos al banquete —dice el líder sirofenicio.

—El significado de la historia —dice Jesús— es que Dios quiere su casa llena, y todo aquel que cree en mí está invitado. Claro y simple.

—¡Herejía! —grita el sacerdote.

—Vaya —dice Fatiya—, suenas igual que la gente al inicio de la historia que rechazaron acudir al banquete.

—Ni muerto iría a un banquete contigo. No podría estar delante de Dios si lo hiciera.

—Entonces —dice Jesús—, ¿me estás diciendo que antes de la visita de Andrés y Felipe, la Decápolis era un verdadero paraíso de paz y unidad?

—Por lo menos, los grupos mantenían las distancias —dice Eremis.

—¡Ya basta! —dice Leandro—. La ciudad de Abila ha estado en tensión por décadas.

Los diversos líderes parecen decididos a demostrar su punto, intercambiando insultos y acusaciones.

—¡Ah! —dice Eremis—. Siempre hemos sabido que los judíos eran irritantes y estaban divididos, pero en silencio, dentro de su sinagoga.

—Al menos *nosotros* vamos a Jerusalén para hacer nuestros sacrificios —dice el sacerdote—. No como ustedes los griegos que dejan sus ofrendas sobre altares públicos para que se pudran y apesten. ¿Alguna vez se preguntaron por qué Zeus nunca parece descender para comerse esas ofrendas?

—Tal vez porque el vino está estropeado y agrio —dice el sirofenicio.

—Tal vez porque no hay ningún Zeus —dice el sacerdote.

—El aprendiz del augur —dice Fatiya— retira en secreto los exvotos bajo el manto de la noche cuando el hedor se vuelve insoportable.

—Entonces, básicamente su religión es una farsa —dice el sacerdote.

—Otra vez ese espíritu despectivo —dice Eremis, y se voltea hacia Jesús—. ¿Estás orgulloso de pertenecer a esta raza que denigra?

—Eremis, por favor —dice Leandro—. Jesús, tu fama está muy extendida. Hemos oído que haces señales y cambias vidas, y que predicaste un sermón en la llanura de Corazín que muchos dicen que puede convertirse en el discurso más importante que el mundo haya conocido nunca.

—No lo hice para hacerme famoso.

—Bueno, es una lástima —dice Fatiya—, porque lo eres. Y, concretamente, por tener éxito en todo lo que tocas.

—Parece que has llegado a tu primer fracaso —dice Eremis.

Jesús no les quita ojo a Santiago el Grande y Juan, que parecen a punto de explotar.

—Jesús de Nazaret —dice Leandro—, si eres quien dices que eres, ¿por qué inspiras y transformas a algunas personas, pero otras se sienten amenazadas y ofendidas?

—Dejen que les cuente una historia —dice Jesús, y muchos se quejan—. Lo sé, lo sé, pero esta es otra cosa que hacemos los judíos y, si lo piensan, también lo hacen los griegos. Así que escuchen. Un sembrador salió a sembrar. Y cuando sembraba, algunas semillas cayeron junto al camino...

—¡No te oímos! —grita alguien de entre la multitud que se extiende por cientos en ese lugar.

Y, desde la expansión distante del desierto, otras voces también gritan que no escuchan.

—Ah —dice Jesús—. Han llegado más personas. Voy a dar unos pasos atrás para poder acoger al mayor número posible. Estudiantes, por favor, mientras yo hablo, dispérsense y organicen a la gente, y transmitan mis palabras a los que están más alejados.

Juan parece aterrado.

—Nos, nos estás enviando a...

—Vamos —dice Jesús.

—Podemos confiar en él —dice Andrés.

Jesús les indica que lo hagan, y observa que Juan mira fijamente a Simón, probablemente preguntándose si este es el momento en el que el éxito de la misión depende de él. Pero Simón parece cualquier otra cosa menos entusiasta, cualquier otra cosa menos un líder.

—Zeta y Santiago el Grande, quédense aquí por protección —les dice.

Capítulo 76

EL RELATO DE NASÓN

El río Jordán

Nasón está deseoso de llegar a Jerusalén y sacar a la luz las falsas enseñanzas de Jesús de Nazaret, pero reduce la velocidad de su caballo cuando se van juntando nubes de tormenta y se oyen truenos en la distancia. Monta a trote suave hacia una joven pastora que cuida de su rebaño.

—¿Vienes de Perea? —le grita ella.

—La Decápolis.

—Eso lo explica todo.

—¿Qué explica?

—Flecos de oración. No llevas ninguno.

—No están de moda en las ciudades helenistas.

—¿Qué te trae a Judea?

—Un asunto importante en Jerusalén.

—Podrías considerar detenerte en Jericó para recoger algunos flecos. Si no los llevas puestos en la Ciudad Santa…

—Gracias, pero tengo en mente asuntos más importantes que la moda.

—Será mejor que te des prisa —dice ella—. Se aproxima una tormenta.

—Seguro que sí.

Campos de la Decápolis

Los discípulos se dispersan en todas direcciones hasta donde pueden oír a Jesús y repetir sus palabras a las masas. Él está flanqueado por Zeta y Santiago el Grande, y aunque la colosal multitud los supera en número con muchísima diferencia, Jesús no puede imaginar quién se atrevería a enfrentarse a estos dos hombres tan colosales. Mientras tanto, Simón va de un lado a otro, haciendo como que supervisa.

Jesús comienza a hablar, pausando entre las frases para que los discípulos puedan seguir el ritmo y repetirlas.

—Este hombre, Leandro, pregunta cómo puede ser que yo inspire y transforme a algunas personas mientras que otras se sienten amenazadas y ofendidas. Por eso, me gustaría responder con una historia. Un sembrador salió a sembrar. Y, mientras sembraba, algunas semillas cayeron junto al camino, y llegaron las aves y las devoraron. Otras semillas cayeron en terreno pedregoso, donde no tenían mucha tierra, y brotaron de inmediato porque la tierra era poco profunda. Pero, cuando el sol salió, se quemaron. Y, como no tenían raíces, se secaron. Otras semillas cayeron entre espinos, y los espinos crecieron y las ahogaron. Otras cayeron en buena tierra, y produjeron grano; algunas cien, algunas sesenta, y algunas treinta. El que tenga oídos para oír, oiga.

Juan se mueve con nerviosismo, examinando atentamente a la multitud cada vez más grande. Observa que los ojos de Simón están fijos en Jesús, como si estuviera examinando, pero también desafiante.

—¿Estás viendo esto? —le dice Juan dándole un pequeño codazo, y le da otro—. Simón, esta multitud. ¡Estamos totalmente rodeados! Tiene que haber miles.

Jerusalén, esa noche
Samuel se despierta sobresaltado por los sonidos de fuertes golpes en su puerta.

—¿Qué sucede? —se pone una bata y enciende una lámpara de aceite mientras alguien le grita desde el otro lado de la puerta.

—¡Ya voy!

Es un joven fariseo que lleva un farol.

—Siento mucho molestarle, rabino, pero es urgente.

Samuel se viste rápidamente y sigue al joven hasta el templo y la Oficina de Apelaciones. Allí encuentra a un desconocido.

—Rabino Samuel, es un gran honor. Disculpe por la hora. Mi nombre es Nasón, hijo de Eliab, de Abila.

—Has recorrido una gran distancia —dice Samuel—. ¿Se cayeron tus flecos de oración por el camino?

El hombre agacha la mirada.

—¡Vaya! Dios mío, sí, deben haberse caído. Mis disculpas. Yo...

—Consíguele otros —le dice Samuel a su joven ayudante—. Por favor, Nasón, siéntate.

—Escuché que el gran Shamai ha emitido un edicto con respecto a la falsa profecía —comienza Nasón—, para estar en guardia y alerta a cualquier cosa incorrecta.

—Sí.

—Hoy encontré...

—¿Qué es ese chaleco?

—Ah, ¿esto? —dice Nasón, pareciendo contento y orgulloso—. Fue un regalo de mi esposa, de damasquino, se llama así por Damasco, donde se fabrica; es un tejido de seda y lino muy popular en las ciudades helenistas.

—¡Quítatelo enseguida!

—¿Disculpe?

—¡Quítatelo!

—Yo...

EL RELATO DE NASÓN

—La Ley de Moisés dice: «No llevarás ninguna vestidura hecha de dos clases de hilo».

Mientras Nasón se quita el chaleco, sigue hablando.

—Ah, pensé que era solamente un viejo...

—Un viejo ¿qué? Termina la frase.

—No sé, algo sobre no imitar la cultura cananea. Una prohibición para su época. No pensé que nadie realmente...

—La Torá es atemporal.

—Entiendo. De nuevo, mis disculpas. No tenía intención de pecar...

Samuel da un suspiro.

—Es lo que esperaba de la Decápolis. La influencia griega ha contaminado tu fe, pero parece que no tanto para que no prestaras atención al edicto del juez Shamai.

—Encontré a un rabino relacionándose con gentiles. Multitudes. ¡Incluso sanó a un gentil sordomudo!

—Háblame de ese predicador.

—Está bien. Hace tres semanas atrás, un par de estudiantes de Capernaúm llegaron a Navéh, predicando a un grupo en el que no sabían que había judíos y gentiles. Repetían las enseñanzas de ese rabino, y dijeron que se llamaba Jesús.

—¿De?

—¿A qué se refiere?

—Jesús ¿de dónde?

—Un pequeño pueblo llamado Nazaret, si puede creer...

Samuel se levanta de un brinco.

—No requiero más información.

—Pero, rabino...

El joven fariseo regresa con los flecos de oración, y Samuel le dice que avise al guardia del templo.

—Y busca al rabino Yani. Yo encontraré a un representante del juez Shamai. Nos reuniremos en la escalera herodiana.

Misión cumplida, piensa Nasón. Sin embargo, mientras se va y pasa por el atrio de los sacerdotes, está desconcertado. ¿Dónde dejó su caballo? Mientras lo busca desesperadamente, surge un hombre robusto entre las sombras que lleva agarrada la yegua de Nasón. ¡Qué alivio! Y, claramente, el hombre es un romano. De hecho, si no se equivoca, Nasón cree que va vestido como un *Cohortes Urbana.*

—¡Ah, gracias!

—Catorce manos. Manta ateniense. Brida de cuero macedonia, zapatos de acero sirofenicios terminados a martillo... y la dejaste desatada y desatendida.

—¡Tenía mucha prisa! —dice Nasón, sacando una moneda de su bolsillo—. Por las molestias. ¡Estoy muy agradecido!

—No, está bien. Pero ¿qué podría ser tan importante para dejar a tal belleza vulnerable al robo o a que se aleje?

—Tenía asuntos importantes que tratar con el rabino Samuel.

El hombre sonríe.

—¿A esta hora de la noche? Me encantaría saber más. Tú debes ser una persona muy importante.

Nasón encoge los hombros.

—Ah, no sé. Es solo que...

Entonces le cuenta toda la historia.

Capítulo 77

EL DILEMA

Campos de la Decápolis, en la noche

Simón se pregunta si se estará volviendo loco. Parte de él disfruta de estar en medio de la acción, viendo a Jesús hacer lo que hace. Sin embargo, Simón ha estado deseoso de una confrontación, una oportunidad de demandar cómo el Mesías pudo haberles... bueno, no necesariamente *hecho* eso a Edén y él, sino permitir que sucediera. En lo profundo de su ser, sabe que el Creador del universo no le debe nada, pero ¿no hay nada que lo califique, aunque sea para un mínimo de trato especial?

Normalmente, un espectáculo como este le emocionaría, lo llenaría de anticipación pensando lo que hará Jesús a continuación en medio de esa multitud hostil. Simón cumple con su tarea, intentando manejar todas las partes que se mueven, pero no tiene el corazón en ello. Esta vez no. Está vacío más allá de toda razón, y sus reservas se han agotado. Sabe que es culpa de él mismo. Podría haberse quedado en casa con su paciente esposa y no haber vagado por el barrio romano, y también podría haber escogido regresar a casa de inmediato tras haber sido expulsado de ese barrio.

Pero no, tuvo que caminar por las calles de Capernaúm con pensamientos contradictorios en su mente que evitaban que pensara de modo racional. Ahora está pagando el precio. Lo único que quiere es regresar a casa y descansar, sabiendo que Edén, con quien ha sido inconscientemente despreciable mientras se revolcaba en su propia autocompasión, será el ángel que él reconoce que es. No se merece tenerla, ni tampoco su bondad sin egoísmo, pero es el único bálsamo que puede imaginar para su alma y su cuerpo torturados.

En su carne, Simón quiere patear el suelo y gritar a todo pulmón, forzando a Jesús a responder, a concederle una audiencia privada. Pero sigue habiendo prudencia en algún rincón de su cerebro torturado, y se aferra a ella como un hombre que se está ahogando.

Jesús quiere que él esté allí por algún motivo, y aunque no está seguro de cuál es, y se pregunta si el maestro realmente sabe lo que sucede en su interior, llevará a cabo su tarea. Por ahora, parece ser observar a los discípulos por una parte y controlar la multitud por la otra.

El propio rabino está claramente cansado, pero sigue adelante, predicando y enseñando como si su vida dependiera de ello. Y tal vez es así. ¿Quién sabe lo que podría hacer esta multitud, con todos los grupos que se oponen unos a otros, cuando él se detenga? Zeta y Santiago el Grande siguen parados a ambos lados de él, pero como hace mucho tiempo que el sol se ocultó y dio lugar a la oscuridad, cada uno de ellos porta una antorcha para iluminarlo y darle calor.

Entre la multitud, los otros discípulos siguen repitiendo las palabras de Jesús para que todos puedan oírlas. Simón se pregunta qué entienden las diversas facciones de estas verdades monumentales y a menudo paradójicas.

—¡Lo que estoy a punto de decir es tanto para judíos como para gentiles! Muchas ciudades están pasando por alto la necesidad de arrepentimiento y rectitud. He predicado y he hecho milagros en muchas ciudades, al igual que mis seguidores, y aun así muchos no cumplen. Muchos de ustedes son de ciudades como Tiro y Sidón, que han rechazado a Dios durante siglos. Pero algunas ciudades saben quién es Dios y aun así me rechazan cuando estoy en medio de ellos, ciudades como Corazín, Betsaida e incluso Capernaúm, donde he pasado mucho tiempo. Si las poderosas obras hechas allí se hubieran realizado en Tiro y Sidón, o incluso en Sodoma, se habrían arrepentido hace mucho tiempo en cilicio y ceniza. Pero les digo que será más soportable el día del juicio para esas ciudades que para ustedes. Muchos de ustedes están aquí escuchándome, deseosos de ser llevados más cerca de Dios, ¡de encontrar paz en su alma! Al hacerlo, tienen más sabiduría que la mayoría de los líderes religiosos que se niegan a ser humildes.

Jesús mira a las estrellas.

—Te doy gracias, Padre, Señor del cielo y de la tierra, porque has escondido estas cosas a los sabios y las has revelado a los pequeños, porque así lo has querido —mira de nuevo a la multitud—. Todas las cosas me han sido dadas por mi Padre, y nadie conoce al Hijo sino el Padre, y nadie conoce al Padre sino el Hijo, y cualquiera a quien el Hijo quiera revelarlo. ¡Y yo les estoy revelando ahora al Padre, judíos y gentiles! Lo que se está agitando en sus corazones, en medio de tanta división e inquietud, ¡es Dios Padre que se revela a ustedes! Vengan a *mí*, todos los que están cansados y cargado, y yo les daré descanso. Tomen mi yugo sobre ustedes y aprendan de mí, que soy manso y humilde de corazón, y hallarán descanso para sus almas. Porque mi yugo es fácil, y ligera mi carga.

Cuando Jesús hace una pausa, Simón se asombra de nuevo por cómo miran fijamente las personas, claramente cautivadas.

—Hablando de descanso —continúa Jesús—, todos lo necesitamos ahora, incluido yo. Así que, donde quieran inclinar sus cabezas, vamos a dormir, y continuaré en la mañana. Shalom, shalom.

A Simón no le pasa desapercibido que los líderes de los diversos grupos de oponentes, desde Fatiya hasta el sacerdote judío, asienten con la cabeza como signo de aprobación. Santiago el Grande y Zeta acompañan a Jesús hasta un pequeño cobertizo construido con palos y mantas. Simón se abre camino hasta donde Santiago el Joven y Tadeo están haciendo una fogata. Mateo parece mirar fijamente a las multitudes hacia el norte, mientras que Judas y Tomás se acercan desde la otra dirección.

—¿Tienes la cuenta? —le pregunta Mateo a Judas.

—Hay al menos mil hacia el sur.

—Siguió llegando gente después de la puesta del sol —dice Tomás.

—¿Regresaron Andrés y Felipe? —pregunta Judas.

—No —responde Mateo—, pero antes de oscurecer, ambos puntos de la brújula tenían una población más o menos igual.

—Entonces, ¿dos mil? —dice Tomás.

—Y contando —dice Judas.

—Dije más o menos —dice Mateo—, pero sí.

Simón es consciente de las miradas de los otros cuando recorre el perímetro del campamento. Su hermano Andrés y Felipe se aproximan a él.

—Tenemos una situación.

—¿Qué situación?

—Los gentiles se han quedado sin comida —dice Felipe.

—No creo que nadie esperara que la enseñanza iba a durar todo el día —dice Andrés.

¿Por qué debe preocuparnos eso?, piensa Simón.

—Nadie les obligó a quedarse.

—¡Simón! —dice Felipe—. ¡Tenían hambre de sus palabras!

—Y ahora tienen hambre de comida. No es nuestro problema. ¿No pueden regresar a sus aldeas?

—¡Fueron expulsados por la violencia! —dice Andrés—. ¡Y ahora está oscuro! Tienen que dormir en estos campos.

—Simón no sabe lo mal que estaban las cosas cuando llegamos aquí —dice Felipe.

—Lo que sea que haya pasado —dice Simón— no cambiará nada.

Se acercan Juan y Santiago el Grande.

—Veo que las cosas van tan bien aquí como allá afuera —dice Juan.

—¿Qué quieres decir?

—Algunas de estas personas fueron expulsadas de sus casas hace más de una semana atrás —dice Santiago el Grande—. Tienen hambre y están cansadas.

—No molestes a Simón con tus noticias —dice Andrés—. Su mente está en cualquier parte menos aquí.

—Andrés —dice Juan—, sé amable con tu hermano.

—¿Amable? Acaba de decir que el hambre de esta gente no es nuestro problema, que deberíamos despedirlos.

—¿De verdad dijiste eso, Simón? —pregunta Santiago el Grande.

—¿A quién le importa eso? —dice Felipe—. Tenemos que solucionar esto sin la ayuda de Simón.

—No podemos —dice Juan.

—Él no es el Mesías, Juan —dice Andrés.

—En eso no hay discusión —dice Juan—, pero Jesús me dijo que el éxito de este viaje depende de Simón —lanza una mirada a Simón, y Simón le sostiene la mirada.

—¿Jesús dijo eso? —dice Santiago el Grande.

—Por eso me quedé allá —dice Juan—. El maestro insistió en que esperara a Simón y lo trajera.

—¿Dijo cómo depende de…?

—No.

Simón encoge los hombros y se aleja. Andrés va tras él.

—Si todo depende de ti, ¿cuál es el plan?

—Ninguno.

—¿Qué?

—Jesús es capaz de hacer lo que él quiera —dice Simón—. Al final, eso es lo que hará.

—Hermano, estás siendo muy…

—Mira, si Jesús quiere dar una solución para esta gente hambrienta, eso es lo que sucederá. Estoy seguro de eso.

—No pareces muy contento de estar seguro de eso.

Lo entendiste bien, piensa Simón.

Capítulo 78

LA HORA DE DIOS

Campos de Judea, antes del amanecer

Bajo unos cielos oscurecidos, Samuel viaja en un carruaje tirado por caballos con Yani y Ozem, un fariseo más anciano del equipo de Shamai. Samuel sabe que los no clérigos comunes probablemente estarían horrorizados si supieran que estos hombres santos se pelearon como si fueran hermanos en edad escolar.

Yani empuja al fariseo más anciano que se ha quedado dormido sobre su hombro.

—¡Ozem! ¡Despierta! Me estás babeando.

Ozem se incorpora y se frota los ojos.

—¿Cuánta distancia nos queda por recorrer?

Samuel menea negativamente la cabeza.

—Conoces la distancia hasta la Decápolis, y sabes a qué hora salimos.

—Una hora impía —dice Ozem.

—No hay tal cosa como una hora impía, Ozem —dice Yani.

—Dile eso a mi esposa —dice Ozem—. Se suponía que llevaríamos a los niños a ver a sus abuelos en Gaza hoy.

—Servimos a Dios primero —dice Samuel—. Después a nuestras familias.

—Servimos a Dios *sirviendo* a nuestras familias —dice Ozem—. Y tú no tienes familia, así que no me des un sermón.

Yani parece estar saboreando esa situación

—El único sermón que he oído últimamente es a ti repitiendo las palabras de Shamai de que la fidelidad a la Ley de Dios *al pie de la letra* es lo único que importa. Y, sin embargo, aquí estás quejándote de tener que actuar de acuerdo a esa convicción.

Eso es cierto, piensa Samuel.

—Aunque le presenté los reportes a Shamai sobre las sanidades en día de reposo y que Jesús les dijo a sus seguidores que comieran granos de trigo también en día de reposo, él dijo que debíamos esperar antes de emprender acciones hasta que supiéramos que era la hora de Dios.

Ozem bosteza.

—Ojalá hubieras prestado atención a esa sabiduría. ¿Y quién eres tú para dictarnos qué hora es esa? —dice Ozem—. Olvidas tu rango y tu categoría, Samuel.

¿Cómo se atreve?

—¡Al contrario! Consciente de mi rango y mi categoría, pregunté a Shamai cómo sabríamos que era la hora de Dios. ¿Su respuesta? Cuando las pruebas fueran abundantes. Nasón dice que la multitud que pasaba por su lado en el camino solo podrían describirse como multitudes de gentiles. ¿Acaso eso no son pruebas?

—Eso es otra cosa acerca de todo esto —dice Ozem—. ¿Gentiles? ¿Por qué nos entrometemos en la Decápolis? La Ciudad Santa es lo que importa.

—Entonces —responde Yani—, ¿un pecado solo es un pecado si sucede en Jerusalén o cerca de allí?

Ozem parece un poco molesto.

—No, es cuestión de asignar recursos —dice Ozem—. Hay más sincretismo e influencia helenista profanando las prácticas de nuestro pueblo en la Decápolis de lo que podríamos esperar abordar de modo significativo. La molestia de ir a perseguir a un solo judío que pueda estar liderando a algunas personas descarriadas es miope y poco atractiva, con todo lo que tenemos en nuestras manos en Jerusalén y por toda Judea. Tenemos que estar enfocados. Nuestra tarea es dejar clara la Ley y asegurar que el pueblo sepa cómo seguirla al pie de la letra.

¿*Se está oyendo a sí mismo?*, se pregunta Samuel.

—Lamento que la falsa enseñanza sea tanta carga para ti.

—Lamento que sea tanta carga para *ti* —dice Ozem.

—Ya es suficiente —dice Yani—. Todos podemos estar de acuerdo en que, si encontramos a este hombre haciendo trucos de magia o brujería, tendremos que actuar.

Ozem da un suspiro.

—Ha pasado mucho tiempo desde la última vez que procesé un caso de brujería. Pueden ser difíciles de manejar, y por eso los dejo venir a mí y no voy a buscarlos.

Samuel no quiere seguir hablando. Se asoma y grita a quien conduce el carruaje.

—¿Hay algún modo de ir más rápido?

—Puedo intentarlo.

—Podrías bajarte y empujar, Samuel —dice Ozem—. Solicitaste un carruaje en mitad de la noche. ¿Esperabas que Caifás escogiera tus corceles? Relájate.

Aticus sigue a cierta distancia a caballo, observando todo esto con su capucha cubriendo su cabeza y dando sorbos de una botella para mantener el calor.

Capítulo 79

CINCO PANES
Y DOS PECES

Campos en la Decápolis

Andrés no puede estar quieto. Desde donde está sentado puede ver la inmensa multitud cuando la luz del sol revela nubes de tormenta al oeste. Se pregunta cuánto tiempo más podrá soportar esta multitud sin tener nada para comer. Jesús reanuda su enseñanza.

—¡Díganme qué piensan de esto! —dice—. Un hombre tenía dos hijos. Se dirigió al primero y le dijo: «Ve a trabajar hoy en el viñedo». El hijo respondió: «No iré», pero después cambió de opinión y fue.

Andrés se levanta y marcha directamente entre la multitud. Jesús continúa.

—Y se dirigió al otro hijo y le dijo lo mismo. El hijo respondió: «Iré, padre», pero no fue. ¿Cuál de los dos hizo la voluntad de su padre?

Parece que todos gritan: «¡El primero!»

Andrés llega hasta un hombre que está comiendo un pedazo de pan sin levadura.

—¡Tú! ¿Dónde encontraste eso?

—En el fondo de mi bolsa. Olvidé que lo tenía ahí. Está un poco rancio, pero...

—¿Has estado aquí tanto tiempo y lo descubriste ahora?

—Seguí a unos hombres que me dijeron que íbamos a ver una pelea.

—¿Una pelea?

—Todo el mundo iba muy apurado...

Andrés se dirige a otro grupo de oyentes.

—¿Alguien tiene comida? —menean negativamente sus cabezas, de modo que Andrés se marcha.

—Tú eres uno de sus estudiantes, ¿no es cierto? ¿Tu nombre es Andrés?

Andrés se voltea y se encuentra a Telémaco, el hijo del hombre que antes era sordomudo.

—Solo quería volver a agradecer por todo —dice el muchacho.

—No fui yo quien sanó a tu padre, pero puedo transmitir tus palabras.

—Has estado pidiendo comida. Quiero compartir lo que tengo —Telémaco se quita del hombro su bolsa estilo cesta, mostrando cinco panes y dos peces.

—Hijo, agradezco tu intención, pero esta comida bastaría quizá para una de miles de familias.

—Solo quería hacer lo que pudiera. Por favor, acéptalo.

Con Zeta y Santiago el Grande todavía flanqueando, Jesús continúa enseñando, esperando que los discípulos todavía puedan oírlo y repetir sus palabras a las multitudes.

—El reino de los cielos es como un tesoro escondido en un campo, que un hombre descubrió y enterró. Entonces, lleno de alegría va y vende todo lo que tiene y compra ese campo. Lo diré de otro modo. Es como un mercader que busca perlas finas y, al encontrar una perla de gran valor, fue y vendió todo lo que tenía y la compró. Escuchen con atención, porque esto les sirve a todos ustedes, ¡sin distinción de raza o de credo! El reino es tan valioso, que cuando se vislumbra vale la pena dejar todo lo que tienen para obtenerlo. Aunque para otros puedas parecer un tonto, al tirar todos los ahorros de tu vida para comprar lo que a otros les parecería un campo corriente, tú sabes que hay un tesoro escondido. Y eso hace que lo valga todo.

Tadeo y Santiago el Joven salen de entre la multitud y aparecen al lado de Jesús.

—¿Se han acercado para oír mejor?

Tadeo menea la cabeza.

—Hay un problema —dice Santiago el Joven.

—Amigos míos —dice Jesús a la multitud—, si me disculpan un momento, tengo que hablar con mis estudiantes.

—La gente no tiene comida —dice Tadeo.

—Muchos estaban ya sin comida durante días antes de que llegáramos aquí —dice Santiago el Joven—. Otros han viajado una gran distancia.

Ahora, el resto de los discípulos se ha reunido en torno a Jesús.

—Entonces, denles ustedes algo para comer —dice él.

—No tenemos comida —dice Natanael—. Ellos tampoco tienen comida. ¿Es hora de que los enviemos a sus casas?

—Bueno —dice Jesús—, en este punto están tan cansados y tienen tanta hambre, que si los despedimos se desmayarán en el camino.

—¿Sabías que tenían hambre? —pregunta Judas.

—Sí, Judas —dice él con un guiño—. Puedo verlos mientras hablo. Esto es difícil. Entonces, ¿dónde podemos comprar pan para toda esta gente?

—Vinimos con poco más de doscientos denarios —dice Judas.

—Rabino —dice Felipe—, eso no es suficiente para comprar algo para cada uno. Ni siquiera sabría cómo calcularlo.

Tanto Tomás como Mateo levantan la mano, pero cuando todos los miran, se quedan callados.

—Tal vez podríamos ir a Abila —dice Santiago el Grande— y negociar algo a crédito.

—Eso tiene sentido —dice Judas.

—Negociar ¿con quién? —pregunta Leandro—. Toda la población de Abila está aquí. La ciudad está a diez kilómetros de distancia. Incluso si fuéramos a todas las casas en la ciudad, tendríamos que encontrar el modo de regresar aquí, y aun así solo podríamos alimentar a una parte de estas masas.

—¿Podrían traerme algo? —pregunta Jesús—. Seguramente alguien tendrá algo de comida, aunque sea una pequeña cantidad.

Andrés pone en el suelo la cesta de Telémaco y la abre mientras todos miran lo que tiene.

—Cinco panes y dos peces —dice Andrés—. Pero ¿qué es esto para tanta gente?

—Panes de cebada —dice Telémaco.

—Ah, dos peces y cinco panes de *cebada* —dice Andrés con una sonrisa de superioridad—. Gracias por aclararlo.

—Esto es humillante —le susurra Juan a Simón.

—Jesús se encargará de ello si quiere.

—Pareces asustado, Simón. ¿De qué tienes miedo?

Simón evita mirarlo a los ojos.

—Tengo miedo de que los escoja a ellos —dice, haciendo un gesto hacia la multitud.

¿Por qué no pudo haber escogido a Edén? ¿O a mí? Simón no puede dejar de pensar que eso es mucho preguntar. Aquí está él, una vez más presenciando un espectáculo que nunca pudo haber imaginado: Jesús, el Mesías, predicando las buenas noticias del reino de Dios a razas y etnias que normalmente ni siquiera se habrían reconocido entre ellas. Sin embargo, aquí están sentadas, en grupos con sus amigos del mismo parecer, a poca distancia de quienes han sido sus enemigos durante siglos.

Capítulo 80

EL MILAGRO

Este es un pan maravilloso, Telémaco —dice Jesús, examinando uno de los panes.

—Sé que no es suficiente.

—Es suficiente para mí. Puedo hacer mucho con esto. Gracias —levanta los ojos al cielo y eleva un pan con ambas manos—. Bendito eres tú, Señor nuestro Dios, rey del universo, que produces el pan de la tierra —parte en dos el pan.

—¿Consiguieron algo de pan? —pregunta Fatiya.

—Si tienen pan —dice el sacerdote estricto a los de su orden—, prepárense. Probablemente seremos los primeros.

Mientras se extiende un murmullo entre la multitud, que ha aumentado hasta más de cinco mil solamente contando a los varones, los discípulos se acercan más a Jesús.

—Denles de comer.

—¿Qué ha cambiado? —pregunta Tomás—. ¿Debemos…?

—Organicen a la gente en grupos de cincuenta y cien, y consigan doce cestas para distribuir los panes y los peces.

Nadie se mueve.

—¿No he sido claro? —pregunta Jesús.

Tadeo y Santiago el Joven se dirigen a la multitud, pidiendo cestas.

Tomás mira a Jesús.

—Esto me resulta familiar.

Jesús sonríe.

—Tal vez.

Tomás, Natanael, Santiago el Grande, Judas y Mateo también se alejan. Simón se queda, y Juan agarra su brazo.

—Vamos.

Solo se quedan Andrés, Felipe y Zeta.

—Denles de comer —les dice Jesús enfáticamente.

Andrés y Felipe se alejan mientras Jesús se voltea hacia la multitud, y Zeta va tras él.

—El reino de los cielos es como un grano de mostaza que un hombre sembró en su campo.

Mientras tanto, los discípulos van regresando uno a uno con cestas vacías que han conseguido entre la gente. Se arrodillan en torno a la cesta abierta de Telémaco con la poca comida que hay adentro.

—Es la más pequeña de todas las semillas —continúa Jesús—, pero cuando ha crecido es la más grande de todas las plantas y se convierte en árbol...

Andrés agarra un pan y lo parte en dos, y pone una mitad en la cesta de Judas y la otra mitad en la de Tadeo. Felipe parte uno de los peces por la mitad y le da una parte a Santiago el Joven y la otra a Tomás.

—De modo que llegan las aves y hacen nidos en sus ramas —dice Jesús.

Andrés parte otro pan, y le da la mitad a Santiago el Grande. Mitades de panes caen en varias cestas, al igual que las mitades de los peces. Andrés parte el último pan y les da las mitades a Mateo y Felipe. Cierra la cesta de Telémaco.

—Eso es lo último. Telémaco, puedes llevarte tu cesta.

Pero, cuando la levanta, Andrés siente que es pesada. Da un grito ahogado. Los otros miran fijamente. Sin desviar la mirada desde donde está predicando, Jesús no puede resistirse a sonreír.

Andrés se arrodilla mientras los otros se acercan más. Abre lentamente la tapa de nuevo, y da un grito de sorpresa. Mateo mira por encima de su hombro y se dibuja una sonrisa en su cara.

—¿Qué?

—¿Qué acaba de suceder? —dice Tadeo mirando fijamente su propia cesta, que ahora también rebosa de panes y peces.

A su alrededor, todos los demás descubren lo mismo en las cestas. La mayoría de ellos parecen asombrados, algunos se ríen, y Simón mira con enojo.

—Los he mantenido aquí todo este tiempo —dice Jesús a la multitud— dándoles comida espiritual. Pero está claro que ahora necesitan otra comida. ¡A comer!

Mientras la multitud vitorea, los discípulos se mueven entre los diversos grupos de cincuenta y cien, distribuyendo panes y peces sacándolos de cestas que parece que no tienen fin. Se ayudan entre ellos, se dan de comer unos a otros, ayudando a los discapacitados y asegurándose de que todos coman. Santiago el Grande prende fogatas con una antorcha aquí y allá, y los niños parecen muy contentos con sus mordiscos de pan y peces. Mateo parece sobresaltarse cada vez que mete la mano en su cesta y la encuentra llena, a pesar de todo el alimento que distribuye por todas partes.

Andrés y Felipe, con Leandro cerca de ellos, distribuyen comida a los griegos, incluido Eremis.

—Tal vez ahora nos creerás —dice Andrés, y Eremis agarra con ambas manos la mano de Felipe.

Leandro se acerca a uno de los griegos gruñones.

—¿Qué dices ahora? —le pregunta.

—No tengo palabras.

—Sin embargo, todos lo vemos —dice uno de sus compatriotas.

Capítulo 81

LA VISITA

La sinagoga de Capernaúm, a mediodía

Yusef está trabajando en su oficina cuando un estudiante lo interrumpe.

—Rabino Yusef, dos mujeres están aquí que quieren verte.

Sin querer dejar de escribir, Yusef responde.

—Son las horas de visita del rabino Josías. ¿Él no puede ayudar? Estoy en medio de algo muy importante.

—Una de las mujeres dice que te diga que es la esposa de Simón, hijo de Jonás.

—¡Ah! Uno de los... sí, por favor, que entren.

Unos momentos después, cuando Edén y su madre están sentadas frente a Yusef y Edén le ha contado su desgarradora historia, el fariseo habla.

—Mis más profundas condolencias. Me temo que la Torá tiene muy poco que decir sobre este tema en particular. Pero tristeza es tristeza, especialmente cuando tu esposo está...

—Ausente —dice Dasha sin expresión.

—Tal vez —dice Yusef—, pero yo iba a decir que está distraído. Suceden muchas cosas en torno a Jesús, y en muchos aspectos el mundo está cambiando, y con Simón en medio de todo. Yo mismo estoy intentando encontrarle el sentido. Tal vez también *yo he estado demasiado distraído*. Es fácil olvidar que todavía hay asuntos de gran importancia que atender en el hogar.

A Yusef no le ha pasado desapercibido que Edén ha apretado los labios y, claramente, no está contenta.

—¿Estás enojada con él?

Ella levanta la mirada, pareciendo estudiar al rabino.

—Sí —dice por fin.

—Entiendo. Mencionaste que hiciste tu purificación en el mar. Ahora que ha pasado algún tiempo, ¿qué te parece realizar una nueva limpieza, pero en la *mikváh*? Con un estado mental piadoso, tal vez eso podría ser parte de un nuevo camino.

—Pero la cisterna… —dice Dasha.

—Recibimos noticias esta mañana de que estará funcionando al atardecer. Y ha sido algo más que arreglada; ha quedado muy bien sellada. En realidad, creo que Simón ayudó a repararla rápidamente.

—Tal vez cuando ella esté lista —dice Dasha—. Hoy esperábamos una lectura de la Torá.

—Por supuesto —se dirige a Edén—. ¿Tenías algo en mente?

Pero, mientras Edén parece pensarlo, Dasha vuelve a interrumpir.

—Tal vez algo alentador y alegre, rabino.

Yusef no aparta su mirada de Edén.

—No estoy seguro de que eso sería veraz —dice él.

Edén menea negativamente la cabeza.

Yusef se levanta y se acerca a los rollos que hay a sus espaldas.

—Hay muchos salmos de angustia, incluso de enojo, y son tan importantes como los demás. De hecho, algunos de los salmos desesperados nos acercan más a Dios —lleva uno de los rollos a su escritorio—. Uno de los músicos principales de David, Asaf, solía escribir sobre estos temas profundos. Como en este pasaje: «En el día de mi angustia busqué al Señor; en la noche mi mano se extendía sin cansarse».

Yusef mira a Edén.

—Este salmo es desesperado, incluso muestra enojo. ¿Sabes quién más sin duda se siente desesperado y enojado? —hace una pausa—. Simón.

Edén da un suspiro, y deja caer los hombros.

—Lo conozco un poco —continúa Yusef—, y estoy seguro de que está realmente muy enojado y se lo hace saber a los demás.

Edén parece reprimir una sonrisa intencional.

—Tal vez —dice el rabino—, puedes orar este salmo con él... y por él —vuelve a extender el rollo—. «Mi alma rehusaba ser consolada. Me acuerdo de Dios, y me siento turbado; me lamento, y mi espíritu desmaya. Has mantenido abiertos mis párpados; estoy tan turbado que no puedo hablar. ¿Rechazará el Señor para siempre, y no mostrará más su favor? ¿Ha cesado para siempre su misericordia? ¿Ha terminado para siempre su promesa? ¿Ha olvidado Dios tener piedad, o ha retirado con su ira su compasión?».

Yusef levanta la mirada del rollo, cambia su tono de serio a tremendamente empático, y sonríe a Edén.

—Pero eso no es todo el salmo, ¿verdad? —dice él.

Edén menea negativamente la cabeza y cierra sus ojos. Yusef continúa con la lectura.

—«Entonces dije: Me acordaré de las obras del Señor; ciertamente me acordaré de tus maravillas antiguas. Meditaré en toda tu obra, y reflexionaré en tus hechos. Santo es, oh Dios, tu camino; ¿qué dios hay grande como nuestro Dios? Tú eres el Dios que hace maravillas, has hecho conocer tu poder entre los pueblos. Con tu brazo has redimido a tu pueblo, a los hijos de Jacob y de José».

Campos de la Decápolis

Igual que los demás discípulos, Simón se encuentra distribuyendo panes y peces interminables a las multitudes agradecidas. Sin embargo, contrariamente a ellos, cada vez que abre su cesta y la encuentra llena, es como si una daga atravesara su corazón. *Jesús puede hacer esto, igual que puede hacer lo que él quiera, y sin embargo escoge dejarme a mí, dejarnos a Edén y a mí, desolados.* Ver a una mujer embarazada lo deja otra vez devastado, y para colmo, tiene también un niño pequeño sano a quien le da pequeños pedazos de pan.

Simón sabe que no hace tanto tiempo que se habría sentido contento y satisfecho con una escena así. Se habría emocionado porque *su* rabino, sí, *su* rabino, era el responsable de una situación tan conmovedora. Nubes amenazantes se forman por encima de su cabeza que reflejan su tristeza interior.

Simón mira anhelante a Jesús, con lágrimas corriendo por sus mejillas.

Santiago el Joven arrastra una de las cestas más grandes y más altas, que está llena a rebosar.

—¿Qué están haciendo con todos esos panes y peces? —pregunta Jesús.

Con expresión de asombro y alegría, Santiago el Joven deja la cesta en el suelo.

—¡Todos comieron y quedaron satisfechos! —dice Santiago—. ¡No querían más! ¡Estaban llenos!

Uno a uno, los otros discípulos traen sus cestas llenas.

—Nos has dado más de lo que necesitábamos —dice Tomás.

—Te acostumbrarás a este tipo de matemáticas —le dice Mateo a Judas.

—Cuenten conmigo —dice Judas.

Felipe le da las gracias a Jesús.

—No puedo creer que hayamos dudado —dice Andrés.

—Yo soy quien causó su hambre —dice Jesús—, y yo debería ser quien la sacie, ¿no?

—Ya no estoy sorprendido —dice Mateo.

—¡Eres un nuevo Mateo! —exclama Santiago el Grande—, y le da un golpe en la espalda haciendo que se tambalee—. ¡Ay! Lo siento. Pero lo dije en serio.

—Siempre es así —dice Juan—. No sé por qué me sorprendo. Es como Simón dijo que sería —añade con expresión melancólica.

Simón observa a Jesús orando, y entonces el maestro se voltea y lo mira directamente, con compasión en su rostro. Simón sostiene la mirada como lo hizo cuando subió la colina de camino hasta aquí. ¿Qué quiere o espera Jesús de él? Deja caer al suelo su cesta deliberadamente y se aleja, y los panes y peces rebosan al suelo.

Juan se mueve para ir tras Simón, pero su hermano Santiago lo retiene. Jesús se ve entristecido, agotado, y sin embargo paciente al mismo tiempo. Extiende una mano con la palma hacia arriba, y finas gotas de lluvia comienzan a golpearla.

La multitud parece levantarse al mismo tiempo, reuniendo a sus hijos y sus pertenencias y apagando fogatas. Los discípulos reúnen rápidamente sus cosas mientras la inmensa multitud comienza a dispersarse.

Capítulo 82

IMPUNTUALES

Samuel mira desde su carruaje, al igual que lo hacen sus compañeros de viaje, mientras los caballos siguen adelante al paso cerca de las multitudes.

—Nasón no exageraba —dice.

—Desde luego que no —dice Yani—. Esto es más de lo que pensaba.

—¡Esa es una túnica nabatea! —señala Ozem—. Y ese es un tocado árabe.

—Estamos en un mar de gentiles —dice Yani.

Samuel se inclina para mirar.

—¡Conductor, deténgase! —él y sus compañeros fariseos salen del carruaje mientras aluviones de personas pasan por su lado— ¿Qué es esto? —exclama—. ¿Qué ha estado sucediendo?

—¡El maestro! —grita el líder sirofenicio—. ¡De Nazaret!

—Pero… —dice Yani, pareciendo perdido en la prisa.

Samuel agarra a un hombre que pasa por su lado.

—¿Cuánto tiempo has estado aquí escuchando al maestro?

—¡Dos días!

—¡Pero estamos a varios kilómetros de cualquier ciudad! ¿Cómo comieron?

—Él multiplicó panes y peces para darnos de comer. Miles de nosotros.

—¿Qué quieres decir con *multiplicó*? —pregunta Ozem.

—Solo aparecían más y más, ¡de sus manos! ¡Un milagro!

—Necesitamos los testimonios de tres testigos —dice Yani.

—Eso no será difícil —dice el hombre riendo.

—¿Él y sus seguidores también participaron? —pregunta Samuel.

—Por supuesto.

—¿Él comparte el pan con gentiles? —dice Ozem.

El sirofenicio resopla y se voltea para irse, riendo.

—Les digo que Dios hizo un milagro, ¡y ellos dicen que comió con la gente equivocada!

Yani le dice adiós con la mano.

—Ya sabemos que una mujer etíope viaja a menudo con él y sus estudiantes.

—Pero ¿compartir el pan? —dice Ozem—. Eso es peor de lo que lo que pensaba. ¡Está prohibido!

—Lo repito —dice Samuel—, ¡*necesitamos* testigos!

Pero se pregunta…

A varios metros de distancia, en medio de ríos de peregrinos que se van, Aticus está a caballo, escuchando mientras Leandro se acerca a los clérigos con sus vestiduras.

—¿Fariseos de Judea? —dice Leandro—. Llegan un poco tarde. Se perdieron el espectáculo.

—Nombra al maestro —dice Ozem.

—Jesús de Nazaret. Un nombre que no olvidaré nunca. Un nombre que nadie olvidará nunca.

—¿Sobre qué predicó? —demanda Samuel—. ¿Algo de lo que dijo era contrario a la Torá?

—Predicó sobre el reino de los cielos.

—¿Qué fue lo que dijo? —pregunta Yani.

—Todo —dice Leandro—. Una semilla de mostaza. Una perla de gran valor. Un tesoro escondido en un campo. Pero la mejor parte…

—No puedo esperar a oírlo —dice Samuel—. ¿Qué?

—Dijo que en el reino de los cielos llegarán muchos del oriente y el occidente con Abraham, Isaac y Jacob. Eso nos incluye a todos: judíos y gentiles juntos en una mesa.

—¿Qué ha dicho? —pregunta Ozem.

—Necesitamos un tercer testigo —dice Yani.

—Jesús de Nazaret puede que sea el primer judío en compartir el pan con gentiles —dice Leandro—, pero no será el último. Y será junto con *sus* patriarcas: Abraham, Isaac y Jacob.

—¡Blasfemia! —grita Ozem, tocando con un dedo el pecho de Leandro—. ¡Has herido a nuestro pueblo!

—Nos hemos herido los unos a los otros —dice Leandro—, pero él nos está sanando.

Aticus observa a Leandro apartarse y mirar furiosamente a los fariseos mientras se une otra vez a las multitudes.

Ozem escupe en dirección a él. Samuel se ve perplejo. Ozem detiene a otro de ellos.

—¡Necesitamos tres testigos! ¿Qué dijo el maestro sobre que gentiles se sientan a la mesa con los Patriarcas?

Ozem y Yani también pierden los nervios, intentando detener a otros solo para observar que se alejan. Pero, para Aticus, Samuel parece tener algo en mente. De hecho, se ve profundamente angustiado.

Capítulo 83

DESCANSO

Campos de la Decápolis, cerca del Mar de Galilea

Simón sigue perplejo pensando por qué Jesús creía que era tan importante que él estuviera aquí para escuchar otro sermón dado a las masas. Está contento de tener otro relato que contar el resto de su vida: la alimentación de cinco mil varones y sus familias. Sin embargo, eso podría haber ocurrido fácilmente sin Simón allí. De hecho, él no fue un participante entusiasta.

¿Quién sabe? Tal vez estoy aquí solamente por logística. Los discípulos tienen que regresar a Capernaúm, y él conoce la mejor manera de hacerlo. Persuade a Judas para que le dé algunos siclos de la bolsa, asegurándole que reportará de ello, y se dirige solo a la costa de Galilea. Al encontrar a un par de pescadores que ha conocido toda su vida, Simón negocia un precio justo para usar una barca y remos esa noche. Da unos golpes al casco.

—Está bien —dice—. No es asombrosa, pero servirá —ellos la cargan de sogas y remos, e intentan convencerlo para que acepte más cosas—. No, no, no. No quiero redes, ni peces, ni nada. Solo quiero la barca.

Se dirige hacia donde los discípulos terminan de recoger todo.

—¿Qué hacemos ahora? —pregunta Natanael.

—Es una caminata de más de quince kilómetros hasta Capernaúm —dice Tomás—, pero se aproxima tormenta...

Tadeo se voltea a Santiago el Joven, claramente preocupado por sus limitaciones.

—Con todo lo que tuvimos que hacer hoy, cargar cestas y distribuir la comida...

—Haré todo lo que pueda —le asegura Santiago el Joven.

—Nunca te dejaremos atrás —le dice Santiago el Grande.

—No vamos a ir caminando —dice Simón. Todos se voltean, pareciendo sorprendidos—. Conseguí una barca. Vamos a ir remando. Son solo nueve kilómetros si cruzamos, y podemos llegar más rápido remando que caminando. Vamos, Santiago el Grande, sabes que somos buenos en esto.

Los otros parecen dudar, y Simón sabe que los marineros de agua dulce probablemente tendrán miedo de navegar en la noche con una gran tormenta que se está formando. Pero, antes de que nadie pueda decir nada, Jesús interviene.

—Simón tiene razón. Vayan todos a la barca y remen hasta Capernaúm antes de que empeore más el tiempo.

—¿Y tú? —pregunta Juan a Jesús.

—Han sido tres largos días. Necesito un tiempo a solas para orar.

—¿Con este tiempo que amenaza tormenta? —dice Mateo.

—Déjame quedarme contigo, Rabino —dice Zeta—, para vigilar.

—Estaré bien. Vayan todos. Deprisa. Sigan a Simón. Todos lo hicieron muy bien hoy. Shalom, shalom.

Simón está tan desconcertado como los demás cuando Jesús se aleja solo bajo las oscuras nubes. Tal vez a Simón no debería importarle, pero le importa. Juan se coloca al lado de Simón.

—¿Me quedé a esperarte y te traje para que pudieras conseguirnos una barca?

—No me interpondré en tu camino por mucho tiempo, Juan.

—Simón, ten fe.

—La fe no es mi problema. De hecho, creo que yo fui una equivocación. Incluso Dios puede cometerlas, ¿no? —Simón sabe tan bien como Juan que fue una estupidez decir eso, pero lo mira directamente a los ojos y se acerca más, diciéndole a Juan sin palabras que se aparte antes de que la situación vaya a más. Cuando Juan se aparta, Simón se dirige a los demás.

—Ya oyeron a Jesús. Vamos.

Aticus sigue observando desde la distancia.

Mientras tanto, Samuel se encuentra aturdido, vagando sin dirección por los campos de la Decápolis mientras gentiles pasan por su lado a medida que se pone el sol. Por el momento, ni sabe ni le importa dónde han ido sus compañeros clérigos. Sube un montículo, con su mente dando vueltas mientras las multitudes que lo rodean van disminuyendo, y es capaz de asimilar la inmensidad de la zona. Abajo, Jesús parece materializarse entre la multitud.

Cuando el nazareno sube el montículo. Samuel no sabe si seguir avanzando o quedarse quieto para encontrarse cara a cara con él. Se queda paralizado. Sus miradas se cruzan, y es como si se observaran mutuamente.

—Me resultas familiar —dice Jesús, sonando cansado pero amigable.

Samuel no sabe cómo responder.

—Yo…

—Lo siento —dice Jesús—. Sin ánimo de ofender, más concretamente pareces angustiado.

¿Yo parezco angustiado? Estoy angustiado, pero ¿cómo sabe él eso?

—Lo estoy.

—Voy a subir a esa colina para orar —dice Jesús—. ¿Te gustaría acompañarme? No tenemos que hablar de nada si no quieres. Sé que algunas veces las personas angustiadas solamente necesitan a alguien que se siente a su lado en silencio.

En verdad, nada le suena mejor a Samuel; sin embargo, se pregunta qué pensarán los demás si se sentara, o tal vez conversara o incluso orara, con el hombre que se ha convertido en el enemigo y el objetivo*del Sanedrín. En cuanto a que las personas preocupadas necesitan a alguien que se siente a su lado en silencio, sabe exactamente a quién se está refiriendo Jesús.

—Como Job —dice Samuel.

—¿Es tan malo? —dice Jesús.

—No tanto. Tal vez más como David.

—Ah, dime.

—«¿Hasta cuándo he de tomar consejo en mi alma, teniendo pesar en mi corazón todo el día? ¿Hasta cuándo mi enemigo se enaltecerá sobre mí?».

—Estás perdiendo algo —dice Jesús, y repentinamente parece triste—. Sé cómo te sientes.

—¿Qué estás perdiendo tú? —pregunta Samuel.

—Tiempo.

Samuel está profundamente confuso.

—Ven —dice Jesús—, acompáñame en oración un rato.

—¿Hablarás conmigo después?

—Lo haré, si todavía quieres preguntarme después de que oremos.

Jesús sube la colina, y el fariseo lo sigue sin que le importe ya quién lo vea o lo que piense.

El Mar de Galilea
Con los cuatro expescadores (Simón, Andrés, Santiago el Grande y Juan) guiando el camino, los doce discípulos ocupan la barca rápidamente y se encuentran en aguas profundas. Pero, varias horas después, el cielo negro se llena de relámpagos, las aguas se agitan, y los otros discípulos parecen aterrados, especialmente Mateo y los hombres de menos estatura. Zeta parece hacer todo lo posible para sujetar la carga, pero incluso Simón se da cuenta de cuánto tiempo los otros tres y él han estado remando contra un viento muy fuerte.

—¡No estamos yendo a ninguna parte! —grita Santiago el Grande.

—¡Los vientos son demasiado fuertes! —dice Zeta—. ¡Deberíamos dar la vuelta!

—¡Podemos llegar! —grita Simón, sonando más confiado de lo que realmente se siente—. ¡Sigan remando!

—¡Simón! —grita Juan—. Es la cuarta vigilia de la noche, ¡y hemos estado atascados en el mismo lugar por horas!

Simón piensa: *No me importa si son más de las 3:00 de la mañana. No vamos a rendirnos.*

Una ola enorme choca contra el casco de la barca y golpea a Santiago el Joven contra el piso. Tadeo se acerca rápidamente a él.

—¡Estoy bien!

—¡No podemos aguantar mucha más agua! —grita Natanael.

—¡Nos hundiremos! —dice Santiago el Grande.

—¡Demos la vuelta! —grita Tomás.

—Mejor mojados y con frío en tierra —dice Andrés— ¡que ahogados aquí!

Los relámpagos iluminan sus caras petrificadas, y Simón queda cautivado por la expresión de asombro de Juan. ¿Qué está mirando tan fijamente?

Aticus avanza hasta el borde del agua, con su capa moviéndose con el viento y la lluvia. No puede haber visto lo que cree que ha visto, una silueta en el horizonte iluminada por un relámpago. Pero, cuando entrecierra sus ojos y mira a la distancia, lo que fuera ha desaparecido. Se pregunta por qué se quedó allí observando en un principio, y decide regresar a su caballo y encontrar una posada cómoda en algún lugar. Pisa la tierra empapada y monta, pero antes de poder alejarse vuelve a ver algo. *¿Qué podría ser eso?*

En la barca, Simón le grita a Juan.

—¡Sigue remando! ¿Qué estás haciendo?

—¿Alguien más vio eso? —dice Juan.

—¿Qué? —dice Felipe.

—¡Allá! —responde Juan, señalando con el dedo.

—¡No veo nada! —dice Judas.

—¡Yo tampoco! —dice Zeta?—. ¿Qué estamos buscando? Con el siguiente relámpago, Simón distingue la aparición apenas visible, que tiene que ser lo que es. Una figura, sobre el agua, a la distancia.

—¡Fantasma? —grita Andrés—. ¡Es un fantasma!

—¿Un qué? —dice Mateo.

—No puede ser —dice Santiago el Grande.

—¡Tenemos que salir de aquí! —dice Andrés—. ¡Todos a remar! ¡Remen más rápido! ¡Vamos!

Pero, con un tono impasible y calmado, Simón habla.

—¡No! ¡Que nadie se mueva!

—¡Simón! —dice Andrés—. ¿Qué?

—¡Dije que nadie se mueva! Deténganse —Simón sigue enfocado en el punto donde vio por última vez el espectro, y cuando se produce otro relámpago, ve a Jesús en medio de las olas.

Los otros siguen gritando, pero Zeta interviene.

—¡No es un fantasma!

—¿Estás loco? —dice Andrés.

—Confía en mí —dice Zeta—. Sé cuál es el aspecto de un fantasma, ¡y eso no lo es!

—¡No teman! —dice Jesús—. ¡Soy yo!

Los hombres comienzan a gritar: «¡Jesús!».

—¿Cómo? ¿Qué estás haciendo?

—¡Nos estás asustando!

—¡Es imposible!

—¿Cómo puede ser que esto sea lo segundo más increíble que he visto hoy? —dice Tomás.

Simón se pone de pie, esforzándose para mantener el balance en la barca que no deja de moverse, aguantando la mirada en Jesús. *Es él. Tiene que ser él. Pero...*

Los ojos de Jesús están fijos en Simón.

—¿Esto les sorprende? ¿No aprendieron nada hoy?

—Si *eres* tú —dice Simón—, ¡ordéname que vaya a ti!

—¡Simón, no! —le dice Andrés.

—¿Estás loco? —dice Santiago el Grande.

—Si eres quien dices que eres, ¡dime que salga de esta barca!

Una ola golpea la cara de Jesús mientras aguanta la mirada de Simón.

—¿Tienes fe para caminar sobre esta agua?

—¡Por supuesto! Puedes hacer cualquier cosa que ordenes, y si ordenas que el agua me sostenga, ¡caminaré sobre ella!

—Si te pido que vengas a mí, ¿darás un paso de fe?

—¡Sí!

—Entonces, ¿por qué estás tan molesto?

—¿Por qué vas a los gentiles cuando tu propio pueblo tiene problemas aquí mismo; cuando tu propia *persona*, tu yo, tiene problemas? He estado aquí delante de ti, creyendo en ti, ¡y tú estás separando peleas en la Decápolis!

Jesús simplemente lo mira fijamente.

—Entonces ven a mí. Tú, cansado y cargado. Yo te daré descanso.

Simón se quita las sandalias.

—¿Simón? —dice Andrés—. ¡No!

Mateo mira fijamente.

Mientras los otros gritan con una mezcla de temor, confusión y emoción, Simón agarra el borde de la barca. Saca una pierna por el costado y acerca su pie al agua. Se pone de pie, inestable, en la superficie, y después se baja de la barca, extrañamente lleno de valentía, pero también de furia. Jesús se acerca a él.

—¿Todavía tienes fe?

—¡La fe no ha sido mi problema! Lo dejé todo para seguirte, ¡pero tú estás sanando a completos desconocidos!

Jesús parece estar más firme sobre el agua de lo que Simón siente.

—¿Por qué crees que permito las pruebas, Simón?

—¡No lo sé!

—¡Porque demuestran la autenticidad de tu fe! ¡Te fortalecen! ¡*Esto* te está fortaleciendo! ¡Y también a Edén! ¡Mantén tus ojos en mí!

Una ola choca contra Simón, y el discípulo grita. Aparta sus ojos de Jesús y mira las olas, que son inmensas, fuertes y revueltas. Dondequiera que mira, el mar es más feroz y temible. El temor se apodera de él.

—¡Me estoy hundiendo! ¡Ayúdame! —de repente, el agua le llega al pecho—. ¡Señor, por favor! ¡Sálvame! Jesús avanza hacia él, y el agua le llega a la barbilla cuando da un grito agudo—. ¡Sálvame! ¡Me ahogo!

Mientras se hunde bajo el agua, extiende su mano desesperado, y Jesús agarra su antebrazo y lo levanta. Temblando, Simón es taladrado por la mirada de decepción compasiva que ve en el rostro de Jesús.

—Hombre de poca fe. ¿Por qué dudaste?

Avergonzado y humillado, Simón habla.

—Por favor, no me sueltes. Lo siento. No puedo hacer esto yo solo. No me dejes ir. ¡Por favor!

—Te tengo. Tengo muchos planes para ti, Simón, que incluyen cosas difíciles. Solo mantén tus ojos en mí. Te lo prometo —entonces ayuda a Simón a subir a la barca.

—No me sueltes.

—Te tengo —Jesús se dirige al enfurecido mar—. ¡Paz! —grita—. ¡Cálmate!

De inmediato cesa la lluvia, cesa el viento, y se calman las olas. Simón continúa agarrado a Jesús.

—No me sueltes. ¡Lo siento! Por favor, no me sueltes —llora suavemente, consciente de que los demás están empapados, agotados, y embelesados.

Jesús acaricia el cabello alborotado de Simón.

—Estoy aquí. Siempre estoy aquí. Dejo que la gente pase hambre, pero le doy de comer.

—¡Por favor! —sigue repitiendo Simón—. Por favor, no me dejes ir.

Epílogo

La mikváh de Capernaúm

Rodeada de velas, vestida de lino de color crema y con los brazos extendidos (con Dasha sosteniendo su mano a un lado y Salomé sosteniendo la otra), Edén entra en el ornamentado baño de purificación. Le acompañan peldaño a peldaño por las escaleras.

Las tres mujeres recitan juntas: «Bendito eres tú, Señor nuestro Dios, Rey del universo, quien da y quien quita». Ahora, cuando la sueltan para que se sumerja en el agua hasta que le llegue al cuello, recitan: «¿Quién nos consuela en nuestra angustia, y venda las heridas de los quebrantados de corazón? ¿Quién llora con nosotros la vida que no pudo ser?». Ahora con el agua hasta su barbilla: «Bajo la sombra de tus alas nos refugiamos».

Edén echa para atrás la cabeza y cierra sus ojos, sumergiéndose bajo el agua. Sale del agua exhalando, con su cuerpo y su alma limpios ritualmente. Es movida a orar por Simón.

—No lo dejes ir. Por favor, no lo dejes ir.

Y recuerda el final del salmo de Asaf:

«Me acordaré de las obras del Señor; ciertamente me acordaré de tus maravillas antiguas. Meditaré en toda tu obra, y reflexionaré en tus hechos. Santo es, oh Dios, tu camino; ¿qué dios hay grande como nuestro Dios? Tú eres el Dios que hace maravillas, has hecho conocer tu poder entre los pueblos. Con tu brazo has redimido a tu pueblo, a los hijos de Jacob y de José. Las aguas te vieron, oh Dios, te vieron las aguas y temieron, los abismos también se estremecieron. Derramaron aguas las nubes, tronaron los nubarrones, también tus saetas centellearon por doquier. La voz de tu trueno estaba en el torbellino, los relámpagos iluminaron al mundo, la tierra se estremeció y tembló. En el mar estaba tu camino, y tus sendas en las aguas inmensas, y no se conocieron tus huellas».

A la mañana siguiente, ya avanzada la hora, Simón finalmente llega a su casa y ve que Edén está en la puerta de entrada. Se acerca a ella y parece que todo, todo peso cae de sus espaldas. Sus frentes se tocan, y se funden en un abrazo.

FIN

Reconocimientos

Gracias a:
Mi asistente, Sarah Helus
Mi agente, Alex Field
Mis editores, Larry Weeden y Leilani Squires
El equipo de Enfoque a la Familia
Carlton Garborg y BroadStreet
Y al amor de mi corazón, Dianna

Creemos que el propósito de la vida es conocer y glorificar a Dios a través de una relación auténtica con Su Hijo, Jesucristo. Este propósito se vive primero dentro de nuestras propias familias y luego se extiende, enamorando, a un mundo cada vez más roto que lo necesita desesperadamente.

A través de nuestras transmisiones de radio, sitios web, conferencias, foros interactivos, revistas, libros, asesoramiento y mucho más, Enfoque a la Familia equipa a padres, hijos y cónyuges para prosperar en un mundo siempre cambiante y cada vez más complicado.

Si cree que hay una forma específica en que podemos ayudar a su familia, o si simplemente desea saber más sobre nosotros, visítenos en enfoquealafamilia.com (sitio web).

ENFOQUE A LA FAMILIA. | Los ELEGIDOS

enfoquealafamilia.com